P9-DWO-940

CUÍDATE DE MÍ

MARÍA FRISA

CUÍDATE DE MÍ

PLAZA JANÉS

Papel certificado por el Forest Stewardship Council®

Primera edición: febrero de 2018

© 2018, María Frisa
© 2018, Penguin Random House Grupo Editorial, S. A. U.
Travessera de Gràcia, 47-49. 08021 Barcelona

Printed in Spain – Impreso en España

ISBN: 978-84-01-02081-0
Depósito legal: B-26.356-2017

Compuesto en Revertext, S. L.

Impreso en Liberdúplex
Sant Llorenç d'Hortons (Barcelona)

L 0 2 0 8 1 0

Penguin
Random House
Grupo Editorial

Para las magníficas Lara y Pilar,
dos mujeres inteligentes, generosas y tenaces
que aman su profesión.
Me enorgullece que seáis mis amigas

Solo la sed
el silencio
ningún encuentro

cuídate de mí amor mío
cuídate de la silenciosa en el desierto
de la viajera con el vaso vacío
y de la sombra de su sombra

ALEJANDRA PIZARNIK

Los monstruos nunca mueren.
Viajan dentro de ti, regresan siempre.
[...]
Pasa el tiempo, se pierde,
la memoria se pudre,
desolladero abajo de nosotros.
El amor se consume por obra de su fuego.
Los secretos terminan traicionándose,
cede la fiebre, el sol declina,
se nos muere la dicha del que fuimos,
el que somos se muere sin saberlo.
Pero los monstruos no.
Los monstruos nunca mueren.

CARLOS MARZAL,

«Los monstruos nunca mueren»

El arquero

En ese momento, comenzó el redoble de los tambores y la fanfarria de las trompetas.

Una multitud se había congregado en la atalaya natural de los Montes Blancos. Iluminados por la blanca claridad de la luna llena, los rezagados que aún paseaban entre las jaimas se apresuraron hacia el castillo cuidando de no tropezar en el irregular suelo.

El acto central de las Jornadas Medievales iba a comenzar y nadie quería perdérselo. Al amparo de la torre del homenaje se alzaba una enorme y compacta pira de leña de forma piramidal. Al fondo, a la izquierda, un grupo de veinte hombres vestidos de caballeros templarios se encontraba en formación. Unos portaban arcos y carcaj; otros, gallardetes o instrumentos musicales.

El gentío se arremolinaba detrás de las vallas que delimitaban la parte derecha de la pirámide. Los que iban con niños se colocaron en primera fila formando una barrera de carritos. Muchos padres llevaban a los pequeños en los hombros para contemplar el espectáculo.

Aunque se había levantado aire, el bochorno era asfixiante. Olía poderosamente al romero y al tomillo que clavaban sus ásperas raíces en los pelados montes.

Con gran ceremonia, Carlos Peiro, el Chaparrico, se adelantó: había sido el elegido para disparar la primera flecha incendiaria. Se encontraba nervioso e incómodo. A los arqueros les permitían prescindir del yelmo, pero no de la pesada cota de malla en forma de caperuza. Además, el gambesón blanco con la gran cruz roja le tiraba de la sisa porque había engordado, igual que todos los Chaparros en cuanto cumplían los veinte años.

En medio de una gran expectación, tensó el arco con la flecha y acercó la punta a la antorcha de cera y yute que le tendió uno de sus compañeros. La estopa, humedecida con petróleo y colocada en el inserto de la flecha, ardió enseguida. El calor del fuego le subió al rostro. Le hubiera gustado secarse las gotas que le resbalaban desde la frente.

Disparó desviándose un poco para combatir el aire. La flecha voló hasta alcanzar casi la base de la pirámide y arañó la pierna del hombre que alguien había ocultado dentro. Los sarmientos y las ramas de pino que la recubrían prendieron superficialmente.

La multitud aplaudió ante la efímera visión del fuego.

Los dos arqueros siguientes erraron por poco, las flechas se apagaron contra la arena y el gentío se impacientó.

Volvió a ser el turno del Chaparrico y, en un tiro complicado, clavó con tanta fuerza la flecha que atravesó el hueco entre los listones de los palés, que servían de andamiaje a la pira y camuflaban el cuerpo. Le dio de lleno en el ojo izquierdo, que se derramó alrededor de la punta de la flecha con una viscosidad espesa. La ropa del hombre y la yesca se inflamaron en una bola de fuego que ascendió poderosa haciendo arder la hoguera.

Lo vitorearon mientras los niños corrían alborozados simulando disparar. Carlos miró a Eva, que bebía un vaso de hidromiel de pie al lado de sus hermanas, y vio que sonreía orgullosa.

Para finalizar, los arqueros se colocaron en fila y lanzaron una andanada de flechas. Era hermoso contemplar la lluvia de chispas rasgando el aire. Se clavaron en el muslo, en el esternón, en el hombro, en el cuello… Una rebotó contra la puntera de acero de las botas Martens.

Se escucharon los últimos aplausos. El espectáculo había concluido. La multitud se dispersaba y nadie prestó demasiada atención al olor a carne a la brasa. Muchos ya se amontonaban ante las mesas donde unas empleadas del ayuntamiento, ataviadas de mesoneras, servían un refrigerio de chorizo y longaniza con un vaso de vino.

Solo los niños y unas adolescentes permanecieron contemplando el embrujo de las llamas agitándose por el viento contra el cielo de verano.

Berta

Lunes, 13 de junio

Berta se despertó sobresaltada y tardó en ubicarse. La blanca luz de la luna se colaba por la ventana entreabierta y ascendía por la sábana de flores, amontonada a los pies de la cama, hasta alcanzar sus rodillas flexionadas.

Luna llena, pensó.

La subinspectora Berta Guallar había aprendido a temer a la luna llena. Y a las tormentas. Su influjo despertaba la parte instintiva y atávica que duerme en todo ser humano: exaltaba a los maníacos, enardecía a los maltratadores, hacía que se sintieran poderosos e invulnerables. También desestabilizaba a los melancólicos y a los depresivos.

Extendió el brazo hasta la mesilla en un gesto cotidiano y comprobó el móvil. Nada. Desde que la destinaron al Servicio de Atención a la Mujer, el SAM, no se despegaba del teléfono. El móvil era inherente al puesto. Al menos ya no tenía que ponerlo debajo de la almohada, en modo vibración, para no despertar innecesariamente a Loren y a los niños. La ventaja de trabajar a las órdenes de la inspectora Lara Samper era que ella se ocupaba de las llamadas nocturnas.

Sentía el peso de un calor sofocante sobre su cuerpo. Se despegó el cabello de la frente con brusquedad. Depositó de nuevo el móvil en la mesilla y se dio la vuelta en la cama.

La sábana estaba muy arrugada y la almohada un poco húmeda.

Loren dormía tranquilo a su lado, con ese ronquidito nasal que tanto la irritaba, en camiseta y calzoncillos. Ella, que dormía en bragas, nunca había entendido aquella manía de usar camiseta incluso en las asfixiantes noches de verano.

Alargó el pie y le propinó un golpe. Loren se colocó sobre la espalda.

Oyó una tos que llegaba desde el pasillo. Era Izarbe. Si sigue así, pensó, habrá que llevarla al pediatra a que le recete algo. Se sentía increíblemente cansada.

Loren comenzó a roncar otra vez. Joder. Estaba desvelada. Se sentó en la cama y permaneció un par de minutos con los pies apoyados en el suelo. Se pasó la lengua por la encía para desplazar la molesta férula dental. Había vuelto a utilizarla por si el bruxismo era la causa del dolor de cabeza y la tensión en las cervicales. Suspiró.

La invadió la convicción de que a nadie le resultaba tan fatigosa la vida. Era dulce dejarse llevar. En ocasiones se lo permitía. Sin embargo, esa mañana decidió que aprovecharía el tiempo, así que agarró el móvil y se arrastró hasta el baño.

Se tomó el primer café de pie en la cocina, vestida con las mallas negras y una camiseta de tirantes amplia para que no le marcara las caderas. Con la mano izquierda pellizcó el elástico del sujetador deportivo que se ceñía a su pecho como una boa y tiró de él hacia abajo. Cuando se lo quitara, tras varias contorsiones, dejaría en su carne la marca de cada uno de sus anchos bordes.

Su «nueva manía de correr», como la denominaba Loren, había comenzado hacía tres semanas. Fue su jefa quien le recomendó el ejercicio físico: «Es catártico y te ayudará a liberarte de las tensiones». Berta sonrió con escepticismo, sin embargo Lara Samper tenía razón.

Aprovechaba el breve respiro que proporcionaba el amanecer y, paradójicamente, por cansada que se sintiera al abandonar la cama, al regresar siempre se encontraba más animada. Durante ese tiempo se evadía de la rabia y la impotencia que la atenazaban desde que, en abril, Santos Robles colgó en su blog la entrada: «Agresión por parte de la Policía». Era capaz de citar frases y párrafos de memoria: «detención arbitraria»; «humillación, tortura y coacción radical de la instructora»; «la instructora es uno de esos funcionarios tardofranquistas que no respeta los derechos constitucionales de los ciudadanos». Berta había sido la instructora del caso, y su nombre completo aparecía a menudo en el blog.

Se masajeó con fuerza la nuca y las cervicales mientras dejaba la taza en el fregadero. Soy la puta ama, se recordó. Funcionaba como un mantra cuando se sentía desfallecer. La pu-ta a-ma.

Cruzó la calle y realizó unos breves estiramientos en el carril bici. Prefería la solidez del cemento a la tierra compacta y fresca del magnífico soto porque, en alguna parte de la arboleda de Macanaz, sin ni siquiera una placa para honrar su recuerdo, se hallaba un enorme osario con miles de los caídos en el segundo de los Sitios de la ciudad y las víctimas de la epidemia de tifus durante el asedio.

Descendió la pendiente que la separaba de la ribera del Ebro, el principal legado de la Exposición Internacional celebrada unos años antes. Pensó, como en tantas ocasiones, cuánto costaba reconocer, en las orillas ajardinadas de anchos senderos de piedra y embarcaderos, aquella tierra indómita poblada por una maraña de sauces, olmos, fresnos, lianas y hojarasca.

Se recogió con ambas manos el cabello castaño, muy rizado y abundante (trataba de domarlo desde que tenía memoria), y lo aprisionó con una goma. Comprobó que el móvil estaba conectado a la pulsera de actividad de su muñeca izquierda para recibir en esta las notificaciones. Cada vez que el teléfono sonaba a deshora, Berta aguantaba involuntariamente la respiración hasta escuchar esas primeras palabras tranquilizadoras: «No te asustes, no es un cadáver».

Comenzó su recorrido habitual, hasta el azud y el puerto fluvial de época romana. Ignoraba que esta vez la muerte la alcanzaría a traición. Sin un pitido. Sin un «No te asustes».

Lara

Lunes, 13 de junio

En la azotea del casco histórico, la claridad del amanecer iluminaba un vergel inesperado y abrumador de cientos de racimos de flores níveas, gordas y fragantes que destacaban sobre el verde lustroso de los tallos y las hojas. Lara Samper terminó de eliminar las malas hierbas de los macizos de hortensias trepadoras que cubrían los ladrillos de las paredes.

Comprobó con las yemas de los dedos la humedad de la tierra de las calas negras. Eran sus preferidas, las únicas que rompían la uniformidad cromática. Le gustaba imaginarlas creciendo silvestres en las aguas cenagosas de los pantanos del sur de África, de donde eran originarias. También a ellas las habían domesticado. Acarició el rizoma terso y jugoso, recorrió con suavidad el perfil del embudo. Pensó en las caricias. En que podía fechar la última vez que Use la tocó de ese modo: el día 25 de junio de 2007. En un par de semanas se cumplirían seis larguísimos años.

Un mosquito la sacó del ensueño. Vivían en los canalillos de riego que, con su carga de agua, fertilizantes y residuos, se mantenían ocultos bajo el entablado de teca que cubría el suelo. Se dio un manotazo sobre la piel desnuda. Después se lavó las manos, encendió un cigarrillo y se apoyó en la ancha barandilla. Una de las cosas que la complacía de su ático era el acceso que le brindaba a la vida de otras personas. Situaciones y gestos que se repetían a diario, en un despliegue de intimidades. Por eso prefería el verano, las ventanas abiertas, la vida expuesta.

Una a una, espió las ventanas de sus vecinos: Rosa, Chencho, Héctor… Todos dormían. Miró su reloj. Las seis y ocho. ¿Quién está despierto a estas horas?, pensó. Solo yo.

Ignoraba que en otra parte de la ciudad, exactamente a las seis y ocho minutos del viernes, una persona al contemplarse en el espejo del lavabo, se descubrió un rastro de sangre seca en la frente. Resopló. Esa persona, agotada por el esfuerzo de ocultar un cadáver, aún debía limpiar cualquier vestigio del homicidio. Aunque lo sucedido ya era inevitable. No se podía borrar.

Berta

Martes, 14 de junio

El policía Alfredo Torres, sofocado por la responsabilidad, pasó delante del escritorio de Berta. Se había incorporado recientemente y se esforzaba (demasiado, a juicio de algunos) por no cometer ningún error. Su obsesión era no decepcionar a Millán, el jefe del Servicio de Atención a la Familia, que incardinaba al Servicio de Atención a la Mujer y al Grupo de Menores.

Berta dejó de leer los partes de sala. Los revisaba para no ceder a la tentación de entrar en el blog y comprobar cuánto habían aumentado las visitas en la última media hora. La entrada del día anterior, «Odio en la Policía y autismo en la Judicatura», que incluía nuevas acusaciones contra ella, estaba resultando muy popular. La atormentaba que aquel miserable la atacara y ella no pudiera defenderse. Se sentía víctima de una persecución repetitiva y atosigante. Levantó la vista del parte de sala y observó a Torres. ¿Qué querrá este ahora? Alcanzó la puerta del despacho de la inspectora Lara Samper y golpeó con los nudillos.

—El jefe quiere verla.

De pie ante la mesa, el pequeño y compacto Torres jadeaba tras haber subido los tres pisos de estrechas escaleras. A través de la puerta, Berta oyó, divertida, las veces que

Lara le hizo repetir la frase antes de levantarse y salir del despacho.

—Vamos —le dijo al pasar.

La inspectora giró a la izquierda.

—Jefa, jefa, que es a la derecha —le recordó Torres.

Durante un instante, Berta sintió un ramalazo de pena por el chico, pero lo desechó enseguida. No soporto a los lameculos, pensó.

La inspectora continuó sin aminorar el paso mientras Torres se apresuraba detrás mascullando explicaciones. Los siguió tranquila. Sabía adónde se dirigía Lara. Aunque no siempre entendía las reacciones de su jefa, un año a sus órdenes había bastado para saber que nada le molestaba tanto como lo que consideraba imposiciones externas. Un concepto que, en su caso, podía resultar muy amplio.

La puerta de la escalera de incendios ya se cerraba, pero Berta llegó a tiempo de sujetarla. Fuera, con parsimonia, la inspectora Samper se colocó las gafas de sol y encendió un cigarrillo con una calada profunda. Su aspecto era perfecto, impecable, como si la canícula no la afectara a pesar de vestir de negro.

Berta había aprendido en ese año que su jefa usaba el negro como un uniforme. Un uniforme discreto para no tener que molestarse en elegir ropa. Sin embargo, de haber echado un vistazo al amplio armario empotrado de su dormitorio habría descubierto los pantalones, americanas, camisetas o blusas que se sucedían en filas apretadas y dispuestas en un orden maniático, semejantes a las sardinas en una cuba de madera.

Imbécil, pensó Berta al ver a Torres conminar en silencio a la inspectora.

Lara Samper debió de formarse el mismo juicio porque soltó una bocanada de humo y le preguntó clavándole sus ojos negros e inescrutables:

—¿Sabes cómo murió Francis Bacon?

—No, jefa —respondió el policía, extrañado. El sol le achicharraba la cabeza, la camisa se le pegaba a la espalda.

—Bacon fue un visionario que supuso que la nieve conservaría la carne como lo hacía la sal, así que compró un pollo, lo rellenó de nieve y se quedó fuera de casa aguardando a que se congelara. El pollo no se congeló, pero él pilló una pulmonía que lo mató.

Torres la miró interrogante. Unos segundos más tarde dio un par de pasos hacia atrás, al amparo de la sombra. Berta pensó que la inspectora Lara Samper, con su extraordinario don de gentes, acababa de ganarse otro amigo. El «¿Sabes cómo murió?» era una forma de elaborado sarcasmo, su particular medidor de la estupidez humana. Cuando el año anterior conoció a Berta, empleó con ella la muerte del papa Adriano IV. La subinspectora tardó en perdonárselo.

Luis Millán vestía su habitual e impoluta camisa blanca de manga larga —siempre manga larga— con los tres primeros botones desabrochados y el cuello firme. Era alto, casi un metro noventa, fibroso, de abdomen firme y hombros anchos. Lucía el cráneo tan impecablemente rasurado como las mejillas, y por las bolsas que se le formaban bajo los ojos aparentaba más de los cuarenta años que acababa de cumplir.

Creía encarnar el lujo en un microcosmos de plebeyos porque era la oveja negra en una familia de consejeros delegados y rentistas. Sus abuelos maternos fueron los dueños de los terrenos del extrarradio donde se construyeron los bloques de pisos en los que creció Berta.

Su amplio despacho era uno de los pocos del destartalado edificio en el que el aire acondicionado funcionaba cada vez que lo encendían. La subinspectora sintió que el vello de los brazos se le erizaba por el contraste. Encima de su escritorio destacaba un único detalle personal: la foto de una niña, poco más que un bebé, en un balancín. El mismo azul de sus ojos, pero más grandes, más felices y luminosos.

—Vaya, vaya —dijo Millán. Se levantó y mostró su dentadura perfecta tras su irónica sonrisa—. ¿Son las doce? Cenicienta se ha dignado regresar a casa.

En silencio, la inspectora Lara Samper permaneció de pie observándolo. Frente a frente.

Berta se sintió incómoda. La tensión entre ambos le resultaba turbadora, y, aunque ya no creía que la presencia de su jefa en el Servicio de Atención a la Mujer se debiera a Millán, seguía otorgando a esa tensión un origen sexual latente, reprimido y oscuro. Berta era una romántica.

El inspector jefe dejó transcurrir un largo minuto antes de ordenarles que se sentaran. Después, en medio del silencio, se oyó una voz. La subinspectora dio un respingo. Millán había encendido el televisor. Se volvieron hacia la pantalla.

En la imagen, el cámara se acercaba, en un *travelling* inexperto, a las ruinas de un castillo en unos montes blancuzcos y pelados. Era la escena de un crimen, con los elementos habituales: coches patrulla (en este caso de la Guardia Civil), la ambulancia del Anatómico Forense, el equipo de la científica y una Peugeot Partner que llevaba un remolque metálico con la pintura descascarillada. Al lado de la furgoneta había dos palas sucias tiradas cerca de una carretilla con los mismos restos oscuros que se observaban en el remolque.

El movimiento de la cámara mostró un gran anillo de pesadas piedras, con una circunferencia de más de tres metros, que contenía los vestigios de una hoguera enorme: troncos y ramas bastante consumidos, muñones negruzcos, tizones, astillas y ceniza.

—Prestad atención —indicó Millán.

Congeló la imagen y la amplió poco a poco.

Berta se esforzó en interpretar lo que veía. La resolución de la pantalla era buena. Distinguió unos puntos que identificó como moscas volando parsimoniosas en torno a lo que parecían ser los retorcidos zarcillos de un sarmiento sin consumir.

Acto seguido, primero su estómago y unas décimas de segundo más tarde su cerebro comprendieron con aprensión qué había atraído a las moscas. Lo que Millán deseaba mostrarles con tanto detalle no eran zarcillos, sino cinco dedos encogidos, de piel reseca, ennegrecida y calcinada.

Era como en esos libros de imágenes en 3D ocultas en los que tras fijar la vista se ve la figura; después de los dedos distinguió un cuerpo encorvado, con las extremidades semiflexionadas como un boxeador defendiéndose con los puños cerrados.

—Como habréis apreciado, se trata de un cadáver —dijo Millán.

Berta no conseguía apartar los ojos de la imagen. Era imposible saber a simple vista si el boxeador era una mujer o un hombre, y mucho menos determinar su edad; sin embargo, la intuición le dijo que se trataba de una mujer. Y no de una mujer cualquiera, sino de una de sus mujeres. Era lo más lógico, ya que, si no se trataba de una de ellas, ¿por qué se lo enseñaba Millán? Ellas no se encargaban de homicidios a menos que les concernieran o que se produjeran en una de sus guardias.

—La noche del viernes —comenzó Millán—, durante los actos de unas Jornadas Medievales, se celebró una exhibición de arqueros. Se congregó una muchedumbre para contemplar cómo prendían fuego con sus flechas a una gran pira de leña.

—¿El viernes? —preguntó con incredulidad Lara Samper.

No, pensó Berta. El estómago se le encogió de golpe. No. No, por favor.

—Los operarios no fueron a recoger los restos hasta ayer. Al vaciar con las palas la ceniza lo encontraron… Luego le practicaron la autopsia, consiguieron sus huellas dactilares, las cotejaron en la base de datos y hace apenas una hora han enviado de El Escorial su identidad.

—¿Dónde ocurrió? —La inspectora necesitaba ubicarse.

—En Alfajarín.

Berta miró el cráneo: pelado, con las cuencas oculares vacías y el «rictus de la angustia» debido a la condensación de los tejidos. ¿Quién eres?

—Alfajarín es demarcación de los guardias —le recordó Lara.

¿Quién eres? Berta repasaba los casos más graves de las últimas semanas, las órdenes de alejamiento. Resultaba complicado sin consultar los expedientes; eran más de ciento ochenta las mujeres con medidas judiciales activas en Zaragoza. Pensó que podía descartar las de riesgo alto. El funcionario de Protección asignado jamás dejaría transcurrir tres días sin tener noticias suyas o sin llamarlas personalmente.

—Era competencia de la Guardia Civil —dijo Millán recalcando el verbo en pasado—. Pero desde que han identificado el cadáver es todo nuestro.

Intentó recordar los impresos que la Delegación del Gobierno le había enviado (semanalmente cursaban los presos con órdenes de alejamiento que disfrutaban de permiso penitenciario ese fin de semana); trató de visualizar sus nombres.

—Cuando la prensa descubra la identidad, se cebarán en el morbo —continuó su jefe.

Con un escalofrío Berta pensó en Ana Lucía. ¿Esa masa informe era Ana Lucía?

—¿Quién es? —preguntó Lara.

No. ¡Por favor!

Millán abrió la carpeta despacio, cargando el momento de dramatismo.

Berta tuvo tiempo de recordar el rostro nervioso y asustado de Ana Lucía. Sintió un regusto amargo en la boca y, al tragar, le bajó por la garganta. No consiguió persuadirla de que interpusiera la denuncia; le había fallado. Debería haberla ayudado a vencer el miedo a lo que vendría después.

—El tipo tenía veintidós años. Se llamaba…

¿Un crío de veintidós años?, se sorprendió. Y ahí mismo la muerte la alcanzó de la forma más inesperada.

—Se llamaba Manuel Velasco Ciprián.

A Berta le faltó el aire como a un pez al que sacan repentinamente de la pecera tirando de una aleta. Manuel Velasco. Eme. Aturdida, se aferró a los brazos del sillón. El cambio de Ana Lucía a Velasco resultaba abismal. Eran emociones demasiado enfrentadas para asimilarlas en apenas unos segundos.

—Supongo que lo recordáis —dijo Millán con su característica sonrisa aviesa.

La inspectora Lara Samper respondió con voz tranquila e imperturbable:

—Es un caso bastante reciente.

Si Millán no hubiera permanecido tan atento a la posible reacción de Lara, como acostumbraba, habría advertido la chispa de alegría en los ojos de la subinspectora. Pero para él Berta carecía de entidad propia, solo era parte de un problema con nombre y apellidos: Larissa Samper Ibramova.

Los expresivos ojos de Berta gritaban Manuel Velasco. El puto Eme. Toma ya.

Lara

Martes, 14 de junio

El Instituto de Medicina Legal de Aragón, el IMLA, ocupaba un solar en el apartado barrio de San Gregorio de Zaragoza. Antiguamente se hallaba en el emblemático paraninfo de la Universidad, un conjunto monumental de tres edificios. Por una de esas paradojas que entretejen la vida, lo que fue el Pabellón de Disección (por su tamaño y la cruz que lo coronaba, parecía la coqueta capilla de un antiquísimo pazo) era ahora un espacio de alegres colorines. El edificio en el que durante un siglo se diseccionaron los cadáveres de la ciudad se había convertido en una ludoteca municipal donde hacer reír a los niños.

Lara conocía el camino al IMLA. Aunque en pocas ocasiones debía enfrentarse a un cuerpo sin vida, acudía a menudo por otras causas.

La inspectora descubrió pronto que el verdadero peligro siempre eran los vivos. También que las huellas que dejan en el cuerpo puñetazos, patadas, pellizcos, puntapiés, cigarrillos…, aun siendo la parte más visible y aparatosa, no eran lo peor. Lo peor resultaba contemplar una y otra vez con qué facilidad cargaban los maltratadores a sus víctimas con las piedras de la culpa y de la responsabilidad hasta hundirlas bajo su peso. Esas heridas, sobre las que el forense por mucho que examinara no podía realizar un peritaje ni recoger muestras para el juez, eran las que tardaban en cicatrizar. O no lo hacían nunca.

Aparcaron en la explanada adyacente, un espacio acotado con una valla.

A pesar del calor sofocante, Berta Guallar caminaba delante, presurosa. Como si se dirigiera a una meta concreta y tuviera prisa por llegar, pensó Lara. Contemplar el cadáver calcinado de Manuel Velasco debía de puntuar muy alto en su escala de justicia. El vuelo de sus manos la delataba. Vibrante.

Ella llevaba unas gafas negras con las que aislarse del exceso de luz. Hasta las piedras la irradiaban haciendo visibles los objetos más minúsculos.

Esa noche había permanecido en un intranquilo duermevela durante cuatro o cinco horas. Apenas dormía desde aquello, aunque habían transcurrido casi seis años. Tras tantas noches de vigilia, en las que buscaba una explicación y repasaba inútilmente cada palabra, cada gesto, ya estaba acostumbrada a los desvelos.

Está bien así, pensó. Al despertar, Use ya no era su primer pensamiento, ya no se quedaba paralizada ni las lágrimas resbalaban mudas por sus mejillas hasta la almohada. Lágrimas de dolor y también de rabia. Ahora solo le ocurría algún amanecer y, a veces, en los meses buenos, incluso transcurrían una o dos semanas en paz, aunque luego su recuerdo regresaba envenenado con una punzada de culpa. Junio no era un mes bueno; de hecho, junio era el peor.

Como cada mañana, a las seis y media había salido de casa en dirección a la piscina. Se había ceñido el gorro, que le dejaba una marca profunda en la frente, colocado las gafas y zambullido de cabeza desde el poyete en un movimiento perfecto. Después, durante cincuenta minutos, había seguido su rutina de nadar con una tabla de secuencias fijas.

Ya en el vestuario y antes de ducharse, había encendido el

móvil para dar un rápido vistazo al parte de sala. Desde su primer día en el cargo había ordenado que se lo enviaran vía correo electrónico para estar al corriente de qué había ocurrido y a qué tendría que enfrentarse. Sin embargo, sabía que si algo grave hubiera sucedido, habría recibido una llamada de alerta. A continuación se había dado una ducha larga y tranquila, y se había aplicado con calma la crema corporal de mandarina.

Héctor Chueca, uno de los treinta y ocho médicos forenses en plantilla, salió a su encuentro. Al ver a la inspectora Lara Samper no interpretó el sarcasmo en su rostro y sonrió amistoso, incluso ilusionado. Les tendió una mano un poco húmeda.

—Buenos días. —Sus ojillos relucieron satisfechos tras unas llamativas gafas azules—. Nos ha tocado un siniestro total.

—¿Perdona? —preguntó Lara sin comprender.

Él soltó una risa pueril, que consideraba seductora, antes de hablar.

—Ya sabéis que los forenses somos como los peritos de las compañías aseguradoras de coches. —Sonrió dando a entender lo contrario—. Vemos muchos, muchos golpes y abolladuras y, de vez en cuando, algún siniestro total. Hoy nos ha tocado uno.

Soltó otra risita. Lara lo contempló con dureza e intensidad.

—Como chiste no tiene gracia.

A Chueca la sonrisa se le quedó congelada en los labios, aunque el resto de sus rasgos reflejaban sorpresa y dolor. Ella mantuvo la pesada y silenciosa mirada sobre él. Prefería atajar los flirteos lanzando un ataque.

Muchos hombres en presencia de Lara o bien se mostraban nerviosos y azorados o bien querían impresionarla, demostrar su gran ingenio y perspicaz inteligencia. La inspectora gestionaba lo que consideraba un rasgo atávico de forma que no le hiciera perder el tiempo.

Chueca carraspeó y optó por una retirada.

—Seguidme, por favor —dijo encaminándose al semisótano.

A Lara le satisfizo el cambio porque consideraba al forense un profesional competente. Sus labios aflojaron la tensión y recuperó su seriedad. Aborrecía los cadáveres y se preparó para contemplar el de Velasco como la obra de un asesino, el resultado final de un proceso que alguien había planeado y ejecutado. Y se equivocó.

Desconocía que las vidas de los seres humanos, al igual que los canalillos de riego de su azotea, permanecían comunicadas entre sí durante sus complicados recorridos. Por ese motivo, pese a ser dispares, podían cruzarse de manera inextricable en algún momento alterando su curso.

Berta

Martes, 14 de junio

Entraron en la zona de autopsias y accedieron a la amplia sala. En una de las paredes se hallaban encastradas las cámaras colectivas, parecidas a nichos pero con puertas metálicas y cierre de maneta, donde se guardaban los cadáveres. Había dos cámaras de congelación y ocho de mantenimiento. Eran suficientes para una ciudad en la que se realizaba una media de cinco autopsias diarias.

Se acercaron a las de mantenimiento y Héctor Chueca leyó los folios de identificación de las fundas de plástico que cada puerta tenía adherida.

Berta sintió piedad por el forense, que continuaba cabizbajo. Pensó que, en numerosas ocasiones, la inspectora Lara Samper mostraba falta de empatía, la misma insensibilidad que la de una mano escaldada.

Cuando Lara llegó al SAM, Berta sintió una inmediata antipatía por ella. Una hostilidad compartida con el resto del equipo e incluso con los otros inspectores, subinspectores y oficiales del Servicio de Atención a la Familia. Fue una de las pocas ocasiones en las que todos se pusieron de acuerdo en algo; ellos, que ni siquiera eran capaces de unirse para comprar una cafetera y continuaban intoxicándose con el brebaje de la máquina.

El hecho de que trajeran a alguien de fuera, en vez de permitir una promoción interna, solivió los ánimos y avivó el debate sobre los méritos de Lara Samper. Para agravarlo, apenas un mes más tarde de su incorporación, sustituyeron al jefe del SAF, el competente Carcasona, por un desconocido.

Berta recordaba el sonrojo de Lara, habitualmente impertérrita, cuando el jefe de la Judicial lo presentó al Servicio. Se fijó en la forma en que arrugó el ceño y echó la cabeza hacia atrás, como si percibiera un olor potente y desagradable, aunque Berta solo advertía el caro perfume de Millán. Eso y que el cráneo rasurado le confería un punto de imperfección que lo dotaba de carisma y atractivo.

—¿Te encuentras bien?

—Sí, claro.

—¿Lo conoces?

—No —respondió Lara con la respiración un poco agitada mientras Millán le clavaba sus pequeños y escrutadores ojos azules.

Antes de que continuara el interrogatorio, la inspectora la atajó con fiereza.

—¿Sabes cómo murió el papa Adriano IV?

La subinspectora se encogió de hombros.

—Le gustaba demasiado hablar, y un día, en el transcurso de un paseo, una mosca se le metió en la boca, se quedó atorada en la garganta y, por más que intentaron extraerla, no lo consiguieron. Murió asfixiado entre dolorosos espasmos.

Maldita jirafa, pensó Berta como respuesta, si bien se mantuvo callada.

La inspectora Lara Samper se sometió, aparentemente sin ningún asombro y ninguna queja, a todas las jugarretas y bromas malintencionadas. Sin embargo, a medida que las insinuaciones sobre su lujuria dejaron de ser más o menos veladas y, al contrario de lo habitual, fueron en aumento una vez perdida la gracia de la novedad, la impresión que Berta se había formado de ella, cambió.

El trato que recibía de los demás despertó no su clemencia, sino su sentido de la justicia. La despreciaban porque se mostraba obstinada, soberbia, irónica, o incluso lacerante, pero, sobre todo, porque Lara Samper era guapa. Tan profunda e irritantemente hermosa, que su belleza se imponía y anulaba sus otras cualidades y defectos.

Nadie le otorgaba demasiado crédito a una rubia de metro ochenta con hechuras de modelo, a pesar de que la inspectora era una policía concienzuda e inteligente. Una de las mayores expertas en Programación Neurolingüística, una rama de la Psicología dedicada al estudio de la conexión entre los procesos neurológicos, el lenguaje y los patrones de comportamiento aprendidos a través de la experiencia personal.

—¿Todavía conserváis a Juancho? —quiso saber Berta.

La subinspectora preguntó al forense por aquel cadáver que todos conocían. Juancho aguardaba desde hacía año y medio a que sus hijos ahorraran el dinero suficiente para su expatriación a Guatemala.

—Sí, ya es casi de la familia —respondió más relajado.

Chueca leyó el folio de la cámara contigua.

—La noche del jueves fue movidita —comentó—, aquí está el del atraco a la gasolinera.

La luna llena, recordó Berta. Supuso que su jefa estaría pensando lo mismo. Lara le había dicho en varias ocasiones que intuía que, al igual que el influjo de la luna concentraba la savia de las plantas en la zona superior, facilitando su trasplante, en los seres humanos ocurría un proceso similar. Las noches de luna llena, a los maltratadores se les subía la sangre a la cabeza y encontraban en cualquier nimiedad una razón ineludible para aplicar a sus parejas un buen correctivo.

—La gasolinera de Rausan, la de la Nacional II —puntualizó el forense.

Lara asintió.

—A las doce y cuarto de la noche del jueves, un tipo paró en Rausan. Al terminar de repostar, decidió que, en vez de pagar, era preferible sacar una pistola y amenazar al empleado. El arma se le disparó antes de que el hombre pudiera reponerse del susto.

Héctor Chueca señaló la puerta.

—Lo dejó tirado en el suelo con el dedo metido en el gatillo de la manguera sacudiéndose en espasmos sobre un charco de gasolina, y enfiló en dirección a Barcelona.

Berta se despistó rebuscando en su mochila para sacar su libreta y tomar notas de la autopsia. Era muy pertinaz en lo referente a registrar las palabras para no dar lugar a olvidos o tergiversaciones, aunque era imposible que supiera todavía la importancia de lo que acababa de oír y no anotó ni subrayó el nombre de la gasolinera: Rausan.

Lara

Martes, 14 de junio

—Manuel Velasco —dijo Chueca—. Este es el nuestro.

Les tendió un par de mascarillas. Lara lo miró con desdén y la apartó. Había soportado la desconfianza y el retintín de demasiados hombres y algo que le molestaba sobremanera: su afán de protegerla o de explicarle en tono condescendiente cosas que ella conocía. *Mansplaining* y pequeños micromachismos diarios, pensó.

—Créeme —insistió el forense tendiéndole de nuevo la mascarilla—, no se parece a los cadáveres que acostumbráis a ver.

Aunque escéptica, Lara recordó la grabación de la escena del crimen de la científica que les había mostrado Millán en su despacho, y la aceptó.

El forense abrió la cámara y una bocanada de aire frío las alcanzó. Acercó una camilla metálica y colocó encima la plancha en la que reposaba el cadáver.

Ambas tuvieron el acto reflejo de dar un paso hacia atrás, un movimiento de repulsión, cuando levantó la sábana que lo cubría. Su aspecto era más desagradable que en la pantalla del televisor; además, para practicarle la autopsia le habían abierto el pecho y la mandíbula con algún tipo de cizallas.

Lara apretó instintivamente los dientes al imaginar el sonido y dominó una náusea con esfuerzo.

Héctor Chueca señaló con el índice.

—El cadáver está apoyado sobre el plano y con la postura de un boxeador en posición de defensa, algo característico en los cadáveres carbonizados por incendios. El calor del fuego provoca la deshidratación y la contracción de los músculos flexores y extensores...

Siempre que Lara se hallaba frente a un cadáver, se planteaba esos quince o veinte segundos en que el cerebro permanece todavía consciente y en un chispazo da tiempo a comprender. Miraba los rostros de esas mujeres con compasión. ¿Qué pensaste al darte cuenta de tu error, de que sí que era un cabrón capaz de matarte?, les preguntaba.

En esta ocasión no lo hizo. Tanto ella como Berta sabían en qué se había equivocado Manuel Velasco.

—La superficie de la piel es negra, dura y seca —continuaba el forense— con roturas en los pliegues de flexión. Siguiendo el procedimiento establecido, lo radiografiamos en busca de fracturas o cualquier otro dato que nos indicara el motivo de la muerte.

Les explicó que, en los casos de cuerpos carbonizados, se establecía el diagnóstico diferencial entre las lesiones producidas por el fuego (fracturas o hematomas extradurales); las que se daban de un modo circunstancial y las que pudo haber antes del incendio por un acto criminal. La subinspectora anotaba con alguno de los signos de taquigrafía que recordaba.

—¿Encontraste alguna fractura?

—Una previa al incendio. Un menisco ya soldado.

Lara meditó un momento. Aún consideraba que el hecho de que el cuerpo de Velasco terminara en la hoguera era intencionado y necesitaba descubrir la causa.

—¿Han optado por calcinarlo para encubrir el modus operandi?

—Más bien creo que la intencionalidad era dificultar su identificación.

—¿Estás seguro de eso?

—Bueno...

Berta Guallar, que hasta entonces había permanecido callada, interrumpió al forense:

—¿Sabéis para qué lo hicieron?

La miraron con curiosidad.

—Para borrarle la jodida sonrisa de la cara —dijo luego con contundencia—. Para eso. Para borrársela.

Permanecieron en un silencio incómodo. En otras circunstancias, Lara la habría reprendido. Pero era evidente que el blog de Santos Robles le estaba afectando. Eran frecuentes las ocasiones en que se mostraba distraída y en las que la descubría rechinando los dientes o pasándose la mano por la nuca, mientras leía informes o consultaba el ordenador.

Para Lara, Robles era un pervertido, un pedófilo asqueroso. Habían transcurrido nueve meses desde su detención, el juicio ya se había celebrado y, en esos momentos, la única esperanza de lograr una condena era encontrar alguna prueba incriminatoria en su ordenador o en su móvil. Un técnico había realizado el volcado de los datos de ambos dispositivos, los había presentado en el juzgado y había enviado una copia a la unidad de Informática Forense de Madrid. Allí disponían de software muy potentes capaces de recuperar incluso lo que Santos Robles hubiera intentado destruir. La subinspectora Berta Guallar confiaba en que ese informe pericial sentenciaría a Robles.

Lara también se sentía intranquila desde que descubrió el blog, pero no por los comentarios ni por la cantidad de visitas (ese tipo de acusaciones contra la Policía siempre encontraba adeptos), sino porque estaba convencida de que el siguiente paso de Robles sería interponer una denuncia contra la subinspectora.

Por suerte o por desgracia, Berta, demasiado ofendida, todavía no se planteaba esa posibilidad.

Héctor Chueca prefirió omitir el comentario de la subinspectora y proseguir.

—Cuando los signos de identificación externos han desaparecido, es necesario el estudio de los órganos internos si no disponemos de una ficha dental, radiografías u otro dato clínico pre mórtem con el que comparar.

Se acercó un poco más y tocó con sus manos enguantadas la rodilla derecha.

—En vuestro caso, el foco incidió en las piernas, por lo que las cavidades no estallaron, y el cráneo, el tórax y el abdomen se encuentran bastante bien conservados. ¿Lo veis? El tipo tuvo suerte porque el puño derecho permaneció cerrado, lo que impidió la combustión de esa zona protegiendo las crestas.

—Si el tipo se viera ahora mismo, dudo de que se considerara afortunado. —Lara bufó.

—Ha bastado con quebrar los dedos para tomar las impresiones. —Señaló la mano, aquellos huesos calcinados que pertenecían a un ser humano.

—¿Cuándo tendremos la identificación definitiva?

—De momento es fiable al noventa y siete por ciento, pero mañana espero disponer de los resultados del ADN que hemos extraído de la cavidad pulpar de un molar.

Hasta que no estuvieran completamente seguros, sin ningún margen de error, no informarían a la familia.

—¿Cuál ha sido la causa del fallecimiento? —preguntó Lara. Deseaba terminar cuanto antes.

—No he podido determinarla todavía, si bien he descartado

algunas como la intoxicación por monóxido de carbono —les explicó—. En las radiografías tampoco hemos observado ninguna contusión, y la única fractura es la rotura del radio del brazo izquierdo, con un origen pre mórtem. Las muestras obtenidas se encuentran en histopatología para que las identifiquen y realicen estudios tóxico e histológicos complementarios.

—¿Cuál es tu conclusión?

—Dado que no presenta evidencias de golpes o lesiones, o bien murió de una causa natural o bien por la acción de algún veneno. Los casos de cadáveres carbonizados son difíciles, ni siquiera es posible establecer un diagnóstico tanatocrono que determine la hora de la muerte…

Lara recordó el informe del equipo que acudió al lugar de los hechos. En el mes de junio se celebraban unas Jornadas Medievales y durante esos días Alfajarín recuperaba su pasado de enclave histórico, rememorando el siglo XI en que el rey de la taifa de Zaragoza ordenó construir el castillo para vigilar las márgenes del Ebro y proteger la ciudad de las tropas cristianas.

Durante las jornadas, los alfajarinenses, ataviados al modo medieval, representaban diversos episodios históricos: la distribución de los ejércitos, la toma del castillo por los templarios, el combate de espadas o la boda de doña Brianda de Luna y el señor de Cornel.

La noche del viernes unos arqueros prendían, con gran ceremonia y pompa, una enorme hoguera. La hoguera ardía durante horas como telón de fondo de otros actos, hasta que se consumía por sí sola. Sin embargo, este año la habían apagado debido al viento y al peligro de incendio. Protección Civil había activado la Alerta Roja.

Lara se había formado una idea acerca de cuál pudo ser el motivo que llevó al asesino a terminar de aquel modo con Velasco.

—Si no hubieran apagado la hoguera, ¿el cadáver se habría consumido y habrían desaparecido los restos?

—Es difícil determinarlo. No sé qué temperatura alcanza un fuego de esas características.

—¿Qué opinas basándote en tu experiencia?

El forense era uno de esos hombres a los que molestaba apartarse de rutinas y certezas, y aventurar hipótesis sin datos que las ratificaran. Aun así, suspiró y esbozó una sonrisa cómplice mirando a Lara.

—No creo que logre los grados necesarios. Por ejemplo, los hornos crematorios llegan a los novecientos o mil grados y están modificados para asegurar la eficiente desintegración del cuerpo dirigiendo las llamas al torso, que es donde reside la principal masa corporal.

—¿Cuánto dura el proceso?

—Entre dos y tres horas, si bien varía dependiendo del tamaño del difunto. Al concluir la cremación, subsisten fragmentos secos de hueso, compuestos en su mayor parte de fosfatos de calcio y minerales secundarios.

—Entonces, del cadáver de Velasco, ¿solo hubiéramos encontrado huesecillos?

—Fragmentos de hueso y el cráneo, por supuesto.

—¿El cráneo? No habías dicho nada del cráneo —objetó Berta.

—Me ha parecido tan obvio...

—¿Y en las incineraciones? ¿Dónde está el cráneo? —insistió.

—A los familiares solo les entregan cenizas porque un operador introduce los huesos y el cráneo en una máquina —respondió con fastidio—, en un cremulador donde se procesan hasta que adquieren la consistencia de granos de arena.

—¿Quemulador de quemar?

—No. Cremulador. Ce de Cáceres, erre de Rioja, e...

La subinspectora apuntó la palabra en la libreta. La subrayó para buscarla con calma.

—Si el cráneo del cadáver es muy grande, no cabe en la máquina, por lo que hay que golpearlo y aplastarlo con una pala previamente. ¿No lo habéis visto nunca? Seguro que está en YouTube. Todo está en YouTube.

La bocanada de aire caliente que las arrolló al salir al exterior parecía en esos momentos una advertencia de aquel final que les aguardaba dentro de un horno crematorio. Lara tenía una sensación pesada en el estómago.

Consultó el móvil, que había vibrado varias veces en el bolsillo de la americana durante la autopsia. Frunció el ceño. En la pantalla aparecía pendiente el mensaje que su madre le había enviado el viernes anterior: «Привет ты?». Dos palabras: «¿Cómo estás?», en las que palpitaban muchas otras. Palabras que jamás pronunciaría, porque había perdido el derecho a hacerlo. Como siempre que pensaba en Anya, acudió la punzada de melancolía por su padre.

Berta había abierto de par en par las puertas del coche para que la corriente disipara el calor, y encendió el motor para que comenzara a funcionar el aire acondicionado. Lara fumaba a la sombra del alero de la entrada. Pensó que la subinspectora siempre exageraba su preocupación por los demás. Incluida ella. Sobre todo ella. Como si los demás la necesitáramos. Como si nos sirviera para algo, se dijo.

Cuando Lara la observaba, lo primero que veía en el gesto de su boca, en la forma en que brillaban sus ojos, era la determinación que la caracterizaba. No había sabido prescindir de un sentido de la justicia un tanto ingenuo y católico en el que cada uno recibe su debida recompensa o su castigo en función de sus actos. Una meritocracia que ella juzgaba con sarcasmo.

Le resultaba sencillo imaginarla en el colegio. Los enormes ojos asombrados y el pelo recogido en unas trenzas gruesas, aprendiéndose con ahínco —con el mismo que empleaba día a día en su trabajo— las tablas de multiplicar. Una niñez sin sombras, con un padre y una madre, hermanas y un montón de primos y de amigas, con numerosas celebraciones de cumpleaños, y confesiones entre risitas y sobresaltos. Una infancia en la que la principal misión sería darle la menor guerra posible a sus padres y aprobar el curso.

Una niñez opuesta a la suya. A la niña de la melena dorada que les sacaba una cabeza a las otras. La que tardó en pronunciar sus primeras palabras, pero lo hizo en castellano y ruso. La que leía cuentos con cuatro años. La diferente. La hija de la rusa.

En aquel tiempo, cuando creía que la intensidad con la que se deseaba algo lograba que ocurriera, apretaba los puños hasta clavarse las uñas romas y deseaba con toda su alma que su madre ni fuera rusa, ni tan hermosa ni tan culta. Deseaba que se pareciera a las otras madres, tan corrientes, cuya única preocupación era el bienestar de sus hijos. Como si de alguna extraña manera eso fuera a conseguir que ella también cambiara.

Después su madre se marchó, aunque ni eso impidió que continuaran siendo la hija y el marido de la rusa.

Pensó en su padre, que se esforzaba tanto en ocultar su dolor, en forzar una sonrisa, en aparentar una normalidad que estalló en mil pedazos en el mismo momento en que la puerta se cerró tras la rusa y su maleta, dejando en el recibidor el resto de sus cosas y decenas de cajas de libros precintadas que esa misma semana pasarían a buscar los de la mudanza.

Berta regresó a su lado. Continuaba impresionada por las palabras de Héctor Chueca.

—¿Crees que si la gente supiera que te destrozan el cráneo a paladas se dejarían incinerar?

Los ojos de Lara brillaron.

—Eso puede resultar muy esclarecedor.

—¿El qué? ¿Que tus únicas alternativas sean los gusanos o un fulano con una pala?

—No. La posibilidad de que el asesino de Velasco también lo ignorara.

—Supongo que si se molestó en planificar el homicidio con tanto cuidado, lo buscaría en internet, ¿no?

Las preguntas se agolpaban en su mente. ¿Planeó acudir con posterioridad a recoger los restos? Y si ese era su plan, ¿por qué no lo llevó a cabo? ¿Se lo impidió algo? ¿Qué?

Ignoraba que las preguntas eran erróneas. No tenía en cuenta que cuando las vidas de los seres humanos se cruzan en algún momento, ese cruce puede obligarles a cambiar su curso.

A desviarlo con consecuencias imprevisibles.

Berta

Martes, 14 de junio

—Era un crío de veintidós años —dijo Lara con un suspiro.

El coche se hallaba estacionado en la zona delimitada para uso de servicio público en la puerta de la comisaría. Apenas cabían cuatro coches, pero en una calle con tan poco aparcamiento era un lujo.

—La muerte de un joven siempre es absurda —sentenció.

Berta estaba demasiado implicada emocionalmente con Velasco y no reparó en que el nerviosismo y la tristeza de su jefa no eran los habituales.

—Bueno… en este caso no creo que suponga ninguna tragedia —le respondió.

—¿Cómo puedes decir algo así?

La subinspectora cruzó los brazos a la altura del pecho.

—¿Sabes? ¿Sabes por qué creo que Eme —pronunció con retintín el nombre con el que sus colegas llamaban a Manuel Velasco— ha terminado convertido en ese amasijo, en esa especie de costilla de cerdo calcinada?

—Ilústrame.

—Era un cerdo. El que lo ha hecho lo sabía y quería borrarle su asquerosa sonrisa.

—Eso ya lo has dicho antes.

—Porque es verdad —se obstinó.

Las dos permanecieron un momento en silencio viendo la gente pasar por delante del parabrisas. Fue Berta quien habló, más calmada, conciliadora.

—Siento que el universo ha hecho justicia.

—¿Eso crees? ¿Te alegra?

Tardó unos segundos en considerar su respuesta. Decidió ser sincera.

—Bueno, sí, un poco. Más que cuando pensaba que el cabrón andaba tan tranquilo, que lo haría de nuevo. Pero, sobre todo, es la sensación de que se ha restablecido una especie de equilibrio.

Se subió las gafas colocándolas a modo de diadema y le preguntó mirándola a los ojos.

—¿Qué sientes tú?

—Rabia —respondió con firmeza—. Rabia y tristeza.

—¿Tristeza? ¿Rabia? ¿Por ese malnacido?

—Es un fracaso. Nuestro fracaso. Si hubiéramos logrado reunir pruebas suficientes para el juez, no estaría muerto. Morir no era lo que le correspondía. Fallamos.

Desechó el pensamiento. Su jefa se equivocaba, Velasco era basura.

Berta cruzó en dos zancadas rápidas el patio de su casa. Muchos días, sin darse cuenta, retrasaba el momento de regresar. Es una etapa, hasta que los niños crezcan, pensó. Solo una etapa.

Al entrar en el patio siempre tenía la sensación de que algo vagamente nefasto ocurría en aquel entorno marmóreo de hornacinas sombrías, humedades y pintura enmohecida por la cercanía del Ebro. Se había equivocado al obstinarse en convencer a Loren de comprar el fabuloso piso de ciento ochenta metros y reformarlo. Él debió impedírmelo, era otro de sus pensamientos recurrentes.

Ahora se encontraban bajo el peso de la losa de una grotesca hipoteca que los asfixiaba, maniatados por los pagos mensuales, sin ningún margen. Encadenados el uno al otro durante los treinta y siete años que les restaban.

Suspiró y entró en el ascensor como en un ataúd. Se soltó la coleta, se puso la goma en la muñeca y hundió los dedos en el cabello para ahuecarlo. Se miró en el espejo acercando mucho la cara hasta que la punta de la nariz chocó contra el cristal. Los rizos desordenados y caoba que le llegaban a los hombros; los pendientes de plata labrada que Loren le regaló en Amberes; la nariz chata y ancha; las ojeras debajo de los ojos ámbar, grandes, expresivos; las incipientes patas de gallo; los labios que escondían unos dientes irregulares, con una pala que montaba ligeramente sobre la otra otorgándole un aspecto travieso.

En los minutos desde que atravesaba el lóbrego portal hasta que llegaba a su puerta se sucedía la transformación. La mujer que escudriñaba el mal en los ojos de los desconocidos y llevaba un arma para protegerse, se convertía en esa otra mujer que esbozaba una sonrisa y besaba a sus hijos, esforzándose para que todo el amor que sentía por ellos no se convirtiera en miedo y en una alarma constante.

Al entrar en casa se dirigió al salón. Solo funcionaba el aire acondicionado allí, más por ahorrar en la factura eléctrica que por una concienciación medioambiental. El resto de la casa había absorbido el calor en las paredes, proyectándolo hacia dentro como un horno. Suspiró sonoramente. Loren había vuelto a olvidarse de las persianas. Las bajó a tirones mientras preguntaba:

—¿Qué tal hoy en clase, chicos?

Martín respondió sin apartar la vista de la pantalla moviendo frenético los pulgares.

—No sé para qué nos hacen ir si ya hemos acabado los exámenes y ya han puesto las notas.

—Sí, cariño, ya son ganas de fastidiar.

—¿Puedo quedarme mañana en casa? —preguntó, ilusionado, aunque continuó sin mirarla.

—Claro. Mucho mejor pasarte el día tirado en el sofá.

El niño tardó unos segundos en preguntar.

—Eso es ironía, ¿verdad?

Berta sonrió. Su hijo todavía estaba aprendiendo a distinguirla. Le desordenó el pelo con cariño y después apoyó la mano en la frente de Izarbe. Le pareció que estaba caliente.

—¿Te duele?

La niña miraba jugar a su hermano y se limitó a toser.

—¿Te duele?

—No.

Berta sabía que mentía para ir al cumpleaños de Martita por la tarde.

Después, una vez en su dormitorio, sacó la pistola de la mochila para quitarle el cargador y guardarlos, por separado, en los estantes más altos del armario, debajo de las toallas. En ese momento siempre pedía que sus hijos fueran de los afortunados que conservan la inocencia, del mismo modo que en el Servicio de Atención a la Familia intentaba no ver sus rostros en los de los niños a los que tomaba declaración. Era difícil mantener la distancia, que permanecieran en compartimentos estancos.

Las paredes de su despacho estaban llenas de los dibujos que aquellos niños hacían mientras, del modo más dulce, los interrogaba. Figuras geométricas y sencillas con bastantes aristas, extremidades cortas, para los que utilizaban apenas dos o tres colores del montón de pinturas y rotuladores que ella compraba en el chino de al lado de la comisaría. Dibujos con un nombre escrito con mano temblorosa en una esquina.

Como un golpe le sobrevino el recuerdo de Dani. Dani y el blog. Sintió un vahído y se sentó en la cama. Será el calor, se justificó. El calor y las cervicales.

Los niños constituían siempre la parte más ingrata de su trabajo: el trauma, los hechos que en ocasiones no sabían ni nombrar, el cuidado que ponía para no influenciarlos, evaluar su veracidad...

Dani estaba custodiado por su padre y su madre. Aquella mañana trajeron otra silla porque frente a la mesa solo había dos. Normalmente no precisaban más porque el adulto que faltaba acostumbraba a ser el problema.

El despacho era estrecho —apenas la anchura de la mesa y el hueco para pasar—, con una pequeña ventana que daba a un patio de luces y siempre con el fluorescente del techo encendido. Cada vez que Berta leía artículos sobre cómo un escenario y un contexto adecuado —tipo la cámara Gesell— propiciaba la calidad de la información obtenida, se aguantaba las ganas de hacer una foto del despacho y enviarla al Ministerio.

A principio de cada mes, la inspectora Lara Samper cursaba a Jefatura una instancia solicitando un espacio más adecuado. Resultaba inútil, les habían asignado aquella tercera planta de la fea y destartalada comisaría de la plaza de Huesca, para concederles una intimidad de la que carecían en Jefatura. Se apiñaban en aquel minúsculo espacio desgajados del resto de la unidad de Policía Judicial. ¿Intimidad? ¿En una comisaría de barrio?, solían burlarse.

—Venga, cariño, dile a esta señora lo que nos has dicho a nosotros —animó a Dani su madre pasándole una mano por el pelo.

El niño, guapo, rubio y pecoso, aparentaba menos de los doce años que figuraban en los datos personales. Miraba al suelo avergonzado, encogido sobre sus hombros. Arrepentido de habérselo contado a sus padres. Berta advirtió la forma casi imperceptible en que se movió la camiseta debajo de la leyenda con letras blancas de Oxford. Contrae el estómago, pensó. Los tics nerviosos a causa de la ansiedad eran frecuentes en los niños.

—Tardó mucho en decírnoslo —se excusó la madre.

Supuso que iban a hablarle sobre algún exhibicionista. Un maldito pajillero, uno de los guarros de los coles. También pensó que, más tarde, tendría que averiguar cuántos adultos bienintencionados habían preguntado al niño además de sus padres, ¿tíos?, ¿abuelos?, ¿profesores?, para valorar la credibilidad del recuerdo.

Miró a la madre y asintió.

—Es lo habitual.

Necesitaba tranquilizarla, que supiera que ella era su aliada. Además, era cierto. Ninguno lo contaba la primera vez. Ni la segunda. Hasta que el pavor a que continuara ocurriendo superaba la turbación, el miedo a que sus padres se enfadaran o le riñeran, no se atrevían. A menudo eran su cambio de actitud, su retraimiento o hiperactividad, las pesadillas nocturnas, la falta de apetito, el hambre voraz o la llamada preocupada de la tutora, los que disparaban las alarmas.

—¿Usted fue la primera persona a la que se lo contó?

Asintió con la cabeza. El padre callaba. Se le marcaban las venas en las manos aferradas a los brazos de la silla. Se impacientaba. Su mujer lo notó y comenzó.

—Hasta este curso, hasta primero de ESO, Dani se quedaba en el comedor. Yo lo dejaba por la mañana en el colegio y luego lo recogía a las cinco, pero este año se empeñó en venir solo a casa.

Se pasó las palmas de las manos por la falda desde el inicio de los muslos hasta las rodillas un par de veces para serenarse.

—Dijo que todos sus amigos lo hacían, y nosotros… pensamos…

Berta cabeceó animándola.

—Un jueves a las tres, en el semáforo en que Dani se separa de sus amiguitos, había un hombre... —Inspiró para darse fuerzas—. Un hombre llamó pidiéndole ayuda, y cuando Dani acudió, el hombre estaba mas... mastur...

—¡Cascándosela!, eso es lo que hacía, cascársela.

—¡Daniel!

El padre bufó. Finalmente, y tras firmar el consentimiento para grabar la entrevista, Berta consiguió que salieran a tomar un café y quedarse a solas con el niño. Encendió la cámara.

—¿Te parece bien si me siento a tu lado, Dani?

Por toda respuesta el niño se mordió un pellejito del pulgar, tironeó ayudándose del otro pulgar. Sus dedos estaban llenos de heridas alrededor de las cutículas. Las uñas eran casi inexistentes. Era otro hábito nervioso, otra forma de aliviar la ansiedad. La subinspectora se sentó a su lado.

—Dani, yo soy Berta —dijo con una sonrisa cálida.

Conocía de memoria las recomendaciones básicas para entrevistas con niños víctimas de abusos sexuales. Aunque para ella cada caso era diferente.

—Es importante que comprendas que tus padres te han traído aquí porque te quieren y se preocupan por ti. —Intentó establecer contacto visual—. Yo soy la persona que va a ayudarte, ¿lo entiendes?

Esperó unos segundos. El niño siguió concentrado en arrancar el pellejito y no lo presionó. Deseaba que se sintiera cómodo. La subinspectora estaba preocupada: la actitud tan reservada, la evidente angustia los tics nerviosos, las ojeras..., no eran los rasgos habituales que observaba en los niños que se topaban con un exhibicionista. ¿Ha sufrido algún tipo de abuso?, pensó. Ojalá me equivoque. Ojalá.

—Seguro que esto es muy difícil para ti, ¿hay algo que yo pueda hacer? —prosiguió.

Necesitaba establecer algún tipo de conexión: le preguntó por el instituto, por los profesores, le contó que su hijo también estudiaba primero de ESO. El niño respondió con monosílabos o con simples movimientos de cabeza.

—Se llama Martín.

Hubo otro silencio. Se había arrancado el pellejito causándose una nueva herida en carne viva. Le escocerá, pensó.

—Él va al Goya. ¿Conoces a alguien de ese instituto?

Negó con la cabeza.

—¿Te gusta el insti?

Se encogió de hombros. Berta lo perdía y pensó en recurrir a la socorrida baza del fútbol, sin embargo, recordó una frase muy graciosa de Martín.

—Mi hijo dice que no es que el insti sea difícil, el problema es que son ellos, los profes, los que te lo hacen difícil.

Por primera vez levantó un poco la cabeza y la miró. Berta había tendido un puente. Continuó más animada.

—Ahora está con las raíces cuadradas con decimales, pero no hay manera de que las entienda.

—A mí se me dan bien.

Berta guardó silencio para no cortar la comunicación entre los dos, manteniendo aquella mirada tan triste, tan vacía.

—Mariajo, mi profe, nos explicó unos trucos.

—Dani, no sabes el favor que me harías si me los enseñaras. ¿Te animas? —dijo Berta transmitiendo un refuerzo positivo, recordándole lo valioso que era.

Sus hombros se destensaron, dejó de apoyar la espalda rígida contra el respaldo.

—¿Me lo escribes? Seguro que yo me lío o se me olvida...

Le acercó un folio y la caja de pinturas. Era la forma más segura de que se tranquilizara. Quizá me haya equivocado, pensó; tal vez es muy sensible.

Dani permaneció casi diez minutos resolviendo raíces cuadradas con un amago de sonrisa, olvidando dónde se encontraba. Berta pudo vislumbrar al niño que fue antes de que su mundo cambiara. Recordó la luminosa sonrisa de Martín, cuyas únicas preocupaciones eran su skate y la consola.

Tras agradecérselo efusivamente, llegó el momento de empezar.

—Se nota que eres un chico muy listo. El más listo que conozco.

Dani se ruborizó.

—Seguro que por eso le contaste a tus padres lo que ocurrió, ¿verdad?

No exigirle una explicación resultaba un buen comienzo, una forma de acercarse al problema de menos a más.

—¿Cómo es él?, ¿puedes describírmelo?

—Gordo…, alto…, viejo. Con pelo y barba blancos…

Al obligarle a recordarlo, a visualizarlo, a Dani se le formó un nudo en la garganta. Tragó saliva, pestañeó fuerte, pero las lágrimas lo desbordaron.

Berta cogió la caja de clínex que siempre había sobre la mesa del despacho. Romper el dique de sus sentimientos era una buena señal. Cualquier cosa que destrozara el bloqueo constituía un avance.

—Es muy doloroso, pero intenta recordarlo todo, hasta lo más irrelevante, cualquier detalle. Cuéntamelo con tus propias palabras.

Tres cuartos de hora más tarde le había descrito los tres encuentros, nada que ver con la patraña del exhibicionista.

Pensó que aquel indeseable no se habría detenido. Se habría producido un cuarto encuentro. Y un quinto. Y quién sabía cuántos más. En cada uno habría llevado más lejos sus exigencias, solo un poco para no asustarlo demasiado, pero lo suficiente para que la vergüenza por lo que había hecho, por lo que había consentido, impidiera al niño buscar ayuda.

—Esto… esto es por algo que he hecho. Una especie de castigo. Un castigo. Pero… pero… no se me ocurre por qué.

Berta pensó con tristeza que a menudo los menores asumían que los abusos eran un castigo por ser malos, algo que merecían. Especialmente si, como con Dani, el pederasta no había usado la violencia para lograr sus propósitos.

—Mírame —le pidió y trató de transmitirle todo su apoyo—. Tú no has hecho nada malo.

Le dolía contemplar su sufrimiento. La confusión y el miedo. El niño se sorbía los mocos sin querer un pañuelo. Había encontrado un nuevo pellejito que morder. Cuando Berta ya se levantaba a buscar a los padres para que interpusieran la denuncia, Dani le pidió:

—No quiero que los demás lo sepan. Prométeme que no lo sabrán. —Por la forma en que se movía su camiseta, las contracciones del estómago habían aumentado.

¿Los demás? Berta tardó un momento en comprender que se refería a sus compañeros. Se agachó ante él.

—Sabes que no tienes nada de lo que avergonzarte, ¿verdad?

La miró con los ojos brillantes. El labio le temblaba. Resultaba tan vulnerable que dolía mirarlo. Se sentía tan sucio, tan humillado…

—Si se enteran… si los de clase o alguien se entera…, dirán que me gustaba, que por eso me dejaba y… y…

Berta sintió el corazón latiéndole rabioso.

—Fijo que empiezan a llamarme maricón y cosas así…

Contuvo las ganas de consolarlo y, a pesar de que el contacto físico resultaba inapropiado, le pasó la mano por el brazo.

—¡Mamá! —El grito de Izarbe le llegó a través del pasillo.

—Voy.

—¡¡Mamá!!

Se metió por la cabeza la bata de tirantes. Era vieja y la semana anterior se le había roto el único bolsillo. Ahora sí que tenía que tirarla.

Sonó su móvil. Tronaba. La llamaban las víctimas. La llamaban los familiares. A cualquier hora. Para consultar alguna duda. Para preguntarle si habían avanzado en la investigación. En la mayoría de los casos en busca de consuelo, esperanza, quizá solo de alguien que los escuchara. Debo dejar de dar mi número privado, pensó, y sabía que no lo haría.

En la pantalla vio que era Patricia, la madre de Noelia Abad. Frunció el ceño y se le formó un surco de tristeza en torno a la boca. Mierda, pensó, ¿habrán averiguado lo de Velasco?

Miró la pantalla hasta que enmudeció. No podía contestar.

Lara

Martes, 14 de junio

Lara se recostó en el sofá de mullidos cojines blancos en medio de su oasis.

Mareada por el bochorno, apuró la copa de vino que reposaba sobre la mesa. El líquido pajizo y deliciosamente frío descendió por su garganta dejándole en el paladar el toque amargo y frutal de la uva chardonnay.

El cielo despejado mostraba enjambres de constelaciones que presidía una luna enorme que se elevaba por encima de la magnífica torre de la Magdalena, una de las pocas conservadas de aquellas cien que antaño rasgaron el cielo de Zaragoza. La ciudad de las cien torres, la Florencia española, como era conocida antes de que los cañonazos de los franceses y la inútil heroicidad de Palafox la redujeran a escombros.

Lara recordaba la primera vez que llegó a la azotea siguiendo al hombre de la inmobiliaria. Se sobrecogió por el inesperado impacto de su belleza y su engañosa cercanía.

—Es muy hermosa —dijo el hombre.

La terraza era su as bajo la manga, consciente del efecto que surtía. Esa tarde no conseguía dejar de mirar a aquella fabulosa mujer, y al pronunciar «hermosa» no quedó claro si se refería a la torre o a ella.

—Era el antiguo alminar de la mezquita que, tras la toma

de Saraqusta por los cristianos en el siglo doce, fue habilitada como iglesia —explicó con orgullo.

Lara se quedó el piso, no solo por la belleza de la torre, sino porque aún recordaba de las clases de historia del arte que *alminar* significaba «el faro».

Encendió un cigarrillo. Hacía apenas una hora que había llegado, prácticamente vivía en la comisaría. Si no fuera por ellas, por sus plantas, muchas noches se acurrucaría en el sofá del despacho. Sus plantas eran los únicos seres vivos que dependían de ella, las que transformaban esas paredes en algo parecido a un hogar.

Sacó de la cubitera la botella de vino y vertió en la copa el líquido restante. Pensó en Manuel Velasco, en que la muerte de un hombre joven siempre es absurda. Aunque comprendía la alegría de Berta Guallar.

En el coche, al escuchar sus palabras sobre la justicia, la había escrutado para descubrir si su subordinada, tan perspicaz habitualmente, había llegado a la conclusión más obvia o si se hallaba tan implicada que prefería ignorarla. Si se había hecho justicia, ¿quién la había impartido?, ¿quién le había dado a cada uno lo que le correspondía? La posibilidad más plausible apuntaba a Noelia Abad y a la gente que la quería. ¿Acaso había olvidado las amenazas de muerte que el padre profirió durante el juicio?

En cualquier caso, pensó Lara, no era a ellas a quienes competía juzgar ni su pasado ni sus acciones. Desde el momento en que alguien lo había asesinado y les habían asignado la investigación, debían estar de su parte. Velasco era su única responsabilidad.

Al escuchar a Héctor Chueca mencionar el procedimiento establecido para referirse al cadáver, había sentido un escalofrío. Desde luego que existían procedimientos y clasificaciones tipificadas en las que se daban poquísimos casos que no encajaban en algún grupo. Sin embargo, Lara no concebía el homicidio como un proceso en serie, en el que ni para matar ni para morir somos demasiado originales.

Su padre tampoco compartía esa visión tan impersonal. Él fue quien le enseñó que un cadáver tiene derecho a conservar la dignidad. Incluso alguien como Manuel Velasco. «La única vida que les queda a los muertos es permanecer en el espíritu de los vivos», le repetía.

Estiró las piernas y apoyó los pies en la mesa. Hasta ella llegaban el murmullo de las voces y las risas amplificadas por las calles estrechas, calles embudo repletas de tabernas que desembocaban en plazas recoletas con hermosos palacios renacentistas acondicionados como museos o bibliotecas.

Cerró los ojos. Esa noche tampoco dormiría. Faltaban pocos días para que fuera de nuevo 25 de junio. El 25 de junio de 2007 fue el día en que Use dinamitó una relación que ella creía construida con los sólidos cimientos del amor y la confianza, y su futuro saltó por los aires dejándola de puntillas en el borde de un precipicio. El día en el centro de su vida en la que, de pronto, todo fue definitivo.

Use… Su ausencia se había filtrado en sus pensamientos como una persistente mancha de humedad que ensuciaba el techo, sin embargo, el suave paso del tiempo, los años transcurridos, habían conseguido que su cerebro se habituara de tal forma que a menudo le pasaba inadvertida. Por desgracia, si era sincera consigo misma, en los últimos meses la presencia obligada de Luis Millán había tenido el efecto de unas lluvias torrenciales y persistentes. La mancha se había extendido de tal modo que era imposible no reparar en ella. ¿Cómo impedirlo si al ver el rostro de Luis era inevitable recordar el de Use? ¿Si al escuchar la voz de Luis, durante un instante, creía que Use aparecería por la puerta y le guiñaría un ojo?

Su insomnio fue el principal motivo por el que se ofreció

a responder a las llamadas nocturnas; a que la avisaran de las palizas, los asesinatos y los suicidios. El otro motivo fue que prefería el sobresalto de las malas noticias a las otras llamadas: las de las víctimas y sus familiares. La comprensión y la empatía eran la especialidad de Berta Guallar; la falta de vida privada, la suya.

Apuró la copa y desechó esos pensamientos. Contó del 10 al 1, inspirando y expirando en cada número para resistir las ganas de levantarse a encender el DVD. No debía. Solo empeora las cosas, pensó; solo consigue que Use ocupe más lugar en mis pensamientos. En junio, cada noche que lo postergaba, era una pequeña victoria.

Para olvidarlo regresó a sus plantas. Mañana iré a buscar los esquejes que me comentó Martina, pensó. El influjo de la luna llena es propicio para trasplantar.

Los sábados y los domingos acudía al vivero, pronto, sobre las diez, antes de que se llenara de padres que querían transmitir a sus niños chillones la importancia del amor por la flora. No soportaba ver cómo estrujaban entre sus manitas la planta que habían elegido, siempre la de flores más vistosas; la planta cuyas raíces pudrirían a base de cuidados y vasitos de agua.

El amor te pudre las raíces, se dijo.

Noelia Abad

Sábado, 25 octubre de 2012

La chica trastabillaba visiblemente al andar.

Eran las dos de la mañana. A las once había discutido con Nico, su novio. Por quedar con él, me he perdido el cumple de Eva, pensó y aceleró el paso. Debía cruzar media ciudad para reunirse con sus amigas del instituto.

Eva y compañía la recibieron alborozadas coreando «esa Noe, esa Noe, eh, eh», con saltitos y muchos abrazos. El camarero, que nunca les pedía los carnets, las invitó a un par de rondas porque le caían bien y porque cinco crías borrachas eran un buen reclamo para la clientela. Colocó unos cuantos vasos en fila, les pasó la botella por encima un par de veces. A ver quién acaba primero con los chupitos. Noelia fue tan rápida que se atragantó y las otras, muertas de risa, le dieron palmadas en la espalda.

Y después... después qué más daba. Cantaron, bailaron, disfrutaron de la fiesta como si no fuera a terminarse nunca. A la una y media Noelia fue al baño con su amiga Marta. Mientras esperaban en la cola del aseo de chicas, miró el móvil. Un montón de mensajes de Nico. Le pedía perdón, le preguntaba si ya había vuelto a casa, se ofrecía para ir a buscarla.

La culpa le dio náuseas. Le quería, le quería mucho, y sabía que él la quería a ella, «que es el tío de mi vida, joder». ¿Qué estaba haciendo echándolo todo a perder? Lo remediaría ahora mismo, iría donde estaba de botellón con sus amigos para darle una sorpresa y reconciliarse.

—Tía, Noe, voy contigo —le dijo Marta.

—Pasa, tonta. —Se rio.

—¿Seguro?

—Que sí, no flipes.

En la esquina del bar, Guille llevaba toda la noche mirándolas con disimulo y Marta estaba superpillada por Guille. Se fundieron en un largo abrazo, se arreglaron el rímel, se pintaron los labios para empoderarse.

—Suerte, tía —le dijo Noe, y se marchó sola del bar; se sentía capaz de comerse el mundo.

Ahora se tambaleaba y sonreía al pensar en la cara que pondría Nico cuando la viera aparecer.

Él la seguía a distancia. En esas calles tan vacías era difícil perderla de vista, además, va demasiado pedo, pensó.

La había visto en el bar, la larga y brillante melena rubia que movía al bailar, la faldita… A veces sus amigos usaban burundanga con las chicas, «no para abusar de ellas, eso solo es para los pringados; nosotros no lo necesitamos, follamos lo que nos da la gana, pero así están más suaves y no empiezan con mierdas». Él lo había probado un par de veces y era verdad. Recordó con una sonrisita aquella vez con el Alex y el Javi. Los tres montándonoslo con la misma tía, ¡qué puta pasada!, pensó, pero a mí no me va ese rollo.

La chica torció a la derecha y supo que era su oportunidad. La calle se encontraba bastante oscura y había un solar que los vecinos usaban para aparcar los coches. Yo aparcaré la polla, pensó, y se carcajeó en silencio de su propio chiste.

Después todo fue muy sencillo. En dos zancadas la alcanzó por la espalda, le puso la navaja en el cuello.

—Si te vuelves o chillas, te rajo, zorra —le advirtió.

Le clavó la punta, hasta hacerle un poco de sangre, nada, apenas unas gotas. Eso le funcionaba bien. Se acojonan de la hostia, pensó.

Noelia estaba muy asustada, asustada y confusa, el corazón le latía desaforado y ahogó una arcada. A trompicones la metió entre los coches, hasta alcanzar la tapia del fondo.

—No me hagas daño, por favor, por favor.

Lloriqueaba nerviosa y los hombros le temblaban.

—¿Quieres, quieres, la pasta? ¿El móvil? To... to... toma.

—Chist —le dijo y le clavó un poquito más la navaja—. Quietecita.

—Por favor —suplicó con voz lastimera.

El rincón estaba oscuro; hasta allí no llegaba la exigua luz de las farolas. Apestaba a orín, mierda de perro y al contenido de las dos bolsas de basura esparcido por el suelo.

—Túmbate —le exigió con voz firme.

—Por favor. —Siguió llorando con un hilo de voz.

Noe estaba tan aterrada que notaba un leve pitido en los oídos, se sentía mareada, muy mareada, la boca seca, le costaba enfocar la vista y temblaba como si tuviera mucho frío. Él le pasó la navaja por el cuello haciéndole un corte superficial para que reaccionara. Cuando se ponían en este plan, cuando se bloqueaban, era lo mejor.

Noelia obedeció, y su hermosa melena rubia, que olía deliciosamente a coco por la mascarilla especial que se había aplicado, se desparramó por el suelo entre las inmundicias.

Él se colocó sobre sus muslos y le subió la falda con la punta de la navaja despacio, disfrutando. Dejó al descubierto unas braguitas blancas con un estampado de estrellas negras y un estómago plano y firme después de tantísimos entrenamientos de natación a lo largo de los años. De un fuerte tirón partió uno de los elásticos. Se las arrancó y se irguió.

Estaba demasiado oscuro para que la chica pudiera verle bien la cara, pero en ese momento, al permanecer levantado, salió de la zona de sombras y el rayo de luna que incidía sobre uno de los retrovisores de los coches aparcados iluminó lo suficiente para permitirle vislumbrar sus facciones, aunque tenía sus bragas contra la nariz y los ojos cerrados para aspirar mejor.

—Hueles muy bien —dijo mientras sacaba la lengua y las lamía sin apartárselas de la cara—, muy bien.

Giró un poco la cabeza y el rayo alumbró un tatuaje detrás de la oreja. El asta vertical derecha de la letra eme mayúscula unida a la izquierda en un semicírculo sombreado en negro y cinco líneas rectas atravesándolo. Después volvió a agacharse. Le pasó con fuerza las braguitas por la vulva, por el ano, antes de hacer una bola con ellas y guardárselas en el bolsillo. Se soltó los pantalones.

—Mira cómo me has puesto, me duelen hasta los huevos. —Le acercó el pene a la cara—. ¡Mira!

—No, no, por favor, por favor…

—¡Venga, abre la boca!

Noe estaba paralizada y se la restregó por los labios.

—Da gracias de que tengo prisa… porque si no —le dijo con lascivia—. Otro día será, preciosa, otro día. Te lo prometo. ¿Me oyes? Te lo prometo.

Se sentó sobre sus muslos, se escupió en la mano un par de veces y la frotó por el sexo de la chica.

Noe apretó los escasos cuarenta y cinco kilos de su cuerpo contra el suelo para alejarse de su contacto y la esquina punzante de un tetrabrick se le clavó en la espalda, aunque lo que le causó la herida que al día siguiente le curarían en el hospital fueron los restos de un cenicero de cristal azul de propaganda de una marca de ginebra. Tenía tanto miedo que ni lo notó.

Cerró los ojos. En su mente repetía la letanía: por favor, por favor, por favor. Las lágrimas le caían a ambos lados del rostro. Era poco más que una niña, horas antes había jugado a maquillarse con Marta. Temblaba de miedo. Por favor, por favor. Su cuerpo se tensó. Después, en un segundo, todo fue un potente calambre de dolor, sus ojos abriéndose de golpe, desorbitados, una manaza cubriéndole la boca y parte de la nariz para ahogar el grito, impidiéndole casi respirar, su peso aplastándola contra el suelo, el fragmento de cristal hincándose con fuerza en su carne, rasgándola, gotas de sudor en la frente, en la espalda, bajando por su cuello, y todo aquel dolor lacerante traspasándola.

Un dolor lacerante que no tenía fin.

Berta

Miércoles, 15 de junio

Debería irme a dormir, pensó Berta. Acto seguido, movida por su renovada fe en la justicia tras la muerte de Velasco, encendió el ordenador para rastrear el blog desde su origen, con la esperanza de descubrir algo, lo que fuera.

«No dejes que te afecte, olvídate de él», le recomendaban con la mejor intención sus compañeros. Berta los miraba y asentía mientras pensaba: Sí, qué fácil. Si fuera tu nombre el que aparece ahí...

En el blog, Santos Robles se permitía acusarla de varios delitos, mentía, la vejaba. Las visitas continuaban aumentando; comprobarlo era adictivo y al mismo tiempo doloroso, y lo hacía con frecuencia. Decenas de personas se solidarizaban con Robles en aquellos comentarios que la herían como finísimas agujas penetrando su piel. Se permitían juzgarla, referirse a ella como si la conocieran, insultarla. Y Berta no podía defenderse porque se encontraba sometida al secreto de sumario.

Aunque no fueron las injurias las que la conmocionaron esa noche. Encontró una fotografía. Santos Robles tres o cuatro años atrás. Clicó para aumentarla hasta que su rostro apareció casi en pantalla completa. Observó la mata de cabellos canos, su sonrisa tranquila casi oculta tras el bigote y la barba blanca, los ojos marrones de mirada comprensiva, tolerante, bajo las cejas.

La sangre le hirvió en las venas igual que el agua hierve en una olla. En la fotografía mostraba la misma fingida placidez que tan bien recordaba del juicio. La que utilizó para intentar echar por tierra tanto esfuerzo, pensó, tantas horas robadas a mi familia, a mis hijos, al sueño. ¡Es tan injusto!

Poco a poco, fue consciente de que tenía los dientes apretados, de la tensión que comenzaba en la mandíbula y se extendía por los tendones del cuello hasta los hombros. Los rotó despacio hacia delante y hacia atrás para descontracturarlos. Su cuerpo gritaba lo que su boca callaba. Las cervicales eran su punto débil, las que primero sufrían las consecuencias del estrés. Reconoció los síntomas que la conducirían a una cefalea.

Al sonar el despertador necesitó hacer acopio de su exigua fuerza de voluntad para no darse media vuelta en la cama. Se había levantado tres veces durante la noche porque Izarbe, con la nariz taponada, no podía respirar.

No puedo abandonar el maldito running al primer contratiempo. No se lo pondré tan fácil a Loren, pensó. Aunque, camino del baño, mientras él continuaba roncando tan tranquilo no tuvo tan claro que aquello constituyera una victoria.

Los dos cafés y la aspirina no la despejaron lo suficiente, y a los diez minutos, sudorosa y jadeante, suspendió la carrera y regresó caminando. De cualquier forma, empezaba a dudar de la eficacia del cansancio físico para combatir la angustia y el desánimo. Por mucha dopamina que generara su cerebro durante el ejercicio, el bienestar se convertía en un miserable grano de arena a los pies del muro infranqueable de su frustración.

Para no regresar a casa antes de tiempo, se apoyó en la barandilla metálica del Balcón, al lado del museo que cobijaba los restos del antiquísimo convento de San Lázaro, la institución de salubridad. Se masajeó la frente y el cuello. Voy a sacarte de mi cabeza, pensó. No te concederé ni un solo pensamiento más.

Miró abajo, al Ebro, la arteria de la ciudad. En junio el cauce se replegaba, desnudando sus orillas y mostrando un lodo espeso de tierra ocre y raíces descubiertas. Se fijó en las dos arcadas más septentrionales del Puente de Piedra; trató de vislumbrar el Pozo bajo la superficie del agua.

A los leprosos, cuando fallecían, los arrojaban en esa zona y, como los cadáveres se sumergían y desaparecían, surgió la leyenda del Pozo de San Lázaro, la fantasmal y oscura sima que se alimentaba de vidas humanas. También aseguraban que en él habitaban extrañas criaturas; que comunicaba directamente con el mar; que el que se aventuraba a nadar allí nunca regresaba, o que no tenía fondo. En los años setenta un autobús de pasajeros cayó desde el puente y el accidente sirvió para acrecentar la leyenda porque tardaron diez años en recuperar el vehículo. Nunca se encontraron los nueve cadáveres.

Se quedó hipnotizada observando el remolino de agua tratando de desentrañar el poder que latía en sus líquidas entrañas para haber atraído durante siglos a los suicidas con la promesa de acunarlos toda la eternidad.

A pesar del calor, sintió un escalofrío y decidió regresar.

El lunes, los medios de comunicación todavía se referían al montón de leña en el que Manuel Velasco quedó carbonizado como «la hoguera». El martes, J. M. Buil, un redactor de noticias que conservaba la querencia por *le mot juste* que le inculcaron en la facultad, se refirió a la hoguera en su artículo como «la pira funeraria». El miércoles el término ya se había popularizado. Era tan exacto que hasta la inspectora Lara Samper lo adoptó.

—¿Por qué razón ha montado semejante coreografía? —Oyó Berta en cuanto entró en su despacho.

Tiró la mochila encima de la silla libre y se sentó en la otra. Llegaba tarde porque había llevado a la niña al reticente pediatra que, por fin, le había recetado un antibiótico.

Lara giró la pantalla del ordenador. Al hacerlo a Berta le alcanzó el olor a mandarina y cloro. Le mostró fotos de la pira funeraria. Los de la científica habían documentado la escena del crimen desde todos los ángulos.

—¿Por qué el asesino se tomó tantas molestias para ocultar el cadáver? ¿Por qué se arriesgó de esa manera a que un testigo lo sorprendiera?

—A lo mejor no tiene hijos y le sobra un montón de tiempo para chorradas —aventuró Berta.

Su jefa continuó hablando en un tono más reconcentrado y taciturno.

—Como aún carecemos de datos, he barajado algunas hipótesis sobre la base de que no existiera una relación entre Velasco y su agresor, y sin tener en cuenta los posibles móviles.

Le mostró un folio con un diagrama de árbol en varios colores.

Berta sonrió. Todo el equipo conocía su manía por los diagramas y esquemas; aseguraba que el componente visual era muy valioso. En este caso, la rama azul en la que había escrito «relación previa entre el agresor y la víctima» estaba vacía; en la verde, «sin relación previa», había abierto varias ramas secundarias.

—Quizá no sea una víctima al azar si tenemos en cuenta sus antecedentes: fue juzgado por un delito de agresión sexual y salió en libertad. Tal vez el asesino creía que reparaba una injusticia y utilizó el fuego por los supuestos poderes purificadores que se le atribuyen.

—¿Un misionero? ¿Piensas en un psicópata? ¿En Zaragoza? —preguntó Berta, incrédula.

Aragón era una de las comunidades más seguras de España, la tasa de criminalidad se situaba casi diez puntos por debajo de la media. Un dato del que se sentían orgullosos.

—No pongas esa cara. Una de cada cien personas es psicópata. Carencias afectivas, problemas para establecer vínculos emocionales, alexitimia, incapacidad para empatizar, cosificación del resto de las personas… eso es un psicópata. Un psicópata asesino es aquel que se atreve a realizar su fantasía.

Berta levantó la vista.

—Encajaría con un misionero —continuó Lara—. Tú misma reconociste ayer que te alegrabas de su muerte, que se había restablecido una especie de equilibrio.

Berta se removió incómoda por el comentario.

—La otra hipótesis, más improbable, pero que no descarto…

La subinspectora sabía que su jefa era una gran detractora de la navaja de Ockham: «En igualdad de condiciones, la explicación más sencilla suele ser la más probable»; ella nunca descartaba nada, por eso aplicaba la antinavaja de Leibniz: «Todo lo que sea posible que ocurra, ocurrirá».

—Velasco pudo ser una víctima coyuntural y que lo relevante para el asesino fuera el modus operandi y la puesta en escena.

—¿Puesta en escena?

—Imagina el subidón, la sensación de poder. Una multitud rodea la pira de leña, ignorantes y felices, aguardando a que comience el espectáculo y tú eres el único que sabe que dentro hay una persona que va a morir. O imagina que eres el arquero que dispara la flecha asesina delante de un montón de testigos. ¡Un asesinato en directo!

—Bueno, según el forense, Velasco ya estaba muerto. Mu-er-to.

—¡Quizá lo drogaron!

Lara, obstinada, cogió el teléfono y, después de marcar un par de extensiones y aguardar unos minutos, consiguió hablar con Héctor Chueca, al que expuso su teoría.

—¿Cabe la posibilidad de que estuviera sedado?

—No.

—¿Ni aunque su respiración hubiera sido superficial con poca inhalación de aire?

—La víctima no respiró en el foco del incendio —contestó tajante—. Procedí a la apertura de las cavidades y del árbol bronquial, y no hallé partículas de carbón. Tampoco encontré sangre coagulada ni carboxihemoglobina en el corazón; ni quemaduras, hollín o material de combustión en epiglotis, laringe, tráquea y bronquios. Estaba muerto.

—De acuerdo. Gracias.

Después de colgar, Lara Samper permaneció un par de minutos en silencio con la mirada perdida. La subinspectora sonreía con sorna, pero ella no iba a rendirse.

—Pudo ser un accidente o que algo saliera mal. Quizá el asesino desconocía el fallecimiento. El arquero que disparó, ese arquero… —Dio unos golpecitos con la punta del bolígrafo sobre el folio.

Berta supo que había llegado el momento de exhibir su trofeo.

Lara

Miércoles, 15 de junio

¿Qué le pasa a Berta?, se preguntó al ver el misterio que bailaba en su rostro. Las vetas doradas en sus ojos, la expectación que destellaba en ellos, le recordaron al color miel de los de Sacha, el perro labrador de su infancia. Su padre se lo había comprado mientras preparaban su traslado a Cuéllar. Todavía creían que mudar de escenario cambiaría en algo lo que en realidad eran. Pero liberarse del lastre del pasado, desenredarse de la presencia invisible de Anya y continuar adelante, no era fácil.

Lara apreciaba la sagacidad y perseverancia de la subinspectora. Confiaba en Berta Guallar, e incluso, de una manera inusual en ella, había permitido cierta cercanía y algo parecido al afecto. Sin embargo, le irritaba cuando exponía de un modo tan abierto sus sentimientos y su obvio deseo de agradarla.

En el año que llevaba bajo su mando había tratado de inculcarle cierta disciplina en las emociones.

—Mostrar tus sentimientos te hace vulnerable, y siempre hay alguien dispuesto a aprovecharse de esa ventaja —le repetía Lara.

Ahora los ojos de Berta eran los de Sacha cuando depositaba a sus pies algún animalillo que había cazado, un trofeo para su ama.

—¿Sabes qué me dijo Loren cuando le conté que investigamos el crimen de la hoguera? —le preguntó.

A Lara le traía sin cuidado la opinión de un profesor de inglés acerca de su homicidio, pero no hizo ningún comentario. En esos casos Berta Guallar podía resultar terriblemente susceptible. Eso siempre es un fastidio y tenemos toda la mañana por delante, pensó.

—Estuvimos en Alfajarín —prosiguió Berta—. No lo recordaba. Fue hace cuatro o cinco años, en las fiestas medievales, la noche del viernes, la noche de los arqueros...

—¿No lo recordabas?

—Estaba convencida de que fue en Alagón... El pueblo de unos amigos de nuestros cuñados.

—Al grano.

—Vale —dijo un tanto molesta—. No hace falta que imagines al arquero, Loren tiene la manía de ir a todas partes con la cámara...

—¿Lo grabó?

A Lara ya no le importó la satisfacción que reflejaban los ojos de Berta. El trofeo que acababa de depositar a sus pies merecía la pena.

La subinspectora fue al ordenador, entró en su correo, abrió el archivo que su marido le había enviado la noche anterior y lo puso en pantalla completa. Pasó a doble velocidad la hermosa panorámica, el cielo estrellado, las jaimas árabes con los vendedores ataviados al uso medieval, la ermita y, finalmente, los restos del castillo.

Se escuchaban risas bulliciosas, algarabía. La multitud, muchos disfrazados, se acercaba a una enorme pirámide de leña (Lara calculó que mediría casi tres metros de alto y cuatro de circunferencia) recubierta con un tupido manto compuesto de ramas de pino y sarmientos. No me extraña que el cadáver pasara desapercibido, pensó.

El marido de Berta era alto y grabó sin problemas a los arqueros medievales que se encontraban en formación.

El gentío guardó un silencio expectante al tiempo que uno de ellos se adelantaba, acercándose al templario que portaba la antorcha.

«¡Venga, Carlos!», dijo una voz femenina.

Loren buscó con el objetivo y enfocó a un grupo de chicas muy jóvenes, casi unas crías, árabes y cristianas.

«¡Carlos!», vitoreó una dama. Vestía una túnica azul cobalto de poliéster que simulaba terciopelo, entallada y con largas mangas abiertas que casi rozaban el suelo. Llevaba una corona y el cabello rubio recogido en una trenza.

Se acercó a ella una cortesana de melena rizada y suelta con una blusa blanca con los hombros descubiertos y un corpiño marrón muy ajustado que le realzaba el pecho, y le tendió un vaso. Detrás, una chica árabe se esforzaba en imitar la danza del vientre. Sus caderas trazaban movimientos circulares, las falsas monedas doradas del cinturón tintineaban y los velos de tul verde de su falda se agitaban.

Se escuchó una salva de aplausos. Loren regresó a la pira. Una flecha había acertado en la leña que comenzaba a prender. Una columna de humo ascendía espesa. Otro arquero prendió su flecha en la antorcha, se colocó en posición, disparó y también la clavó en los sarmientos.

Durante los siguientes minutos se sucedieron con monotonía los arqueros, las flechas y los aplausos. Loren enfocó a Berta. Llevaba el cabello más largo, un fresco vestido de flores y sandalias de tiras. Sujetaba a Izarbe, que luchaba por ir con su hermano y el resto de los niños a tirar piedras a la hoguera.

Loren estaba de buen humor y la grabó de la cabeza a los pies mientras soltaba un prolongado silbido hasta que se oyó, con fingida protesta, a la subinspectora decir que ya valía, que no fuera payaso.

—Ponlo otra vez —pidió Lara sin darse cuenta de la tierna expresión de Berta.

Congeló la imagen en un fotograma de Carlos, el Chaparrico.

—Hay que averiguar quién disparó la primera flecha este año, cómo se decide, desde cuándo saben la posición que ocupará cada arquero...

La subinspectora se apresuró a apuntarlo. Lara, tras varias repeticiones, grabó el archivo en su ordenador.

—Por otra parte, supongo que aunque Alfajarín sea un pueblo tan pequeño, un desconocido no habría llamado la atención esa noche.

—¿En qué piensas?

—En la hipótesis del fuego purificador: tal vez quiso ver cómo ardía el cadáver; quizá la incineración formara parte de su ritual y esperó para recoger el cráneo y guardarlo como trofeo.

—Nadie se hubiera fijado. Había mucha gente disfrazada de árabes o de cristianos, pendientes sobre todo de la cena de hermandad que iban a celebrar en el pabellón.

Hizo un gesto con la mano para indicar que era suficiente. Se puso de pie.

—Supongo que este año alguien más habrá grabado el espectáculo.

—Posiblemente más de uno.

—Necesitamos una grabación y, aunque tengamos los informes y las fotografías de la científica, nos acercaremos a Alfajarín. Quiero ver in situ el lugar que el asesino eligió para deshacerse del cadáver y averiguar todo lo que podamos acerca de los arqueros.

—¿Estás sufriendo un ataque locardiano? —le preguntó Berta con malicia.

—Estás hoy muy graciosilla.

Ya salían cuando las alcanzó Medrano.

El Servicio de Atención a la Mujer, que dirigía la inspectora Lara Samper, lo componían los subinspectores Berta Guallar y Enrique Medrano y el oficial Alfredo Torres.

Berta sonrió con afecto al verlo y él le devolvió la sonrisa. Existía una gran complicidad entre ambos. Llevaban casi ocho años trabajando juntos y la subinspectora fue una de las personas que asistió a la presentación de la novela negra que había escrito Medrano. Aunque su nueva faceta molestaba a muchos colegas, Berta no encontraba nada reprobable en que aprovechara su experiencia para dar una imagen más realista del trabajo policial más allá de series de televisión como *CSI*.

—Jefa, han llamado del Anatómico —dijo—. Tienen los resultados de las muestras de la cavidad pulpar.

—¿Y?

—Es al cien por cien el cabrón de Eme; de Manuel Velasco Ciprián. —Sonrió.

Toda la unidad había sentido como propio el fracaso de la absolución de Velasco que dictó el juez. Aunque recibían denuncias por abusos y agresiones sexuales, en una ciudad tranquila como Zaragoza pocas veces se enfrentaban a un ataque tan violento ejercido sobre una chica tan joven.

Eran comunes aquellas agresiones en las que intervenían el alcohol o las drogas y la correspondiente desinhibición. También aquellas en que se ponía en duda el consentimiento de las mujeres; a veces estas cambiaban de idea, aunque ellos se negaban a aceptarlo. No obstante, el mayor número de crímenes se producía en el ámbito familiar y de pareja. Se denunciaba un porcentaje tan irrisorio que era como la punta de un iceberg.

—Tú realizaste la inspección de su casa la otra vez, ¿no?

—Sí, jefa. Le intervenimos el ordenador y registramos su habitación y el resto de la vivienda.

—¿Recuerdas dónde vivía?

—Claro, jefa —respondió—. Tengo que ir a los juzgados a llevar papeles. Si queréis, os acerco.

—Vamos.

—¿No se lo decimos a Millán? —le preguntó Berta—. Ayer dijo que cualquier novedad…

—¿Crees que padezco algún tipo de sordera y que no lo oí? ¿Por eso necesitas recordármelo?

Por la forma brusca en que la subinspectora agarró el bolso, Lara intuyó lo que callaba. En demasiadas ocasiones Berta Guallar se lo había reprochado: te gusta provocarlo innecesariamente, con lo sencillo que resulta obedecer sus órdenes y dejarle conservar su orgullo.

Lara pensó que quizá resultara sencillo para los demás, pero no para ella. Porque, cada vez que entraba en el despacho de Luis Millán, su aroma la embargaba en un remolino de sensaciones contradictorias. Se le erizaba el vello de los brazos y algo parecido a una dichosa anticipación le estallaba en el cerebro, al tiempo que los músculos posteriores del cuello y las vértebras de la espalda se le tensaban de despecho con el recuerdo de Use. Luis y Use. Tan amigos, tan cómplices que ella misma había sentido celos.

El sobreseimiento

Miércoles, 15 de junio

El inspector jefe del SAF, Luis Millán, permanecía al teléfono. Escuchaba burlón las quejas y recomendaciones de su superior, el jefe de la Judicial, acerca de la subinspectora Berta Guallar y del archivo del Procedimiento Penal Abreviado contra Santos Robles Gil por sobreseimiento.

El juez instructor había dictado aquella misma mañana el auto suspendiendo el proceso por falta de causas o pruebas que respaldaran la acción de la justicia.

—¿Qué ocurrirá ahora? ¿Nos arriesgamos a una querella? —le preguntó Gómez Also.

Se refería a las acusaciones que aparecían en el blog de Robles acerca del maltrato y las vejaciones a las que lo había sometido la subinspectora con la connivencia de la Jefatura Superior. El vertiginoso aumento de visitantes y comentarios del blog había llamado la atención en Madrid.

—Quién sabe.

—¿Has visto al tipo? Se parece al maldito Papá Noel.

Luis Millán pensó que no era la primera vez que oía la comparación. Incluso él lo había asociado al ver su fotografía. Sonrió sarcástico. Recordó los ejercicios morfo-psicológicos de la academia en que les mostraban ocho rostros y debían reconocer en ellos los rasgos psicopáticos. Nunca se correspondían con los de Jack Nicholson en *El resplandor*. Ojalá resultase tan sencillo, pensó.

—Quiero estar preparado para cualquier contingencia. Cita a Guallar en tu despacho. —Siguió una pausa y añadió—: Tú sabes cómo manejar estas situaciones.

Por supuesto, pensó Luis. Conocía perfectamente su cometido, la forma más efectiva de relacionarse con los medios de comunicación, de controlarlos y ganarse, en lo posible, sus favores: los periodistas valían más por lo que callaban que por lo que escribían.

Guardaba los teléfonos de los directores de los principales periódicos de Aragón, de los responsables de las emisoras de radio y televisión. Mantenía buenas relaciones con todos ellos.

Esa fue la consigna encubierta de la entrevista en Madrid nueve meses atrás. Para la ocasión —albergaba grandes expectativas y era un hombre presumido— estrenó una corbata rojo fucsia con pequeños rombos. Permaneció de pie, casi en posición de firmes aunque con los brazos más laxos mirando, por turnos, a los ojos de los cinco hombres.

Mantuvo la impasibilidad en su rostro hasta que escuchó su nuevo destino.

—¿Al Servicio de Atención a la Familia? ¿De Zaragoza? —preguntó para asegurarse de que lo había escuchado correctamente mientras disimulaba la consternación. No había pensado en ningún puesto en concreto, bueno, quizá había fantaseado con dos o tres, sin embargo, aquello era un disparate. ¿Por qué?

—Usted, Millán, proviene de Zaragoza, ¿no? —dijo uno de los hombres.

—Sí, señor.

—Considérelo una vuelta a las raíces. Un paso atrás para coger impulso —dijo con un ligero desdén.

—Dieciocho o veinticuatro meses como máximo —añadió su mentor.

El mensaje era evidente incluso para alguien menos inteligente y sutil que él: aquella era la última de las pruebas para recuperar su confianza, para el indulto después de lo ocurrido en Barcelona con Beltrán en 2007, donde la habían cagado pero bien. La decisión del inspector jefe Beltrán acabó determinando todo mi futuro, pensó. El mío, el de Larissa y el del resto del grupo que estábamos a sus órdenes, que confiábamos ciegamente en su criterio.

No hubo más preguntas ni objeciones. Él también sabía a quién le quedaban veinticuatro meses como mucho para jubilarse, el puesto que le asignarían si superaba aquella prueba cuyo reto no captaba.

El primer día en su nuevo puesto, Luis Millán se encontró con que habían reunido a todo el personal para rendirle vasallaje. Se le formó una sonrisa aviesa hasta que de pronto, allí, en esa ciudad, en medio de esos desconocidos que le resultaban tan indiferentes, la vio. Larissa Samper.

Tal vez por la sorpresa, vino a su mente la frase de Bogart en *Casablanca*: «De todos los bares de todas las ciudades del mundo, ella ha tenido que entrar en el mío», pero él no dudó ni un por un instante de que aquel encuentro no era casual.

La última prueba no era el exilio, sino ponerle en contacto con sus sentimientos. Demostrar que, después de lo ocurrido con Beltrán, había aprendido a hacer lo necesario. A liberarse de cualquier atadura. A no volver a confiar en nadie.

Le embargaba un suave estupor. Larissa Samper Ibramova. Habían transcurrido cinco años. En el último año y medio, desde que Elvi se quedó embarazada, dejó de rastrearla para concederle una oportunidad a aquel hijo y ahora, ahí… La encontró todavía más bella: la decepción y la rabia habían angulado su rostro otorgándole una implacable serenidad. La altivez de su postura incrementaba un aura de misterio del que carecía entonces.

Larissa. Rememoró el día en que la conoció en aquel despacho de la vía Laietana. Era pura luz. La irradiaba. En su magnífica sonrisa, en sus gestos, en la forma despreocupada de mover las manos al hablar para afianzar sus palabras, de sentarse en el canto de una mesa o de escuchar inclinando con gracia la cabeza. En el intenso brillo de sus ojos tan negros. En el flequillo, en la melena rubia ondulada siempre un poco alborotada. Sin maquillaje, apenas un toque de brillo en sus labios, morena de nadar en el mar, con sus zarcillos de oro, en vaqueros y camiseta de manga corta. Joven, confiada y arrogante. Tan joven que aún creía que su inteligencia era el arma que la salvaría.

En el Servicio de Atención a la Familia, Larissa, rodeada de aquellos desconocidos, fingía no conocerle. Él observó la forma en que tensaba el cuello, cómo acariciaba la pulsera de su muñeca izquierda, la alhaja china de filigranas de plata y jade que él conocía.

Entonces recordó el motivo por el que se encontraba allí, los rostros de los hombres de la reunión, y clavó en Larissa sus ojos. Esta vez no. Y para sobreponerse a su presencia evocó la última vez que la vio. Su espalda saliendo por la puerta, abandonándolo en aquel sofá. Y la profunda humillación de los días que siguieron, la rabia espesa y negra en la garganta que apenas le dejaba respirar.

La odió con la intensidad que solo se siente por aquellos a los que se ama profundamente.

—¿Millán?

La voz al otro lado del teléfono lo sacó de sus ensoñaciones.

—Resultaría más beneficioso darle un aire casual a la reunión, no planificado —contestó Luis Millán.

—Lo que tú prefieras.

—Y, sobre todo, evitar que la acompañe la inspectora Samper.

Al colgar pensó en Guallar, en el blog de Robles y en sus acusaciones. Berta Guallar se había desvinculado del problema que suponía Larissa para convertirse en un problema con entidad propia.

Berta

Miércoles, 15 de junio

No se encontraba de humor para visitar la escena de un crimen, y todavía menos para ir a comunicarle la noticia a la madre del difunto.

Su mayor problema no eran los muertos, eran los familiares.

Zaragoza en junio era una enorme burbuja de calor que gorgoteaba y palpitaba, como si una campana de cristal cubriera la ciudad entera. A Lara Samper no parecía importarle. Parapetada tras sus gafas de sol, encendió un cigarrillo al bajar del coche.

—¿Qué piso es?

Berta consultó la ficha.

—El tercero centro.

No tenían demasiadas esperanzas de que hubiera alguien a esas horas, pero una voz de mujer respondió un «dígame» un poco afónico.

Cada vez que le preguntaban, Berta respondía que la labor del policía se condensaba en una frase: de pronto te encuentras inmersa en la vida de gente a la que no conoces. Y de súbito debes protegerla, descubrir sus secretos más íntimos por su propio bien. Es así de simple.

Lara aparentaba seguridad, pero Berta advirtió que volvía

a tocarse la pulsera. Ni todos los cursillos de capacitación del mundo te preparan lo suficiente para enfrentarte a esos momentos.

Berta no recordaba bien a la madre porque el poco tiempo que asistió al juicio contra Manuel Velasco prestó más atención a Noelia. La mujer era una belleza ajada, baja y muy delgada, como una muñeca, aunque de grandes pechos. ¿Cuánto dolor podría aguantar un cuerpo así?

Tenía el cabello teñido de un rubio ceniza, en una media melena con flequillo que sujetaba con dos horquillas negras. Al darse cuenta de que Berta la miraba, se las arrancó de un tirón. Tanteó la bata en busca de un bolsillo pero, al no encontrarlo, las conservó en la mano.

—Pasen, pasen —dijo, intimidada por su presencia.

Las condujo al salón, que permanecía en una suave penumbra para paliar en lo posible el calor gris y sucio enturbiado por el humo de los coches que ascendía de la calle.

—Soy la inspectora Lara Samper, y ella es la subinspectora Berta Guallar. ¿Es usted la madre de Manuel Velasco? —preguntó Lara en un tono de exquisita cortesía que no acostumbraba a utilizar.

Asintió nerviosa.

—¿Nos puede decir su nombre, por favor?

—Sí, sí, claro. María Jesús Ciprián Benjamín. ¿Lo han encontrado...?

Tenía unos ojos verdes que en su juventud debieron de ser dos ventanas. Ahora, inquietos y asustados, los clavó en Berta. La subinspectora se sobresaltó. Reconocería esos ojos en cualquier parte. Respiró hondo para olvidar a Velasco, para desvincularlo de ella. Aquella mujer no tenía la culpa de los delitos del hijo, ¿o sí?

En cualquier caso, pensó, ninguna madre merece recibir una visita como la nuestra. No las había visto nunca, pero ya no las olvidaría porque estaban allí para robarle a su hijo. Ese instante que para ellas consistía en un trámite desagradable, se le quedaría grabado eternamente.

—¿Lo han...? ¿Lo han encontrado?

Lara carraspeó. Siempre es muy difícil comenzar, encontrar la primera palabra, pensó Berta.

Colgadas en la pared, había dos fotografías de comunión. Berta miró la del chico. El pelo cuidadosamente peinado con raya a la izquierda, pero precario, como si fuera a despeinarse en un instante. Era muy guapo, el rostro redondo, simpático, una chispa de divertida malicia.

—Será mejor que nos sentemos —dijo la inspectora Samper. Apoyó una mano conciliadora sobre el brazo de la madre.

En ese momento sonó el móvil de Berta. Se le había olvidado silenciarlo. Se disponía a hacerlo cuando vio que el número de la pantalla era el de casa. Se asustó: seguro que Izarbe había empeorado y tenía fiebre.

Su jefa la miró incrédula cuando pidió que la disculparan y salió al pasillo.

—Feli, ¿qué ocurre?

Su suegra solo la llamaba para protestar por tener que ejercer de niñera. Berta realizó un par de inspiraciones para apaciguar la furia y asintió a sus quejas. Por la puerta entreabierta le llegaba la voz de Lara Samper y algunas palabras sueltas. Pensó que «asesinado» era un término muy vago y generoso para lo que le había ocurrido a Velasco. El llanto en el salón se tornó más fuerte, más continuado.

Berta dejó que su suegra se explayara porque, de cualquier forma, en ese momento no podía interrumpir a Samper. Cuando la voz de la inspectora se convirtió en un murmullo suave y reconfortante, le sugirió a Feli que llamara a su hijo, y colgó.

Regresó al salón y al entrar casi pisó las dos horquillas. Se le debían de haber caído de las manos a la señora Ciprián. Las recogió y las dejó encima del sobre de cristal de la mesa.

—Voy... voy a llamar a mi hija. Sí. Ella... ella sabrá... —decía la madre de Velasco.

Lara se erguía en el sofá. Miró interrogante a Berta, que cabeceó con cara de hartazgo. Se sentó a su lado. Escuchaban bisbisear a la mujer, que enseguida estuvo con ellas.

—Vendrá... vendrá en un momento. Lo que le cueste coger un taxi.

Les sonrió tontamente, más aliviada ahora que había hablado con la hija.

Berta miró la otra foto de comunión. Una niña feota, de piel aceitunada y velluda, ojos almendrados y tristes y un cuerpo flacucho. Nada que ver con el niño simpático y radiante que tenía al lado. ¿Habría odiado mucho a su hermano?

—Estoy... estoy un poquito confusa.

—No se preocupe. Esperaremos con usted.

La mujer continuaba de pie, conmocionada; Berta la condujo hasta el sofá. El dolor y la muerte nos igualan, pensó. Nos creemos tan singulares y, sin embargo, ante la muerte, las personas mostramos reacciones análogas. Todos.

—Tengo... tengo la boca seca —dijo extrañada y las miró como si ellas supieran por qué.

—Voy a por un vaso de agua —se ofreció Berta.

Le sorprendió descubrir en la puerta de la cocina un agujero que dejaba al descubierto el panel de cartón de nido de abeja y la chapa trasera. Abrió el armario sobre el fregadero y cogió uno de los vasos de cristal transparente rayado por numerosos lavados.

La mujer estaba muy pálida, con las ojeras de un tono más púrpura. Al acercarse, Berta se dio cuenta de que tenía la frente y el nacimiento del cabello sudorosos. Dejó el vaso en sus manos heladas. Miró a Lara, preocupada. Ella también se había percatado de que parecía a punto de desmayarse.

—Beba, María Jesús —la animó.

El pulso le tembló al acercarse el vaso a los labios.

—Será mejor que se tumbe.

Recostada en el sofá aún parecía más pequeña y quebradiza. Lara le dio aire mientras Berta regresaba a la cocina a prepararle una manzanilla. Pasados unos minutos la mujer fue recuperando el color.

—¿Se encuentra mejor?

Asintió con la cabeza.

—¿Podemos hacerle unas preguntas? ¿Se encuentra con fuerzas? —Quiso saber la inspectora, poco dispuesta a continuar perdiendo el tiempo.

La miró con aquellos ojos verdes ahora tan vacíos, casi espectrales.

—María Jesús, ¿cuándo se preocupó por la ausencia de Manuel?

Esa información era primordial para establecer un margen hasta la hora de la muerte. Cuanto más estrecho fuera, más facilitaría la investigación.

—María Jesús —insistió.

—¿Sí? —Movió la cabeza, desorientada.

—Le preguntaba que cuándo descubrió la ausencia de Manuel; cuándo lo vio por última vez.

—El jueves… el jueves no vino a cenar, aunque a veces no me avisa…

Hablaba despacio, con la calma que proporciona la irrealidad y el aturdimiento de una noticia así. Después empeorará, pensó Berta. Eso no lo había aprendido en ninguna academia.

—Me metí en la cama a ver la tele a eso de las once, pero se hizo la una y no había vuelto, ¿saben?

Lanzó un profundo suspiro desde el centro del pecho. Se mordió un poco el labio inferior para que dejara de temblarle.

—Pensé en llamar a casa de la Yoli a preguntar, ¿saben?, pero ya me pareció muy tarde y me apenó no haberlo hecho antes. Y luego… luego dieron las dos, las tres y yo con un pálpito aquí… —Se golpeó el pecho izquierdo—, un pálpito…

Lloró flojito, igual que un niño al que sus padres le advierten de que no lo haga porque lo van a castigar. Al recordar esos pequeños detalles, cobraba realidad la muerte de su hijo. A Berta le pareció tan vulnerable que sintió pena.

—A las seis no pude más y llamé a mi hija, ¿saben?, pero me dijo que esperara, que Manu ya volvería. Y, como no sabía qué hacer, me levanté, me aseé y me fui a la cocina. Me quedé sentada a la mesa, con la radio puesta, sin escucharla, con una angustia y un pálpito aquí.

Se golpeó de nuevo el pecho izquierdo. Enjugaba con impaciencia las lágrimas de su rostro.

—No era la primera vez que pasaba una noche fuera de casa sin avisar, ¿verdad?

Berta pensó que lo que en realidad quería preguntar Lara era cuántas noches pasaba en vela, sentada en la cocina, angustiada y temiéndose lo peor.

—Es que, a veces, lo enredaban, ¿saben?, se encontraba con algún amigo o se acercaba a donde el Matías a por tabaco y lo enredaban.

El llanto se hizo más fuerte. Berta buscó en la mochila un paquete de pañuelos y le tendió uno. Cuando se calmó, continuó.

—Además, yo sabía que esta vez era distinto… que desde lo del juicio estaba… no sé… como más centrado, ¿saben? Yo pensaba que si al menos todo ese lío le había servido de escarmiento…

Berta sintió un súbito escalofrío. ¿Todo ese lío?, ¿así se

refería esa señora a un juicio por violación? Como si fuera un problema con un pago del banco o tuviera que cambiar de compañía el ADSL. Recordó el rostro de Noelia, y la fragilidad de la mujer ahora se le antojó un engaño. Vio de nuevo en sus ojos los de su hijo.

—¿Qué ocurrió después? —La forzó Lara a continuar.

—Que al día siguiente llamó el señor Ventura diciendo que no se había presentado a trabajar. Y me asusté… me asusté porque eso sí que no lo había hecho nunca, que él es muy cumplidor, ¿saben?

—¿Dónde trabajaba su hijo?

Berta apuntó el nombre y la dirección de una fontanería. La mujer se quedó callada.

—María Jesús, nos contaba que se asustó al recibir la llamada del trabajo.

—Sí, mucho. Y entonces sí… entonces llamé a casa de la Yoli.

—¿Quién es Yoli?

—Es su novia. La novia de Manu… de mi Manu.

La miró un poco aturdida. Le temblaba la mandíbula.

—Nos decía que llamó a su novia —insistió.

—Sí, sí, la llamé, pero ella tampoco sabía nada.

—Es importante que piense con calma mi siguiente pregunta, no es necesario que nos responda ahora.

Lara le tendió la tarjeta donde figuraban los teléfonos del SAM. Como ella no hizo ademán de cogerla, la dejó sobre la mesa.

—¿Su hijo tenía enemigos? ¿Alguien que quisiera hacerle daño?

Negó con la cabeza.

—Mi hijo era un buen chico. —Lloraba—. Un buen chico.

Berta torció la boca. Pensó que para ella, tan sumisa y resignada, su hijo hubiera sido un buen chico hiciera lo que hiciera. Aunque violara a veinte mujeres, aunque las estrangulara con sus propias manos, encontraría excusas para su comportamiento.

Quizá el motivo por el que alguien había matado a Velasco no era hacer justicia y que pagara por los pecados de su pasado. Tal vez fue para sustraerle los años y las oportunidades que le quedaban de dañar a otras personas.

Lara

Miércoles, 15 de junio

María Jesús les aseguró que se encontraba mejor, así que la dejaron tendida en el sofá y se dirigieron a la habitación de Velasco.

Lara era una atenta observadora y la recordaba del juicio. Pequeña, nerviosa, con las manos crispadas, sentada en el borde del banco, la mirada fija en la espalda del hijo, casi sin pestañear. La frente fruncida en profundas arrugas, escuchando con atención.

También observó el gran parecido de madre e hijo. No solo en los ojos, también en el óvalo del rostro, en la forma en que se curvaba el labio superior. Sin embargo, el año en el Servicio de Atención a la Mujer le había servido para desterrar varios prejuicios, el primero era que la actitud de los padres y sus pautas de crianza eran las que convertían a los hijos en agresores sexuales o maltratadores.

Porque, aun cuando se encontraban con demasiados casos de padres que se amparaban en los «seguro que se ha dejado», «si se lo comen las chicas» o «esto es para engañarlo y pillarlo», también había conocido familias regladas a las que les había salido el hijo torcido. Sin más. Sin ninguna explicación. Echando por tierra, pensó, tanto Pavlov, tanto Skinner y tantos años de conductismo.

Todavía no sabía a cuál de los dos grupos pertenecía esa madre, pero lo averiguaría.

El aire era más denso en el dormitorio de Velasco. El calor se había acumulado entre esas paredes y se pudría en los rincones; olía a zapatillas deportivas, a colonia masculina y a tabaco. Se dirigió a la ventana y levantó la persiana con brío.

La habitación estaba limpia y recogida. Destacaban los aparatos de musculación y abdominales, un muestrario de barras, discos, mancuernas. Las estanterías estaban abarrotadas de trofeos. La mayoría, los más nuevos y llamativos, eran de *tuning*. Detrás de estos, arrinconados, había otros de fútbol. En las paredes colgaban pósteres de coches y de chicas siliconadas.

Cogió una de las fotografías enmarcadas. Eme posaba sonriente con los brazos cruzados y gafas de sol, apoyado en un Renault Mégane naranja tuneado, con la cabeza hacia la izquierda para que se apreciara el tatuaje que lucía detrás de la oreja.

¡El tatuaje! Se acercó un poco más la fotografía. Era ingenioso y sencillo: la forma de encerrar la eme en el semicírculo y después atravesarlo con las líneas por delante y por detrás para crear juegos de blancos y negros sobre la piel. Fue la única descripción que pudo aportar Noelia. Recordaba el montón de establecimientos de tatuajes que visitaron para mostrar aquel dibujo.

Se fijó en el piercing de la ceja izquierda que hacía resaltar sus ojos verdes tan perturbadores y esa sonrisa perversamente arrogante y seductora. El segundo prejuicio que había desterrado la inspectora Lara Samper en su experiencia como policía era que los amargados, los que no ligaban, los tímidos o inadaptados, no eran necesariamente los que cometían los delitos sexuales. No se trataba de una falta de oportunidades, sino de una filia, una filia patológica.

Al dejar la fotografía, se fijó en que Berta fisgaba, abría cajones y rebuscaba.

—¿Qué haces? —la increpó sin levantar la voz.

—Registro antes de que tengan tiempo de eliminar lo que no quieran que veamos.

—¿Las bragas? ¿Buscas las bragas? —cabeceó, incrédula.

No necesitó preguntarle si las reconocería. Durante semanas había guardado en el cajón superior de su escritorio las que le proporcionó la madre de Noelia. Las braguitas que llevaba la chica aquella noche eran parte de un pack ahorro: blancas con estampado de estrellas negras, negras con estampado de estrellas blancas y blancas lisas.

Berta Guallar se encogió de hombros mientras revisaba los dos cajones de la mesilla, sacándolos de los ejes para ver el fondo del mueble.

—Puede que una vez que terminara el «lío» del juicio —remarcó la palabra con ironía— y se supo a salvo, las recuperara o se las devolviera algún colega, incluso mamá, para seguir cascándosela a costa de Noelia. O puede que el bueno de Eme haya seguido divirtiéndose durante estos meses y haya más bragas...

—No tenemos orden de registro.

—La tendremos. Lo que no tendremos es esta oportunidad.

—Pueden invalidar las pruebas...

Berta la miró.

—Si encuentro algo, avisas a Medrano para que se la solicite al juez y que te la mande al móvil. Yo me sentaré en la cama y no me moveré. Tarde lo que tarde.

Vio en sus ojos la misma determinación con la que anotaba cualquier dato que consideraba relevante, la misma con la que conservaba las libretas, convenientemente clasificadas, hasta que prescribían los delitos.

—¡Basta ya! —ordenó.

En ese momento se escuchó cerrarse una puerta.

—Mamá —pronunció una voz que afirmaba y preguntaba a la vez—. Mamá.

Mientras salían, Lara se fijó en el ordenador sobre la mesa. Era un modelo nuevo y caro. Seguro que pasaba muchas horas conectado en las redes, pensó. Necesitamos una orden para registrarlo.

Cuando llegaron al salón encontraron a una mujer abrazada al cuerpo tendido de María Jesús, que lloraba y las lágrimas se comían sus palabras.

—Tu hermano... tu hermano...

—No digas nada, tranquila —le decía la hija—, ya estoy aquí. Yo me ocupo, yo me ocupo.

Transmitía el tipo de seriedad de las personas a las que la vida no les ha concedido demasiadas oportunidades. Llevaba un vestido con un escote redondo que no disimulaba el busto de actriz hollywoodiense de los años cuarenta. El cabello era una hermosa mata oscura, espesa y ondulada.

—Voy... voy a acostarla —les dijo y ayudó a su madre a levantarse.

Unos minutos más tarde, regresó. Era bajita, incluso con los tacones no alcanzaba el metro sesenta y cinco. Estaba muy pálida y un poco despeinada. Sujetaba un pañuelo en la mano con el que se secaba las lágrimas manchadas de rímel. Se dejó caer en el sofá.

—Somos la inspectora Lara Samper y la subinspectora Berta Guallar.

—¿Qué... qué ha ocurrido? Mi madre...

—Sería tan amable de indicarnos su nombre para poder dirigirnos a usted.

—María Sonia Velasco Ciprián.

—Sonia, ¿puedo llamarla Sonia?

La hermana movió la mano para indicar que carecía de importancia como la llamara.

—¿Qué ha ocurrido? —insistió.

Lara le habló de los arqueros, de la hoguera, del cadáver calcinado en que se había convertido su hermano, de la certeza del ADN, mientras ella se mordía los labios temblorosos y pestañeaba horrorizada.

—Sonia, comprendemos que es un momento muy delicado —le dijo al terminar—, pero si fuera tan amable de responder a unas preguntas...

—¿No pueden esperar? —Continuaba pálida y con los ojos acuosos—. En estas circunstancias...

Lara le lanzó una sonrisa de mujer experimentada, de comprensión.

—Serán apenas cinco minutos.

El llanto ahogado de la madre les llegaba a través del pasillo. La hermana se mostraba impaciente por regresar a su lado.

—Prefiero darles una tarjeta con mis números de teléfono, y que se pongan en contacto conmigo mañana o pasado. —Alcanzó su elegante bolso de piel, que se había quedado tirado encima de la mesa. Les tendió una tarjeta.

—Es importante, Sonia —insistió Lara sin cogerla.

La hermana la miró con seriedad. Tensó la espalda. La tristeza dio paso al cinismo.

—Inspectora Samper, no era necesario que se presentara. Nos conocimos en el juicio.

Lara no respondió.

—¿Acaso no fueron ustedes las que declararon contra mi hermano? ¿Las que se esforzaron en demostrar que era un violador? ¿Las que se equivocaron?

Lara la enfrentó sin desviar la vista.

—Ustedes lo acusaron injustamente y fue absuelto —recalcó las sílabas—. Absuelto, aunque el daño ya era irreparable, ¿o creen que la gente dejó de sospechar, de señalarnos, de cuchichear? Esta vez ni siquiera el padre Miguel, que siempre se ha preocupado tanto por nosotros, pudo callarlos. La desconfianza, el recelo, no se borra con una sentencia. Una acusación de ese calibre es una mancha para siempre.

Mientras hablaba, inconscientemente, adelantó el cuerpo.

—Y ahora, ¿van a ser las encargadas de investigar su homicidio, de detener a su asesino?

Hizo una pausa y esbozó una sonrisa escéptica.

—Es curioso; sí que debe de andar escaso de efectivos el Cuerpo Nacional de Policía con la crisis...

Las palabras que no dijo, la insinuación que flotaba sobre ellas, fue peor que si las hubiera pronunciado. Defenderte de una acusación que ni siquiera se ha formulado supone comenzar a asumirla, pensó Lara.

Sonia Velasco dejó que ese silencio se extendiera durante unos largos y tensos segundos antes de añadir:

—Estoy segura de que emplearán en encontrar a su asesino la misma diligencia que utilizaron para culparlo. No debo preocuparme, ¿verdad?

Sus ojos volvían a brillar, pero esta vez no eran lágrimas, era rabia. Se puso de pie.

—Creo que conocen la salida. Tengo que ocuparme de mi madre.

La voz de Lara la alcanzó en la puerta. Hasta entonces había permitido que se desahogara, que la increpara, pero no consentiría que creyera que la había amedrentado.

—Contra lo que pueda suponer, mi deber, mi única responsabilidad, es descubrir al asesino de su hermano y emplearé todas mis fuerzas y recursos para conseguirlo. Estoy segura de que contaremos con su máxima cooperación.

Al llegar al coche, por suerte, recordó el ordenador.

—Apunta —le dijo a Berta— que necesitamos una orden judicial para el ordenador, que lo recojan los agentes cuando registren el dormitorio. Puede que contenga algo interesante.

Noelia y su madre

Domingo, 26 octubre de 2012

Noelia estaba reclinada en una camilla, desnuda bajo un camisón del Salud que le quedaba ancho, con las piernas abiertas y los pies colocados en los estribos. Mantenía los ojos cerrados. Turbada. Parecía más menuda y joven de lo que era. Más frágil.

Su madre, Patricia, permanecía a su lado. Con una de las manos sujetaba con fuerza la de Noelia y con la otra le acariciaba la frente para transmitirle todo su amor. Se había tomado un calmante e intentaba mantenerse firme, aunque estaba muy asustada y tenía un nudo de congoja en la garganta al mirar a su niña. Deseaba cambiarse por ella, segura de que el dolor propio sería menos penetrante que este otro.

—Baja un poco el culete hasta el borde —le pidió la doctora Asín con amabilidad. Le cubrió las rodillas con una sábana de la misma tela tiesa y verde del camisón y se sentó en un taburete bajo frente a ella.

La chica sudaba. Se sentía tremendamente vulnerable. Atemorizada. Nunca había acudido a una revisión ginecológica.

En el pasillo aguardaban las dos policías del Servicio de Atención a la Mujer. Acababan de abandonar el box para que la exploración transcurriera de una forma menos traumática. Si es que existía alguna.

—Tranquila. Te explicaré paso a paso lo que voy a hacer —le dijo la doctora—. Empezaré colocando un aparato para visualizar la vagina y el cuello del útero, después recogeré muestras con un bastoncillo.

Asín tenía experiencia en delitos sexuales y conocía la importancia de detallar a la víctima la exploración. No le enseñó el espéculo vaginal bivalvo. Prefería denominarlo «aparato».

—¿Tienes alguna pregunta?

Noelia movió la cabeza de lado a lado. A pesar de los calmantes estaba dolorida y solo deseaba que todo terminara. Alejarse. O mejor, retroceder en el tiempo. ¿Y si hubiera dejado que Marta me acompañase? ¿Y si hubiera llevado pantalones en vez de la falda tan corta? ¿Y si hubiera salido media hora más tarde? ¿Y si no hubiera ido tan pedo?

Apretó más fuerte los párpados. La cabeza iba a estallarle. Desde la noche anterior repasaba los mismos detalles una y otra vez. Se castigaba especulando con lo que habría sucedido si las cosas se hubieran desarrollado de otra forma. Tantos «¿Y si...?» dispuestos en filas interminables, como hileras de hormigas.

La doctora Asín se puso los guantes y enfocó con una lámpara la cueva de sus piernas debajo de la sábana.

—Puede que lo notes un poco frío.

—¡Ah!

Dio un respingo y apretó la mano de su madre. Patricia tragó saliva para no llorar de lástima e impotencia.

—Es importante que te relajes. Sé que es difícil, pero debes intentarlo.

La doctora enseguida advirtió el desgarro en los músculos del orificio. ¡Qué animal!, pensó. Necesitará puntos. Al rellenar la historia clínica la chica les había dicho que era virgen. Pobre.

Tendió la mano y la enfermera le pasó un largo bastoncillo con la punta de algodón. Extrajo el frotis y extendió la muestra sin frotarla en una placa de vidrio numerada que sostenía la misma enfermera, que la roció con una película protectora y la tapó con otra placa para fijarla.

Suponían que no habría restos biológicos ni ADN del violador porque Noelia había cometido el error de ir a su casa y meterse bajo la ducha restregando su cuerpo con rabia, lavándose los genitales —aunque le escocieran como si el agua fuese vinagre— hasta hacer desaparecer los pegotes que llevaba adheridos. Después se había colocado una compresa porque los hilillos de sangre no dejaban de manar. No había sido hasta el día siguiente que su madre descubrió la herida en el cuello. Y entonces Noelia lo confesó todo.

Aún tardaron un buen rato en sacarle sangre, hacerle una prueba de embarazo, de enfermedades de transmisión sexual, vacunarla para la hepatitis B, darle la píldora del día después y recetarle el tratamiento antirretroviral por si había contraído el sida. Por último le cosieron el desgarro vaginal y un corte bastante profundo e infectado que descubrieron en la espalda durante el examen físico —Noelia no tenía ni idea de con qué se había producido—; lo fotografiaron todo y lo incluyeron en el informe.

—Ya está, cariño. Ya está —le dijo la madre. Aunque la impotencia y el abatimiento más profundo se le mezclaron con la rabia porque sabía que no, que no estaba. Esta vez no era como cuando con dos años una puerta de hierro casi le seccionó un dedito y acudieron corriendo a aquel mismo hospital. Esta vez, cuando salieran del edificio, no estaría curada.

Esto es muy gordo, pensó. Irreparable.

Noelia estaba mareada, dolorida, un poco febril, cuando las policías regresaron al box de urgencias. Temía que se le escapara el pis porque la habían anestesiado para coserle el desgarro.

Notaba la mano de su madre aferrada a la suya, temblando. Veía su profunda preocupación. Los ojos hinchados de llorar, los párpados violáceos. La forma en que se esforzaba por contener la congoja y aparentar fortaleza para que ella se sintiera protegida.

Le apretó dos veces la mano, su madre la miró y la chica hizo un amago de sonrisa esforzándose en tranquilizarla. No puede saber lo que me dijo, pensó. Tengo que ocultárselo.

La más baja de las policías se acercó a la doctora Asín. Siguiendo el protocolo de delitos sexuales debía recoger las placas de vidrio con las muestras y etiquetarlas para llevárselas a la nevera del SAM antes de mandarlas al laboratorio, preservando de ese modo la cadena de custodia.

La otra policía miró a Patricia y vio a una madre angustiada de unos cincuenta años, con un corte de pelo estiloso con mechas caobas, uñas burdeos, vaqueros y camisa blanca. Era funcionaria, auxiliar administrativa, en el Gobierno de Aragón.

—Es recomendable que el relato de los hechos se realice sin la presencia de familiares —le dijo.

La policía, tal vez por la autoridad con la que se movía, mostraba un aplomo y una fuerza que transmitía competencia. Patricia pensó que era un alivio poder confiar en ella. Seguro que está acostumbrada a esto, pensó. Que ve montones de casos así. O peores. Pero a la madre le daban igual los demás, solo le importaba su hija, lo que le había ocurrido a su niña. Lo otro únicamente eran noticias en el periódico que se leían rápido, con un escalofrío, y se olvidaban enseguida arrastradas por otros asuntos.

Y ahora nos ha pasado a nosotros.

—*Tranquila, la cuidaremos bien* —*le dijo la otra policía, la amable, la que le había puesto una mano sobre el brazo y la había mirado con aquellos ojos tan expresivos y sinceros.*

Unas semanas más tarde Patricia pensaría en cómo alguien podía dedicarse a ese trabajo, de qué pasta había que estar hecho para convivir a diario con el horror. ¿Logrará inmunizarse contra la brutalidad, dormir tranquila cada noche?

Las dos policías se quedaron a solas con la chica. Una sacó una libreta de espiral de la mochila y la otra preguntó. Noelia, tendida en la camilla, con los brazos pegados al cuerpo y la vista fija en los fluorescentes del techo, les contó que había quedado con su novio, pero que discutieron y se marchó a buscar a sus amigas a un bar. Al llegar a ese punto cerró los ojos y se ruborizó intensamente.

Soy imbécil, pensó, acongojada. Si hubiera controlado..., si no me hubiera bebido los chupitos..., me habría defendido mejor, le habría dado una patada o habría salido corriendo o... lo que fuera.

Callaba con el convencimiento de que, si se lo decía, las policías pensarían lo mismo que ella: el alcohol la había vuelto torpe y por eso habían conseguido violarla.

—*Puedes contarnos cualquier cosa* —*le dijo la otra policía y se sentó en la banqueta de la doctora para resultar más accesible*—. *Lo que nos digas es confidencial, ¿lo entiendes?*

Las lágrimas se deslizaban por las mejillas, en las que, sin maquillaje, se apreciaban marcas de acné. Si no hubiera ido tan pedo... pensaba. Soy imbécil. Imbécil perdida.

—*Tienes que ayudarnos.* —*Apoyó su mano sobre la suya*—. *Noelia, mírame, por favor.*

La chica ladeó la cabeza y obedeció.

—*Hay algo que debe quedarte muy claro* —*le explicó con*

una mirada franca, con convicción—. Nada, absolutamente nada de lo que hicieras, permite a alguien tener sexo contigo en contra de tu voluntad. Na-da.

—Nada —recalcó la otra policía.

—Cuéntanos qué te preocupa.

Noelia pestañeó y asintió.

—Yo... yo bebí... bebí un poco. —El llanto estranguló su voz.

La policía le tendió un pañuelo y esperó a que se calmara. Miró discretamente a su jefa. Ambas sabían lo que seguía. Por muchas veces que lo escucharan no dejaba de indignarlas. No importaba ni la edad de la víctima ni las circunstancias, siempre aparecía la culpa emponzoñándolo todo. La tendencia a responsabilizarse de lo ocurrido. A sentir que, en parte, se lo merecían.

—No supe... no supe defenderme. Lo hice mal. No... no supe... iba pedo y me asusté... me asusté mucho..., me bloqueé.

La policía dejó de anotar.

—No te equivocaste, Noelia, ni aunque te hubieras bebido todo el alcohol de Zaragoza, porque tú no tienes ninguna responsabilidad en lo que ocurrió. Tú no tenías el deber de protegerte; era él quien no debía atacarte, ¿lo entiendes?

Encogió los hombros. Temblaba y miraba al techo.

—Pero... —De pronto se acordó de su madre, de que no debía preocuparla y dejó la frase a medias. Se mordió el labio.

Las policías intercambiaron una mirada. ¿Había algo más?

—Noelia, ¿qué ocurre? —le preguntó la policía alta.

—¿Recuerdas que te hemos dicho que tú no eres responsable? ¿Que nada dio derecho a ese hombre a hacer lo que te hizo? —Prefería omitir la palabra violación—. Ni ir desnuda por la calle, ni que él te hubiera gustado, ni haberle besado y después cambiar de opinión. Nada.

—No, no es eso —dijo bajito. Se estremeció.

Ambas policías se miraron confusas.

—¿Qué es, Noelia? Confía en nosotras. Te ayudaremos.

Sus pupilas azules titilaban. Se debatía entre el miedo pavoroso y el deseo de no inquietar a su madre. Al final ganó el miedo. Pensó que aquellas mujeres eran las únicas que podrían protegerla. Su única oportunidad. No podía dejarla escapar.

—¿Promete que me ayudará? —Miró a la bajita, a la comprensiva.

Se aclaró la garganta antes de responder.

—Primero necesito saber qué ocurrió.

Noelia inspiró. Apoyó el cuerpo sobre el costado izquierdo.

—Mis padres... mis padres no pueden saberlo... pero... él volverá a buscarme.

—¿Por qué? Has dicho que no lo conocías —repuso extrañada.

—Me lo dijo él. —El labio le temblaba.

—¿Qué te dijo?

—«Otro día será, preciosa, otro día. Te lo prometo.»

Las miraba implorante, encogida sobre sí misma, llorando.

—Ustedes me ayudarán, ¿verdad? Me pondrán protección o algo, ¿no?

Los ojos de la policía se desbordaron de piedad. Estaba segura de que solo era una frase hecha. Casi segura.

Berta

Miércoles, 15 de junio

El tórrido ambiente de la calle la alivió. Los coches circulaban veloces, pitando, adelantándose. Los semáforos cambiaban de color. Los perros ladraban y meaban en las esquinas; sus amos recogían sus mierdas en bolsitas de plástico. La vida continuaba. Solo se había detenido en el piso de Velasco.

Berta pensó que morirse era similar a cuando, años atrás, los domingos cogía el autobús para marcharse a la frontera, a Irún, donde estuvo destinada al salir de la academia. Sus padres y Loren la despedían en la estación, tristes por su ausencia, pero cuando el bus salía a la calle y daba la vuelta a la manzana, los veía regresar cada uno a su vida. Eso debe de ser morirse: tú te marchas sola y ellos, poco a poco, vuelven a sus quehaceres. Y la vida sigue igual.

Pensó que Sonia Velasco era una borde. Pensó en Noelia. En Patricia, su madre. De pronto se impacientó. Recordó que Patricia la había llamado el lunes por la tarde y ella no había querido contestar temiendo que el motivo fuera hablar de Manuel Velasco. Ahora le pareció urgente ir a comunicárselo. Decirle a Noe que ya podía dejar de tener miedo. Ahora sí que podía prometerle que no lo volvería a ver.

Lara, ignorando su apremio, se soltó el botón de la americana y encendió un cigarrillo al amparo de la sombra con una calada profunda. Fumaba una marca especial: More, unos cigarrillos negros largos y finos. A Berta, la primera vez que los vio, le pareció una impostura, como si pretendiera hacerse pasar por una persona especial, quizá Marlene Dietrich en *El ángel azul*, y precisara de cierto atrezo. Después comprendió que para dejar atrás la vulgaridad, ella no necesitaba utillaje, se bastaba sola.

—Vamos al bar del tal Matías, el que nos ha dicho la madre que Velasco frecuentaba.

—¿No vamos a casa de Noelia Abad? —preguntó Berta, sorprendida—. Debemos decirles que Velasco ha muerto, no pueden enterarse por la prensa…

Lara dio una calada y tiró con furia el resto del cigarrillo al suelo, se volvió hacia ella y la miró a los ojos.

—Estás demasiado implicada con esa familia. No eres objetiva.

Berta acusó el golpe.

—Es injusto que digas eso.

—¡Estabas registrando los cajones sin una orden!

Los hombros de Berta se encogieron y una mezcla de ofensa y desilusión emborronó su rostro, pero era testaruda.

—Necesitamos un descanso. Anda, vamos a tomar un café —le dijo su jefa.

La siguió a desgana. Hace demasiado calor, resopló. Tanto, que añoró su mesa y el trabajo pendiente. No sospechaba quién subía en esos momentos los seis escalones de la entrada de la comisaría.

Agradeció el aire acondicionado. ¿Va a soltarme otro rollo sobre la subjetividad?

Lara trajo los dos cafés y volvió a la barra a por los vasos con hielo. La mesa era redonda, de hierro fundido, con sillas de madera decapada. Berta sujetó entre sus manos el vaso con los cubitos sintiendo su frescura. Después vertió el café. Tensa, aguardaba sus reproches, por eso le sorprendieron tanto sus primeras palabras.

—¿Te he hablado alguna vez de mi padre y de los musicales?

¿Su padre? Lara Samper acostumbraba a defender su intimidad. La única confidencia que le hizo fue acerca de su apellido, ese Ibramova que ondeaba como una bandera. Le contó en cuatro frases apresuradas que su madre había viajado desde San Petersburgo para hacer un curso de verano en la Menéndez Pelayo. Le robaron el bolso con el pasaporte. Su padre era un apuesto policía en su primer destino. Después se encogió de hombros.

—Mi padre trabajó durante años en homicidios. Él fue quien me enseñó que cada policía arrastra sus propios cadáveres, normalmente uno; como mucho, dos. Pesan demasiado para cargar con más. —Sonrió con una ternura inusitada en ella y dio un sorbo al botellín de agua—. ¿Conoces el experimento de plantar una alubia en un vaso con un algodón mojado?

Berta asintió. Las monjas se lo habían enseñado en ciencias naturales, recordó hasta la fotografía en la parte superior de la página izquierda del libro.

—Sucede lo mismo con el caso que arrastras. Si no encuentras una actividad que ocupe tu mente —prosiguió Lara—, tu impotencia se convierte en la semilla que germina. Echa raíces en tu cerebro, ocupa cada intersticio hasta que no puedes pensar en nada más, hasta que el resto se convierte en ruido.

Le pareció una comparación muy acertada, aunque pensó que la habría elegido porque la salvaguardia de la inspectora Lara Samper eran esas níveas flores a las que prodigaba todo tipo de cuidados.

—Los musicales —continuó— fueron la distracción de mi

padre. Encargó unas estanterías que cubrían entera la pared del salón y acumuló allí cientos de películas ordenadas por la fecha de su estreno, empezando por *The Jazz Singer* de Alan Crosland, del año veintisiete.

Berta deseaba salir corriendo en dirección a casa de Noelia, sin embargo, comprendió el esfuerzo que estaba realizando Lara. En fin, tampoco es que Noe vaya a volatilizarse, pensó. Hizo un esfuerzo por escuchar y durante los minutos siguientes asistió perpleja a la fascinación y los conocimientos que demostraba.

—Una noche, recuerdo que salían los títulos de crédito de *Los paraguas de Cherburgo*. —Berta asintió para que continuara—. Mi padre me confesó que a veces sentía miedo por mí. Me contó lo que es el miedo, el miedo de verdad.

Mientras le hablaba del caso que cargaba su padre, el de la chica rubia a la que encontraron asfixiada y con las bragas en la boca en el cuarto de la basura de su propio edificio, Lara daba vueltas a la taza en el platillo. Berta escuchaba en silencio, sin moverse, temiendo romper la magia de ese instante. No solo por sus palabras, sino porque la voz serena con la que se refería a su padre, una voz que hacía temblar su delgada garganta, revelaba una actitud, una sensibilidad de la que no la creía capaz.

Berta comprendía cómo se sentía aquel hombre. Ella también había hablado por teléfono con Patricia durante semanas con la misma impotencia en la voz. Estancadas. Sin una identificación, ni un sospechoso, solo con el dibujo del maldito tatuaje.

Cabeceó muy seria. El caso de su padre era terrible, pero ni más ni menos que otros similares. Sin embargo, para él este resultaba significativo, quizá por el parecido físico de la víctima con su propia hija. Siempre existía una razón, aunque muchas veces fuera inconsciente.

¿Por qué era Noelia tan importante para ella? ¿Porque sentía que le había fallado? Recordó el dolor de sus ojos azules, la forma en que la creyó cuando le aseguró «No volverás a verlo».

—Encontraremos al asesino de Manuel Velasco —le dijo Lara—. Pero no permitiré que las emociones enturbien nuestros juicios y acciones. Debemos esforzarnos en ser analíticas.

La miró y esperó hasta que Berta asintió. Pensó que le daba la razón, sin embargo, lo único que deseaba la subinspectora era salir, respirar a pleno pulmón.

—¿Vamos al bar del dichoso Matías? —le preguntó a su jefa.

Ambas se levantaron a la vez.

En el bar varios clientes hablaban a gritos ante unos quintos de cerveza. Detrás de la barra había un hombre, que supusieron era Matías. Cuando vieron a la inspectora Lara Samper cruzar la puerta, los parroquianos la miraron lascivamente.

La foto de Velasco le quemaba a Berta en el bolso. Su hermana la había sacado con cuidado de un marco y se la había entregado. Hasta que la enseñaran, Velasco sería Manu; después, para siempre, se convertiría en el pobre Manu.

—Buenos días —saludó Lara a Matías—. ¿Conoce a Manuel Velasco?

Ni siquiera necesitaron mostrar la fotografía, pues era bastante popular. La mirada que le lanzó ese calvo con un triple pliegue de grasa en el cuello indicaba que lo conocía, y que no le importaría conocerla mejor a ella.

—¿Para qué lo buscas, guapa? —le preguntó Matías.

Berta pensó que sonreían igual que si les hubieran contado un chiste que solo ellos pillaban. Ni siquiera les impresionaba su altura, ni la fortaleza y el empaque que transmitía. Cuando están en rebaño, suele ocurrir.

—Pedazo de mujer —murmuró uno.

—¿Cuándo fue la última vez que lo vio? —continuó Lara sin inmutarse.

—Guapa, ¿cuándo fue la última vez que lo viste tú?

Le corearon la ocurrencia. Allí todos eran habituales.

La inspectora Lara Samper les enseñó la placa y de repente fue como si la vieran por primera vez. Sus caras se ensombrecieron. Supusieron que si la policía estaba allí, era porque Manu se había metido en algún lío.

—¿Qué ha ocurrido?

—Si no le importa, la que pregunta soy yo —rubricó Samper—. ¿Cuándo fue la última vez que lo vieron?

La respuesta fue unánime: el jueves. Lo recordaban perfectamente. El Zaragoza había jugado en Madrid y habían visto el partido, como siempre, juntos en el bar.

—Gastaba muy mala hostia a cuenta de no llevar coche.

—Y se piró en cuanto acabó el partido porque se le había muerto el móvil —añadió otro.

—Estos chavales no saben vivir sin el cacharro —afirmó un jubilado.

—Están todos enganchados.

Antes de que continuaran con la discusión sobre el nefasto papel de las nuevas tecnologías, la inspectora los interrumpió:

—¿A qué hora se marchó?

—Buf, no sé, sobre las doce, ¿no?

Los demás asintieron.

Lo vieron marcharse y después nada. No había vuelto a aparecer.

—¿Y no les sorprendió su ausencia? —preguntó Berta, incrédula.

—Pensamos —verbalizó uno con desdén— que estaría pasándoselo bien con alguna.

De pronto a Berta la abrumó el calor excesivo del bar, el olor a fritanga, a cerveza derramada, a bocas abriéndose y cerrándose incansables, a barrigas peludas presionando contra los botones que las contenían, a calvas sudorosas, a sobaco, a raíces de pelo grasiento, a dientes manchados... Le abrasaba la garganta.

Desconocía que no es el policía quien elige la judía que germinará en su mente. Ignoraba que el caso con el que cargaría el resto de su vida no sería la violación de Noelia Abad, sino el asesinato de Manuel Velasco.

Lara

Miércoles, 15 de junio

Regresaron en coche a la comisaría. Lara se sentía bastante satisfecha. Tal y como había supuesto, una pequeña muestra de confianza había bastado para calmar a Berta.

Había preferido no explicarle que el motivo por el que no quería ir a comunicar la muerte de Manuel Velasco a Noelia Abad y su familia era que necesitaba prepararse. No sería una simple visita informativa, sino un interrogatorio que aprovecharía para el caso. No podía obviar el hecho de que el asesinato se había producido poco después del fallo del juicio, ni que Velasco sí que tenía enemigos: los miembros de la familia Abad.

Alfredo Torres salió a su encuentro.

—Deja que adivine… Millán quiere vernos.

—No, jefa. Solo a la subinspectora.

—¿Cuándo te dará el uniforme?

—¿El uniforme? —repitió mirando el que llevaba puesto.

—La librea.

No esperó a ver si había entendido la pulla.

—Vamos. Te acompaño —le dijo a Berta.

—Pero… pero… ha insistido que solo la subinspectora.

—No hay ni un solo motivo por el que el jefe del Servicio quiera reunirse con una persona a mis órdenes que no me concierna a mí —respondió tajante. Sus ojos relampaguearon tras las hermosas pestañas, negras y largas.

Al entrar en el despacho de Millán descubrieron que no estaba solo. Escoltaba a Gómez Also, el jefe de la Policía Judicial.

Luis Millán pareció desagradablemente sorprendido por la presencia de Lara, pero se recompuso con tal rapidez que solo alguien que lo conociera tan bien como la inspectora Samper lo habría percibido.

Ambas se sentaron en las sillas frente a la mesa. Tensas. ¿Qué ocurre?, se preguntó Lara, suspicaz. Esto no es por un mierdas como Velasco.

Tomó la palabra Gómez Also y no se entretuvo en circunloquios.

—Guallar, tú llevaste la instrucción de las diligencias de Santos Robles Gil.

¿De esto se trataba? Lara advirtió cómo la subinspectora se crispaba en la silla.

—Creo que el juicio no resultó demasiado favorable.

Lara sabía que se debía a la falta de pruebas. A pesar de que se aportaron a la causa las dos grabaciones, la del testimonio del niño en comisaría, y la de prueba preconstituida con el juez, el fiscal y el abogado de Robles, el juez estimó que no era suficiente, ni el niño tan pequeño, y solicitó que subiera al estrado a declarar. Por desgracia, pensó Lara, la credibilidad de los niños, por su fácil sugestión y fantasía, es muy baja, no como en la época de Salem, en la que bastaron los relatos de unos cuantos para condenar por brujería a muchas mujeres.

Los padres, después de soportar el largo y agotador periplo judicial, se negaron. Su psicólogo se lo desaconsejó. Ver en persona a su abusador, enfrentarse a él, era una forma de revivir el trauma para la que no estaba preparado.

—Santos Robles —continuó el jefe de la Judicial— tiene un blog, ¿lo has leído?

Berta Guallar asintió sin hablar, dejando que lo hiciera él, que indicara a dónde quería ir a parar.

—Insiste en que hubo coacción policial y en que se vulneraron sus derechos fundamentales. Acláranos punto por punto qué ocurrió en su detención.

—¿Qué ocurrió? ¿Puede ser más concreto, señor?

Lara advirtió cómo las pupilas de la subinspectora se oscurecían mientras hablaba, igual que el cielo se encapota preparándose para la tormenta. La forma inconsciente en que apretaba los dientes.

Él leyó los folios que sujetaba en la mano.

—Explica que fue detenido de forma arbitraria y que en ningún momento se le indicó el motivo.

—Es falso —se soliviantó Berta—, el oficial y yo llevamos a cabo todo el procedimiento. Le mostramos el carnet profesional y la placa emblema y le indicamos los derechos que le asistían.

—Señala que insistió en que era un error y que rogó reiteradamente ampararse en su derecho al habeas corpus y comparecer ante el juez para que determinara la legalidad del arresto. Sin embargo, en vez de ello, se le coaccionó a entrar en una fábrica abandonada donde fue vejado. Como consecuencia de ese maltrato sufre lesiones.

La subinspectora enrojeció, indignada.

—¿Se precisó una ambulancia para atenderlo? —continuó Gómez Also.

Lara comprendió el verdadero motivo del interrogatorio. Cruzó sus largas piernas y preguntó:

—¿Ha interpuesto una querella?

Fue Millán el que tomó la palabra. A Lara no le sorprendió. Su especialidad en el grupo de Beltrán —los «cerebritos» como los llamaban— era la sociología, los mass media y el control de los medios de comunicación. En una profesión tan expuesta como la suya resultaba fundamental saber capearlos.

—No es eso lo que nos preocupa —dijo.

El cráneo, de frente ancha, relucía ligeramente. Su voz poseía un elegante matiz de gravedad, como si cada palabra que pronunciara cobrara importancia. Lara alguna vez se había regocijado imaginándolo en su cuarto de adolescente practicando delante de un espejo. Resultaba el tono perfecto para realizar declaraciones públicas: atraía la atención al tiempo que sugería autoridad.

También advirtió que Luis Millán movía los ojos hacia la derecha. Varios experimentos habían desmentido las reglas propuestas por la Programación Neurolingüística. En consecuencia, Lara se mostraba más cauta al interpretar los *Lateral Eye Movement* como la manera de acceder a los datos de nuestro cerebro. No obstante pensó que mentía.

—En el nuevo ecosistema informativo —continuó Millán— en que nos hallamos inmersos, con la aparición de las herramientas digitales, prevalece el impacto sobre la esencia, el espectáculo sobre la idea. La opinión pública…

Ya tardaba en sacar a colación la dichosa opinión pública, pensó Lara. Ese ente amorfo y maleable que siempre planeaba sobre sus cabezas. Una de las frases que más a menudo escuchó en Ávila fue la de Julio César: «La mujer del César no solo debe ser honrada, sino además parecerlo».

La subinspectora continuaba callada. Lara se dio cuenta de que mantenía el cuello tan tenso que se le marcaban los tendones y las clavículas.

Millán se puso de pie, rodeó la mesa y se apoyó en el borde. En esta ocasión, quizá por la presencia de su superior, llevaba la americana oscura sobre la impoluta camisa blanca con el cuello encajado en las solapas. Lara se alegró de haber elegido aquella mañana la blusa negra de popelina de línea recta y cuello camisero. Ella también se sentía impecable.

Al ver la forma en que cruzaba los brazos e inclinaba un poco los hombros en un gesto estudiado, supo que intentaba mostrarse accesible, cercano.

Millán carraspeó para reconducir la conversación y comunicarles el motivo de la reunión.

—Esta mañana el juez ha archivado la causa contra Santos Robles por sobreseimiento.

Berta adelantó el cuerpo, su rostro reflejaba la incredulidad más absoluta.

—No, no es posible. —Negó con la cabeza.

—Me temo que sí que lo es.

—No han podido archivarla.

Permaneció en silencio mientras trataba de asimilarlo, después levantó la cabeza y escrutó a Millán.

—¿Cómo? ¿Cómo ha ocurrido? Aún no hemos recibido la pericial de Madrid con los datos del disco duro del ordenador de Robles.

—¿Estás segura de que no se ha adjuntado?

—Completamente. Sí que figuraba la prueba pericial de la Unidad de Informática Forense de Zaragoza, el informe que redactó Sergio Alloza, pero estamos a la espera del informe que remitan desde Madrid.

—En fin, a veces ocurre, se ha podido cometer un fallo humano, al ver el informe pericial de Zaragoza no repararían en que faltaba otro… Esa cuestión ya no está en nuestras manos —cortó tajante Gómez Also.

—¿Y qué cuestión está en nuestras manos, señor? —Aprovechó para interpelar Lara.

—Asegurarnos de que la detención a Santos Robles se ejecutó dentro del margen de la legalidad, que no se vulneró ninguno de sus derechos constitucionales, ni de libertad individual ni de integridad personal.

—¿Asegurarnos de que no hay base para una posible querella ahora que ha dictado el sobreseimiento?

Berta Guallar fue consciente por primera vez del peligro. Ya no se trataba de injurias en internet, del linchamiento de unos exaltados o de haber malgastado su tiempo. Estaba en juego su carrera profesional. Su futuro.

—¿Querella? —preguntó intentando contener la ira—. Entonces yo lo acusaré de un delito contra el artículo 215 del Código Penal.

Se refería al delito de injurias a funcionarios en el ejercicio de su cargo. Gómez Also carraspeó; el rostro de Millán permaneció inalterable. Lara sintió admiración, como tantas veces en el pasado, por el control que ejercía sobre sí mismo. ¿Tanto le perjudicó lo ocurrido en Barcelona, para que tenga que conformarse con este puesto?, se preguntó.

Durante un instante el rostro del joven y ambicioso Luis se superpuso al del hombre cansado en que se había convertido. Luis, que aspiraba a ser el comisario más joven de España con el beneplácito de Beltrán.

—Berta —dijo Millán llamándola por su nombre como muestra de complicidad—, eres libre de actuar como más beneficie a tus intereses, si bien yo reflexionaría antes de adoptar una decisión tan trascendente. —Sonrió afable—. Pondera la forma en que puede afectar a tu carrera.

Berta se removió en la silla.

—¿Te lo puedes creer? —le preguntó a Lara una vez que salieron del despacho. Las mejillas le ardían—. Era una encerrona.

—¿Y qué esperabas?

Resultaba tan evidente su humillación, lo injuriada y desolada que se sentía, que a Lara la conmovió del mismo modo que lo haría el niño que se desconsuela porque, a pesar de portarse bien, los reyes magos no le han traído el viaje a la luna.

Berta torció la boca, exasperada. Tenía los ojos brillantes y Lara dudó si se debía a la rabia o a la tristeza. Le desconcertaba que alguien tan sagaz con los datos objetivos se ofendiera de forma tan inmediata, que cualquier conflicto lo llevase al terreno personal y se sintiese atacada y juzgada. Que depositara en manos de los demás su propia percepción de sí misma y de su valía.

—No te equivoques —le dijo con crudeza—. El mundo no gira a tu alrededor. Los demás no actúan por odio o desprecio hacia ti, no eres su principal motivación. Millán se ha limitado a hacer su trabajo.

—Tú me hubieras apoyado —contestó atropelladamente.

—No estés tan segura.

—Lo sé.

Lara sintió aprensión ante su certeza. No era ninguna heroína, solo aspiraba a que la dejasen realizar su trabajo de la forma más satisfactoria posible. Ella comprendía a Luis Millán. Hubo un tiempo en que también fue así.

—No lo sabes; de hecho, ¿quién conoce a los demás? —replicó Lara.

Berta

Miércoles, 15 de junio

Berta maldijo cuando comprendió que el único motivo de la reunión era interrogarla. «¿Quién conoce a los demás?», le había preguntado Lara con una sonrisa maliciosa. Berta se encogió de hombros. Había percibido algo duro y canalla en su voz y se sintió atacada de nuevo.

Después, su jefa abandonó el tono reflexivo para inquirir:

—Hay algo que no termino de comprender. Explícame lo de la pericial.

—Acudimos al domicilio de Santos Robles con un agente de Delitos Tecnológicos, con Sergio Alloza. Le requisamos el ordenador y el móvil. Aseguramos la cadena de custodia y realizamos el volcado en el juzgado, delante del Secretario Judicial. —Citaba detalles pormenorizados e innecesarios para enojarla—. Hicimos dos copias: una para nosotros y otra que enviamos a Madrid solicitando un informe pericial.

—Conozco el procedimiento —la interrumpió con acritud moviendo una mano—. ¿Alloza no encontró nada?

Berta carraspeó.

—No.

—¿Y las grabaciones?

Lara se refería a que Santos Robles había grabado los abusos al niño. Dani se lo había descrito: «Subimos al primer piso y entramos en una habitación muy grande. Arriba, en una de las columnas, había un soporte, uno como el que usa mi padre para llevar el GPS en el coche. Al llegar, puso el móvil ahí y le dio al PLAY».

En el siguiente encuentro, Robles no necesitó utilizar la fuerza física ni ningún arma para coaccionarlo. Fue suficiente con esperar al niño en el semáforo en que se separaba de Beca, Carlos y Fer, sus compañeros de clase, y continuaba solo el resto del camino hasta su casa. Se acercó a ellos y les sonrió bonachón. Dani, sobrecogido por la impresión de volver a verlo, se sintió incapaz de reaccionar. Cuando Robles apoyó una mano en su hombro, sintió un escalofrío de pavor. Aterrorizado, el niño escuchó cómo mentía y les explicaba a sus amigos que era su tío. «Lo pasamos muy bien juntos, ¿verdad, Dani? ¿Os ha contado que grabamos un vídeo?», dijo sacando su móvil del bolsillo, «¿queréis verlo?». Por supuesto que querían. Los ojos les brillaban burlones y con un punto de malicia porque sabían lo tímido que era Dani. Al niño, rojo de vergüenza, se le escapó un estridente «no». «No te flipes», dijo Fer para mortificarlo un poco, «si mola, podemos subirlo a YouTube» y le dio un puñetazo juguetón en el costado, un toque de escolopendra venenosa. Dani imaginó YouTube, los numerosos grupos de WhatsApp del instituto, Instagram… y le sobrevino un tremendo vértigo, notó un pitido intenso en los oídos, la garganta seca. Se apoyó contra la pared para no caerse. En ese momento Santos Robles le apretó el hombro: «Tienes razón, Dani, se ha hecho tarde. ¿Nos vamos?». Dani, momentáneamente aliviado, siguió con docilidad a Robles, mientras sus amigos protestaban y se burlaban deseando ver ese misterioso vídeo. «Tu tío sí que mola, no como tú», le dijo Beca al alejarse.

—¿No encontró ni una grabación en el móvil? Debía de llevarlas encima si estaba esperando al niño y quería coaccionarlo —preguntó, suspicaz, Lara Samper.

—Seguramente las borró —contestó Berta—. Alloza ha intentado recuperar los datos del disco duro y de la memoria del móvil, pero no lo ha conseguido, por eso es necesario el informe pericial de Madrid. En esa unidad disponen de tecnología más potente.

—Hay otra posibilidad: que no hubiera nada que encontrar —continuó su jefa—. ¿Estás segura de que existen esas grabaciones?

La desconfianza de Berta iba en aumento. ¿Duda de mí?

—Sé que Dani no mintió, si es lo que insinúas —respondió a la defensiva elevando el tono.

Recordó al niño cuando sus padres salieron del despacho. Tan desvalido, la respiración agitada, contrayendo el estómago de forma involuntaria. Lo que le contó sobre Santos Robles encajaba con el comportamiento típico de los agresores. También era plausible la descripción que había realizado de los abusos. A menudo los primeros encuentros no involucraban contacto físico directo, pues el agresor obtenía suficiente gratificación exhibiéndose ante la víctima u observando mientras el niño se quitaba la ropa o hacía lo que le pedían. Por ese motivo eran tan frecuentes los abusos por parte de familiares.

—No insinúo nada —respondió Lara—. Pero al analizar la veracidad de un menor sabes que hay que valorar los factores que influyen en el recuerdo: el tiempo transcurrido desde que tuvieron lugar los hechos, la permeabilidad al influjo de preguntas sugestivas, la tendencia a darle la razón al adulto o de retractarse cuando percibe que sus respuestas no son de su agrado…, por eso es tan importante saber quién es la primera persona a la que se lo contó.

Berta sintió que su jefa la observaba, valorando su reacción. Estaba más pálida de lo habitual y acariciaba las piedras de la pulsera.

—El doctor Humphrey, en un estudio sobre interrogatorios a menores, señaló que a un menor suelen preguntarle una media de treinta a cincuenta veces, unas nueve personas diferentes: padres, profesores, familiares… que carecen de la preparación y la experiencia necesaria. Cada vez que le preguntan y hacen que el niño recuerde el suceso —le explicó— la huella de memoria se reconstruye mediante la incorporación de nuevos datos y la reinterpretación de los existentes. —La inspectora cerró un momento los ojos y se pasó los dedos por ellos—. Sin olvidar que quizá el niño, que vivió una experiencia muy traumática y probablemente se encontraba en estado de shock, pudo confundirse.

A Berta le molestaba cuando su jefa utilizaba sus conocimientos de psicología para adoctrinarla. Lara lo sabía, pero continuó:

—De hecho, tampoco sería la primera vez que una víctima falsea, omite o exagera detalles para resultar más creíble o por simple vergüenza.

Berta no respondió. Era obstinada. Prefirió cambiar de tema y centrarse en el sobreseimiento.

—Lo más curioso es que a raíz del blog reviso si han adjuntado la pericial todos los puñeteros días, seis, diez, veinte veces. —Movió la cabeza de lado a lado.

—¿Cuánto tiempo hace que lo enviaste a Madrid?

—Unos nueve meses —resopló—. Aún tardarán dos o tres más porque están saturados.

—¿Sabes qué sería útil en vez de quejarte? —dijo Lara inesperadamente agresiva—. Prueba a llamarlos y a explicarles la situación para que le den prioridad, igual la telepatía no es su fuerte.

Al ver su gesto de asombro, añadió:

—Ahora más que nunca es importante que descubras qué contenía el disco duro, que consigas el informe pericial de Madrid.

Berta se irritó por su falta de apoyo, por ese «descubras» que la dejaba sola, que unía a Lara al bando de Millán y Gómez Also. Las siguientes palabras de su jefa silenciaron su respiración sofocada:

—Aunque, encuentren lo que encuentren, si Santos Robles consigue que se reconozca que fue una detención ilegal, invalidaría el procedimiento, y las pruebas obtenidas carecerían de validez.

Berta la miró con tristeza.

—Encuentren lo que encuentren —recalcó con voz ronca.

Lara

Miércoles, 15 de junio

Lara se sentía tan inquieta que no concedió importancia al visible enojo de Berta. Mientras la subinspectora le explicaba el problema con el informe pericial de Madrid, ella había tenido una idea. Sabía que la inspectora jefe Ana Castelar estaba destinada en la Unidad de Pornografía Infantil de la Brigada de Investigación Tecnológica en Madrid, debido a su pericia con los ordenadores. Castelar era parte de su pasado, de lo ocurrido en 2007 con Beltrán en Barcelona; un pasado del que huía desde entonces. Un calambre de ansiedad atravesó su estómago. Jamás había recurrido a ninguno de los siete exmiembros del grupo y solicitar ayuda a Ana Castelar, precisamente a ella, la enfermaba de un modo físico. Por ese motivo había interrogado inmisericorde a Berta: necesitaba asegurarse antes de realizar una llamada que la comprometía tanto.

Una llamada que, por otra parte, debía ocultar a la subinspectora. Le desazonaba que Berta Guallar descubriese hasta qué punto se había implicado para ayudarla. Lara se sentía capaz de gestionar emocionalmente el desprecio, pero no la gratitud o la corriente de cariño y confianza que esa revelación provocaría. No solo en Berta, también en el resto de la plantilla, porque de algún modo (o bien por el cambio de actitud de la subinspectora o bien porque corriera la voz) lo sabrían.

Acarició la pulsera y recurrió a su frialdad habitual. No le resultó difícil, se sentía muy molesta con la subinspectora por colocarla en una situación tan desagradable.

—En cualquier caso —dijo—, no podemos continuar perdiendo la mañana, ¿no te parece? Es hora de volver a centrarnos en la investigación.

Las pupilas de Berta se encogieron hasta convertirse en dos puntos de rabia contenida.

Lara sopesó durante un momento la posibilidad de dirigirse a Alfajarín a examinar la escena del crimen, pero se encontraba demasiado preocupada para concentrarse en un aspecto tan relevante de la investigación. Decidió indagar en el pasado de Manuel Velasco e ir a entrevistar al padre Miguel, el hombre que tanto había ayudado a la familia Velasco, que tenía una relación tan estrecha con ellos que había testificado en el juicio a favor de Manuel.

Regresaron al barrio de Las Fuentes, hogar de Manuel Velasco y su familia. Un barrio obrero repleto de padres que no habían recibido una educación escolar y que soñaban con un futuro mejor para sus hijos. Para cumplir ese objetivo, los matriculaban en el colegio Santo Domingo de Silos, El Silos, un centro concertado de casi siete mil alumnos.

El padre Miguel vestía sotana, tenía el abundante pelo entrecano rizado y peinado hacia atrás dejando al descubierto una cara flácida. A pesar de su avanzada edad, sus manos eran ágiles, tanto como sus pensamientos. Aparentaba ser enérgico y poco dado a los sentimentalismos.

—Pasen, pasen —les indicó. No parecía demasiado sorprendido por su presencia—. Ayer me llamó la hermana de Manuel, Sonia, para contarme la terrible noticia y acudí a consolarlas.

Después de una breve introducción sobre los designios inescrutables del Altísimo y de cuánto cuesta comprender que, a veces, se lleva a los mejores para tenerlos más cerca, comenzó a hablarles de Velasco. Lara se fijó en que Guallar, que había apoyado la libreta en la mesa para tomar notas con mayor comodidad, se pasaba la mano por la nuca. Parecía muy tensa.

—Escolarizaron a Sonia con cuatro años, pero Manu aún no los había cumplido cuando llegó aquí. Hacíamos algunas excepciones con niños de familias especiales.

—¿Por qué era especial esa familia?

El padre Miguel movió las manos. Eran grandes, de dedos gruesos y pulgares codiciosos.

—La madre, María Jesús, necesitaba trabajar y no tenía con quién dejar a Manu. Yo mismo le busqué una ocupación en la residencia de las Avemarianas, en la que aún continúa. A veces actuamos de mediadores —aseguró fingiendo modestia—. Acuden a nosotros antiguos alumnos y pequeñas empresas que buscan mujeres trabajadoras y de confianza. Nosotros los ponemos en contacto. Como una oficina de empleo, o incluso mejor —dijo riendo.

En esta época de tanto paro, los bienaventurados que el padre Miguel acoja bajo sus alas no pasarán penurias, pensó Lara. Imaginó una tupida red de exalumnos de los últimos sesenta años a quien llamar y pedir que devolvieran el favor que se les hizo a ellos en su día. Pensó que sesenta años de cumplimiento del deber daba para sacar rédito a muchos favores.

—Tenemos entendido que no era viuda, ¿por qué necesitaba un empleo?

El padre Miguel chasqueó la lengua. Aunque no le agradaba la pregunta, no la eludió.

—Su marido no encontraba trabajo.

—¿Y por qué no le buscaron un empleo a él?

—La mayoría de las ocupaciones que ofrecíamos eran para mujeres. Labores de limpieza, cuidado de ancianos... —Hizo un gesto dando a entender su banalidad.

—¿Qué necesidad tenía María Jesús de dejar a su hijo en el colegio? ¿Por qué no lo cuidaba su marido?

—Esas son decisiones del matrimonio. —Se encogió de hombros.

—Vamos, padre, creo que lo sabe perfectamente. ¿Acaso Manuel no era de confianza? ¿Es ese el motivo por el que no le buscaron un empleo?

—Manuel padre no era un mal hombre, pero como no encontraba trabajo y estaba tan ocioso… ya se sabe que el diablo enreda… Comenzó a bajar al bar y a juntarse con unos y con otros. Y cuando bebía, enseguida se le iban las cabras al monte.

—¿Se le iban las cabras al monte? Es necesario que sea más preciso —dijo, maliciosa.

—María Jesús acostumbraba a llevar un pañuelo en el cuello. A veces aparecía con algún moretón. «Me he dado con la ventana, me he dado con la puerta, es que soy muy torpe…» Todos respetábamos su silencio. Al fin y al cabo cada uno sabe lo que ocurre en su casa de puertas para dentro.

El padre Miguel estaba dispuesto a no eludir ninguna cuestión, pero no a transigir.

—Ella no era como las otras, a las que les gusta alparcear y venirme con quejas o como plañideras durante la confesión. Algunas acuden cargadas de insolencia, olvidando que ellas eligieron a sus maridos. No lo hizo Dios —puntualizó con severidad—. Deben esperar a que lleguen tiempos mejores. Siempre llegan si se tiene paciencia. No saben cuántas de ellas están ahora rodeadas de nietecitos; cuántas me agradecen que atemperara sus pasiones en esos malos momentos. Hay que saber esperar, no me canso de repetirlo.

El padre Miguel era de la vieja escuela, valoró Lara, ese era el espíritu que logró que los malos tratos se ocultaran durante tantos años: policías que mandaban de vuelta a sus casas a las mujeres porque «algo habrán hecho para que les zurren y, si no, para cuando lo hagan», y curas que las convencían de que lo mejor era callar y persignarse.

Miró a Berta, segura de encontrar en su rostro una recriminación sincera, los labios fruncidos con desagrado por el comentario. Sin embargo, se concentraba en la libreta como si fuera a revelarle un gran secreto. La espalda muy tensa contra el respaldo de la silla, envarada. De hecho se percató de que no había hablado desde que habían entrado en el despacho. Supuso que continuaba preocupada por la posible querella de Santos Robles.

Prosiguió con el interrogatorio.

—¿Y los niños? ¿También tenían a veces algún moratón?

—No, no, los niños, no —respondió el padre Miguel, alarmado.

—¿Conoció María Jesús esos tiempos mejores que dice usted?

—No, se quedó viuda con las dos criaturas al año de empezar a trabajar en la residencia.

—¿De qué falleció su marido?

—Sufrió un ataque mientras dormía. Cuando María Jesús se levantó, se lo encontró muerto. Oficiamos la ceremonia aquí, en la capilla. Los demás alumnos quisieron acompañar a Sonia y a Manu en su dolor.

A Lara le resultó fácil imaginar al finado dentro de un ataúd barato con el traje oscuro de las bodas, la camisa impoluta y el nudo de la corbata bien centrado.

—María Jesús se volcó en sacar adelante a sus hijos y ya no volvió a casarse, aunque me consta que alguna oferta recibió. Yo le insistí que aceptara porque no es bueno que los niños se críen sin un padre. Y aunque no hay nada a lo que mejor se acostumbren las mujeres que a dejar de ser viudas, ella no quiso.

Al preguntarle al padre Miguel por Manuel, surgió otra

vez la cadena de favores: él le encontró una colocación en la fontanería y después «Manu aceptó ser el entrenador de fútbol de los chavales de quinto de primaria. No era mucho, solo un par de tardes a la semana y el partido del sábado», les aclaró.

—Las obras repetidas originan hábitos o cualidades: quien trabaja, se hace trabajador; quien roba, se hace ladrón. Por supuesto cuando ocurrió ese lío, hablé con él. Los equipos de fútbol son mixtos, aunque hay pocas chicas porque el deporte es más cosa de chicos, más brutote. —Sonrió con condescendencia—. Y algunos padres mostraban la natural preocupación...

No era la primera vez que Lara escuchaba referirse a la agresión sexual contra Noelia como «ese lío». Hubiera apostado a que el que lo denominó así por primera vez fue el padre Miguel. Tenía la sensación de que María Jesús confiaba ciegamente en el cura y continuaba consultándole las decisiones difíciles.

—Se sentó en esa misma silla. —Señaló la de Berta, que se removió igual que si le hubieran rozado la espalda con un dedo—. Me dijo que él no había hecho nada malo. Le creí. Lo conocía bien, sabía cuándo mentía. Una vez, junto con otro chico, rompió un par de farolas del patio a pedradas y lo terminó reconociendo. Si Manu decía que era inocente, yo no necesitaba más. Así se lo dije a todos los padres que vinieron a preguntarme. Por supuesto —se le notaba el orgullo—, ninguno desapuntó a sus hijas de los entrenamientos.

Lara pensó que eso solo demostraba que confiaban en el criterio del padre Miguel, no que creyeran en la inocencia de Velasco.

Aquel hombre protegía los secretos de los suyos. Daba poco crédito a la justicia terrenal, a la de los hombres, falibles y sometidos a sus bajas pasiones. Él conocía el valor del arrepentimiento. De la penitencia.

Berta

Miércoles, 15 de junio

Se masajeó la frente con el pulgar y el índice. Había luchado por prestar atención a la entrevista, consternada por el giro inesperado de los acontecimientos.

Aunque la encolerizaron el interrogatorio de Gómez Also y Millán, y, sobre todo, el leve desprecio que advertía en la fría actitud de Lara Samper, y en el tono de ese «descubras», poco a poco se sosegó.

El sobreseimiento de la causa contra Santos Robles y la posible querella marcaba un límite para ella. Necesitaba emprender algún tipo de acción que la condujera a obtener resultados, sentir que tomaba decisiones, abandonar la pasividad. Empezaría por Informática Forense.

Sentada en el coche abrió la mochila. Un dolor familiar, opresivo y envolvente, le presionaba la cabeza. «¿Como una corona?», le preguntó en su día la doctora. «Sí, como la corona de una reina», bromeó ella. Ahora ya no necesitaba acudir a ninguna consulta para que le diagnosticaran que la cefalea tensional era producto de la rigidez severa que comprimía las venas, de la contracción involuntaria de los músculos a causa del estrés.

Se metió en la boca un ibuprofeno y lo masticó con decisión. No le desagradaba el tacto arenoso de las pastillas derritiéndose en la lengua, enfangándola; al contrario, lo relacionaba con un alivio eficaz de los síntomas.

—¿Te encuentras bien? —le preguntó Lara.

Contuvo a tiempo un «Como si te importara». Inspiró hondo.

—Perfectamente, gracias. —Sacó el botellín de agua y bebió para eliminar los restos—. Si ya no me necesitas, ¿puedes dejarme en Jefatura?

—Claro, sin problemas.

Arrancó y se alejaron del colegio y del padre Miguel.

La consulta en Informática Forense no resultó como ella esperaba. Para empezar supuso que a aquella hora el departamento estaría casi desierto, pero no fue así. La segunda decepción fue no encontrar a Sergio Alloza, el técnico informático que la había acompañado a casa de Santos Robles para realizar la inspección ocular, identificación, recolección y el posterior traslado al juzgado de las pruebas que encontrasen. Berta y Sergio se llevaban bien: él era uno de los agentes que vivía su profesión con entusiasmo, absoluta entrega y una alta preparación.

El piso se encontraba vacío porque Robles permanecía en el servicio de urgencias del hospital Miguel Servet acompañado por un oficial de policía. Abrieron con las llaves que les había proporcionado el propio Robles al comprender que si no le romperían la cerradura.

Berta prefería entrar en los domicilios de los acusados cuando la detención se realizaba de manera inesperada porque ante sus ojos se desplegaba lo que ella denominaba «la vida real paralizada». Ese descuido, la forma en que cada uno trataba sus pertenencias cuando creía que nadie más iba a verlo, servía para tipificar a una persona mejor que cien test. Además, habitualmente, entre el caos y la suciedad abundaban las pruebas inculpatorias que no habían tenido tiempo de esconder o destruir. La detención de Santos Robles había sido un desastre, nada había salido como ella esperaba, sin embargo, todavía confiaba en que la tarde terminara bien. Los pedófilos y los pederastas no solían desprenderse de nada: prendas, objetos fetiche, fotografías, revistas, vídeos...

Recordó la carita asustada de Dani y cruzó el umbral decidida a encontrar justicia. La puta ama, se dijo. Su rostro se ensombreció. Las distintas habitaciones, el dormitorio y el baño anexo se encontraban limpias y perfectamente recogidas. Incluso el interior de los cajones, de las mesillas y de los armarios se hallaba ordenado. A pesar de registrarlo todo detenidamente no encontró ninguna prueba.

Sergio Alloza era tan meticuloso como Berta y también se tomó su tiempo para detectar, identificar, documentar y clasificar cada una de las posibles evidencias digitales. Sin embargo, el ordenador, al igual que el domicilio, estaba vacío.

—Tranquila, la gente es muy chapucera cuando formatea y casi siempre podemos recuperar los datos del disco duro —trató de animarla en el coche camino del juzgado para proceder al volcado y a la copia de los datos.

Se acercó al primer escritorio, donde trabajaba un chico joven al que no conocía.

—¿Dónde está Alloza?

—Buenas tardes para ti también —le respondió.

Berta se mordió los labios e hizo un esfuerzo por tranquilizarse.

—Buenas tardes, ¿puedes indicarme dónde encontrar a Sergio Alloza? —repitió.

—Ha salido a una instrucción.

Resopló para dejar patente su descontento. Acercó una de las sillas con ruedas a la mesa.

—Necesito el contacto de los que se encargan de Informática Forense en la Unidad Central de Criminalística de Madrid.

—Ese departamento es enorme, ¿puedes ser un pelín más concreta?

¿Qué idiotez de pregunta es esta?, se irritó, ¿acaso estaría aquí si lo supiera?

—No, no puedo ser más concreta.

—Mira, tengo tanto curro como tú o más y, en vez de hacerlo, estoy perdiendo el tiempo hablando contigo, así que trátame con un poquito de respeto. —La miró con severidad, harto de sus exigencias.

Berta se ruborizó. Era cierto. Estaba pagando su enfado con Samper, con Millán, con Gómez Also. Y también con el caso de Manuel Velasco.

Al final le explicó lo ocurrido con el informe pericial y consiguió un listado de tres páginas de teléfonos y correos electrónicos.

En el ascensor que la llevaba a su piso, se deshizo la coleta sacando la goma de un tirón. Le quitó los cabellos arrancados y se la colocó en la muñeca. Se vio reflejada en el espejo. Se acordó de Millán. ¿Cómo se sentiría él frente a su imagen en el espejo?

Berta creía que el secreto de la vida consistía en algo tan sencillo como tomar las decisiones que le permitieran sentirse bien consigo misma cada mañana ante su propia imagen. Ahí no valían máscaras.

Entró en casa, acalorada, y se dejó caer en una de las sillas de la cocina. Su familia acababa de comer.

—¿Qué tal? —le preguntó su marido mientras vaciaba el lavavajillas. Los miércoles por la tarde tenía fiesta en la academia en la que impartía clases de inglés.

Berta cogió un par de trozos de palito de cangrejo de los restos de la ensaladilla. Oyó toser a Izarbe, que dormía la siesta en su camita.

—Dichosa tos. ¿Está mejor?

—Más o menos —dijo Loren encogiéndose de hombros—. ¿Tienes hambre? Ha sobrado ensaladilla.

A Berta el listado de Informática Forense le pesaba en el bolso. Se sentía impaciente por tomar las riendas, por empezar a trabajar, aunque tarde o temprano tendría que comer algo.

—Ponme, pero poca.

Al volverse, Loren estuvo a punto de tropezar con la mochila que Berta había dejado tirada en el suelo.

—¿Has guardado ya la pistola?

Prefirió no contestarle. No tenía ganas de levantarse.

—Sabes que no es un capricho.

—Voy… —contestó sin moverse.

A los niños, en cuanto tuvieron edad suficiente, les dejaron la pistola y el cargador para que los sostuvieran en sus manos, se familiarizaran con ellos y no los percibieran como algo extraño y misterioso. Para Berta prohibir era sinónimo de tentar.

—Tienes mala cara —le dijo Loren al ponerle el plato encima de la mesa.

Durante un momento valoró la posibilidad de desahogarse; de pedirle que la abrazara fuerte, muy fuerte, porque desde que había salido del despacho de Millán se sentía dentro de un ascensor sin paredes en caída libre. Querría hablarle del blog. Sin embargo, temió toparse con el muro infranqueable del plan de conciliación de la vida personal, familiar y laboral del Ministerio, al que Loren insistía tercamente en que se acogiera.

El Plan Concilia suponía desempeñar un puesto con horario de mañana en Jefatura; de hecho, existía una gran sala llena de mujeres en puestos de gestión que tramitaban diligencias. El gineceo, se burlaba Berta.

Mujeres que entraban en cuanto dejaban a sus hijos en el colegio y trabajaban hasta las cuatro y media (con un breve descanso para comer lo que llevaban en el táper), hora en que salían disparadas a recogerlos. Después los llevaban a todas las extraescolares que hubiera, para que sus hijos fueran los caballos que ganaran la carrera. Hacían deberes, ponían lavadoras, cocinaban y, ya con los niños en la cama, planchaban hasta caer rendidas.

Berta se negaba. Para ella ser policía, amar su profesión, no era un traje que ponerse y quitarse a placer, sino algo que daba sentido a su vida. Constituía una parte sustancial de su ser.

El matrimonio discutía con frecuencia por ese tema.

—No se trata de ti, sino de hacer lo mejor para los niños —protestaba Loren—. ¿Acaso ellos no son lo primero?

Berta se sentía injustamente atacada. Y culpable, muy culpable. Todo al mismo tiempo. ¿Soy egoísta por no desear ser solo madre? ¿Es que no los quiero lo suficiente?

—No se puede tener todo —la acusaba su marido como si le leyera el pensamiento.

—Por lo visto tú sí que puedes —le replicaba. Intentaba defenderse, morder.

—¿Yo? Ojalá yo pudiera pillarme una reducción de jornada, quitarme horas de la academia, pero entonces, ¿cómo pagaríamos el capricho de la señora todos los meses?

Después, a solas y más calmada, recapacitaba. Tal vez Loren tuviera razón. Tal vez los dos la tenían y ambos estaban cansados y agobiados. Las mieles de la maternidad no eran como las pintaban en las fantásticas revistas de la sala de espera del ginecólogo.

Echó sal a la ensaladilla antes de probarla, tomó la primera cucharada.

—¿Qué vas a hacer mañana? —le preguntó Loren—. ¿Recogerás por la tarde a Martín?

¿Mañana?, pensó, ¿qué tengo que hacer mañana? Recordó que al día siguiente, al final de la mañana, irían a ver a Noelia Abad aprovechando que la prensa todavía no había publicado la identidad del cadáver. Se sentía impaciente por decirle que Velasco había muerto, que ahora sí que era libre. Ya nunca la alcanzaría. El alivio que supondría para Patricia. Patricia. Recordó su llamada, la que no quiso contestar. Ya no habría más llamadas.

Por otra parte, sería una visita complicada. ¿Era esa familia la que había impartido justicia? ¿Se habían arrogado ese derecho? ¿Qué ocurriría si estaban implicados en el asesinato de Velasco?, se angustió.

Comió con desgana un par de bocados más y apartó el plato. Se le había quitado el apetito.

Lara

Miércoles, 15 de junio

El día se alargaba inmisericorde exigiéndole un enorme esfuerzo. Se alegró de que Berta se hubiese quedado en Jefatura aunque, de cualquier forma, habría inventado un pretexto para alejarla.

El cinismo de Gómez Also y Millán en la reunión y el auto del juez que suspendía el proceso contra Santos Robles habían convertido en ineludibles las llamadas que postergaba.

Se encerró en su despacho. Empezó por la que menos la comprometía, con la esperanza de evitar la otra. Telefoneó a la Fiscalía para hablar con el fiscal Ángel Mullido y asesorarse. Necesitaba averiguar si existía una base legal que permitiera a Santos Robles interponer una querella contra la subinspectora Guallar.

Recordó el interrogatorio de Gómez Also. La forma en que el jefe de la Judicial había insistido en que Robles solicitó acogerse al habeas corpus porque consideraba ilegal su detención, y reclamaba el derecho constitucional de ser llevado de inmediato ante un juez. A Lara también le sorprendía. ¿Por qué demonios Guallar no lo hizo? No podía achacarlo a un descuido, así que había tenido que ser un acto intencionado. Movió la cabeza de un lado a otro. No lo entendía.

Quince minutos más tarde, al colgar, permaneció inmóvil

y preocupada. Abrió el cierre de la pulsera y se la quitó. Era lo único que conservaba de la vida en Barcelona. Había sido un regalo de Use y no había podido desprenderse de ella. La extendió sobre el escritorio. Constaba de cinco eslabones de filigrana de plata maciza dorada engarzados con conexiones flexibles. La luz del fluorescente incidió sobre una de las cinco piedras de jade y pudo apreciar su transparencia. La reseñó con la yema del dedo índice. Tersa y fría.

Había llegado el momento de marcar el número de la inspectora jefe Ana Castelar. Tamborileó con el boli sobre la mesa. ¿Merecía la pena? Tal y como Berta Guallar había reconocido, era imposible tener la certeza de que existieran las grabaciones. La cuestión, más bien, se reducía a si confiaba o no en el criterio de la subinspectora. Pensó que de otro modo no trabajaría con ella.

Lara era audaz, pero la llamada le resultaba particularmente difícil. Se disponía a incumplir dos de las normas que regían su comportamiento.

Su primera norma era no mantener ningún tipo de contacto con los otros componentes del grupo de Beltrán. Con sus antiguos compañeros: Millán, Castelar, Ascaso, Márquez, Bernal, Escribano, Aparicio y Sánchez. En los casi seis años transcurridos, se había esforzado en solicitar destinos donde evitarlos. Por ese motivo, de las vacantes disponibles, optó por el Servicio de Atención a la Mujer en Zaragoza, una labor tan alejada de su especialidad y en una ciudad tan ajena.

Si no había ningún testigo de su vida anterior, esta no existía, del mismo modo que si un árbol cae en un bosque y nadie está cerca para oírlo, no hace ruido. Sin testigos, cualquier detalle que modificara de su pasado, resultaría cierto. Nadie podría contradecirla. Y esa era suficiente verdad.

Sin embargo, después de tantas precauciones y sacrificios, en los últimos meses estaba obligada a soportar la constante presencia de Luis Millán. El testigo más cercano de esa vida que tanto deseaba enterrar.

Y, por si no fuera suficiente, ahora debía llamar a Ana Castelar. Buscó el número de teléfono en su agenda. Sabía su ubicación, al igual que la de los otros siete, pues era inevitable para eludirlos.

Debía contactar con ella para incumplir su segunda norma: pedir un favor. Quedar en deuda. Todavía engañándose a sí misma, sin reconocer que el motivo para quebrantarla no era impartir justicia, sino el aprecio que sentía por la subinspectora Berta Guallar. Impedir que eso ocurriera, implicarse emocionalmente con otra persona, era la razón por la que cada dos años, el tiempo mínimo permitido, solicitaba un nuevo destino en el concurso de traslados.

Marcó. Escuchó el tono de llamada y colgó con rapidez. Se colocó la pulsera. Abrió el cajón superior del escritorio. Miró el contenido y lo cerró de un golpe. Se puso de pie. Dio unos cuantos pasos hasta el perchero. Se sentó de nuevo. Apoyó la frente en el escritorio un par de minutos. Después levantó la cabeza, echó hacia atrás los hombros, inspiró hondo y marcó con decisión, presionando con fuerza cada tecla.

Tragó saliva mientras esperaba que se la pasasen desde la centralita e hizo un esfuerzo para no colgar de nuevo. Los tonos se sucedían y ella anheló que continuaran, pero respondió una voz que reconoció al instante.

—Inspectora jefe Castelar.

—Castelar, soy Samper.

—¿Samper?

—Lara, Larissa Samper.

Le pareció escuchar una exclamación ahogada desde el otro lado de la línea. Sus dedos huesudos se ciñeron al auricular.

—¿Qué puedo hacer por ti? —preguntó Castelar—. Porque supongo que la princesa no ha bajado a los establos solo para saludar.

Su forma de hablar la impactó. Recordó con súbita claridad el humor soez y desagradable con el que Ana Castelar erradicaba cualquier rasgo de feminidad para pelear en un mundo tan misógino y cerrado. Aquel humillante término, «princesa», que utilizaba para boicotearla y menospreciarla. Castelar se sentía amenazada por la sagaz inteligencia y la belleza de Larissa, la otra mujer del grupo de Beltrán. Síndrome de Procusto, pensó con tristeza. Despreciar al que sobresale.

Estuvo tentada de colgar. Pero ya había superado el mayor obstáculo y era ridículo ampararse en el pudor a esas alturas. Dispuesta a evitar el intercambio de cortesías y los prolegómenos, acortó en lo posible la conversación.

—Necesito un favor. —Pronunció las palabras en el tono más humilde del que fue capaz.

Escuchó una risa mordaz.

—Quieres que alguien remueva el estiércol por ti.

Hizo caso omiso a su burla, le expuso lo ocurrido: que se había cometido un error y se había archivado por sobreseimiento un procedimiento sin percatarse de que faltaba el informe pericial de la Unidad de Informática Forense de Madrid, y que solo se había adjuntado el de Zaragoza. No mencionó la existencia del blog. Recordó con añoranza que fue Use quien le enseñó a proporcionar la información imprescindible para obtener lo que necesitaba.

También pensó que Castelar lo averiguaría de todos modos porque era perspicaz y una policía competente. De otro modo jamás habría estado en el grupo de Beltrán.

—Se trata de un caso de pederastia. Necesito dos cosas, la primera es que desde Pornografía Infantil rastrees a un tipo llamado Santos Robles Gil, a ver si encuentras algo, lo que sea, de él. —Le leyó despacio los datos personales que figuraban en el expediente para que pudiera tomar notas—. La segunda es conseguir cuanto antes la pericial, que recuperéis la información del disco duro del ordenador que no consiguieron encontrar aquí, para ver si contiene alguna prueba incriminatoria —dijo mientras pensaba en las grabaciones de Dani— por la que podamos acusarlo de nuevos cargos. Aunque sea por posesión de pornografía.

—En los establos tenemos mierda para todos, pero esa la remueve Informática Forense —constató Castelar.

—¿Puedes hacer algo?

—Llámame mañana sobre las doce y media.

—Gracias —se forzó a decir.

—Para eso estamos los lacayos, princesa.

Sintió que los ojos le escocían y los cerró con fuerza.

Ana Castelar.

Nunca quiso preguntárselo a Use, pero siempre creyó que entre los dos había habido algo antes de que a ella la destinaran al grupo.

Berta

Miércoles, 15 de junio

En cuanto Loren y Martín salieron de casa para dirigirse al entrenamiento de balonmano, encendió el ordenador. Lamentaba no poder acceder a la sentencia de Santos Robles para leerla detenidamente. Además, desde su domicilio, tenía limitado el acceso a la intranet. Empezaré por el blog, decidió.

El efecto del ibuprofeno había desaparecido y, mientras el portátil se cargaba, se masajeó la parte posterior de la nuca y los trapecios con un ungüento de árnica que le había recomendado la chica de la farmacia. Si reducía la inflamación y destensaba los músculos, el dolor de cabeza disminuiría.

Se limpió la mano derecha con un pañuelo, hizo una bola con él y lo encestó en la papelera. Tecleó con los dedos limpios y continuó el masaje con la izquierda. Cuando apareció en la pantalla la última entrada del blog, se quedó inmóvil y aturdida.

Santos Robles había escaneado el documento oficial del Juzgado de Instrucción con la sentencia del Procedimiento Penal Abreviado abierto contra él. Robles había subrayado, con lo que parecía rotulador fluorescente, el párrafo del FALLO: «Que debo absolver y absuelvo a Santos Robles libremente y con todos los pronunciamientos favorables del delito de agresión sexual del que ha sido acusado».

El golpe de rabia fue tan súbito y potente que se quedó unos segundos sin aliento. Durante la siguiente media hora no supo si le indignaba más el hecho de que ella, la parte implicada, debiera leerlo en el blog o las doscientas visitas que acumulaba en poco más de una hora. En veinte de los cincuenta comentarios del post, además de congratularse porque los tribunales hubieran hecho justicia por una vez al proclamar inocente a Santos Robles, los internautas arremetían contra la instructora. Contra ella.

En el centro de la pantalla apareció un mensaje que advertía de que le quedaba un diez por ciento de batería. Reparó en que su rostro se reflejaba en el cristal líquido: las ojeras, el ceño fruncido, los dientes fuertemente apretados, los hombros tensos.

Se levantó, presionó la clavija en el enchufe e introdujo el otro extremo en el puerto de su ordenador. En el instante en que lo insertó, tuvo una esclarecedora visión de internet como una enorme central eléctrica con diferentes conductos de entrada y de salida.

Uno de esos conductos desembocaba en su portátil, en esa pantalla, pero otro, comunicado con el suyo, terminaba en el ordenador de Robles. Visualizó al hombre como si lo tuviera delante. Lo vio haciendo lo mismo que ella, simultáneamente: mirando su blog, comprobando la forma en que minuto a minuto aumentaban las visitas y los comentarios. El rostro de Robles se superpuso al suyo en el reflejo del cristal. Su expresión fiera y satisfecha sobre la suya de dolida perplejidad.

Esa simetría, el posible vínculo, le produjo tal repugnancia que bajó de un golpe la pantalla.

A medida que la poderosa descarga de adrenalina e ira remitió, su ansiedad fue en aumento. Notaba el pecho comprimido, la cabeza a punto de estallarle. En cuanto Loren regresó con Martín, salió a correr. Necesitaba moverse.

Eran las ocho y media. Las riberas del río presentaban un aspecto diferente, bullicioso, en la hora previa al crepúsculo. Las personas tomaban algo en las terrazas, paseaban, iban en bicicleta, corrían, incluso entrenaban en piraguas por el río, como si la ciudad y la vida fueran una fiesta.

Tomó el camino natural de La Alfranca, un corredor verde que transcurría paralelo al Ebro a lo largo de quince kilómetros. Quería alejarse, recuperar aquella soledad que tanto agradecía, y que solo se veía interrumpida por algún corredor o ciclista.

Comenzó con una zancada corta, un ritmo regular. Su respiración se fue automatizando. Las imágenes del día, la frustración, la impotencia acudieron en tropel a su mente. Aceleró el ritmo para acallar sus pensamientos.

Trató de olvidar que en ese instante los rostros de decenas de desconocidos se reflejarían en sus pantallas mientras leían la sentencia en el blog. Aumentó la velocidad, las pulsaciones subieron, el sudor le empapaba el cuerpo. Decenas de desconocidos juzgándola y acusándola sin ni siquiera conocerla, sin saber que era una buena policía, responsable y entregada, que su vocación surgió del enorme deseo de ayudar a los demás, de ser útil.

Respiraba en rápidas e insuficientes inhalaciones por la boca, sentía los golpes arrítmicos del corazón. No podía hacer nada para impedir las mentiras de Robles. Recordó con amargura las preguntas del propio Gómez Also, cómo había tomado en consideración esas patrañas. Con la boca seca corrió de forma atropellada. Sintió el impacto más fuerte en sus músculos, en sus rodillas, en sus pies, cada vez más rápido hasta que trastabilló y cayó, aparatosamente.

Tras un momento de aturdimiento se sentó. Le escocían

mucho las rodillas, sobre todo la derecha, despellejada y san-grante. Un montón de piedrecitas se le habían hincado en las palmas de las manos —que había adelantado de forma incons-ciente para intentar amortiguar la caída—. Al levantarse para dirigirse al cobijo de la fresca sombra de los chopos de la ribe-ra, apoyó el pie y un quejido escapó de sus labios. De pronto acudieron a su mente otros lamentos de dolor, los gemidos y las súplicas de Santos Robles en la fábrica la tarde de su detención.

¿Me equivoqué? ¿Y si por mi culpa ha terminado en una silla de ruedas?, se planteó por primera vez. Ahí, en medio del camino de tierra abrasadora, sintió un espasmo en el estómago.

Lara

Miércoles, 15 de junio

Lara miró el reloj, pasaban un par de minutos de las diez. Salió a la azotea con una copa de vino.

Buscó a Rosa en el edificio de enfrente. Estaba tirada en el sofá con un libro (aguzó la vista, pero no pudo distinguir el título), vestida con una camiseta de tirantes y un ventilador a sus pies. Hoy no ha quedado con Carlos, pensó. Mejor. Hacía unas semanas los había visto meterse un poco de coca antes de empezar a desnudarse, pero no era por eso por lo que no le gustaba. Era más bien su forma de moverse ocupando el espacio.

Observó a Chencho en una de las ventanas vecinas. Su hija terminaba de recogerle la cocina.

En ese momento sonaron las acompasadas campanadas en la iglesia de San Miguel: una, dos… hasta treinta y tres. Las había contado muchas noches. Eran el toque de queda que se había impuesto a sí misma. Tiempo atrás, denominaban «perdidos» a los que permanecían por las calles de la ciudad después de las campanadas. De ahí su nombre: la Campana de los Perdidos.

Aunque a lo largo de los siglos únicamente habían enmudecido durante los Sitios, ahora eran apenas un símbolo. Antaño los zaragozanos acarreaban la leña que cortaban en las orillas del río para ganarse un sustento extra, pero en invierno la alta vegetación y las densas nieblas les impedían hallar el camino de vuelta a la ciudad, el acceso por la puerta del Duque. Para evitar que perecieran más personas ahogadas o de frío, a principios del siglo XVI, el *jurado en cap* instauró un faro y una campana en la cercana iglesia de San Miguel. Treinta y tres toques espaciados desde el crepúsculo hasta la medianoche.

Lara necesitaba un lugar que supiera suyo, rodearse de las pequeñas cosas familiares, la certeza y el consuelo de que tras la jornada hubiera un sitio al que regresar. No ser una «perdida».

Rellenó la copa y se dejó invadir morosamente por la melancolía a la que se había sobrepuesto tras la conversación en el café con Berta. Los musicales. Su padre y ella, sentados uno junto al otro cada noche frente al televisor en el sofá de su casa en Cuéllar; y su madre, la prestigiosa hispanista, en Stanford con Richard, su segundo marido.

Recordaba la veneración con que su padre miraba a Anya, siempre con el temor de que descubriera que no la merecía, con el miedo a decepcionarla latiéndole en las venas. También recordaba la mansedumbre con que aceptó lo inevitable, cuando Anya comenzó a ahogarse en ese mundo tan estrecho. Cuando el amor ya no fue suficiente. Cuando los abandonó.

Su madre no tuvo más hijos con Richard. Con Lara bastó para corroborar que carecía de instinto maternal. A pesar de ello, la llamaba el segundo y el último viernes de cada mes. La conversación era breve, cinco minutos para que Larissa la pusiera al corriente de sus calificaciones y darle consejos. A la niña, a la adolescente, a la mujer en la que se convirtió le sobraba; ella tampoco aprendió nunca el placer de conversar.

Además, dos veces al año, la primera semana de enero y un mes entero en verano, la obligaban a cruzar el océano. Pasaba todos y cada uno de los días enfurruñada. No sentirse tremendamente desgraciada, disfrutar de las oportunidades que le ofrecían, hubiera sido una traición a su padre, solo en el sofá con sus musicales.

Quizá en esos largos veranos nació en ella el afán por protegerlo. Demasiado pronto intercambiaron los papeles y fue la Larissa niña la que empezó a velar por él al comprender la fragilidad que encerraba su corpachón. Quizá fueron esos largos veranos de resentimiento los que forjaron su temperamento.

Entró a por otra botella de vino blanco helado. Volcó unas bandejas del congelador en la cubitera y la sacó a la azotea. Se acostó en una de las tumbonas, tan mullidas y anchas como camas voladoras.

Ana Castelar la había condenado al exilio toda la noche. Lejos del DVD, del refinado tormento que siempre detenía al terminar el último acorde de «Falling Slowly», las voces de Glen Hansard y Markéta Irglová se alargaban en los versos: «Cayendo lentamente. Canta tu melodía. Llama y cantaré contigo». Detenía el DVD antes de que llegara el minuto de la película en que aquel 25 de junio descubrió que esperaba a Use inútilmente, que marcó el comienzo del desconcierto. Nunca había traspasado ese límite, nunca supo qué ocurría después, cuál era el desenlace. Suspiró.

Escoltada por sus fragantes flores y por la torre de la Magdalena (que de noche, cuando se encendían los potentes reflectores de las ventanas de arcos de herradura del segundo piso, era cuando más se asemejaba al faro), se limitaría a esperar la llegada de la luz. Apenas una leve pausa de oscuridad, porque las noches de junio eran poco más que breves intervalos entre el despliegue de rosas crepusculares y la luz mortecina que anunciaba la mañana.

Falling slowly, pensó, yo soy una experta. Llevaba seis

años cayendo y aún no había tocado fondo para poder comenzar a levantarse. Cayendo lentamente. ¿Hasta dónde? ¿Aún será muy profundo el agujero?, pensaba a veces.

Castelar había removido demasiados recuerdos. Sintió renacer la animadversión hacia ella y la insidiosa sospecha, casi una certidumbre, que la acosó durante esos primeros meses de ausencia. Tantas noches despierta, agarrándose a la almohada, mientras en su interior resonaba el eco interminable de que Ana había intervenido en lo ocurrido aquel 25 de junio. De que, de algún modo, era responsable del resultado.

El cadáver

Viernes, 10 de junio de 2013

A través del parabrisas distinguió la ermita y los restos del castillo árabe asentados en la atalaya natural de los semidesérticos Montes Blancos.

Era consciente de que la mezcla de exaltación y terror que sentía no le dejaba pensar con claridad; no obstante, no le quedaba otra alternativa. No podía permitirse llamar la atención vagando por esas solitarias carreteras.

Al pasar por debajo de la autopista, oyó un ruido procedente del maletero. Supuso que con el zarandeo el cadáver habría rodado hasta golpearse contra una de las paredes. Encendió la radio y subió el volumen.

Pasó por el pequeño puente para cruzar el barranco y comenzó el empinado ascenso hasta el altozano por una estrecha carretera encañonada entre la verticalidad del monte y un descuidado seto de aligustre y pinos. Siguió las blancas columnas que marcaban las estaciones del Vía Crucis.

Dejó a la izquierda, en una terraza inferior, la ermita de la Virgen de la Peña y aparcó delante del rehabilitado puente levadizo colocado para salvar el foso y acceder a las ruinas del castillo. Al subir el freno de mano rozó la pierna de su acompañante.

—Espera aquí —le ordenó al apagar el motor.

Salió del coche. Abandonó el bálsamo del aire acondicionado y sintió el ahogo de un bochorno pesado de tierra polvorienta con olor a hinojo, a tomillo. En la espectral quietud, bajo un cielo oscuro y cuajado de miles de estrellas, el único sonido era el chirrido de los grillos.

Una luna enorme iluminaba la escena e impedía que anocheciera por completo.

Con cuidado de no tropezar, se acercó hasta su objetivo: la deforme pirámide de leña que habían levantado en la parte oeste del irregular espolón. Esa zona permanecía en penumbra porque sobre ella se abatía la sombra de la torre del homenaje.

Calculó que la pirámide sería lo bastante grande para ocultar el cuerpo. Tendría que serlo. Apartó apresuradamente dos de los fajos de sarmientos que tenía al alcance y descubrió que estaba hueca: la habían apuntalado con palés sobre una base de matojos, agujas y piñas de pino que servirían como yesca, y la habían recubierto después con sarmientos y ramas de pino.

Se secó el sudor del rostro con la mano sin darse cuenta de que se dejaba un rastro de sangre en la frente. No se percataría de ello hasta que regresara al lugar en que Velasco había muerto desangrado y contemplara su imagen en un espejo.

La tarde anterior, unos operarios del ayuntamiento habían colocado pedruscos a modo de cortafuegos alrededor de la leña, y aproximó el coche marcha atrás hasta ellos. Cuanto más cerca, más fácil será moverlo, pensó.

Salió y abrió la puerta del copiloto.

—Tienes que ayudarme.

Debían darse prisa.

—¡Venga, vamos! —gritó.

Berta

A pesar de que Zaragoza se abría como una burbuja de calor en medio de un desierto, Berta llevaba pantalones largos. Podía disimular los raspones en las palmas de las manos, pero la herida de la rodilla era demasiado llamativa.

Dirigió la reunión matinal del Servicio de Atención a la Mujer porque, cada vez con mayor frecuencia, la inspectora Samper delegaba en ella esa responsabilidad. Analizaron el parte de novedades, abrieron las carpetas correspondientes para cada denuncia, estudiaron el libro de relevos —por si quedaban asuntos pendientes del subgrupo de la tarde— y ella asignó las tareas y las investigaciones.

Cuando llegó Lara, Berta subrayaba teléfonos y correos electrónicos del listado de Informática Forense en Madrid; buscaba en la intranet a quién pertenecían, un rostro y una historia en la pantalla, para decidir el destinatario de sus correos, quién resultaría más sensible a su problema y daría prioridad a su caso saltándose el orden de llegada.

—¿Qué es eso? —le preguntó Lara señalando los folios.

Berta le explicó su desafortunado paso por Informática Forense la tarde anterior. Hizo un rápido resumen ante el gesto de impaciencia de su jefa.

—¿Sabes qué te convierte en una buena policía? —le preguntó Lara—. Tu tenacidad, la perseverancia. Insiste.

Le sonó a recriminación. La inspectora Samper siempre se permitía el lujo de ser exigente hasta lo imposible.

—Insiste —le repitió.

Se conoce a una persona por cómo expresa el dolor, pensó Berta. Yoli, la novia de Velasco, daba grititos y agitaba las manos. El suyo era el tsunami de los lloros. Parecía sincera, histérica pero sincera.

—Tengo que hacerle unas preguntas —dijo la inspectora Samper.

La madre, que la había abrazado para consolarla, se separó de ella. A Yoli el maquillaje se le había corrido con el llanto y había manchado el jersey de su progenitora.

El aire acondicionado, un modelo antiguo, producía un molesto ruidito monocorde aunque mitigaba el calor de la calle. Berta tuvo la tentación de cerrar los párpados pegajosos.

—Seré muy breve —aseguró—. ¿El jueves día 9 fue la última vez que vio con vida a Manuel Velasco?

La chica asintió. Todavía hipaba. Era una cría, no tendría más de dieciocho o diecinueve años. La habían sentado en el sofá; la escoltaban su madre por el flanco derecho y la hermana mayor por el izquierdo. Las tres se parecían: buenos huesos, mandíbula ancha, un corte de cara atractivo, características físicas que se impondrían a la flacidez y las arrugas.

—¿La acompañó a casa?

La chica volvió a asentir.

—¿Qué hora era?

—Sobre las diez…

—¿Le dijo algo que le pareciera fuera de lo normal? ¿Le comentó si había quedado con alguien después?

Negó con la cabeza.

—¿Lo notó nervioso, excitado, contento? ¿Cuál era su estado de ánimo?

Un par de arrugas se le formaron en la frente al intentar recordar.

—Llevaba mala hostia por lo del peque, por tener que dejarlo en el taller.

—Cuando habla del «peque», ¿se refiriere al coche?

—Claro, el peque es un buga muy guapo. Le había pillado unas luces de neón porque íbamos a ir a una *concen tuning* con sus colegas el sábado. Se gastó mogollón de pasta, pero fijo que con las luces se hubiera llevado el premio. Es un premio mazo, mazo… Además habrá mucha caña, con discomóvil, zona de acampada…

—¿Dónde se celebrará?

—En un pueblo, ¿no? —Se encogió de hombros, la pregunta le pareció tan absurda como si le hubiera pedido una fórmula de física cuántica.

Se sonó los mocos ruidosamente.

—De acuerdo. El jueves fue el último día que lo vio —continuó Samper—. Trate de recordar si ocurrió algo diferente.

—¿Algo? —preguntó abriendo mucho los ojos—. Todo fue distinto. Todo. Vino a buscarme a la academia…

—¿Podría decirnos el nombre de la academia? —intervino Berta para apuntarlo.

—Arte-Miss. Está aquí cerca, en Miguel Servet.

—Estudia peluquería y estética, como su hermana —añadió la madre, orgullosa—. Bueno, su hermana terminó el año pasado y ya trabaja.

La aludida sonrió con soberbia; Yoli continuó.

—En vez de pararse en doble fila y pitarme para que saliera, como siempre, me esperaba en la puerta, y la zorra de la Vane —al escuchar el nombre, la hermana hizo un gesto de profundo desprecio con los labios—, que yo sé que le tiene ganas, le echó una mirada…, él le sonrió y, ¡claro!, yo me rayé. Que no era la primera vez. Que ya tuvimos una muy gorda por eso mismo. —Hizo un ruido con la lengua—. Total, que como él estaba de mala hostia por no llevar al peque, pues estuvimos mazo enfadados, hasta que me acompañó a casa. ¡Ay, y era la última vez que lo iba a ver!

Mientras esperaba a que la chica se calmara, Berta aprovechó para corregir su postura. Bajó los hombros que inconscientemente acercaba a las orejas, los echó hacia atrás y colocó firme la espalda contra el respaldo de la silla. Le dolía la cabeza a pesar de haber cambiado los ibuprofenos por Excedrin.

Hastiada, Lara Samper cortó de un golpe su aflicción. Tenía el resto de su vida para llorar, sin embargo, ellas no podían perder el tiempo contemplándola.

—¿Sabe si Manuel recibió alguna amenaza? —preguntó con firmeza para imponerse al lloriqueo.

La chica se sonaba y las miraba mientras contestaba con un movimiento negativo de la cabeza a las preguntas.

—¿Algún enemigo? ¿Alguien con quien hubiera discutido?

De repente el rostro de Yoli se iluminó. Repitió el ruidito. Berta pensó que era como si una idea atravesara las espesas capas de niebla y llanto de su cerebro y se alzara brillante y espléndida. Se llevó las manos a la boca.

—¿Tuvo un enfrentamiento con alguien, Yolanda? ¿Con quién?

Berta esperaba sombría que nombrara el juicio y al padre de Noelia Abad, sin embargo no fueron esas las palabras que pronunció.

—Rai. Doctor Rai —dijo despacio y miró a su hermana, que permanecía boquiabierta.

—¡Claro, tía, Rai! —repitió la hermana.

Parecían gemelas, tal vez un poco más airosa y guapa la

menor, como si sus padres hubieran pulido los defectos en el segundo intento. Intelectualmente daban evidentes muestras de ser también similares. Cortitas y felices. Mirándolas, Berta se reafirmó en su convicción de que la pobreza intelectual se asocia a un mayor grado de bienestar, de que la ignorancia es sinónimo de placidez.

—¿Quién es Rai? —A Lara la estupidez la impacientaba.

—¡Tía! ¿Te imaginas?

—¡Ay! ¿Tú crees?

En el rostro de Yoli, vuelto hacia su hermana, se mezclaba la emoción con los pucheros. No se decidía por ninguno de los dos.

—¡Lo flipas!

—¿Podrían decirnos quién es Rai? —El tono de la inspectora Samper no admitía réplica: enérgico y levemente airado. Ante esa embestida de brío, Yoli optó por los pucheros y la llantina.

La hermana no tuvo ningún reparo en hacerles partícipes de la historia mientras la otra, en medio del berrinche, afirmaba con la cabeza. Rai había sido el mejor amigo de Eme hasta que este le robó a Yolanda.

Le levantó la novia al amigo, pensó Berta, ese era nuestro Eme.

—El Rai se mosqueó mazo —dijo la hermana. Movió la mano arriba y abajo para hacérselo entender—, pero mazo, mazo. No quería coscarse de que lo suyo estaba *kaput*, ¡hay tíos…!

—¿Cuándo ocurrió ese alarde de lealtad? —preguntó Lara. Las chicas no apreciaron la ironía.

—El día 19 —intervino Yoli sin dejar de llorar—; el 19 hacíamos ocho meses.

—¡Tía, qué fuerte lo del Rai! —continuaba la otra.

—¿Y esperó ocho meses para sufrir el ataque de celos y

matarlo? —El gesto crispado de Lara Samper advertía de que se le agotaba la paciencia.

La pregunta hizo recapacitar a Yoli. Añadió con absoluta naturalidad.

—Es que también estaba lo de los coches.

—¿Lo de los coches? —preguntó Lara.

—Los dos iban a las *concen*. Últimamente siempre ganaba Eme, que el tío se lo curraba… ¡Menudo careto se le quedaba al Rai! —exclamó orgullosa—. Hace un par de semanas tuvieron una mazo de fuerte, se hostiaron y todo.

—¿Puede ser más concreta?

—¡Uf! —resopló—. Pues fuimos a eso de la Baja, que yo pasaba un huevo porque hace mazo de calor y está todo asqueroso y se te llenan los pies de tierra, pero se empeñó porque quería ver a no sé qué piloto o preparador o algo así. —Se encogió de hombros—. Uno extranjero mazo importante.

—¿La Baja? ¿Qué es? ¿Otra concentración?

—No. La Baja es… Jolín, ¡la Baja! Pero si es mazo conocida —se quejó.

—¿La Baja Montes Blancos? ¿La Baja Aragón? —preguntó Berta.

—Eso —respondió dando un golpe con el pie en el suelo.

Berta miró a su jefa.

—La Baja se corre en los Montes Blancos, donde también se encuentra el castillo de Alfajarín —le explicó. Omitió a propósito que era el lugar en que se calcinó el cadáver de Velasco. Supuso que sería suficiente para que su jefa estableciera la conexión.

La inspectora Samper se irguió en el asiento.

—¿Qué ocurrió?

—Pues llegamos pronto a la organización para buscar al piloto ese que quería conocer. Eme estaba flipado de contento porque se lo había dicho el del taller, pero no lo sabía nadie y eso le molaba mazo y quería hacerse un *selfie* y fardar, y va y nos encontramos también al Rai, que a Eme se le quedó una cara que lo flipas. Normal porque se pilló fiesta y todo. Y encima el Rai le tocó los huevos y claro, pues se lio.

—¿Se lio?

—El Rai le dijo que era un ladrón, que él le había enseñado todo y esas chorradas que soltaba siempre, y Eme se rayó y empujó con las manos al Rai. —Hizo el movimiento levantando ambas palmas—. Y el Rai lo empujó a él, y Eme lo empujó más fuerte y empezaron a hostiarse, y como Eme estaba muy mazado lo tiró al suelo, se le sentó encima, le agarró con las manos la cabeza, y si el Isra y los amigos del Rai no se meten a separarlos, se lo carga ahí mismo.

Los ojos le relucían al recordarlo.

—¿Qué ocurrió después?

La chica frunció el ceño.

—A Eme lo paraban estos. El Rai estaba superrayado, yo nunca lo había visto así; sus amigos lo agarraron de los brazos para ayudarle a levantarse y venga codazos y puñetazos para que lo dejaran. Se limpió la sangre del labio con la mano y le dijo que esta se la pagaba.

—¿Lo amenazó? ¿Esas fueron sus palabras?

—Bueno… más bien dijo «te juro que esta me la pagas». Se besó la medalla que lleva en el cuello y todo. Y eso es sagrado. —Recalcó con la cabeza.

Celos, desamor, rivalidad, lucha por el poder… Berta pensó, con cierto alivio al recordar a la familia de Noelia, que Rai acababa de convertirse en un sospechoso bastante sólido.

Lara

Jueves, 16 de junio

Una de las pocas debilidades de Lara era la forma en que se dejaba arrastrar por la victoria. ¿Rai? Igual que un perro de presa que olisqueaba en el aire un rastro de sangre, el cuerpo de Lara se tensaba, el olor aturdía su cerebro enervándola y ya no había espacio para nada más. ¿Rai? Estaba arrebolada. Hermosísima.

Aquel testimonio resultaba fundamental. Tal vez ya hubieran resuelto el asesinato. Quizá todo se reduzca a una riña entre poligoneros, pensó, ojalá.

Sin duda, esto era lo más emocionante que les había ocurrido a las hermanas en una vida mezclando tintes y poniendo rulos.

—¿Conoce el nombre completo de Rai, el número de teléfono, una dirección…?

Yoli le devolvió la mirada un tanto confusa. El hecho de haber sido su novia no era motivo suficiente para conocer ni siquiera su apellido, ni para guardar su número.

—Lo borré para que no se rayara Eme. A veces se flipa mazo por chorradas.

Su hermana le propinó un codazo.

—¡Tía! —Levantó las cejas.

Yoli se ruborizó al comprender el motivo y de nuevo rodaron las lágrimas por sus mejillas.

—Bueno, se flipa como todos los tíos...

—¿Puede comprobar si en su agenda hay algún otro contacto que nos ayude a localizarlo?

El trabajo de policía se complica, pensó Lara, porque los testigos suelen ser bastante chapuceros: no recuerdan bien, cometen errores, olvidan describir lo más importante o no están dispuestos a colaborar tanto como debieran. Este es un buen ejemplo.

El iPhone rosa último modelo descansaba sobre la mesa, al lado de otro similar. Apretó teclas con pericia y rapidez, hasta la «r». Arrugó su bonito ceño. Después repasó la agenda desde la «a»; al llegar a la «p» lanzó un gritito.

—Aquí tengo el teléfono de la Pili, la novia del Kike —dijo aliviada—. Es muy maja.

—¿Quién se supone que es Kike?

—El *brother* de Eme. Kike, Isra y Eme van siempre juntos, habíamos quedado los tres para la *concen* —dijo y, sin darles tregua, dictó los números, que Berta se apresuró a apuntar en la libreta.

—¿Kike nos pondrá en contacto con Rai?

—¡Uf!, no sé...

Lara se impacientaba de nuevo. Le ocurría cuando surgía un obstáculo inesperado en un camino que ella imaginaba sin complicaciones.

Se despidieron. Si más adelante la necesitaban, ya sabían dónde encontrarla.

Lara pensó en las dos mujeres de la vida de Velasco: Yolanda y su madre, y en las diferencias entre ambas. El dolor de Yolanda era aparatoso, pero pasajero; a su madre, en cambio, su muerte le dolería en el presente y en el futuro, ya no habría resquicio por el que no se filtrara, ni recuerdo que no quedara empañado. Sintió lástima por ella, por los días que tenía por delante hasta que se acostumbrara a que cuando sonara el teléfono ya nunca sería Velasco quien la llamaba.

Y por los días que vendrían después de esos.

Ya en el portal, tecleó en el móvil para buscar la Baja Montes Blancos. Le molestaba que algún aspecto, por mínimo que fuera, escapara a su control.

Leyó que a principios de los ochenta —cuando entre los aventureros y los deportistas triunfaban las Bajas en el mítico desierto del Dakar y en California—, un grupo hispano-francés buscó un recorrido similar en España y lo encontró en la zona semidesértica de incomparable belleza de los Monegros, un paisaje perfecto, de altas temperaturas y denso polvo, para afrontar una carrera de mil kilómetros sin paradas. Así nació la Baja España, aunque era más conocida por la Baja Montes Blancos porque la salida se realizaba junto al Casino ubicado en esos montes. Resultó tan carismática que se incluyó en la Copa del Mundo y participaban los mejores pilotos del panorama nacional e internacional.

Regresaron por la sombra. El sol abrasaba. El suelo escupía fuego. La americana negra de Lara atrapaba el calor y se lo transmitía al cuerpo. Concedía mucha importancia a su atuendo, a la impresión que transmitía a los demás y, por eso, independientemente de las condiciones atmosféricas, vestía americana. Soy una inspectora del Cuerpo Nacional de Policía, no una chica de los recados, solía pensar.

Caminaron en un silencio tan espeso como la luz que se derramaba sobre ellas. Lara fumaba un cigarrillo a caladas lentas y profundas. Recordó una muerte ridícula, tan ridícula como Yolanda y su hermana.

—¿Sabes cómo murió Boris Vian?

Berta negó con la cabeza.

—Vendió los derechos de su novela *Escupiré sobre vuestra tumba* para una adaptación cinematográfica y le encargaron el guion; sin embargo, tras varias discusiones con la productora, quedó fuera del proyecto. Asistió de incógnito al preestreno de la película, que titularon *Le petit Marbeuf*, y falleció de un ataque cardíaco durante la proyección. Tenía treinta y nueve años.

En la acera el sol se reflejaba y destellaba en las carrocerías de los coches.

—Díctame el número de Pili —le pidió a Berta.

Lara marcó.

—El teléfono está apagado o fuera de cobertura.

Era otro obstáculo que un hado caprichoso disfrutaba colocando en el camino para que no pudiera resolver el asesinato. Un camino que, al escuchar el nombre del exnovio, supuso muy corto, apenas un esprint de cien metros que recorrer en dos brillantes zancadas, y que ahora se enredaba en tortuosas curvas.

Consultó la hora en el móvil. Faltaban cincuenta minutos para las doce y media, la hora fijada con Ana Castelar.

—Regresamos a comisaría.

Lara no habló en todo el camino. Cerró los ojos y acarició las piedras de la pulsera. Cuando el coche se detuvo, los abrió. Habían tardado más de lo previsto y apenas faltaban diez minutos para la hora fijada.

—Localiza a Medrano y a Torres. Nos reunimos en media hora.

Se encerró en su despacho. Marcó el número.

Inspiró hondo. Sentía el mismo desasosiego, la misma inquietud del día anterior. A pesar de que aquella mañana había nadado más de una hora con furia, casi jadeando en la respiración.

—Tan puntual como siempre, princesa —la saludó Castelar.

Lara permaneció en silencio para obligarla a continuar. Olvidó que Ana Castelar había tenido el mismo maestro, Beltrán. Tú eres mejor que ella, se recordó, le llevabas ventaja entonces y se la llevarás ahora por mucho que utilice el «princesa».

—¿Has averiguado algo? —le preguntó.

—He localizado el expediente. Con la cantidad de trabajo que tenemos, y que estos cabrones no cubren ni las bajas, faltarán por lo menos dos meses hasta que os manden la pericial.

—¿Dos meses?

Inmediatamente se arrepintió de haber hablado. ¿Qué le ocurría? ¿Tanto le pesaban las horas sin dormir?

—Tranquila, que estás en las mejores manos. Le van a dar prioridad. Te llamaré en cuanto sepa algo.

—Gracias —dijo humillándose. Intuía que era lo que la otra necesitaba.

Al colgar, suspiró aliviada. Valoró que, a pesar de la carga emocional que le suponía, contactar con Ana Castelar había sido una decisión acertada. Tal vez habría cambiado de opinión si hubiera sabido que mientras ella se levantaba para dirigirse a la reunión del equipo, Castelar realizaba otra llamada.

—Sí, acabo de hablar con Samper.

Escuchó a su interlocutor y respondió:

—No, solo le he dicho que hemos localizado el expediente.

Berta

Jueves, 16 de junio

Lara Samper iba en el asiento del copiloto, y Berta vio cómo se pasaba la mano por la frente un par de veces para apartarse un mechón de pelo inexistente. Malo, malo, pensó. Ella también estaba preocupada desde la tarde anterior; irritada por el desinterés que mostraba la inspectora en lo referente a Santos Robles. Por esa especie de grandeza inefable que exhibía y que, al parecer, no le permitía rebajarse a empatizar con sus problemas.

Al detenerse el coche, Lara le ordenó:

—Localiza a Medrano y a Torres. Nos reunimos en media hora.

En el primer tramo de escaleras tropezó con el subinspector Enrique Medrano.

—¡Qué susto!

—Vamos a tomar un café —le pidió Enrique Medrano—. Llevo desde la reunión esperando a pillarte sola.

—¿Sola? —bromeó con intención.

Él no le respondió. En su cara bailaba una expresión de misterio y complicidad que conocía muy bien.

—En veinte minutos hay que estar en la sala —le advirtió, aunque estaba intrigada.

—Me sobran diecinueve, soy de los rapiditos.

Berta le propinó en broma un golpe en el hombro.

Subieron al despacho. Ahí estarían tranquilos.

—¿Qué tal te ha ido por Barcelona? —le preguntó.

Berta sabía que Medrano había solicitado un día de asuntos propios y que el martes por la tarde había tomado un AVE. Quería documentarse para ambientar su nueva novela en Barcelona durante los últimos años de la lucha policial contra los Grupos de Resistencia Antifascista Primero de Octubre, GRAPO. Gracias a un compañero de promoción, había conseguido acceso a documentos y archivos.

—¿Sabes de qué podrías escribir la próxima novela? De esto. Del homicidio de Velasco. O, mejor, de una pobre subinspectora honrada y trabajadora a la que un maldito pedófilo acosa sin motivo.

Castle, como lo llamaban algunos por el escritor de novelas negras de una serie de televisión, continuaba sin hablar, pero con la misma sonrisilla de triunfo.

—Venga, deja de hacerte el interesante.

—¿Sabes que siempre te he dicho que Samper sale acalorada del despacho de Millán, que tras esa puerta ocurren cosas muy, muy perversas?

Berta resopló. Había escuchado ese rumor mil veces. Y otras tantas la de que ese era el motivo por el que su jefa no quería quedarse a solas con Millán y siempre la obligaba a acompañarla.

—¿Para esto me has hecho venir? ¡Estás muy enfermo!

—Te ha mentido —le soltó a bocajarro—. Samper te ha mentido todo el tiempo. Sí que se conocían. Hace ocho años los dos compartieron destino: Barcelona.

—Imposible —negó Berta. Su respuesta instintiva siempre era defender a Lara—. Sabes que Barcelona no es Calatayud, ¿verdad? ¡No tuvieron por qué coincidir!

Enrique sonrió burlón y se pasó la mano por el flequillo. Tenía el cabello espeso, indómito, de un rubio oscuro, más largo en la parte superior y peinado con raya al lado.

—Los dos estuvieron en la Brigada de Información, en una unidad de élite, en la que reunieron a jóvenes excepcionales, pequeños genios, bajo el mando de otro cerebrito, un tal Beltrán. Lo que es imposible es que no se conocieran.

Berta lo miró incrédula. ¿Lara? ¿Lara y Millán?

—Ocurrió algo —continuó Medrano.

—¿Algo? ¿Algo qué? ¿Se liaron? —Subió los hombros—. ¿Tienes fotos? ¿Qué eres, el *Hola!* de la Policía?

—No, no. —Movió una mano enérgico—. Ocurrió algo en la unidad. A esos documentos no pude acceder. Solo sé que la unidad de élite se desintegró a finales de junio de 2007. Tuvo que ser muy grave.

Berta lo escuchaba consternada. ¿Lara? ¿Lara y Millán? ¿Se conocían? ¿Lara le había mentido? Incrédula porque su relación se cimentaba sobre la base de que cada una sabía lo que podía esperar de la otra y en la confianza.

Al recordar las palabras del día anterior, la seguridad con la que pronunció aquel «Tú nunca nos dejarías tirados», se sonrojó de vergüenza. ¿Tú nunca nos dejarías tirados? ¿Se puede ser más ridícula?

Su decepción resultaba tan evidente, que Medrano habló para sacarla de su ensimismamiento.

—¿Y qué tal por aquí? ¿Me he perdido algo importante? ¿Ha hecho Millán alguna de las suyas?

Aquello la despertó y le recordó la terrible reunión. El sobreseimiento. Bajó la voz para que nadie los oyera.

—Vino también Gómez Also.

—¿Qué?

Berta le hizo un sucinto resumen. Después le habló del blog, de que Robles había escaneado y subido la sentencia y cómo, espoleado por los cientos de visitas y comentarios, aquella mañana había escrito una nueva entrada en la que acusaba al juez de blanquear las actuaciones irregulares de la

Policía, de no atreverse a investigar los graves hechos acaecidos durante la instrucción.

—Termina con una frase gloriosa. —Levantó los dedos índice y medio de cada mano para fingir comillas—: «No buscar pruebas, ni indagar para esclarecer los hechos se denomina prevaricar».

Medrano colocó las manos en sus hombros, obligándola a mirarle.

—¿Cómo estás? —preguntó con firmeza.

Dos palabras. Solo dos palabras. Era la primera vez desde que descubrió el blog que alguien le formulaba esa pregunta, que se preocupaba no por el problema que suponía, sino por ella.

¿Cómo está la puta ama?, pensó Berta con ironía. Recordó la tarde anterior, sudorosa, sucia y dolorida en mitad del Camino de la Alfranca, sofocando el grito.

—¿Cómo estás? —repitió.

Ante su sincera preocupación, Berta sintió que, por fin, algo se le rompía por dentro, y se deshacía el nudo que cerraba su estómago. Agachó la cabeza, pestañeó rápido varias veces y se mordió los labios temblorosos para contener unas lágrimas que a ella misma le sorprendieron.

Lara

Jueves, 16 de junio

Lara entró en la sala con el rostro aún pálido tras la conversación con Ana Castelar. Sentados en torno a la mesa, la esperaba todo el equipo excepto Guallar.

—Ha ido un momento al baño —le aclaró Medrano al ver su desconcierto.

Lara confiaba en su equipo y había establecido con ellos una buena sinergia. No los había elegido personalmente, eso resultaba imposible. Aunque se encargaba de lograr que aquellos que le asignaban y de los que recelaba, abandonaran.

Ahora un elemento extraño rompía ese equilibrio. Millán, con la mejor de sus sonrisas, la que lograba ser tajante y magnánima a la vez, le había dicho:

—Veo un gran potencial en el agente Torres, encajará perfectamente en tu equipo.

—Por supuesto, jefe. Siempre se agradece un poco de ayuda.

—En realidad seguís siendo cuatro, el agente Núñez pasa al grupo de Menores.

Y ahí estaba. Sentado frente a ella en la reunión. Lara cogió un folio del montón del centro de la mesa. Trazó una línea bastante recta de lado a lado. En un extremo anotó «jueves 9», en el otro «viernes 10» con un rotulador rojo. En ese momento apareció la subinspectora Guallar.

—Lamento el retraso.

Lara empezó su exposición sin hacer ningún comentario, aunque el rímel un poco corrido y los ojos congestionados que atisbó en Berta resultaban obvios. Lara se extrañó porque no recordaba haberla visto llorar nunca. ¿Habrá habido alguna novedad respecto a Santos Robles?

—Si asumimos que el cadáver de Velasco estaba oculto en la leña al encenderse la hoguera, también debemos asumir que para esconderlo aprovecharon la noche o alguien los hubiera visto.

Habló con esa confianza en sí misma tan tranquila y poderosa que la definía.

—¿Los? —preguntó Enrique Medrano.

—Mirad.

Les mostró los pantallazos del vídeo de Loren, que había impreso, en los que se apreciaba la pira funeraria antes de que la alcanzasen las flechas.

—O fueron dos personas o bien el asesino que buscamos es el increíble Hulk —añadió—. Para introducir en la pira el cuerpo tuvieron que izarlo a pulso.

Se levantó y se colocó al lado de la mesa.

—La pira era voluminosa, de más de dos metros, y la base debía de soportar un peso considerable, aunque por dentro estuviese hueca. Tuvieron que hacer el agujero por el que introdujeron a Velasco por lo menos a esta altura. —Señaló la mesa—. Para que no se les derrumbara. Son necesarias dos personas.

Los miembros del equipo asintieron, parecía lo más lógico. Lara continuó.

—Por el informe de la inspección del lugar y de las declaraciones de los testigos que recogieron los compañeros que llegaron a la escena del crimen, sabemos que el montón de la leña lo prepararon el jueves por la tarde, así que no pudieron ocultarlo antes.

—¿Por qué no siguieron ellos la investigación, jefa? —interrumpió Torres.

Solo un recién llegado que no conociera el perverso sentido del humor de Luis Millán o un imbécil formularía esa pregunta, pensó. Dudaba en cuál de las dos categorías incluir a Torres, aunque temía que perteneciera a ambas. El procedimiento oficial fijaba que el equipo que estaba de guardia en la Judicial el fin de semana, el que acudía al lugar de los hechos, se hacía cargo del caso. Aunque Millán gustaba de hacer excepciones cuando se trataba de la inspectora Samper.

—No puedo leer la mente de Millán —le respondió Lara—. Supongo que nos sobrecarga de trabajo, para que podamos facturar un montón de horas extras al mes y hacernos ricos.

A los demás les costó no reír, incluso a Berta, que había permanecido cariacontecida. Ni los más antiguos recordarían cuándo fue la última vez que alguien cobró ni una sola de las cientos de horas que sobrepasaban las treinta y siete semanales estipuladas.

—… O quizá, se me acaba de ocurrir —continuó—, porque nosotros investigamos el delito sexual del que estuvo acusada la víctima.

—El cabronazo —dijo Medrano.

Lara lo reprendió con la mirada.

—Un juez lo declaró inocente.

—Vamos, jefa, todos sabemos que era culpable, que tendríamos que haberle conseguido un pase directo a un todo incluido en la cárcel de Zuera para una temporadita —aseveró.

El rostro de Lara se deformó en una mueca de cansancio y de fastidio.

—No era inocente, solo un tipejo con mucha suerte —siguió Enrique Medrano.

Los demás compartían su opinión. A todos les escocía el orgullo profesional herido por no haber podido proporcionarle al juez los recursos para declararlo culpable; en el juicio, el abogado defensor desmontó la historia que tanto defendían. En aquella ocasión la subinspectora Guallar no dijo su habitual «punto para los malos». Le dolía demasiado para gastar la broma que colocaba un filtro entre ellos y los casos.

Lara no permitía ese tipo de comentarios.

—No importa lo que hubiera hecho. Manuel Velasco es ahora nuestra responsabilidad. —Los miró de uno en uno—. Nuestra única responsabilidad.

Por el tono de su voz comprendieron que no convenía insistir. Lara se concentró en su razonamiento. Señaló el folio.

—Los datos de los que disponemos son que la noche del jueves dejó a su novia en casa a las diez. —Lo apuntó en verde—. Y que la última vez que se le vio con vida fue a las doce saliendo del bar de Matías. A las nueve del viernes los arqueros dispararon las flechas. Este es el espacio temporal que debemos completar.

Trazó una raya transversal en una punta con el rotulador verde y anotó 00.00, y en la otra punta 21.00.

—Salió del bar y no llegó a su casa. —Trazó círculos alrededor de la raya que marcaba las doce—. Necesitamos saber dónde se ubicaban los sospechosos a esta hora. Parece evidente que lo que sucedió tuvo lugar en el escaso margen del par de calles que separa el bar de su portal. Allí hay que buscar las coartadas.

—¿Y quiénes son los sospechosos? —preguntó Torres.

Se encogió de hombros.

—*Cui prodest?* ¿Quién se beneficia de su muerte? —Detuvo el bolígrafo—. De momento hay que comenzar por Rai y por la familia Abad.

La cara de los demás se ensombreció.

—Noelia Abad tampoco es mi opción preferida, os lo aseguro. —Hizo un aspaviento—. Pero no debemos ignorar la correlación entre que lo declararan inocente y su muerte. También investigaremos otras posibilidades.

Abrió la carpeta que había traído de su despacho y sacó el folio con el diagrama de árbol que ya le había mostrado a Berta. Aunque jamás lo reconocería, utilizaba los diagramas y esquemas porque el insomnio enlentecía su pensamiento, lo dispersaba.

—En primer lugar, es posible que no existiera una relación entre Velasco y su agresor, que fuera una víctima elegida al azar. Y el hecho de que anduviera solo, de noche… le otorga mayor validez a esta teoría.

Les explicó las distintas hipótesis y todos convinieron en que, si tenían en cuenta la posibilidad de que el asesino fuera un psicópata, un misionero, el arquero era un posible sospechoso.

—Dame la foto de Manuel Velasco —le pidió a Berta—, hay que peinar esas calles y preguntar a los vecinos. Aunque eran las doce de la noche de un día entre semana, era verano, hacía calor, alguien pudo asomarse a la ventana, o estar a la fresca en un balcón y ver algo: un coche, una persona sospechosa… ¿Ideas sobre cómo pudo desaparecer?

La inspectora Samper era una acérrima partidaria de las tormentas de ideas. Exponer sus pensamientos en voz alta le ayudaba a concentrarse; contrastarlos con su equipo y escuchar sus sugerencias solía generar en ella nuevas y brillantes conexiones.

—¿Ideas? —insistió Lara—. Yo he valorado tres posibilidades: o lo hizo por propia voluntad o a la fuerza o mediante engaño. ¿Lo amenazaron a punta de pistola? ¿Lo obligaron a entrar en algún coche? ¿Se encontró con algún amigo?

En ese momento el móvil de Berta vibró encima de la mesa. Miró la pantalla. Ana Lucía Jaramillo. También tenía pendientes dos llamadas del juzgado y una de la encargada de violencia de género de la Delegación del Gobierno.

—Una llamada de teléfono emplazándolo a ir a algún sitio… —sugirió Enrique—. Resulta más efectivo y mucho más discreto que obligar a alguien a punta de pistola.

—Muy intuitivo, Medrano —bromeó Lara—, muy intuitivo.

—Sus amigos del bar dijeron que se había quedado sin batería —les informó Berta.

—Elevaremos una petición para que se nos permita solicitar a su compañía un listado de las llamadas efectuadas y recibidas desde el móvil de Velasco, y su geolocalización para reconstruir sus últimas horas hasta el bar de Matías —ordenó Lara—. ¿Qué juez lleva la investigación?

—Emilio Ferrando fue el encargado del levantamiento del cadáver —respondió Medrano.

—De acuerdo, por ese lado no creo que tengamos problemas. Hay bastantes tareas pendientes. —Levantó un dedo por cada una—. Revisar el informe de la científica de la escena del crimen; el listado telefónico del móvil; peinar las calles buscando testigos; conseguir la transcripción del juicio para refrescarlo; tomar declaración a la madre y la hermana de Velasco; localizar a Rai o al menos a Pili; averiguar lo referente a la concentración de coches del sábado; investigar quiénes fueron los arqueros que dispararon el viernes, cómo se organizan…, y el interrogatorio a la familia de Noelia Abad que realizaremos Guallar y yo en una hora.

Berta anotaba apresurada.

—¿Tenemos la orden para registrar la habitación de Velasco e incautar el ordenador?

—Sí, jefa. Ha llegado hace un momento. En cuanto termine la reunión iremos a por él.

—¿Algo más?

Berta comprobó la libreta.

—El coche de Eme…

—Es cierto, hay que localizar el coche. Averigua si continúa en el taller y consigue una orden de registro.

Después de asignar las tareas, Lara se sintió más calmada, abatida por la gris resaca que acompaña a un gran despliegue de energía.

—¿Y yo, jefa? —preguntó Torres—. ¿Qué hago yo?

—Te reservo una tarea muy especial —le dijo muy seria—. No estorbar.

La indignación de Torres enrojeció su rostro y su cuello. Lara, sin darle opción a replicar, se puso de pie.

—Guallar, acompáñame. Vamos a informar a Millán de lo que tenemos.

—Una mierda, eso es lo que tenemos —dejó caer Enrique Medrano.

Al levantarse, a Lara le pareció advertir una mirada de complicidad entre él y la subinspectora que no comprendió.

Berta

Jueves, 16 de junio

Luis Millán siempre olía bien, a un aroma que no podía identificar. Daba la sensación de que sus días eran tan radiantes como si viviera en el anuncio de una colonia con velero.

Sin levantarse, les hizo un gesto para que tomaran asiento. Les advirtió que tuvieran tacto con la familia Abad y, en el mismo tono de autoridad nada impostada, les soltó una arenga sobre la conciencia social y el respeto al ciudadano.

Berta, más relajada después de la reunión del equipo, no pudo evitar sonrojarse. ¿Lo dice por mí?, se preguntó. Aún estaba resentida.

Millán movía los brazos para ganar expresividad. La luz de los fluorescentes se reflejaba en las mangas de aquella camisa tan blanca e impoluta como la del día anterior y como la que llevaría al día siguiente. Camisas de buen corte que le proporcionaban un aspecto sofisticado y moderno.

—¿Nos pides que evitemos que la chica y sus padres aparezcan en algún programa de televisión acusando a la Policía? —le preguntó la inspectora Samper en un tono neutro.

Berta los miraba alternativamente. ¿Lara y Millán? ¿Por qué le había mentido Lara? Recordó su sonrisa perversa y sus palabras, «¿quién conoce a los demás?», cuando le aseguró que confiaba en ella.

Millán miró a Samper reprochándole su actitud. Desde la atalaya de su despacho parecía más sencillo preguntarle a esa familia con tacto si habían asesinado al violador de Noelia. Sentado es su silla todo era más fácil; el mundo, más puro, pensó.

—Comunicadme cualquier novedad que se produzca. Cualquier no-ve-dad —recalcó.

Al regresar a su mesa, Berta devolvió las llamadas pendientes y después marcó el número de Ana Lucía. Le explicó de nuevo, con detalle y firmeza, las medidas con las que la protegerían. Recalcó varias veces la importancia de que denunciara a su pareja, de que se atreviera a dar ese primer paso, el más difícil.

Al colgar, suspiró hondo. Resignada. Los casos de maltrato resultaban difíciles e ingratos. Depositó el teléfono encima de la mesa, encendió el ordenador e hizo un esfuerzo para no entrar en el blog.

Asustada por las lágrimas, por la forma en que permitía que le afectara, decidió apartarlo de sus pensamientos. Recordó el consejo que Lara Samper le dio durante los primeros días: «Santos Robles tiene la importancia que tú le concedas; ocupará en tu cabeza el espacio que tú le des. Solo es ruido».

Buscó en la base de datos de jurisprudencia la sentencia penal del juicio contra Manuel Velasco. Sabía que no hallaría nada nuevo porque ya había leído la transcripción cuando se produjo.

Le fascinaba la búsqueda de datos, cotejar fechas y nombres en distintos registros, expedientes, redes sociales. Lo asociaba a la eficacia, como estudiar para un examen. Si la información estaba ahí, la encontraría.

Conducía Lara. Se lo había pedido expresamente Berta porque se había apoderado de ella una insoportable sensación de fatiga. Una fatiga más aguda que la que arrastraba los últimos días. Fatiga y decepción.

—Para quieta —le pidió su jefa.

—¿Quieta?

—Con el piececito.

Berta fue consciente de que tamborileaba el pie en el suelo del coche. Conectó su MP3 al USB para distraerse con la música. «Quizá necesites un abogado», le había dicho Enrique Medrano al contarle el sobreseimiento del caso de Santos Robles. Ella ni se lo había planteado. ¿Un abogado? El miedo aumentó sus pulsaciones.

Stop, se ordenó. Prefirió centrarse en Lara. La miró de reojo. ¿En qué más me has mentido?

Llegaron a su destino. Berta, incómoda, reconoció que el nexo que había establecido con Noelia y con su madre, la colocaba en una situación embarazosa en estos momentos. No es que se arrepintiera. No era eso. Esas mujeres precisaban apoyo y yo se lo proporcioné, pensó.

Lara dio varias vueltas hasta encontrar aparcamiento en vez de dejarlo en un paso de cebra como acostumbraba. Quizá ella también procuraba aplazarlo. Soy la puta ama, se recordó. Aunque cada vez le costaba más creérselo.

Mientras llamaban al timbre, de pie ante el portal, Berta pensó en las veces que lo cruzaría cada vecino, sin reparar en nada, y en aquel día en que Noelia salió del ascensor con su madre…

—¿No crees que fue una casualidad enorme que se encontrara a Velasco? —preguntó a Lara—. ¿Qué probabilidad hay?

—¿Buscas alguna explicación metafísica a ese encuentro?

—la interrumpió burlona—. ¿Algo como que Dios, el gran repartidor de justicia, es incapaz de dejar a un violador sin castigo?

Dio una calada al cigarrillo que acababa de encender antes de continuar.

—¿Sabes lo que es una casualidad? Sencillamente una situación que nos resulta tan extraordinaria que suponemos que ocurre al azar, aunque cada acontecimiento en el presente es consecuencia del pasado. Y en el futuro los acontecimientos serán consecuencia del presente. Es una cadena. Lo que llamamos casualidad es más bien ignorancia. No te engañes, el futuro no existe, se va creando a cada instante.

Berta no quiso contestarle. Miró ceñuda su reflejo en los cristales de la puerta. ¿Las casualidades? Por supuesto que existían. Enredaban las vidas y terminaban dándoles forma.

Así había ocurrido con Velasco.

Vendetta

Jueves, 16 de junio de 2013

—¿Seguro que no te han dicho para qué vienen? —repitió Jorge Abad a su madre.

Tenía el rostro lleno de acné y un cuerpo larguirucho y flaco, como si le sobraran diez o quince centímetros en cada extremidad. Si no corregía la postura, en unos años andaría cargado de espaldas.

—No —respondió en tono apagado.

—Pero tú eres amiga de una —la presionó—. Algo te habrá dicho.

—¡Déjala en paz! Ya te ha contestado que no —le espetó Marcos, su hermano. Formaba parte de un equipo de waterpolo, había faltado al entrenamiento y deseaba terminar cuanto antes para no enfrentarse al entrenador. Otra vez.

—Marcos —pidió Patricia, conciliadora.

—¡Eso! Encima defiéndelo. Tú siempre lo defiendes —protestó Marcos.

—¿Y a ti qué te pasa? Solo he hecho una pregunta. ¡Una maldita pregunta!

—¡¡Basta!! —gritó el padre imponiéndose. La mandíbula le sobresalía por la tensión y, por contraste, sus ojos parecían todavía más hundidos.

Volvieron a sentarse.

—En esta casa ya no se puede hacer ni una pregunta —se quejó el chico.

—¡¡Jorge, he dicho que basta!!! —advirtió el padre.

¿En qué nos hemos convertido?, pensó la madre con tristeza, ¿en qué?

Cuatro pares de ojos interrogaban a las dos policías: ¿qué hacen aquí? Jorge, sentado entre Marcos y su padre, temía conocer la respuesta.

La policía alta, la guapa, dejó pasar un par de minutos antes de hablar.

—El motivo de nuestra visita es Manuel Velasco.

Noelia, que hasta ese momento se había mantenido ajena a todo, se tensó al escuchar el nombre. Patricia le pasó un brazo por el hombro y le lanzó una mirada como un anzuelo a la subinspectora pidiendo respuestas.

—¿Han encontrado nuevas pruebas? Aunque nuestro abogado nos dijo... —preguntó el padre sin comprender, un tanto aturdido.

—¿Ha violado a otra chica? ¿Es eso...? —La madre, asustada, adelantó el cuerpo.

—No. No nos encontramos aquí por ningún asunto referente al juicio.

Sus rostros mostraron sorpresa. Todos excepto el de Jorge. Lo saben, pensó él con un escalofrío de temor y fatalidad. Notó un sudor frío, nervioso, en la frente, encima del labio, en las palmas de las manos, en las axilas. Intentó tranquilizarse.

—Manuel Velasco ha muerto. —Hizo una pausa para apreciar sus reacciones—. Asesinado.

La alegría explotó dentro de ellos igual que las palomitas de maíz dentro de la bolsa en el microondas.

—¿Quién se lo ha cargado? —preguntó el hermano. Se le

marcaban la espalda, los hombros y los brazos anchos y musculosos en la tela tirante de la camiseta. Tenía unas manos de espátula, grandes y llenas de callos.

Noe lloró en silencio. El alivio era evidente, como si hasta entonces hubiera sujetado un peso imposible de soportar.

Jorge consideró que permanecer callado les parecería sospechoso a las policías.

—Era lo que se merecía —dijo sinceramente.

Patricia estaba confusa. No comprendía por qué Berta, por qué la subinspectora Guallar, no la había llamado para contárselo. ¿Desde cuándo lo sabe? ¿Por eso no me cogía al teléfono?

—¿Qué ha ocurrido? ¿Cuándo? —le preguntó para reclamar su atención.

—Es lo que intentamos averiguar —contestó la policía alta. Hizo un gesto vago con sus manos delgadas y nerviosas.

—La investigación se halla bajo secreto de sumario —contestó la otra. Miró a Patricia con lástima.

Su padre fue el primero en comprender.

—¿Por eso están aquí?

La indignación ponía un tinte grana en su rostro, resaltaban los capilares rotos de la nariz. Dio un fuerte puñetazo en la mesa que sobresaltó a Noelia. Su madre la abrazó más fuerte.

—¿Qué más tendremos que soportar?

—Ignoro a qué se refiere —dijo la policía, erguida y severa como una esfinge.

—Buscan al asesino. —Adelantó la barbilla con desconfianza—, y han venido a acusarnos.

—No nos encontramos aquí para acusarlos de nada, solo investigamos un homicidio.

—Soltaron a ese sinvergüenza, se fue de rositas, y ahora, ahora... Esto es lo que pasa en este país. —Sus palabras estaban embebidas del desprecio que adopta el que cree encontrarse en una posición moral superior—. ¡Aquí solo se defiende a los sinvergüenzas! A los que nos matamos a trabajar...

La policía lo interrumpió.

—Tenemos algunas preguntas que formularles. Estoy segura de que todos deseamos lo mismo: averiguar qué ocurrió, cerrar el caso y olvidarnos de Manuel Velasco para siempre.

Los miró de frente y uno a uno. Jorge notó que en él se detenía un poco más. Le picaba la nariz y se rascó.

Después de que su padre respondiera de mala gana, llegó su turno. Sabía que era una estratagema, que las policías estaban allí para averiguar qué hizo él el jueves por la noche, si disponía de una coartada. Como si no lo supieran, pensó con desprecio.

Empezó respondiendo a las preguntas banales con petulancia.

—Curro en una empresa de construcción de guardia de seguridad. Desde hace un año hago el turno de noche. Lo pedí voluntario porque, además de que se sacan unos talegos extras, allí aprovecho para estudiar.

—¿Qué estudia?

—Cuarto de Historia del Arte.

—¿Puede explicarnos qué labor hace exactamente como guardia de seguridad?

Notó que el tono de la policía se había suavizado. Es una artimaña para que me descuide, pensó.

—¿Labor? Mi labor es vigilar que no entren en la obra los que no deben y se lleven lo que les dé la gana. Hago de poli.

Con la uña del dedo índice se toqueteó uno de los granos de la barbilla.

—¿Está solo o con algún compañero?

—Solo.

—¿En qué horario?

—De diez de la noche a ocho de la mañana.

Se esforzaba en no contestar más de lo necesario, la obligaba a formular preguntas.

—¿Dónde se ubica la construcción?

—Cerca de la plaza Utrillas.

Advirtió que en ese momento la otra policía, la amiga de su madre, dejaba de fijarse en cómo se toqueteaba la barbilla y se tensaba contra el asiento. Fue solo un momento. Enseguida, para disimular, apuntó algo en la libreta.

Se ha dado cuenta de que de la plaza Utrillas a casa del cabrón de Eme, apenas hay cinco minutos en moto si se baja por Miguel Servet, pensó.

—¿Lleva algún arma de fuego durante su jornada laboral?

—Sí, claro, una metralleta como Al Capone. —Miró a Marcos, que le coreó la broma.

—¿Lleva algún arma de fuego? —insistió sosegada.

—No, no tengo licencia. Ya os encargáis vosotros de ponerlo bien chungo para que no nos la den...

—¿La noche del jueves 9 al viernes 10 del presente mes permaneció en su puesto de trabajo? —cortó su divagación.

Jorge la miró despectivo. Por fin dejaba de dar rodeos. No me vas a pillar. A ver cómo demuestras si estuve o no, pensó.

—Sí, de diez a ocho.

Al chico le picaba el ojo derecho y se lo frotó.

—¿Está solo? ¿Hay alguna persona que pueda confirmarlo?

—No, no hay nadie —respondió con desprecio.

—¿Cámaras de seguridad?

—¿Me está acusando de algo?

—¡Jorge! —le recriminó su madre, que ya no pudo aguantar más.

La miró con furia por avergonzarlo de esa manera. Cuándo se enterará de que ya no soy un crío.

A continuación le tocó el turno a Marcos. Estudiaba formación profesional, un grado medio. Aquella noche tampoco estuvo en casa.

—El jueves ganamos un partido complicado y después los del equipo nos fuimos a celebrarlo hasta las dos.

—¿Permaneció todo el equipo junto hasta esa hora?

—¿Juntos? —Se pasó una de las manazas por la frente.

—¿Se separaron en algún momento antes de las dos?

—Bueno… después de cenar, alguno se marchó porque tenía que madrugar.

—¿Cuántos se quedaron?

—No sé, no me acuerdo muy bien… estábamos en un bar y había mucho jaleo, gente que entraba y salía…

—Tendrá que recordarlo con más claridad. Debe proporcionarnos el nombre y el número de teléfono de esas personas para interrogarlas y comprobar lo que ha testificado. —La policía le tendió una tarjeta.

—¿Están en posesión del carnet de conducir?

¿El carnet de conducir?, pensó Jorge, ¿a qué viene esto ahora?

—Yo sí —reconoció.

—Yo me lo estoy sacando —respondió Marcos.

—¿Y vehículo? ¿Disponen de vehículo?

—El único coche es mi Toyota —se adelantó su padre a responder.

Y Jorge aún se sorprendió más cuando la policía le preguntó a su hermana si le interesaba el *tuning*, si había ido a alguna concentración, si conocía a algún aficionado… Noe contestó moviendo la cabeza de un lado a otro, sin fuerzas, sin abrir los ojos, temblando abrazada a su madre.

Finalmente su padre, que había permanecido con los puños cerrados apretándolos con fuerza, soltó:

—Déjela en paz. Es suficiente.

Las policías se despidieron indicándoles que tendrían que

repetir sus declaraciones y firmarlas en el Servicio de Atención a la Mujer. Sus padres las acompañaron a la puerta. Marcos se marchó apresurado al entrenamiento.

Jorge se levantó, se sentó al lado de su hermana y cogió su mano pequeña y nerviosa entre las suyas tan largas y flacas. Nada más. Como casi todas las tardes y muchas de las noches en que no trabajaba. Demostrándole que podía contar con él.

A su lado, relatándole historias de pintores, de escultores, de Camille Claudel y Rodin, de Toulouse-Lautrec y Le Moulin Rouge; las leyendas y mitologías que palpitaban en sus cuadros preferidos; los secretos que escondían las piedras con las que se construyeron las paredes y las cúpulas más hermosas del mundo; hablándole de cómo irían juntos a colocar sus manos sobre ellas y de lo que sentirían.

De lo que no le hablaba nunca era de su cómic favorito, *V de Vendetta*. Y de la máscara que llevaba su antihéroe; de cómo se encargaba de impartir justicia en una sociedad en la que el término había dejado de tener sentido desde hacía mucho tiempo.

Lara

Jueves, 16 de junio

Lara se sentía bastante satisfecha. Antes de encontrarse con la familia, asumió que averiguar si disponían de coartada para la noche del jueves resultaría una situación bastante violenta.

Ahora, en el coche, pensó en el pavor de Noelia. En sus hermanos. Aquellos chicos tenían un móvil y carecían de coartada. Era más favorable cuando sucedía al revés. La experiencia le había enseñado que la naturaleza humana era imprevisible: imprevisiblemente malvada. Sin olvidar que el asesinato se había cometido en plena luna llena.

—Necesitaremos una orden para registrar el Toyota y fumigarlo de arriba abajo con luminol —le indicó a Berta.

—¿Crees que Ferrando nos la va a dar? ¿Con qué pruebas de base?

—Ese chico, el mayor, ¿lo has visto?, ¿has visto cómo sudaba?

Jorge, sin ningún motivo concreto, le resultaba grotesco. ¿Historia del Arte? Dudó que tuviera la sensibilidad necesaria. Lo imaginó alto y desgarbado dentro del uniforme de guardia de seguridad, torpe como una cigüeña.

Lara intuía que aquel no sería su último interrogatorio. Por suerte la gente honrada miente fatal, pensó. Y los no tan honrados, también. Jorge había usado gran parte del arsenal de gestos que los delatan.

No regresó a la comisaría, aunque prefería trabajar en su despacho. Se dirigió a su casa para evitar a Torres que, obedeciendo a Millán, no se separaba de ella.

Su piso era un ático compuesto por un dormitorio con baño y un salón diáfano con un gran frontal de paredes de cristal que se asomaban al vergel de la enorme terraza.

El suelo era de roble oscuro; el resto, tan blanco como solo puede serlo en los sueños o en las revistas de decoración lujosas.

Había desaparecido el dinero que por la mañana había dejado sobre la encimera. En el frigorífico encontró botellas de vino blanco, una provisión de frutas y quesos, un táper con croquetas caseras y otro que no esperaba. Lo abrió y sonrió enternecida. Albóndigas en salsa con boletus. Bendita Azucena, pensó. Mañana me lo llevaré.

Lara era aprensiva; sin embargo, no le importaba guardar la comida en la neverita del Servicio de Atención a la Familia, en la única de la que disponían. En esa misma nevera se preservaban las muestras biológicas de los casos que investigaban o de aquellos en los que finalmente no se había presentado denuncia, pero no habían prescrito. No le importaba porque el contenido de los táperes terminaba en el estómago de la subinspectora Guallar. Se pondrá contenta, le encantan los boletus, pensó.

Se acercó a las cristaleras. Al otro lado le aguardaba su reluciente edén, donde las plantas reventaban agradecidas por el calor. Contempló con orgullo los bancales con decenas de pensamientos y zinias, las últimas calceodalias. Los rayos del sol se reflejaban sin piedad. El calor pugnaba por entrar, empujando contra el cristal. Un calor casi sahariano que en Zaragoza era un enemigo al que contener, pero imposible de derrotar.

Encendió el aire acondicionado. Se dirigió al dormitorio, se desprendió de la americana y de la cartuchera con el arma y se cambió de ropa. La cama, con la colcha blanca impoluta, era una amenaza. Supuso que esa noche tampoco dormiría. Junio era el peor mes, y el continuo recordatorio que suponía la presencia de Millán lo agravaba.

Comprobó el móvil. Aunque era pronto, sintió una punzada de decepción al cerciorarse de que no había ninguna llamada de Castelar. Al lado de dos mensajes pendientes que respondería al día siguiente, continuaba el mensaje sin contestar de su madre: «Привет ты?»

Al leer sus palabras, recuperó su voz, su fuerte acento, la forma en que arrastraba las erres. «La malvada rusa», la llamaba Use imitando el acento de los espías rusos en las películas.

Recordó una conversación que oyó a escondidas con trece o catorce años. Descolgó el teléfono supletorio. Lo hacía habitualmente sin reparo. Sus conversaciones le concernían. Anya solo hablaba con su padre para concretar los detalles de sus dos viajes. Escuchó la voz de su madre:

—Te apoyas mucho en ella. Tú eres egoísta.

El silencio de su padre. Ese hombre grande y bueno.

—Debes crear tu propia vida.

Pareció que su padre no iba a contestar, pero lo hizo.

—Y ¿cómo se consigue eso, Anya? ¿Cómo?

Lara imaginó su desolación, en la habitación de al lado, separados solo por un tabique. La atravesó una desesperanza tan grande, un amor tan lacerante e inmediato, que necesitó inspirar hondo para calmarse.

Anya nunca le perdonó la decisión de entrar en la Policía, de desaprovechar su expediente académico. Le espetó que lo hacía para castigarla, y Lara pensó que quizá tuviera razón. A veces es difícil sondear las motivaciones inconscientes que nos mueven, pensó.

En los cinco años transcurridos desde la muerte de su padre, había visto a Anya en tres ocasiones. La última, el año anterior. Cenó con ella y con Richard en el magnífico restaurante de su hotel cuando su madre fue a Madrid a pronunciar una conferencia. Aun así, Anya continuaba mandándole un mensaje el segundo y el último viernes de cada mes.

En ocasiones, Lara prefería no contestar. No había nada que le apeteciera contarle. Las últimas veces había sido así.

Lara telefoneó de nuevo a Pili, la chica que Yolanda le había dicho que era la novia del amigo de Velasco. Seguía desconectado.

No tenía hambre, pero se obligó a comer. Retiró el plástico del gorgonzola, cortó un trozo del oloroso queso y lo dispuso en un plato junto a unas tostadas y un puñado de nueces. Valoró las botellas de vino de la nevera, eligió uno del Bierzo y lo abrió para que respirara. Sabía que con el vino blanco no era necesario, pero le gustaba seguir ese ritual. Compraba las cajas por internet. Disponía de un amplio surtido.

Mientras el portátil se ponía en marcha, lo vertió en una copa, bebió un sorbo y le supo frío y delicioso. Pensó en la familia de Noelia. Durante un instante cruzó por su mente la imagen del hermano pequeño; diez o doce machotes puestos de victoria y testosterona, en un vestuario en el que la idea del ingenio consistiría en chasquear los nudillos o tirarse ruidosos pedos. Un indignado «Vamos a darle un escarmiento al mamón que violó a mi hermana» prendería como una cerilla.

También imaginó al padre agazapado detrás de un coche, descargando su furia a golpes… Pero no, no hubo golpes. Entonces, ¿de qué forma se saca alguien de dentro toda esa ira? ¿Apuntándole con una pistola? ¿Obligándole a hacer qué?

Tecleó *tuning* en Google. Después de un rato, tecleó Doctor Rai. Desechó la página web de un médico indio. Luego vio que había numerosas entradas que incluían ese nombre, casi todas de foros sobre coches deportivos y prácticas de *tuning*. En una de ellas encontró un chat interesante, aunque lleno de faltas de ortografía: «Haber si alguien me puede ayudar. Me gustaria que me digeran el teléfono de Dr. Rai pq por mas que busco no lo encuentro».

Angelito, pensó Lara, aunque está claro que aquí no encontraré doctores en filología. Continuó leyendo el hilo, hasta que alguien proporcionó un teléfono. Lara apuntó el número. Empezaba con el prefijo de Barcelona. Yolanda no le había dicho que viviera fuera de Zaragoza, ¿se habría trasladado?

Llamó, pero nadie respondió.

Algo no encajaba.

Eran casi las tres de la madrugada. La botella vacía y otra mediada reposaban al lado del plato, del que apenas faltaban unas cuantas nueces, y del cenicero con colillas. Lara Samper no era consciente de la hora, únicamente de la sensación de triunfo que se extendía por sus miembros y bombeaba en su cabeza.

La probabilidad de encontrarlo era infinitesimal. Lo había conseguido gracias a la suerte y a recordar el comentario de Chueca, el forense: «Todo está en YouTube».

Volvió a darle al PLAY y la imagen apareció en pantalla completa.

Una concentración de *tuning* casi al anochecer. Muchos coches alineados atronando con el maletero abierto y alguien con una videocámara rodando primeros planos, moviéndose de uno a otro.

Lara se sorprendió de que todos los maleteros hubieran perdido su uso convirtiéndose en meros expositores. La mayoría con bafles, sintonizadores y luces, uno transformado en mueble-bar, otro en cueva de vampiros… El más curioso, el que enfocaba en ese momento, lo habían impermeabilizado y decorado semejando un fondo marino y dentro nadaba una docena de peces de colores. Un hombre que tendría unos cincuenta años, con gorra negra que dejaba ver un cabello abundante y entrecano, explicaba a la cámara cómo lo había modificado.

El espectáculo tenía que continuar y la videocámara seguía el recorrido. De pronto se detenía para hablar con un chico. Este era rubio, con el cabello corto en punta en la parte superior, rapado en los laterales, sobre las orejas, y largo desde el cogote, en flecos que le caían por debajo de los hombros. En el cuello destacaba una cadena con una medalla.

—Y aquí tenemos al Dr. Rai, que ha pillado los premios al coche más bajo sin neumática y al tubo de escape.

Dr. Rai aproximaba la cara al objetivo hasta casi taparlo. Le recordó a un lagarto: los ojos juntos, la nariz gruesa desde el entrecejo, las patillas finas. Después se apartaba y acercaba a la cámara los dos trofeos. Los besaba orgulloso.

—Cómo mola tu coche, Dr. Rai —le decía el que grababa.

Enfocaba un coche blanco e inmaculado como una novia, con faldones que casi rozaban el suelo. De algún modo singular representa la sobriedad en ese mundo esperpéntico, pensó Lara.

—¿Nos explicas los pormenores de la modificación?

El Dr. Rai sonreía, arrogante.

—Tenemos la luz de freno, que hemos rectificado de la entrada para acoplarla en el borde. Ha sido un gran trabajo. Una semana. Una semana sin mi Astra, esto es un sufrimiento tremendo. Aunque prefiero quedarme sin coche que quedarme sin novia.

Se reía enseñando los dientes perfectos tras unos labios bien dibujados, bonitos.

—Mentiroso, Rai, más que mentiroso —contestaba con voz ronca una chica.

La chica era Yoli, con la melena larga y morena, gafas de sol grandes imitando unas Chanel. Sacaba la lengua y se acercaba al dueño del coche más próximo, poniéndose melosa para fingir darle celos a su novio.

—Quiero más a mi coche que a mí mismo —confesaba Rai a la cámara en voz baja para que no lo oyera Yoli, y guiñaba un ojo, uno de esos ojos verdes demasiado juntos.

Otro chico apartaba a Yoli y se aproximaba también a la cámara. Quería salir en el vídeo, tener su parcelita de fama. Lo enfocaban en un primer plano. El que grababa era un aficionado, y la cámara no permanecía quieta.

—¿Cómo lo ves, Eme?

—Puta madre, toda la peña aquí, dando caña —contestaba Manuel Velasco. Un rostro que ya jamás envejecería.

—Me *cagüen sos*, tú —decía ahora Rai poniéndose delante para que no le robara el plano.

—Venga esa peña.

Eme daba palmadas, bailaba y levantaba los brazos al ritmo de una música que se escuchaba como ruido de fondo. Llevaba una camiseta blanca de manga corta muy ceñida a sus músculos.

—Ole, qué nivel, Maribel. Cómo brilla, cómo brilla —interrumpía Rai abrazándose amoroso al Opel Astra.

Los dos se mostraban muy animados, felices. Con ganas de broma. Al fondo, tres o cuatro chicos bebían a morro de una botella de dos litros de Coca-Cola.

—Es que no lo conocéis. Doctor Rai es una máquina. Es que no hay más —gritaba Velasco. Llevaba en cada mano un trofeo.

Uno de los bebedores, un chico gordo con una camiseta enorme, llegaba con los brazos extendidos simulando ser un avión y pasaba en vuelo rasante por delante de la cámara un par de veces.

—Quita —decía Rai dándole una patada.

—Saca a la Yoli, saca a la Yoli —gritaba Eme, que la sujetaba por la cintura levantándola del suelo. Ella se resistía e intentaba zafarse moviendo la cabeza.

—Tengo que seguir, tíos —se despedía el de la videocámara.

Velasco soltaba a Yolanda y hacía un poco el payaso con Rai.

No duraba más de tres o cuatro minutos. Después proseguía el interminable desfile de vehículos. Al cabo de un rato, se dirigía a una explanada, y el objetivo de la videocámara enfocaba al gordo que había hecho el avión. Llegaba con un mazo y golpeaba un coche al que, tras darle varias vueltas de campana, habían dejado boca arriba.

Rai, Eme y tres chicos más lo animaban con un sonsonete.

—Jey, Sapo, haz agujero, jey, jey, Sapo, haz agujero.

Sapo apenas levantaba el pesado mazo, el sudor daba brillo a su piel lustrosa, como la del cochinillo dorado con manteca que se saca del horno. Por fin, al quinto golpe hacía un agujero en la chapa roja del coche. Jadeando aparatosamente por el esfuerzo, le pasaba el mazo a Eme. Velasco se dirigía a la parte trasera, lo levantaba con brío y golpeaba con fuerza el tubo de escape.

—Jey, haz agujero, Eme, jey, jey, haz agujero, Eme.

—Co, dale, dale, Eme.

Velasco golpeaba enardecido por el ambiente, y el tubo de escape salía disparado.

—Un máquina, tío, un máquina —gritaba Sapo.

Rai lo agarraba de una pierna, Sapo de la otra y lo subían en volandas. Eme levantaba los brazos, victorioso, y el montón de chicos que se había congregado a admirar su proeza aplaudía.

Al observar a Velasco, Lara sintió flaqueza en la boca del

estómago. Nunca lo había visto sonreír. En los interrogatorios, en el juicio, siempre se mostró furibundo, grosero.

Se quedó inmóvil. Recordó la foto de la comunión, al chiquillo guapo y travieso. Pensó en la madre y, por primera vez, comprendió su dolor.

Berta

Viernes, 17 de junio

Berta acababa de sentarse ante el ordenador cuando pasó Rafael Piquer, un oficial de la Unidad de Prevención, Asistencia y Protección, con su nariz ganchuda y el cabello negro y rizado que le comenzaba en mitad de la cabeza. Vestía con camisas de manga corta incluso en invierno dejando al descubierto unos brazos y un cuello tan tostados que parecían cuero.

Había gente como él en todas las unidades. Tipos que afirmaban entre carcajadas «nos engañarán con el sueldo, pero no con el trabajo», que miraban con desprecio a los que mostraban iniciativa y ganas «son nuevos, ya se les pasará, ya». Para los que cumplir con las responsabilidades era un resfriado que curar. Tipejos a los que, en cambio, nadie injuria en un blog, pensó.

Inspiró profundamente para calmarse.

—¡Qué madrugadora, Watson!

Le encantaba provocarla. Piquer era el picarón de la comisaría, el alma de la fiesta y, cuando se sentía inspirado, hacía chistes sobre la plantilla que para Berta no tenían ni la menor gracia. Como la ocurrencia de Sherlock y Watson.

Berta levantó la cabeza y sonrió con ironía. Había aprendido a mantener la boca cerrada, aunque el golpe de indignación se le escapaba por los ojos.

—No te habrás olvidado de prepararles la leche con galletas a los niños… —dijo él con un guiño.

Ella solo había desayunado un café con un Excedrin. Va a ser un mal día, pensó. A esa hora ya sentía la banda de dolor rodeándole las sienes, la frente y la nuca.

En cuanto Piquer se alejó, consultó impaciente el reloj. Todavía no había obtenido respuesta al correo que el día anterior había enviado a Informática Forense.

Se pasó la mano por la frente.

Decidió redactar otro email. Resultaba complicado transmitir la frustración, la rabia. En ese momento llegó Lara Samper con su leve olor a mandarinas y cloro y el rostro muy pálido.

Advirtió que continuaba ojerosa. Algo demacrada a pesar del toque de rímel en las pestañas y del carmín en los labios. Sabía del insomnio de la inspectora. ¿En qué pensará? ¿En Millán?, se preguntó con crueldad.

—Buenos días —la saludó Berta—. ¿Hablaste ayer con la chica esa? ¿Pili?

La inspectora se sentó en una silla.

—No. Pero tengo una sorpresa.

Alcanzó el teclado y escribió en la página de YouTube.

Berta continuaba impresionada por las imágenes.

—¿De cuándo son? —preguntó a Lara.

—¿Qué importancia tiene?

Prefirió encogerse de hombros a explicarle que quería saber si a eso se dedicaba Velasco mientras Noelia practicaba con las cuchillas de afeitar.

—Vamos, he quedado con Sonia Velasco —dijo Lara. Se puso de pie.

—¿Tan pronto?

—Empieza a trabajar a las diez, pero si tú tienes algo mejor que hacer...

Berta reconoció el gesto de frotarse las manos. La miró con desconsuelo, preocupada por no poder enviar el nuevo correo a Informática Forense. Suponía que habría docenas de policías que expondrían sus casos, que suplicarían que diesen prioridad al informe que para ellos resultaba crucial. Docenas de policías con sus propios motivos, sus propios problemas. A cada uno le duele lo suyo, pensó.

Por eso creía necesario resultar convincente, ser la más persuasiva. Ignoraba que era en vano. Siguiendo órdenes de la inspectora jefe Ana Castelar, los correos que recibían de la subinspectora Berta Guallar se le reenviaban directamente a ella, sin abrir.

Enrique Medrano las alcanzó cuando ya salían por la puerta.

—Jefa, jefa.

Les mostró un montón de folios con un gesto victorioso.

—Velasco era muy activo en las redes, estaba en numerosos foros. Actualizaciones diarias, miles de fotos de su jeta, de su novia, de su coche... Alloza ha recuperado unos cuarenta emails del ordenador y eso es solo el principio. Esto —señaló los papeles— es un listado de los seiscientos mensajes que figuran en la carpeta de recibidos, más los cincuenta de la papelera.

La inspectora Samper lo miró desdeñosa.

—Velasco recibió emails. Qué gran noticia. ¿Mandamos un comunicado a la prensa?

Medrano prosiguió ajeno a sus pullas.

—Son correos amenazadores que lo acusan de la violación de Noelia. Los firma un superhéroe, un tal Vendetta —añadió.

El gesto de contrariedad de Lara Samper cambió. Sus ojos chispearon de anticipación.

—Los servidores tienen que guardar todos los mensajes durante un año, de modo que Alloza va a solicitar los que nos faltan —continuó Enrique Medrano.

—De acuerdo. Ponte a trabajar con estos.

—Aún hay otra cosa.

—Arranca.

—Tenemos una dirección, el router desde el que se enviaron, la dirección MAC: la biblioteca María Moliner, la de la Universidad.

—¿La dirección MAC?

—Es un identificador de cuarenta y ocho bits, que se corresponde con una única tarjeta, una especie de matrícula del disco duro. Ha sido desde uno de los de la propia biblioteca.

Lara valoró sus palabras.

—Te llamaré en un par de horas. Pídele ayuda a Alloza. Buscad los correos de Vendetta, conseguidme fechas. A ver si lográis rastrear el inicio.

La mente de Berta se había detenido en las palabras «biblioteca María Moliner»; era la biblioteca de la facultad de Filosofía y Letras.

—¿Sabes quién estudia allí? —le preguntó, preocupada, a Lara.

Le pareció que su jefa le dedicaba una sonrisa débil y burlona.

Lara

Viernes, 17 de junio

Sonia Velasco las condujo al salón. Al mismo en el que dos días antes le comunicaron a María Jesús la muerte de su hijo.

—Mi madre duerme. Anoche se tomó una pastilla.

En esos dos días había recuperado el aplomo y las miró con unos ojos duros e inescrutables. Cerró las ventanas antes de sentarse. «Para que no nos moleste el ruido», dijo. Acomodadas otra vez en los sofás, Lara le repitió las preguntas que ya había formulado a la madre.

Sonia suspiró con desánimo antes de hablar.

—No hice caso a mi madre cuando me despertó para decirme que mi hermano había desaparecido. Reconozco que incluso me molesté. —Bajó la vista—. Mis compañeras de trabajo no duermen por culpa de sus hijos llorones, y yo por las «travesuras» de mi hermano.

Lara agradeció que no fuera de las que se apiadan de los muertos, como si morir limpiara la forma en que se han comportado cuando todavía eran libres para tomar decisiones.

—Mi madre es una mujer fuerte y luchadora que ha bregado con muchas cosas para darnos una vida decente pero, en lo tocante a mi hermano, es una inválida emocional. Manu se metía en líos y, según él, nunca tenía la culpa. Cuántas veces le habré oído decir que él solo salía a pasarlo bien, a tomar unas cañas, tranquilo, con su peña, pero que era imposible porque «la gente está muy mal, que hay mucho zumbado».

Mientras hablaba cogió el paquete de tabaco y un mechero que había sobre la mesa. Les ofreció. Lara sacó sus propios cigarrillos. Ambas expulsaron el humo de la primera calada a la vez.

—Más tarde me llamó Yoli y entonces sí que empecé a preocuparme.

—¿Le otorgaba más crédito a Yolanda que a su madre? —preguntó Lara, desconfiada.

—¿A Yoli? —Apareció un amago de sonrisa despectiva y burlona—. No. Lo que me preocupó fue que dijera que no había acudido a trabajar. Le pedí que viniera y se quedara acompañando a mi madre mientras yo hacía unas cuantas llamadas: a la fontanería, a los hospitales… Se me pasaron mil cosas por la cabeza.

Esos momentos de incertidumbre son traicioneros. Lara había visto a personas sensatas hacer las cosas más inconsecuentes llevadas por la preocupación y el pánico.

—¿Sabe si su hermano conocía a alguna persona en Alfajarín o si existía algún motivo por el que pudiera encontrarse allí?

—Lo cierto es que desconozco lo referente a sus actividades, e ignoro por qué fue o quién pudo llevarlo.

Cualquier información sobre las «travesuras» de su hermano era demasiada información. Le sobraba. El camino que había emprendido para alejarse de aquel edificio y de aquel barrio era muy largo.

—Manu y yo no teníamos demasiado trato. —Hizo un inciso para disculparse por el tono acerado de su respuesta anterior—. Nunca tuvimos nada en común, tal vez por la diferencia de edad, yo soy ocho años mayor que él, o por el hecho de ser chica y chico… Cuando él hizo la comunión, yo ya trabajaba para traer algo de dinero a casa. Manu siempre lo tuvo más fácil. —Apagó el cigarrillo.

—¿Conoce a sus amigos? ¿Podría proporcionarnos algún nombre?

Ella negó con la cabeza.

—¿Le suena un tal Rai, Doctor Rai? —Lara realizaba un intento desesperado para localizarlo después de tantas horas infructuosas frente al ordenador

—Solo he visto un par de veces a Yoli. Ya les he dicho que llevábamos vidas muy diferentes.

—¿Tenía enemigos o había recibido algún tipo de amenaza? Piénselo despacio.

Su semblante se ensombreció.

—¿Además de la que le lanzó el padre de la chica en el juicio? —dijo sin reprimir una mueca amarga.

Lara aprovechó la mención para dar un giro al interrogatorio.

—¿Por qué asistió al juicio?

Le pareció extraño, si mantenía tan poca relación con su hermano. Un juicio por agresión sexual no es precisamente una fiesta de cumpleaños, pensó Lara.

Sonia permaneció callada. Lara había advertido su cambio de actitud. Las miraba con dureza, sin la menor compasión, pero había desaparecido la hostilidad y el recelo de su primer encuentro. Parecía haber hecho un pacto consigo misma: ser sincera.

Volvió a suspirar hondo. No le resultaba fácil.

—Hay algo de lo que ustedes no son conscientes —habló con firmeza—. No imaginan lo que supuso para nosotras que acusaran a mi hermano. Porque se supo enseguida, como si lo hubieran anunciado por megafonía. La vergüenza… mi madre que siempre ha sido tan discreta. Las vecinas, el barrio entero murmuraba. El teléfono no paraba de sonar: mis tíos, los conocidos… la «buena gente», todos estaban muy preocupados, querían saber, conocer los detalles. Ayudar, lo llamaban ellos.

Le temblaba la mano y cerró el puño. A su lado, Berta se removió inquieta.

—Solo el padre Miguel, que se acercaba muchas tardes, la reconfortó.

Lara asintió.

—Por eso fui al juicio, inspectora —respondió con dureza—. Por mi madre. Por ella haría lo que fuese. No podía consentir que estuviera sola, así que cogí una semana de vacaciones porque insistió en ir, no hubo manera de sacarle esa idea de la cabeza. Imaginé que sería desagradable, pero nada, inspectora, nada nos había preparado para lo que supuso ver a esa chica…

El tono de sus palabras se apagó. Esbozó una sonrisa melancólica, espectral.

—Hasta entonces… no sé… no sé qué pensaba, cómo la imaginaba. Supongo que únicamente como «la zumbada que quiere hundirme», «la chiflada», que era como se refería a ella Manu. —Tragó saliva un par de veces—. Pero verla… Escucharla… Sufrí una conmoción. Yo… la tenía tan cerca que advertí cicatrices en las muñecas…

Lara pensó que, de pronto, Sonia parecía triste y muy cansada.

—Ese día acompañé a mi hermano y a mi madre a casa porque el plan original era comer los tres juntos. En cuanto entramos, mi madre le dijo a mi hermano: «Mírame a los ojos y júrame que no has sido tú». Mi hermano chillaba que lo dejara en paz, «¡Quita, que estoy harto de la cerda esa!». Pero mi madre lo agarró del brazo con fuerza y le obligó a sentarse. «¿Has sido tú? ¿Tú le has hecho eso?»

Hizo una pausa para calmarse.

—Manu estaba muy rojo. Chillaba, gritaba que cómo podía pensar eso de él, que qué clase de madre piensa esas mierdas de su propio hijo. Dijo que nosotras también estábamos zumbadas, que todas éramos iguales. Todas. Dio un puñetazo tremendo en la puerta de la cocina, se marchó y oímos un portazo en su habitación. Yo... yo no podía moverme, temblaba; había hecho un boquete en la puerta. Nunca había visto un estallido semejante de ira.

Meneó la cabeza con la boca apretada en una mueca de dolor.

—Mi madre lloraba. Parecía tan desamparada que, aunque en mi familia no somos de carantoñas ni melindres, la abracé. Ella me apartó enseguida. Se secó las lágrimas y se marchó arrastrando los pies a su habitación a ponerse la ropa de estar por casa, y enseguida nos llamó diciendo que ya estaba la comida. Canelones. El plato preferido de mi hermano, el de los días de fiesta. Había madrugado para dejarlos preparados. Mi madre fue a buscarlo a su habitación. Llamó a la puerta para convencerlo, se humilló, le suplicó perdón...

Lara y Berta permanecían inmóviles temiendo quebrar la intensidad del momento.

—Al final comimos las dos solas, calladas; solo se oían los ruidos del patio de luces y el sonido de los cubiertos contra los platos. —Las miraba alternativamente—. En cuanto terminamos, mi madre volvió a la puerta de Manu a suplicarle que saliera, que algo tenía que comer. Metí los platos en el lavavajillas y me marché, pensando que en esta casa todo se perpetúa, me prometí que sería la última vez... ¡Y lo fue! Fue la última vez que vi a mi hermano.

Las miró desbordante de reproche.

—A la mañana siguiente mi madre me llamó muy temprano para decirme que no volvía al juicio, y yo me enfadé por hacerme desperdiciar días de vacaciones.

Permaneció en silencio. Era uno de esos momentos en que

se necesita hacer retroceder el tiempo para reconciliarse con uno mismo. Sin embargo, ya no había vuelta atrás, ni más camino que hacia delante. Uno de esos momentos en que el mundo se encoge al tamaño de una tumba.

Sonia tomó aire. Después habló con decisión.

—Supongo que les extraña mi sinceridad. Pero necesito que comprendan una cosa: mi hermano no era ningún dechado de virtudes, pero nunca le haría daño a otra persona. Lo declararon inocente y ahora está muerto. ¿Lo entienden? Muerto.

Dejó pasar unos segundos en silencio.

—¿Podemos revisar su habitación? —se apresuró a solicitar Lara—. En estos momentos es fundamental localizar a Rai, a uno de sus amigos de *tuning*.

Sonia las precedió por el pasillo. Subió la persiana. La habitación parecía la misma, pero no lo era. Cuando una persona muere, las cosas que la rodean, que son importantes o que solo tienen sentido para ella, pierden su utilidad. Lara y Berta hurgaron las posesiones de alguien que ya no podía defenderse.

Al terminar, Lara le agradeció a Sonia Velasco su paciencia. Y su sinceridad. Aquella mujer fuerte, que no se había acogido al patrón recurrente de las lágrimas y la compasión, la intrigaba.

—¿Cuándo nos entregarán el cuerpo? Han pasado ya dos días, me he puesto en contacto con el seguro…

Su apariencia no engañaba: era organizada, no le gustaban los imprevistos.

—Si puedo resultar de alguna ayuda —les dijo ya en la puerta. Suspiró apenada—. Yo no tenía demasiada relación con él, pero no puedo dejar de querer al niño que fue.

Se volvió, y a través de la puerta entornada del salón las tres miraron la fotografía de aquel niño con gesto simpático y pícaro. Rematadamente guapo.

Lara recordó el vídeo. ¿Qué ocurrió para que te transformaras en un monstruo? Pensó en su vida como un camino, un paso tras otro, una decisión tras otra, y en que debía encontrar un significado, o una secuencia de sucesos, para explicar el salto tan enorme desde ese niño hasta el amasijo calcinado en que se convirtió. Un salto del que no disponían de ninguna información.

¿Qué error cometiste?, interrogó al niño.

Berta

En el ascensor permanecieron calladas.

Sin ningún motivo se quedaron en el portal, respirando el tufo de la canícula. Una vecina salió y las observó con suspicacia. No debían de ser frecuentes los desconocidos.

Berta pensó en esos hermanos tan diferentes. En que si Sonia no había conocido a su hermano mientras vivía, tampoco lo conocería una vez muerto.

Por primera vez tomaba conciencia de que la vida de Noelia no era la única que había destrozado Manuel Velasco. Imaginó a las dos mujeres asustadas, sin capacidad para reaccionar, ante el agujero que había hecho su puño en la puerta. El boquete en el que ella se fijó el día que fueron a comunicarles su muerte. La recorrió un escalofrío. ¿Sobre qué más habrá descargado su puño y su furia?, pensó, ¿habrá más chicas como Noelia?

La biblioteca María Moliner de la facultad de Filosofía y Letras era un cubo de losas de piedra, ladrillo rojizo y grandes cristaleras en dos pisos, rodeado de una hilera de plataneros palpitantes de calor. Era uno de los pocos edificios que se habían construido en la última década en el campus de la plaza

San Francisco. Los demás eran moles de ladrillo con fachadas monumentalistas levantados en la Segunda República.

Berta empujó una de las puertas de cristal en la que se advertía, en folios pegados con celo, la prohibición de comer, de beber y de usar los móviles en el interior. La inspectora Samper se quedó un poco rezagada, apagó con el pie el segundo cigarrillo seguido que se fumaba.

Enfrente de la puerta se ubicaba el cubículo, en madera de haya y cristal, de los bibliotecarios. Berta les mostró su identificación, y en ellos se produjo un revuelo un tanto expectante, igual que si se les hubiera colado dentro una avispa.

Se acercó hasta ellas una mujer gruesa con aspecto de peonza, el cabello fino como hilos viejos que hubieran perdido el color y gafas de montura dorada. Pálida y mórbida. Su expresión era la de una persona a la que han interrumpido en quehaceres fundamentales. A Berta le recordó a la señorita Maripaz, su profesora de matemáticas en primaria, y le resultó inmediatamente antipática.

—¿Cómo funciona el acceso a los ordenadores? —preguntó Lara sin preámbulos, tras identificarse.

Continúa aturdida por el deseo acuciante de correr e hincarle los dientes a la presa, pensó Berta. Ella seguía preocupada por el hecho de que el hermano de Noe, el hijo de Patricia, estudiara Historia del Arte en esa misma facultad.

—En todo el campus existe zona wifi, así que cualquiera puede venir con un portátil y conectarse. —Hizo un amplio gesto con la mano invitándolas a fijarse en los estudiantes—. La otra opción es desde los ordenadores de la propia biblioteca.

La siguieron hasta un largo mostrador de madera en el que destacaban varias pantallas encastradas con un teclado delante. En ese momento todos los ordenadores estaban ocupados e incluso varias personas aguardaban su turno, se quejaban entre ellos o emitían sonidos que advertían a los usuarios de su impaciente presencia.

Los ojos de Lara lanzaron un destello: aquello era lo que habían ido a buscar.

—¿Es necesario registrarse para utilizarlos? ¿Existe algún listado de usuarios?

—No. Ustedes mismas pueden ver que son de libre acceso. —La mujer suspiró para que comprendieran de qué forma tan ridícula le hacían perder el tiempo.

—No he observado cámaras de seguridad en la entrada, ¿existen en el edificio?

Berta comprendió que por ese motivo se había rezagado al entrar.

—Sí, desde luego que hay cámaras de seguridad instaladas —dijo con suspicacia.

—Necesitamos ver las grabaciones.

Las condujo a una sala del segundo piso. Tenía grandes ventanales desde el suelo y estaba envuelta en una quietud insonora. Desde allí se disfrutaba de una espléndida vista del gran estanque rectangular rodeado de césped y bancos, y de los caminos de tierra que se abrían en los laterales, que retaban a salir afuera, a la vida. Era época de exámenes y eso alteraba el ritmo pausado de la universidad, convirtiéndola en un laborioso hormiguero. Observar a los estudiantes a través del cristal le producía una extraordinaria sensación de aislamiento, de dominio. Tal vez así se siente Dios cuando mira hacia abajo, pensó. Tal vez así se siente la inspectora Lara Samper.

Mientras ella estaba distraída, su jefa miró en su móvil el mensaje que le había enviado Enrique Medrano con las fechas de los correos de Vendetta. Lara comenzó por la primera. La hora en que se había enviado el email era la una y veinticinco. Solicitó visionar la cinta desde la doce y media. Berta sintió una punzada en el estómago ante lo que podía encontrar.

Vieron entrar y salir a montones de chicas y chicos. A la una y ocho lo vieron a él. Aquel rostro lleno de espinillas y alargado de galgo famélico, de adolescente que aún no sabe bien cómo afeitarse, con un forro polar a modo de guardapolvo de dependiente de ultramarinos, y el cuerpo naufragando en unos vaqueros demasiado anchos.

Berta respiró hondo y miró a Lara, que permanecía absorta en la pantalla, ladeaba la cabeza y contemplaba aquel rostro en silencio.

—Es él —dijo para llamar su atención—. Es Jorge Abad.

—Sí, ya lo veo —respondió. Rebobinó la cinta—. Parece muy nervioso, observa cómo le tiemblan las manos, cómo se muerde el labio superior.

La inspectora Samper le pidió a la mujer el resto de las cintas que necesitaba. Cada una de las fechas de los emails coincidía con una visita de Jorge a la biblioteca. Paulatinamente se había desprendido del forro polar para terminar en la manga corta que dejaba al descubierto sus brazos enclenques.

Solía entrar solo, aunque un par de veces lo hizo acompañado de un chaval. Algún compañero de clase, pensó Berta, y los imaginó aislados, soñando con chicas inalcanzables que no les dedicarían ni una mirada.

Requisaron las cintas ante el asombro de la mujer, que balbució varias veces que no sabía si tenían derecho, si necesitaban una orden judicial; pero no se atrevió a enfrentarse a Lara Samper, tan alta y resolutiva. Berta pensó que en ocasiones así celebraba la ignorancia judicial de la buena gente, ciudadanos ejemplares que sentían respeto por las fuerzas del orden. Desgraciadamente, eran una especie en vías de extinción.

Al salir, Berta buscó un caramelo de menta en la mochila. La saliva le sabía amarga. Cada vez que había vislumbrado el rostro torpón en esas cintas, se había impregnado del desaliento que transmitía al andar.

El hecho de que después del juicio aumentara la frecuencia de los correos corroboraba su impresión: la familia Abad había confiado en la justicia y esta les había fallado. Hasta entonces les quedaba la esperanza de que, si bien era imposible regresar a un tiempo feliz, disfrutarían de la venganza, del restablecimiento de un cierto orden.

Después solo les quedó aquel tremendo «¿Por qué nos ha pasado esto a nosotros?» al que se obstinaban en buscar respuesta. Una respuesta que no existía.

Durante un momento imaginó lo que ocurriría si Jorge Abad era el asesino. Imaginó a Patricia, su madre.

Todavía sentía piedad por Jorge.

Lara

Viernes, 17 de junio

Al abandonar la biblioteca los rayos del sol ya eran yunques de hierro que caían a plomo. Incluso los viandantes parecían encogerse para soportar su peso.

Se detuvieron en el porche, se concedieron un momento antes de zambullirse en la luz que se filtraba vigorosa a través de los plataneros. Lara se ajustó las gafas de sol. Pensó en Jorge. Vendetta. Ella conocía los cómics y sabía que Enrique Medrano se equivocaba al llamarlo superhéroe. Vendetta no es uno de los tipos de la franquicia Marvel, pensó, era un combatiente por la libertad que se ocultaba bajo una máscara.

Le inquietaba ese detalle.

—¿Vamos a interrogarlo? —le preguntó Guallar.

Valoró la posibilidad. Se le marcaba la arruga que unía ambas cejas.

—No. Cuando lo tengamos delante, quiero estar preparada. Es preferible ir a la escena del crimen —le respondió.

Comenzó a andar con pasos largos y elásticos mientras Berta intentaba alcanzarla.

A mediodía el tráfico era intenso.

Guallar bostezó abriendo mucho la boca, en un prolongado

relincho. En su MP3 sonaba la que ella denominaba «música de viaje». A Lara también le gustaba imitar a Bill Murray en *Flores rotas*, recorrer kilómetros y kilómetros de carretera mientras escuchaba aquellos acordes de jazz hipnóticos e insinuantes compuestos por Mulatu Astatke.

Ambas permanecían en silencio.

Dejaron la autopista siguiendo las indicaciones del GPS, bordearon el extremo derecho de Alfajarín por un camino asfaltado, pasaron por debajo de los carriles de la autopista y llegaron a la carretera que conducía al espolón. Aparcaron al lado de la torre del homenaje, apenas a un par de metros de donde había estado detenido un coche con el cadáver de Velasco en el maletero la noche del jueves.

El altozano era un lugar estratégico, por eso en el siglo IX Al-Muqtadir ordenó levantar la primitiva fortaleza musulmana que dio origen al castillo. La estructura estaba muy deteriorada desde que en el siglo XIV Pedro IV lo saqueó, lo quemó y arrasó todas las tierras y propiedades de la baronía de los Cornel.

El lugar permanecía desierto. Destacaban los restos de la hoguera protegidos de los curiosos por la cinta. Una cinta que el calor no había logrado derretir, si bien el rojo era casi anaranjado.

El sol lamía el paisaje despacio y sin dejar ningún resquicio, como si el mundo fuera un enorme cucurucho de chocolate. Bajaron a echar una ojeada al espolón. El contraste entre los dos paisajes a ambos lados del castillo era el más abrupto y espectacular que había contemplado.

A la derecha, los Montes Blancos. Montes áridos, pelados y blancos de yeso, en los que se agostaban matojos de tomillo, de hinojo y retama heridos de un verde mustio; unos montes en los que los únicos árboles que crecían eran milenarias sabinas negras o albares, arraigadas a la tierra dura y extrema, resistentes a las sequías y a las heladas. En verano, con la escasez de agua, el crecimiento de las sabinas se detenía, igual que el resto de la vida calcinada por el sol, y comenzaba el mate reinado de las piedras.

Después se dirigieron a la izquierda, a la barandilla desde la que se admiraba la vega florida del Ebro. Desde esa altura, los pueblos eran puñados de casas amontonados alrededor de la torre mudéjar de ladrillo y azulejos de la iglesia. Torres similares a mi faro, pensó.

Admiró los campos verdes y dorados de cereales, la huerta y el Ebro, que, encajonado en sus dos orillas, serpenteaba con un trazado definido por el soto ribereño. Entre la lejana bruma destacaban las torres del Pilar. Se enseñoreaban sobre Zaragoza porque durante décadas existió una normativa municipal que prohibía edificar más alto para resaltar su magnificencia.

Abajo, a los pies del altozano se encontraba el pueblo. Alfajarín era el punto en que la Nacional II se separaba de la autopista que desembocaba en Barcelona, en el mar. Era la puerta de entrada a los Monegros.

Apenas un kilómetro más adelante, tras el nudo de carreteras, había una gasolinera y un edificio anexo, cuadrado y de ladrillo de tres pisos en el que ondeaban banderas. En la azotea, montados sobre caballetes de hierro, dos enormes carteles con la palabra HOTEL.

A esa distancia no lo distinguía, pero en el primer piso, en letras azules sobre un fondo blanco, estaba escrito el nombre del establecimiento, un nombre que Lara hubiera reconocido porque la semana anterior había sido el escenario de un crimen, el nombre que había pronunciado el forense, la gasolinera donde habían disparado al empleado la noche del jueves: Rausan.

Berta

Viernes, 17 de junio

Lara Samper se acercó a los restos de la hoguera. Berta permaneció de pie, a su lado. Sus sombras se proyectaban en el suelo. Quijote y Sancho Panza, pensó con ironía.

—La mayoría de las escenas de un crimen cuentan una historia —la adoctrinó la primera vez que trabajaron juntas—. Y todas las historias tienen personajes, un comienzo, un conflicto y una conclusión. Nuestro deber consiste en escribir esa historia.

No había olvidado aquellas palabras: escribir esa historia. Era un trabajo que a ella le apasionaba. Uno de los menos rutinarios. También uno de los más particulares. Ejercer el poder de restablecer el orden le proporcionaba una gran seguridad. El brazo de las fuerzas represoras del estado, pensó ahora con amargura. La puta ama.

Lara se puso unos guantes y franquearon la cinta de seguridad dispuestas a pedir un imposible: que aquel escenario les contara su historia. ¿Vino Velasco hasta aquí por su propia voluntad? ¿Lo asesinaron en este lugar? ¿Lo trajeron para rematarlo? ¿Creían que continuaba con vida? ¿Murió durante las horas que permaneció en la leña?

Berta pensó que si el verano tuviera vientre, aquel montículo sería su maldito ombligo. Observó los restos calcinados de la hoguera, las palas y la carretilla abandonada. A continuación salió del perímetro de la zona acordonada y recorrió las inmediaciones atentamente para hacerse una composición del lugar. El calor del sol hendía la tierra y ella lo sentía a través de la suela de las sandalias. Ni un soplo de brisa. Todo permanecía inmóvil. Ni siquiera se escuchaba el habitual griterío de los pájaros. Solo las moscas se atrevían a volar. Lo de que las cucarachas heredarán la tierra es mentira, pensó; cuando muera la última, habrá una mosca revoloteando sobre sus restos.

Al concluir miró hacia la hoguera. La inspectora Samper se movía despacio, analizaba y conjeturaba. Una mancha negra en medio de la luz cegadora. Se tomaría su tiempo y prefería estar sola, sin ninguna interferencia, por lo que Berta se sentó contra la pared de la torre, a la sombra. Bebió del botellín de agua que siempre llevaba en la mochila y se abanicó con fuerza.

Cuando se sintió más recuperada del sofoco, se percató del suelo tan peculiar sobre el que estaba sentada. Escarbó un poco con el talón de la sandalia. Las abundantes vetas de yeso blanco entre la tierra ocre le recordaron a la carne de cerdo entreverada. El yeso destellaba al recibir los rayos del sol. Arrancó un trozo y jugueteó con él entre los dedos; era duro y tan blanco que parecía mármol. Eligió un par de piedras más pulidas, las limpió con los dedos y se las metió en la mochila. Seguro que a Izarbe le encantan, pensó.

Se acordó de las albóndigas en salsa con boletus que Lara le había llevado. Se recreó en ese primer mordisco, su textura blanda, pero compacta, ligeramente untuosa por la salsa. A pesar del calor y de la sed, sintió una punzada de gula. Aún ignoraba que aquel día tendría que conformarse con las pechugas correosas que le dejara Loren.

Sacó el móvil y, aunque sabía que era un error, entró en el blog de Santos Robles. Había resistido a la tentación toda la mañana. Vio, incrédula, que la entrada en la que aparecía el fallo de su Procedimiento superaba las seis mil visitas. Leyó un par de comentarios al azar. Apagó el móvil rápidamente con una poderosa sensación de miedo y asco, como si acabara de rozarle una tarántula.

Inspiró para calmarse. Echó la cabeza hacia delante tensando el cuello, clavándose la barbilla en el pecho, y permaneció así unos segundos, luego la apoyó en el hombro derecho y después en el izquierdo, despacio, muy despacio.

¡Por favor, qué ganas de que los de Informática Forense encuentren las grabaciones que le hizo a Dani!, pensó. Porque las grabaciones existen, Robles había conseguido deshacerse de ellas y debemos recuperarlas.

Para Berta, en un perverso silogismo, eran los propios ataques de Santos Robles los que confirmaban su existencia. Si ha montado este circo para invalidar la detención y las posibles pruebas, quiere decir que existe algo que no quiere que descubramos, ¿no? De esa forma acallaba la intranquilidad de un pensamiento que, como una luz lejana y parpadeante, la acechaba. ¿Y si solo es un pirado y no trata de encubrir nada? ¿Uno de esos a los que les encanta ponerse beligerantes? ¿Y si está resentido conmigo y es su forma de vengarse?

Abrió los ojos. Sacó un Excedrin y lo masticó con saña.

Cogió la libreta y empezó, otra vez, a escribir un borrador para el correo de Informática Forense. Dispuesta a enviárselo a todo el departamento si era preciso. Las grabaciones existían. Dani las había visto en el móvil de Robles. Y necesitaba encontrarlas, recuperarlas del disco duro y hacerlas públicas antes de que Robles interpusiese la posible querella y la detención se declarase ilegal.

Se sentía ya bastante satisfecha del resultado cuando Samper regresó. Al separarse de la pared le dolió. Se le había clavado, a través del algodón de la camiseta, la masilla del estuco en la espalda.

—Vamos al ayuntamiento.

—¿Conoces los huevos Kinder? —preguntó Berta.

La inspectora Samper conducía el 306 con cuidado por las cerradas curvas para descender del altozano. Asintió.

—Esa hoguera es un huevo Kinder con sorpresa. Alguien se ha comido el chocolate, nos ha dejado la sorpresa y ha resultado ser una mierda.

Tardó un poco en contestar.

—A mí me ha recordado a las momias de las monjas del convento de las Salesas.

—¿Momias?

—En julio del treinta y seis, el día siguiente del Alzamiento, la oficina de propaganda de la FAI-CNT, rodó el documental *Reportaje revolucionario de Barcelona*. En él se muestra cómo los anarquistas desenterraron a las monjas, las sacaron de los ataúdes y las expusieron en la fachada de la iglesia del convento para dejar así al descubierto el alma podrida de la Iglesia católica. Aunque lo que consiguieron fue proporcionar a los fascistas un arma con que mostrarlos como unos herejes desalmados capaces de las mayores atrocidades.

Eso es lo que nos diferencia, pensó Berta con amargura; donde ella ve monjas vulneradas y reflexiones morales, yo, un huevo Kinder.

Cuando aparcaron en la plaza, su jefa la miró un instante levantando las cejas por encima de las gafas de sol.

—Aunque espero que el asesino de Velasco no lo haya hecho, como los anarquistas, para mostrarnos su alma podrida. Si ese ha sido el móvil, en el mejor de los casos ha conseguido rebajarse a su nivel.

Al escucharla pensó que en eso también se diferenciaban: mientras la inspectora Samper aspiraba a la verdad, ella prefería la justicia.

Lara

Viernes, 17 de junio

El calor en el altozano había resultado insoportable incluso para Lara. Entraron en un bar que encontraron en la plaza del ayuntamiento. Cuando Berta subió del servicio, bajó ella. Al menos está limpio, pensó.

Tras colgar la americana de la percha de la puerta, se lavó las manos con jabón. Frotó con vigor mientras desaparecían por el desagüe los regueros de agua negruzca. No se lavó la cara por miedo a que se le corriera el rímel. Colocó los dorsos sobre las mejillas para refrescarlas y cerró los ojos durante unos instantes. Después sacó un pequeño neceser del bolso. Se cepilló enérgicamente el cabello liso y abundante. Repasó con una esponja la base de maquillaje y se aplicó con cuidado la barra de labios.

Cuando se terminó el café con hielo, Berta compró un botellín de agua y se dirigieron al feo edificio de ladrillo del ayuntamiento.

En el amplio vestíbulo, la chica tras el mostrador cambió su indiferencia por entusiasmo en cuanto Lara le mostró la placa. Era joven, no tendría más de veintidós o veintitrés años. Mascaba chicle, llevaba la melena con mechas rubias recogida en una coleta, camiseta de tirantes y unos shorts blancos tan cortos que asomaban los bolsillos.

Una Barbie rural, pensó. También pensó que le resultaba familiar. ¿De qué?

—Necesitamos información sobre los arqueros que dispararon en la hoguera el viernes pasado —le dijo.

—Pues han venido al sitio adecuado —contestó satisfecha.

—¿Sabe si pertenecen a alguna asociación?

—Pues claro. Son de la Agrupación de Tiro con Arco.

—¿Cómo podemos contactar con ellos?

—Esperen, que salgo.

Al momento se abrió una puerta a la derecha y apareció la chica.

—Soy Eva. —Les tendió la mano izquierda porque la derecha la llevaba ocupada con el móvil—. Jo, nunca había conocido a unas polis... así, de verdad. ¿Os importa si nos...?

Empezó a marcar el patrón de desbloqueo, pero la expresión de la inspectora le hizo cambiar de opinión. Guardó el móvil en uno de los bolsillos traseros con un encantador mohín de disgusto y se acercó a la pared de enfrente.

—Estas fotos son de las Jornadas Medievales —señaló.

Lara dejó de mirar a la chica, ¿dónde la había visto antes?, y centró su atención en las decenas de fotografías enmarcadas que cubrían la pared. Eva se las explicó una a una: la toma del castillo por el rey de Aragón a los musulmanes, la acción de sanjuanarse con agua y pétalos de rosa, la representación de la boda y, finalmente, la gran hoguera encendida por los arqueros.

—Es necesario pertenecer a la Agrupación de Tiro con Arco para poder participar, y solo lo hacen los mejores —les explicó.

Supuso que la Agrupación debía de ser motivo de orgullo para Alfajarín, y no se equivocaba. Sus miembros se jactaban de que en ellos pervivía la milenaria tradición de la arquería, ya que a lo largo de la historia los recios alfajarinenses lucharon y murieron con estas armas para defender sus tierras y las de sus señores al abrigo de la fortaleza.

Ya se habían instalado dentro del gran recinto amurallado —que desde el espolón bajaba hasta el valle—, cuando el Cid se dirigió al hermoso palacio de la Aljafería a ofrecer sus servicios al rey de la taifa de Saraqusta.

Ellos, que ahora se acodaban en la barra del bar y disparaban sus flechas contra dianas de paja en las que grapaban blancos de tiros comprados en Decathlon, eran los tataranietos de los hombres que desde esos muros lucharon contra los franceses dos siglos atrás, en la guerra de la Independencia. Los nietos de algunos de los sesenta y seis fusilados durante la Guerra Civil o de los que consiguieron pasar a la zona roja y luchar, al lado de George Orwell, en la cercana sierra de Alcubierre, donde se había establecido el frente que sajaba España en dos mitades.

—¿Cómo podemos contactar con la Agrupación? —le preguntó Lara.

—Uf, pues a estas horas el Higinio, que se encarga de la secretaría, ya se habrá ido.

Lara deseaba cerrar posibilidades.

—Aprovecharemos para entrevistar a los arqueros, ¿apuntaste sus nombres? —le preguntó a la subinspectora.

—¿El de los arqueros? —las interrumpió Eva—. Pues Carlos, Carlos Peiro, mi marido, fue el primero, ¡el que acertó!

Lara la miró con más detenimiento.

—¿Quieren hablar con él? —preguntó alborozada por el protagonismo que acababa de adquirir—. Ahora estará comiendo. Puedo acompañarlas, está aquí mismo…

Entonces reconoció en ella a la chica, ataviada de dama medieval con una túnica azul, que en el vídeo del marido de Berta animaba al arquero. No le extrañó porque un pueblo es un teatro con pocos actores.

Una vez que creyó resuelta aquella pequeña intranquilidad, Lara la apartó de su pensamiento para centrarse en la entrevista con el arquero. Sin embargo, aquel no era el único vídeo en el que había visto a Eva.

Berta

Viernes, 17 de junio

Cruzaron un par de calles de las que aún no se habían retirado las jaimas árabes, granas y añiles, pisando heno y paja, mientras el sol irisaba las diferentes telas.

La sensación era agradable y Berta se sentía tan cansada que tuvo ganas de tumbarse en el suelo y olvidarse de todo. Se había fijado en la forma en que Lara miró el reloj y suspiró fingiendo resignación cuando la chica les propuso ir a entrevistar al arquero. La forma en que disimuló la impaciencia.

La casa era nueva, con la fachada revestida de piedra y ventanas de aluminio que simulaban madera. Cara. Eva tardó un poco más de lo necesario en acercarse y en abrir la puerta. Para que podamos advertir el derroche, conjeturó Berta. Seguro que en el pueblo tiene pocas oportunidades de lucirse.

Después las hizo pasar a una cocina amplia, con las persianas entornadas para evitar el sol y con aire acondicionado. La frescura era una caricia. Los muebles, los electrodomésticos, hasta las cortinas, tenían el aspecto de ser bastante nuevos, con un montón de detalles caprichosos.

—Carlos —dijo Eva—. Son policías, vienen por lo del asesinato…

El arquero del vídeo rebañaba un plato hondo con un trozo de pan. Levantó un momento la cabeza mientras masticaba.

Berta se fijó en que la inspectora lo examinaba con detenimiento. Ella también lo hizo. Buscó en él a un asesino con el sadismo y la frialdad suficientes para esconder a un hombre en una pirámide de leña, correr el riesgo de dejarlo allí expuesto casi un día y después prenderle fuego delante de un montón de testigos ignorantes.

—Es que entra a trabajar a las tres —se excusó la chica—. ¿Quieren beber algo? ¿Una Coca-Cola o una cervecita?

Aceptaron el refresco. Berta se dejó uno de los cubitos en la boca para que se derritiera y apoyó el vaso en la mesa para apuntar sus datos personales.

—Pertenece a la Agrupación de Tiro con Arco, ¿verdad? —comenzó Samper.

Carlos Peiro asintió. La inspectora continuó con una serie de preguntas rutinarias: dónde entrenaban, horarios, número de miembros... mientras él vertía un chorro de coñac en el café y Eva dejaba los platos y el vaso en el fregadero. El arquero respondió sin demasiado entusiasmo que aquella noche no había visto nada fuera de lo normal, aunque tampoco prestó atención porque estaba un poco nervioso: temía fallar por culpa del viento. Cuando la flecha se clavó en la pira nada hacía suponer que dentro hubiera un cadáver.

—Nunca ha habido uno —resumió con cierta lógica.

—¿Siempre es usted el primero en disparar?

—Pues claro que no —se carcajeó como si fuera una estupidez.

—¿Por qué procedimiento lo eligieron: por méritos, se realizó un sorteo, se ofreció voluntario, es rotativo?

El Chaparrico fruncía el ceño sin comprender el motivo de esas preguntas. Berta, en cambio, visualizó el diagrama de árbol de su jefa y no tuvo ninguna duda de que Samper valoraba la hipótesis de que Velasco únicamente fuera una víctima coyuntural, alguien que se encontraba en el momento más inoportuno en el lugar más insospechado. Que lo significativo para el asesino fuera el modus operandi.

—Me cogieron porque soy el mejor y no querían volver a cagarla.

La chica le acarició el ancho brazo, orgullosa.

—¿Cuándo le comunicaron que dispararía la primera flecha?

—Nos lo dijeron el lunes, ¿no, Eva?

—Sí, sí, el lunes. Me acuerdo que tuve pilates en el pabellón...

—¿Los otros arqueros también lo supieron entonces?

—Sí, claro.

Berta miró esas manos fuertes de dedos anchos capaces de agarrar una bala de cañón en pleno vuelo, que ahora estrujaban una servilleta. Pensó que aunque su jefa nunca descartaba nada, a ella esa hipótesis no le convencía. Era demasiado rebuscada.

—¿Dónde se encontraba el jueves pasado a las doce de la noche? —preguntó Samper.

—¿El jueves? Bueno... esta semana y la que viene voy de tarde, así que la pasada fui de mañana... el jueves...

—La noche anterior a la hoguera —concretó.

¿Psicópatas?, pensó Berta, ¿víctimas elegidas al azar? Esto no es un capítulo de una serie de detectives americana. ¿Quién asesina al primero con el que se cruza por la calle? Nadie. Nadie está tan pirado.

—Practicaba en el corral —dijo la chica y señaló la puerta de cristal que daba a un gran corral trasero—, no hizo otra cosa en toda la semana.

—¿A las doce de la noche? —se extrañó la inspectora.

—¡No, a las doce no!, a esas horas ya estaba durmiendo porque madruga mucho —explicó Eva.

—Me levanto a las cinco —respondió airado—, así que a las once me meto en el sobre.

—¿También el jueves?

—Todos los días de domingo a viernes. —Subió la voz. Su escasa paciencia se terminaba.

—¿Alguien más puede corroborarlo?

—¿Quieres fotos o qué? —Dio un puñetazo sobre la mesa.

—Ha reconocido que sabía de antemano que lanzaría esa primera flecha. La flecha homicida, la que lo mató. —Clavó sus ojos en el interrogado sin amedrentarse.

—¡Eso es mentira! —bramó—. Genaro, el alcalde, vino a decirme que en la autopsia había salido que ya estaba muerto antes.

Se puso bruscamente de pie. No llegaba a la mandíbula de Lara, aunque era bastante corpulento. Eva comprendió lo que insinuaba la inspectora y frunció la boca con indignación.

—Yo no sabía que en la leña hubiese nada, ¿cómo iba a saberlo? —gritó, como si elevar la voz fuera a dotarlo de razón.

—Tal vez porque usted lo colocó allí... —Acariciaba las piedras de jade de su pulsera muy tranquila, aparentemente ajena a la tensión que había provocado.

Berta dio un mordisco al trocito de hielo que aún llevaba en la boca. ¿Y si parte de la hipótesis es cierta? ¿Y si Carlos fue el asesino, pero eligió a Eme por un motivo concreto?, se planteó.

—Jamás, ¿me oye? ¡Jamás mataría a nadie! —La frente le sudaba, tenía los puños apretados.

—¿Seguro? Tal vez no sea muy diferente a matar a flechazos a un lobo o un jabalí. Le gusta, ¿verdad? —Ahora su tono era grave, implacable—. La sensación de tensar el arco, la adrenalina, el animal que no sabe lo que le aguarda, el pecho que asciende y desciende mostrando dónde está el tibio corazón, la tensión, esos segundos que separan la vida de la muerte, el poder...

Lara sonreía irónica. Las comisuras de sus labios se curvaban hacia abajo. El rostro de Carlos estaba encarnado por el esfuerzo que le suponía no descargar su furia. Apretaba los dientes.

—Usted disponía de la oportunidad, ¿también tenía un móvil?

¡Exacto, un móvil!, pensó Berta. ¿De qué podía conocer a Eme? ¿Por qué querría asesinarlo? Hasta entonces sus únicos sospechosos eran, por un lado, Rai y, por otro, Jorge, el hermano de Noelia. ¿Conoce a Noe?, se sorprendió. ¿Es un familiar? ¿Un primo? ¿Un amigo de sus hermanos?, o… ¿quizá es ella amiga de Noe?

—¿Tiene algún enemigo? ¿Algún compañero de trabajo o algún vecino que le ha causado problemas?

Se hizo un silencio que solo rompía el débil zumbido del lavavajillas que añadía agua al ciclo de lavado, y la respiración acelerada y jadeante del hombre. Un momento largo y solemne. La tensión del interrogatorio al que los sometía la inspectora Samper fue demasiada para Eva y comenzó a llorar.

Berta contempló, incómoda, el miedo que encerraban aquellas lágrimas, sus hombros temblorosos. Le recordaron a aquellas otras, a las que derramó Noe en el hospital y, de pronto, todo le pareció evidente.

Se habían equivocado en sus conclusiones. Habían asumido que Noelia y su familia eran los únicos que tenían un móvil, pero ¿y si Eme había violado a más chicas? ¿Y si aquella que tenía delante era otra de sus víctimas? Debía encauzar el interrogatorio.

—Creo que todos nos hemos exaltado un poco —dijo Berta tomando las riendas—. Lo mejor es que nos sentemos y tratemos de calmarnos.

La inspectora Samper la miró interrogante, pero obedeció mientras ella llenaba un vaso con la jarra de agua que había sobre la mesa. Se lo tendió a Eva. El marido la había encerrado en un abrazo protector.

—Solo un par de preguntas más y habremos terminado —prometió la subinspectora.

Carlos Peiro cogió el vaso y se lo acercó a los labios a la chica, que bebió un par de sorbos.

—Tres minutos —le advirtió mirando el reloj.

Berta pensó con rapidez. Desechó los rodeos. La opresión y el nerviosismo del ambiente la beneficiaban. Supo cuál era el siguiente paso. Sacó de la solapa de su libreta una fotografía, la que Sonia Velasco les había entregado.

En ella, Eme se apoyaba en su Mégane con los brazos cruzados y una enorme sonrisa. Sus ojazos verdes relucían satisfechos.

Apartó con el canto de la mano unas migas de pan y la depositó sobre el hule de flores. Se la señaló con un dedo a Eva. Carlos le apretaba la mano para transmitirle su apoyo.

—¿Lo conoces? ¿Lo has visto alguna vez?

Berta la observó con impaciencia, segura de que en su rostro aparecería alguna señal de reconocimiento, pero lo único que advirtió fue confusión.

—No —respondió.

—¿Estás segura? ¿No quieres mirarla más de cerca?

—¿Quién es? ¿Por qué me la enseña?

Berta sintió la mirada de su jefa sobre ella, y le embargó una trémula y ridícula sensación de fracaso. No obstante, llevada con su ciega terquedad, miró a Carlos para preguntarle lo mismo. Le sorprendió que los ojos del chico permanecieran fijos en el rostro de Velasco.

—¿Tú lo conoces? —inquirió rápidamente.

—¿Es él? ¿Es el que estaba dentro de la hoguera? —Se asombró.

La inspectora Samper volvió a hacerse cargo del interrogatorio.

—Sí, es el hombre sobre el que disparaste la flecha. Se llamaba Manuel Velasco. Eme. ¿Lo conoces?

Carlos miraba absorto la fotografía. Había soltado la mano de Eva. Ahora se aferraba con ambas al borde de la mesa.

—¿Lo conoces? —repitió más fuerte y con un matiz de exigencia.

Esta vez sí que levantó la cabeza.

—No. No —se apresuró a negar. Parecía asustado.

—¿No lo habías visto nunca? —insistió con escepticismo.

—Nunca.

—Tendrás que repetir esta declaración en comisaría, los agentes la pondrán por escrito y la firmarás. Voy a preguntártelo de nuevo, ¿lo conoces?

Carlos Peiro apartó la vista. La frente le sudaba. Estaba muy tenso.

—Voy a llegar tarde al curro. —Se levantó de la silla apresurado—. Ya han pasado los tres minutos.

Mientras ellas se ponían de pie, él se acercó a la puerta de cristal. A Berta le extrañó el súbito alivio, la forma evidente en que sus hombros se relajaron.

Ella solo veía el corral, las cuerdas de tender de las que colgaba el gambesón, una mesa de cristal con seis sillas a juego y una sombrilla cubriéndolas, una tumbona de teca y, al fondo, unas grandes puertas de metal por las que se accedía a una nave. Las puertas estaban cerradas, pero supuso que la usarían como garaje.

Se centró en el gambesón. La cruz templaria apuntaba en su dirección. ¿Era eso lo que había mirado Peiro? ¿Lo que le había tranquilizado?

Lara

Viernes, 17 de junio

En la calle, el sol escocía en contraste con la temperatura anterior. Las avenidas permanecían desiertas, las puertas cerradas, las moscas quietas a la sombra, hasta los perros habían desaparecido, como si el pueblo entero se encontrara sumido en un letargo moribundo. Solo detectaron voces, ruido de máquinas tragaperras y música al pasar por delante del bar. El único signo de vida.

Estaba satisfecha por la perspicacia de la subinspectora. Aunque reconocía que también un poco molesta consigo misma por no haber reconocido la relevancia del arquero antes que Guallar.

—Ha mentido al decir que no conocía a Eme —aseguró Berta.

Lara prefirió ser menos categórica. Los signos que había manifestado Carlos Peiro le resultaban ambiguos. La furia, que ella misma había alentado para que perdiera el control, pudo causar el sudor, la rigidez de su expresión y el atosigamiento. También contemplar por primera vez el rostro del chico al que, como mínimo, había prendido fuego con su flecha.

—No sé. No me parece concluyente.

—¿Qué te dice tu instinto?

Entornó los ojos antes de responder.

—Me dice que sí que lo conocía, pero no creo que posea el dominio de sus emociones que requiere un plan de ese calibre. Más bien me ha recordado a esos muñecos con un muelle que saltan en cuanto se abre la tapa de la caja que los contiene.

Berta admitió, con desgana, que tenía razón.

—Sí, parece de esos tíos para quienes un plan elaborado es agarrar un hacha y liarse a golpes. Pero estoy segura de que lo ha reconocido en la foto.

Lara prefirió cambiar de tema. Le contrariaba la complacencia en el rostro de la subinspectora.

—No me interesa el resto de los arqueros. Aunque, por si acaso, como Millán nos ha ordenado ser minuciosas, enviaré a Torres y a otro agente a interrogarlos uno por uno. A ellos y a las decenas de posibles testigos.

—Puede llevarles varios días…

—Es preciso. —Cabeceó—. Deberemos prescindir de Torres todo ese tiempo.

—Ay, no sé cómo nos las apañaremos sin él…

Se miraron y sonrieron.

En cuanto dejaron atrás Alfajarín, Lara tuvo la sensación de que alguien había levantado el dedo del botón de pausa y la vida había regresado a su ritmo habitual.

Todavía estaba en la comisaría cuando a las ocho la telefoneó el subinspector Enrique Medrano. Le había pedido que hiciera discretas averiguaciones sobre Carlos Peiro, el Chaparrico, en la Agrupación de Tiro con Arco.

—Jefa, aún estoy en las instalaciones. Casi no encuentro el sitio porque la entrada está en un polígono industrial, aunque es enorme, tienen hasta un campo de tiro olímpico. Han venido varios de los que dispararon esa noche y los he interrogado, pero Peiro no ha aparecido.

—Normal, esta semana trabaja de tarde. Tendrás que regresar la próxima.

—Claro, jefa.

Lo único que Enrique había averiguado era que Carlos Peiro había estudiado en el colegio del pueblo y después había hecho un grado medio de electrónica en el Ítaca, el instituto del barrio de Santa Isabel. Eva y él iban en la misma pandilla desde críos.

Lara tampoco había establecido una conexión entre Peiro y Velasco. Bufó. Sabía que, de existir, podía deberse a cualquier pequeña casualidad.

Se sentía frustrada. Reconocía la expectación que flotaba en el aire desde por la mañana. La de cuando una investigación progresaba y cobraba impulso. Sin embargo, la tarde había resultado muy improductiva.

A pesar de las horas en el ordenador no había avanzado en la búsqueda de Rai, aunque intuía que no se trataba del verdadero y popular Dr. Rai, el mecánico que tenía su taller en Barcelona. El Dr. Rai que ella buscaba, el chico con aspecto de lagarto, era un simple imitador que emulaba el nombre y las acciones de su ídolo.

Además, seguía sin noticias de Ana Castelar. Temía que su humillación hubiera sido en vano, que Ana la utilizara para resarcirse de aquella Larissa Samper que conoció y de la que quedaba tan poco.

Inútil. Cansada. Triste. Se soltó la coleta y apoyó la frente en la mesa.

Es porque se acerca el día 25, pensó. Era la única forma de justificarse a sí misma esa hipersensibilidad que tanto la irritaba.

Se moría por fumar. Cogió el paquete, el mechero, fue hasta la ventana, la abrió y con medio cuerpo fuera, encendió un pitillo.

Llegó a casa un poco antes de las diez, a tiempo de oír la Campana de los Perdidos. Se dirigió a las dos estanterías de películas que recorrían de pared a pared su dormitorio. En la letra B extrajo el DVD de *Bailar en la oscuridad*.

El cine era para ella un filtro para elegir con quién relacionarse, su forma de alejar a los cretinos. El mismo por el que de todo el SAM eligió a Berta —que a primera vista no parecía ni más lista ni con más ganas de trabajar con ella que el resto— de ayudante.

Vio *Bailar en la oscuridad* en los Renoir, en Barcelona. Un poco envarada porque en la butaca contigua, su brazo rozando el suyo, se sentaba Use. El día anterior se había burlado mientras tomaban una caña en un bar de la vía Laietana con otros cerebritos:

—¿Un musical de Lars von Trier?

—Ven a verla —le retó. Fingía una seguridad que estaba lejos de sentir.

Aquel hombre la intimidaba, la hacía sentir pequeña. Resultaba magnético y seguro de sí mismo con el aire descuidado que le proporcionaba el pelo oscuro enmarañado, la barba de tres días, las pulseras de hilo en la muñeca huesuda y velluda, su forma de vestir, siempre con camisetas y vaqueros (excepto la camisa blanca y la americana que reservaba para acudir al juzgado).

Y sus ojos. Esos ojos tan sugestivos que chispeaban maliciosos, y un segundo después impresionaban por su serenidad, por la determinación que imprimía a sus actos. Parecían haber contemplado lo que los demás apenas vislumbraban.

En un momento dado, en la penumbra de los Renoir, él cogió su mano, y cuando Lara, al sentir su contacto, volvió la cabeza hacia él, Use se acercó y le dio un beso en la mejilla, rozando el comienzo de sus labios.

—Tranquila —dijo con esa media sonrisa que escondía mudas promesas.

Lara encendía el televisor cuando sonó su móvil oficial. La sobresaltó. ¿A estas horas? Se temió lo peor. Sin embargo, en la pantalla aparecía un número desconocido. ¿Castelar? Deslizó el botón verde, ansiosa. ¿Habrá encontrado las grabaciones? Quizá por ese motivo tardó en comprender con quién hablaba.

—¿Hola? —dijo la voz de una chica muy joven—. Tengo un huevo de llamadas tuyas…

—Inspectora de Policía Lara Samper, ¿con quién hablo? —preguntó desconcertada, aunque completamente segura de que no guardaba relación con Ana Castelar.

—¿La poli? ¡Hostia!

—¿Con quién…? —No pudo terminar la pregunta porque colgaron.

Irritada buscó en las llamadas recibidas el número y entonces supo a quién había telefoneado tantas veces durante los dos últimos días: ¡Pili! Hasta el séptimo intento la chica no asumió que no se daría por vencida y atendió la llamada. Cuando consiguió tranquilizarla, Pili se disculpó por colgarle.

—Ha sido… No sé, tía, me ha salido así. Ni lo he pensado ni *na*.

Le explicó por qué había permanecido dos días incomunicada.

—Alguna cerda me levantó el móvil de la taquilla del curro y ha sido un palo…

Lara la interrumpió. No le interesaban sus vicisitudes, solo deseaba que le proporcionara el número de Kike.

Después de apuntarlo, y cuando ya se disponía a colgar, aventuró:

—¿Conoces a Rai? ¿Tienes su número o sabes dónde trabaja?

—¿El número de Rai? —preguntó con sorpresa.

Lara

Sábado, 18 de junio

Eran las diez de la mañana del sábado y el calor todavía concedía una breve tregua a la ciudad. A Lara le abrió la puerta un chico grandote, con mofletes de adolescente sobrealimentado, vestido con una camiseta XXL negra con letras doradas, cadenas de plata de gruesos eslabones en el cuello y pantalones caídos. El cabello cortado a máquina dejaba al descubierto la nuca bruñida en varios pellizcos de grasa. ¡Sapo!, pensó al reconocer al chico que hacía el avión en el vídeo.

—¿Kike?

La saludó con una especie de cabezada, que pretendía ser amistosa. Al hablar por teléfono había evitado contarle la muerte de Velasco porque deseaba ver su reacción. El rostro de Kike se transformó, desapareció la media sonrisa, le salieron unas amplias manchas granas y sus facciones se aflojaron y distendieron haciendo un esfuerzo por no llorar.

—¡Hostia! ¡Me *cagüen sos*!

Descargó su furia a puñetazos con sus muñones regordetes casi sin uñas contra el respaldo del sofá. Lara dejó pasar el tiempo suficiente para que recuperara la calma.

—¡Hostia puta! Si es que me lo olía —dijo llevándose un dedo a la nariz—. Que se lo dije al Isra. —Dio otro par de puñetazos.

—¿Qué se olía?

—Que me rayaba mazo, que llevaba una semana saltando el buzón de voz. Me cago en la puta, que era nuestro *brother*. Que él no hubiera pasado así de nosotros.

El rostro de cochinillo se contrajo en grotescos pucheros.

—¿No pensó en ir a su casa, a su trabajo o a algún lugar que frecuentara a ver si le había ocurrido algo? —se sorprendió.

—Ya te digo. Hoy iba a pasarme por donde el Matías, pero es que curro toda la semana fuera, en Lérida, y el Isra me esperaba... Me *cagüen* mi sombra. —Descargó otro puñetazo.

—¿Sabe si Velasco mantenía algún tipo de relación con un pueblo llamado Alfajarín?

—¿Alfajarín? ¿A qué iba a ir?

Eso mismo se había planteado ella, ¿a qué?, ¿qué hay allí? Y había obtenido una respuesta.

—¿Lo acompañó a la Baja Montes Blancos?

—¿A la Baja? Ya te digo.

—¿Presenció lo ocurrido con Rai?

—¿Con el Dr. Rai? ¿Lo de que Eme lo hostió?

Lara asintió.

—¡Qué va! Eso fue el día de antes y yo estaba en Lérida. ¡Que siempre me pierdo todo lo que mola!

—¿Sabe si Velasco tuvo algún otro encontronazo? ¿Quizá con alguien de Alfajarín? Supongo que al estar tan cerca del pueblo, subiría mucha gente a ver la Baja.

Kike se encogió de hombros.

—Había mucha peña, pero sobre todo mirones y pringados. —Hizo una mueca de asco.

—Quizá Velasco tuviera ahí algún amigo...

Lara había encontrado un par de fotos de Carlos Peiro en internet. En una iba vestido de caballero medieval con un traje que le venía pequeño; la otra era una foto de grupo en una competición de tiro con arco. Había ampliado la del grupo lo suficiente para que no perdiera demasiada resolución y la había impreso. Se la mostró.

—No sé... ¿Le mola el *tuning*? —preguntó Sapo—. ¿Sabe qué coche tiene?

Lara reconoció que no lo sabía.

—Pues si no le mola, difícil...

Decidió cambiar de tema.

—¿Notó a Manuel últimamente más irritado, nervioso?

Negó con la cabeza.

—¿Sabe si tenía problemas de sueño, si se encontraba más cansado, se le olvidaban las cosas?

Volvió a negar.

—¿Estaba preocupado por algo, deprimido?

—¡Qué va, tía! Se había gastado un fajo de talegos, se lo había currado y estaba flipando con la *concen*.

—¿*Concen*?

—La del sábado que viene. —Abrió mucho los ojos—. La de Bujaraloz, la Desert Tuning Show. Va a ir toda la peña.

—¿También Dr. Rai?

—Ya te digo. Toda la peña. El pavo este —señaló la foto—, fijo que si le mola el *tuning* se acerca. Cae a tiro de piedra de Alfajarín.

La querella

Sábado, 18 de junio de 2013

—Estabas en lo cierto. Le han dado entrada hace una hora. Te acabo de mandar el documento escaneado.

Luis Millán dio las gracias y colgó. No le sorprendió demasiado la llamada, de hecho había ordenado que le avisaran si ocurría.

No le importaba trabajar en fin de semana, se encontraba más a gusto en su despacho del Servicio de Atención a la Familia que en el piso de alquiler, en el que no lograba desprenderse de la sensación de provisionalidad. Lo único que sentía suyo era el piano, el Bösendorfer que lo había acompañado en tantos traslados. Elvira le concedió diez días para encontrar una dirección donde enviárselo. La dulce Elvi. Le hubiese enseñado muchas cosas, pero era la clase de mujer que prefiere ignorarlas. Quizá por eso la eligió. La antítesis perfecta de Larissa Samper.

Suspiró y abrió la bandeja de entrada. Imprimió el documento para leerlo más cómodamente.

Un letrado había interpuesto una querella ante el Juzgado de Instrucción contra el atestado policial 117/09 en representación de Santos Robles Gil. Alegaba que se había producido una detención ilegal sin mandamiento judicial, con coacción y tortura, vulnerando sus derechos de libertad individual y de integridad personal, al negar al detenido su derecho a acogerse al habeas corpus. Denunciaba a un miembro de la Policía Nacional adscrito a la Brigada de Policía Judicial SAF-SAM, a la subinspectora con número de carnet profesional 73465.

Aunque no lo necesitaba, como era concienzudo, comprobó que el número pertenecía a Berta Guallar.

La contrariedad se reflejaba en su rostro y en sus hombros tensos. Hasta ese momento había demorado el artículo que un periodista quería escribir para aprovechar el tirón del blog. El efecto David contra Goliat siempre atraía lectores y más cuando David tenía el aspecto de Papá Noel y jugaba la baza del tópico de los abusos policiales. Con la querella se iban a frotar las manos.

Sintió el deseo irrefrenable de fumar un cigarrillo. Ya había recorrido el pasillo y llegaba a la escalera cuando apareció, del modo más inesperado, Guallar. Sudorosa, con una coleta medio deshecha. ¿En ropa deportiva?, pensó.

—¿Qué haces aquí? ¿Has cambiado la guardia? —le preguntó.

Advirtió el sonrojo en el rostro de la subinspectora, pero podía deberse al esfuerzo de subir las escaleras.

—No. Ayer… ayer me olvidé una cosa en la mesa y la necesito.

—¿Tan urgente es? —Señaló su camiseta de tirantes.

El sofoco aumentó. Millán permaneció unos segundos escudriñándola. ¿Por qué está tan alterada? ¿Sabe lo de la querella? ¿Esa es la urgencia?

Sin embargo, lo desechó. Ni siquiera Gómez Also, en su categoría de jefe de la Policía Judicial, estaba al tanto. Supuso que pasarían un par de días hasta que la comunicación oficial del juzgado llegase a Jefatura. Hasta que el jefe superior le tire a él de las orejas, pensó, y corra a tirármelas a mí.

Políticos, cargos de libre designación. Recordó el desprecio con que hablaba de ellos su mentor, el hombre que en la reunión de Madrid ocupaba la posición central: «Son las vistosas hojas del árbol que se exhiben impúdicas hasta que la estación les resulta desfavorable, se mustian y caen. Gente de paso». Su mentor había sobrevivido a los cambios de Gobierno y a los diversos directores generales de la Policía; incluso, pensó irónico, a lo más difícil: a una democracia.

«Nosotros somos las raíces», le explicó. «Feas, ocultas, sólidas. Gracias a nosotros el árbol se sostiene en pie. Recuérdalo. Sólidas y ocultas.»

Por supuesto, dejaría que siguiera el cauce reglamentario.

—Que pases un buen fin de semana, Guallar.

Berta

Sábado, 18 de junio

Miró el reloj: las siete y media. Aquel era el único momento del día enteramente suyo, por eso no le importaba madrugar, arañar tiempo al sueño. A pesar del cansancio estaba decidida a aprovechar la mañana.

Masticó un par de Excedrines con el segundo café. El dolor de cabeza no remitía.

No había dormido bien. A mitad de la noche se había despertado sobresaltada, con el corazón aceleradísimo por culpa de una pesadilla. Había tosido un poco. Se dio cuenta, por la almohada mojada, de que había llorado mientras soñaba. Se había mantenido alerta unos instantes, inmóvil, intentando recuperar la respiración y recordar el sueño.

Aquella mañana, varió su recorrido habitual para dirigirse al recinto de la Expo, hasta el extenso parque fluvial y la playa que construyeron en uno de los meandros del río. Conectó la pulsera de actividad y el MP3. «Valiente», de Vetusta Morla.

Al cabo de veinte minutos, al alcanzar el enorme grupo escultórico *La carreta del agua* debajo del puente de La Almozara, se detuvo. Se llevó las manos a los costados y se inclinó para recuperar el resuello.

Se sentó desmadejada en la ancha base de hormigón sobre la que se apoyaba la escultura y que, en los momentos de crecida, el agua lodosa inundaba. Un poco más calmada, reseñó con la yema del índice el pie izquierdo de uno de los descarnados aguadores. La pátina que cubría el bronce era muy irregular, con grumos y aristas, y estaba agradablemente fría. Descansó la acalorada mejilla.

Aprovechó para revisar los datos de la pulsera de actividad en el móvil y se sorprendió al ver que no aparecían. Había fallado la sincronización del *bluetooth*. Entonces, como un súbito latigazo, recordó la pesadilla.

Había sido testigo de unos terribles abusos por parte de Santos Robles, vestido de Papá Noel, a un niño muy parecido a Daniel. Los grababa con el móvil y los guardaba para su posterior utilización en la denuncia. Pero, más tarde, al abrirlo, no encontraba el vídeo. Nada. Durante unos angustiosos minutos abría y cerraba buscando en los archivos. En los distintos iconos. Apagaba y encendía el móvil. Nada.

Comprendió el significado del sueño, lo que su inconsciente le gritaba. ¡Las grabaciones!

Santos había amenazado al niño con enseñárselas a sus amigos, con colgarlas en la web del colegio, en YouTube. Sin embargo... ¿En algún momento Dani había visto aquellas imágenes? ¿Habían sido una mera argucia para coaccionarlo? ¿No hubiera sido suficiente con decirle que existían porque el niño, demasiado asustado, nunca hubiera pedido verlas para comprobarlo?, se preguntó. ¿Acaso no es la explicación más razonable para no haber encontrado ningún vídeo de Dani en su móvil en el momento en que lo detuvimos?

Sintió una presión en el diafragma. Necesitaba leer la declaración del niño. Repasarla entera. Y no solo la suya y los vídeos, también la de la primera persona a quien se lo contó, la que pudo influenciarlo con sus preguntas e incluso instruirlo sin darse cuenta: la de su madre. Debía ir al SAF a buscarlas de inmediato.

Llegó a casa alterada. El inesperado encuentro con Millán la había inquietado. Había advertido en él, de natural impasible, una expresión de desconcierto y recelo. Sintió que le clavaba sus inquisitivos ojos para descubrir qué hacía en la comisaría. ¿Cómo se te ocurre ir con estas pintas?, se riñó. Y lo último que Berta deseaba era que intuyera sus dudas sobre la existencia de las grabaciones.

Aquel fin de semana no estaba de guardia y, como en la investigación del asesinato de Velasco no había nada apremiante, tenía fiesta. Cocinó unos macarrones con tomate y chorizo. Después de comer, mientras los chicos y Loren se amodorraban en el sofá con una película de dibujos, se encerró impaciente en el dormitorio. El ventilador iba y venía con su zumbido monocorde, desplazaba el aire caliente de la habitación.

Comenzó a revisar la declaración de la madre de Dani y las notas manuscritas que ella misma había tomado de lo que manifestaba el niño. Al terminar inspiró un par de veces preparándose para ver, en el vídeo de la entrevista en comisaría que ella misma había grabado, los ojos tan tristes y tan vacíos de Dani. Nunca se aprende a sobrellevar la impotencia, pensó.

La respiración se le aceleró en cuanto el niño cogió el muñeco anatómicamente correcto. Un muñeco realizado expresamente para la evaluación de ese tipo de casos, con atributos sexuales de uno y otro sexo y diferentes edades y grados de desarrollo físico, para que a los niños les resultara más fácil y menos humillante simular con él las perversiones a las que habían sido sometidos. Actos que, si eran muy pequeños, ni siquiera sabían nombrar.

En el momento en que Dani acercó el índice al ano del muñeco, Berta detuvo el vídeo.

Fue a la cocina y se bebió rápidamente un gran vaso de agua helada. Necesitaba tragar el asco que se le había quedado adherido al paladar. Prepararse para lo que sabía que iba a presenciar a continuación.

Pasó con cuidado por delante de la puerta cerrada del salón para que no advirtieran su presencia y la reclamaran. Hasta el pasillo llegaban los ruidos de la consola. Por lo visto se habían cansado de ver películas.

Volvió a encerrarse en el dormitorio y, cuando terminó el vídeo, pensó en cuánta gente de la que ahora defendía a Robles seguiría haciéndolo si se hicieran públicas un par de imágenes de Dani con el muñeco, cuántos continuarían viendo en él a un anciano bondadoso. Todavía le faltaba la grabación de la prueba preconstituida que se tomó en el juzgado. Preparó papel y bolígrafo para anotar las discrepancias entre ambos vídeos, pero casi no hubo ninguna.

Suspiró, desanimada, al terminar. Ni una sola vez Dani mencionaba haber visto las grabaciones que había realizado Santos Robles de sus encuentros, ni se refería a su contenido. Recordó las palabras de la inspectora Samper: «Tampoco sería la primera vez que una víctima falsea, omite o exagera detalles para resultar más creíble o por simple vergüenza».

Se le acumulaban las dudas. ¿Y si el niño se las inventó para demostrar que lo habían coaccionado, para no reconocer que había obedecido porque, sencillamente, se moría de miedo? ¿Acaso no les había contado a sus padres la mentira del exhibicionista por vergüenza, porque le daba apuro o asco reconocer lo que había hecho? Pensó con amargura en la cantidad de veces que Dani repetía la palabra «sucio».

Berta era testaruda. Si no existieran las grabaciones, Santos Robles no se tomaría tantas molestias para invalidar la detención, ¿no?, se repitió para convencerse. Algo intenta ocultar y debo encontrarlo.

Se pasó la mano por la frente, el calor resultaba opresivo —el termómetro del despertador marcaba 30,5 grados— y se sentía ligeramente febril. Comprobó que no había recibido ninguna respuesta a los correos que había enviado a Informática Forense. Escuchó las risotadas de Izarbe y las protestas de Martín.

—¡Eres una tramposa! Jo, papá.

Loren también se reía mientras lo apaciguaba.

Sintió la culpa como un pinchazo. Debería estar con ellos. Con su familia. Desconectar. Disfrutar. Se quitó las gafas y se masajeó la frente sudorosa. Seguro que un rato de matar zombis con aire acondicionado me alivia más que una pastilla. Ya cerraba ventanas para apagar el portátil, cuando pensó en dar un vistazo —«solo un momento y me olvido hasta mañana»— al blog.

Ahí la aguardaba la sorpresa más desagradable.

Santos Robles había escrito una nueva entrada; en ella aparecían escaneados los documentos de la querella contra la subinspectora con número de carnet profesional 73465. ¡Contra ella! Y, aunque de algún modo lo esperaba, constatar su realidad, ver plasmados sus temores, la sobrecogió.

Leyó con atención aquellas páginas. «Se me extenuó y maltrató físicamente para impedir cualquier posible negativa posterior a la vulneración de mis derechos constitucionales. Se me obligó a recorrer un edificio en ruinas lleno de obstáculos para provocarme una caída. Se me torturó y exigió subir y bajar empinados tramos de escaleras.»

Tuvo que detenerse varias veces porque la vergüenza ante el modo en que describía su comportamiento durante la detención —de una forma sádica, pueril y muy, muy poco profesional—, le resultaba demasiado angustiosa. ¿Cuánta gente habrá leído esta patraña?, pensó impotente. En las diligencias incluso se solicitaba un careo entre ella y el oficial que la acompañó, al que Robles sí que atribuía algún rasgo de humanidad, para demostrar que exigió acogerse al habeas corpus.

Al terminar fue consciente de que jadeaba de rabia. Sentía un desamparo oscuro y lúgubre, y un desagradable cosquilleo que comenzaba en el estómago y se propagaba hasta los dedos. Y el interminable dolor de cabeza.

Se levantó y fue al baño. Se lavó la cara, el cuello y la nuca. Sacó del estante la gran cesta de mimbre donde guardaban los medicamentos. Necesitaba algo más fuerte. El Excedrin surtía el mismo efecto que una tirita para contener una hemorragia. Rebuscó entre las cajas, el algodón y los espráis.

Suspiró de alivio cuando encontró un blíster entero de Diazepam. Y creo que aún guardo una receta sin usar, pensó satisfecha. Era su último recurso antes de pedir cita con el doctor Garrido.

Bebió un sorbo de agua en el lavabo para empujar la pastilla y se tumbó en la cama como un animal herido, como una liebre a la que un coche atropella en una carretera oscura por la noche. En cuanto se me pase un poco voy al salón con ellos, pensó. Sin embargo, no le dio tiempo. Unos minutos más tarde la puerta se abrió muy despacio.

Los niños entraron a gatas. Escuchó sus risitas sofocadas. Mantuvo los ojos cerrados. Fingió no darse cuenta de su presencia hasta que treparon a la cama y saltaron encima para darle un susto.

—¡Ay, que se me sale el corazón por la boca! —exageró.

Los niños se morían de risa.

—¡Que se me sale! —repitió tapándose los labios con las manos.

En medio de sus risas bulliciosas, atrapó a cada uno con un brazo y los retuvo contra su pecho. Estrujándolos, oliéndolos, mordisqueándoles la carne dura de los mofletes, la morcilla de los bracitos.

—Mamá, tan fuerte, no.

Los niños reían y protestaban, creían que continuaban jugando, aunque Berta los abrazaba tan fuerte para olvidar que sabía con certeza que los recuerdos de Dani no eran fidedignos, que el niño había recordado erróneamente, por lo menos, una cosa importante. ¿Habría más imprecisiones, más fallos? ¿Serían las grabaciones uno de ellos?

Lara

Lunes, 20 de junio

Luis Millán las convocó a su despacho a primera hora.

Observó que Berta, que había permanecido callada y ceñuda desde que había llegado, se levantaba presurosa al oírlo. Casi como si lo esperara. Aunque no había ningún motivo para la reunión, Lara supuso que se debía a la necesidad patológica de control de Millán. Un rasgo de carácter que ella valoraba como positivo en la jefatura.

Los chicos de oro. Los malditos cerebritos. Así los llamaban en Barcelona. Millán sabía lo que ocurrió. Lo de Use. Conocía el error de Lara, de qué forma los sentimientos nublaron su buen juicio profesional.

Cada vez que lo tenía delante, Lara se sentía expuesta. Al igual que las plantas de su jardín a la aparición de alguna plaga: pulgones, ácaros, chinches, mosca blanca; ella lo estaba a Millán. Con sus plantas sabía cómo actuar y había arrancado bichos con los dedos, pinzas o un algodón empapado en alcohol. En ocasiones, si estaba muy extendida, se había visto obligada a recurrir a tratamientos químicos.

Con Millán se sentía desprotegida. Evitaba en lo posible el contacto directo, especialmente en estos últimos días en que su insomnio se había agravado.

—Sentaos. ¿Qué avances habéis hecho?

Lara le hizo un resumen de las entrevistas, del arquero y de los correos de Vendetta. La gente de la calle, pensaba en ocasiones, desconoce el oficio de policía y creen que consiste en persecuciones a mucha velocidad, patrullar, cachear y empuñar un arma mientras tu compañero te cubre. No obstante, el ochenta y cinco por ciento del tiempo lo empleamos en hablar con víctimas, testigos, familiares, amigos. Y en atender el teléfono.

—¿Qué hipótesis barajáis?

Esas preguntas tan directas tenían una razón de ser, pues en los telediarios de Aragón Televisión se aseguraba que ese trimestre se había incrementado el número de homicidios en la comunidad autónoma. La luna llena había pasado por sus frágiles estadísticas como un tsunami. La esperanza de igualar los porcentajes del trimestre anterior se había desvanecido. Quienquiera que acabara implicado en algo que amenazara el nivel de flotación del barco *Estadística Criminal*, lo pagaría. Porque al probo ciudadano, que costea con sus impuestos nuestros sueldos, cuando ve esas noticias, le da por relacionar el aumento de asesinatos con una bajada de la eficacia policial, pensó.

Solo existía una manera de contrarrestar el alto número de homicidios: resolverlos cuanto antes.

—¿Qué hipótesis barajáis? —insistió.

Millán clavó en Lara unos ojos tan duros como los suyos. Sabe que me desagrada lanzar hipótesis hasta no conocer todos los datos, pero se encuentra en posición de exigírmelas, pensó. Disfruta viéndome fracasar.

Dejó transcurrir un par de minutos antes de responder con voz templada. El combate con Millán exigía toda su atención y no se percató de las manos de Berta aferrándose a la silla, de su rostro tan pálido, de la tensión de sus hombros. De su crispación.

—Velasco se movía en clubes de *tuning* de coches y acudía a concentraciones. He estado investigado, y en España hay un Tuning Show casi cada fin de semana. Muchos cuentan con colaboración de revistas y patrocinadores. Dan una gran fiesta y premios: aerografía, iluminación, tubos de escape, coche más bajo sin suspensión neumática o chico y chica *tuning*.

A Millán aquellas prácticas le repugnaban. Imaginar un color chillón, un degradé o unas llamas en su BMW, era como lanzarse a propósito una copa de vino tinto sobre la camisa.

—Yolanda, la novia del fallecido, mencionó a Doctor Rai, su novio hasta que lo plantó para irse con Velasco. Ambos eran competidores en el *tuning*. Tuvieron una pelea, y Rai lo amenazó. Desde entonces hemos tratado de localizarlo, pero resulta imposible: nadie sabe ni cómo se apellida, ni dónde trabaja. El sábado me entrevisté con Kike, uno de los amigos de Velasco y me proporcionó una pista: el próximo fin de semana hay una concentración importante en Bujaraloz, el Desert Tuning Show. La concentración para la que preparaba el coche Velasco.

—¿Sabes si trapicheaba?

—No lo parece.

—Estamos saturados, tenemos los recursos bajo mínimos. ¿Crees que es bueno enviar refuerzos a Bujaraloz si no estás segura al cien por cien de efectuar una detención?

—No, no es necesario.

—Bien. ¿Qué tenemos respecto al tal Vendetta?

—Quiero reunir más correos antes de interrogarlo. Medrano trabaja en ello.

—¿Y el resto de la familia de la chica, de...?

—Noelia Abad —dijo Berta.

—Gracias, Guallar —replicó Millán secamente—. ¿El padre? ¿El otro hermano? ¿Podemos descartar que el crimen lo cometiera una mujer? Sé que el caso del abuso sexual es reciente, pero no permitáis que la implicación personal afecte vuestro juicio.

Entornó los ojos e hizo una pausa más larga.

Lara la aguantó sin inmutarse, sostuvo incluso la sonrisa. Con esta presión, Millán trataba de reconvenirla, quizá de recordarle la vez en que sus emociones nublaron su juicio y omitió todas las señales. Incluso tuvo la desfachatez de citar el símil de las emociones y la arenilla en un instrumento de precisión. El que repetía hasta la saciedad Beltrán.

Lara se mantuvo impertérrita con toda la calma que pudo acopiar, aunque sentía la ira ascender desde su estómago. ¿Cómo se atreve?

—De acuerdo. —Millán frunció el ceño—. Si no hay nada más…

Lara negó con la cabeza.

Una vez fuera del despacho se llevó las manos a las mejillas. Ardían de rabia por la actitud de Millán, por recordarle su error. Como si ella pudiera olvidarlo. Como si no continuara pagando cada día su precio.

En ese momento Berta la increpó. Parecía incómoda y ofendida. Apretaba tan fuerte los dientes que casi rechinaban. Le sorprendió su actitud. Se había olvidado de ella durante la reunión.

—¿El sábado estuviste con Kike? ¿Por qué no me llamaste para que te acompañara?

Lara ni la comprendía ni, mucho menos, estaba de humor para ese ataque.

—¿Te hubieras traído a tus hijos? ¿Nos hubiéramos ido los cuatro de excursión? ¿Los cinco con Loren? —Estaba tan alterada que levantó la voz—. Francamente, no me veo en el papel de Mary Poppins.

La dejó plantada y entró en su despacho dando un portazo.

Las manos le temblaban de ira al sentarse. ¿Berta? ¿Millán? Fracasaba en su intento por controlar cada acontecimiento de su vida, por llevar las riendas.

¿Se acordaría Luis de la fecha? ¿Recordaría que aquel sábado se cumplían seis años desde que…? Oh, seguro que sí. Seguro que se acordaba.

Berta

Lunes, 20 de junio

El fin de semana resultó el peor que recordaba en mucho tiempo tras descubrir en el blog de Santos Robles la querella que había interpuesto contra ella, y la semana, tal y como había comenzado, no auguraba nada bueno.

Le apremiaba una fuerte sensación de inquietud en el estómago, que la contrariaba y que intentaba evitar inútilmente.

Suponía que Millán también conocía la existencia de la querella. Al ver la hora registrada en el sello de entrada del documento, asumió que era el motivo por el que se encontraba en la comisaría el sábado.

Desde que Berta había llegado aquella mañana, aguardaba ansiosa que las convocara para comunicárselo de forma oficial. Ni siquiera se había atrevido a ir a por el segundo café hasta la máquina. Mientras miraba absorta la pantalla del ordenador, ensayaba mentalmente cuál sería su respuesta dependiendo de sus palabras. ¿También vendrá Gómez Also esta vez?, se preguntó.

Se sintió aliviada cuando Lara la avisó de la reunión. Sin embargo, una vez en el despacho, a medida que transcurrían los larguísimos minutos sin que Millán hiciera ni una sola mención al caso; mientras hablaban de Velasco, del arquero, de las concentraciones de *tuning*, de todo excepto de la querella, su desconcierto y su ansiedad aumentaron. Expectante, aguardaba que la siguiente frase...

—Si no hay nada más —dijo Millán concluyendo la reunión.

¿Si no hay nada más?, quiso chillar. Sin embargo lo que hizo fue levantarse y salir por la puerta. La descarga de adrenalina se diluyó. Le invadió una terrible desazón en ondas cada vez más amplias.

Y en cuanto a Lara... Lara... Siempre con esa silenciosa fe en su propia importancia que luego se encargaba de transmitir con su presencia, con sus palabras. Maldita jirafa, resopló airada. ¿Por qué fue a entrevistar a Kike sin mí? ¿En qué lugar deja mi profesionalidad? Y todavía le resultaba más difícil asimilar que en vez de disculparse, hubiera optado por humillarla.

Ahora se alegraba de no haberle mencionado el descubrimiento de la querella. Pensó, con el orgullo herido, que ella también sabía jugar a ese juego. También podía ser muy cauta.

Cogió la caja de pastillas del primer cajón, aunque apenas habían transcurrido cuatro horas desde que se tomó la última. El Diazepam, además de como relajante muscular, se utilizaba para el tratamiento de la ansiedad. Después envió un nuevo correo a Informática Forense. Igual que había hecho repetidamente en días anteriores. Soy la puta ama, se recordó.

—Berta.

La presencia de Lara la sacó de su ensimismamiento como una descarga.

—Vamos a la fontanería donde trabajaba Velasco.

Durante el trayecto ambas permanecieron calladas, tensas. Sin música. Berta hizo un esfuerzo por disimular su irritación, aunque no estaba segura de haberlo conseguido. Al salir del coche bizqueó, la luz le escocía a pesar de las gafas. Supuso que sus pupilas estarían dilatadas por culpa de la cefalea.

Entró en la fontanería dispuesta a olvidarse del blog, de Santos Robles y de lo ofendida que se sentía con Lara. Se recordó que tenía una responsabilidad con Velasco o, por lo menos, pensó, con su madre y su hermana.

La fontanería era un negocio boyante, con tres enormes escaparates de cristal en los que exponían distintos modelos de inodoros y muebles de baño lacados en blanco brillante y molduras doradas.

Una mujer entrada en carnes, con una permanente anticuada de caracoles pequeños y gafas con cadenilla apoyadas en la punta de la nariz, las miraba desde el mostrador más cercano.

La inspectora Samper le mostró la placa en la mano derecha.

—Es por el asesinato de Manu, ¿verdad? —dijo. Empezó a sollozar.

Se oía al fondo, detrás de unas puertas, un ruido metálico oscilante.

—Nos llamó su hermana, la Sonia, para decírnoslo. La pobre María Jesús no podía ni levantarse de la cama. ¡Qué desgracia más grande!

—¿Usted trataba a Velasco?

—Claro, todos los días. Venía siempre con una sonrisa…, era un chico muy bien dispuesto, tenía algo, algo… especial. ¡Qué desgracia!

El ruido cesó, al momento se abrió una puerta y surgió un hombre de piel olivácea, tan flaco que solo parecía pellejo y con profundas arrugas en el rostro. Vestía un mono manchado de óxido y aceite, con la parte superior colgando desde la cintura, y una camiseta de tirantes con cercos amarillentos de sudor.

—Juan —lo llamó la mujer.

Se dirigió hacia ellas, retador.

—¿Qué pasa aquí?

—Son... son... de la Policía.

El hombre se relajó y adoptó una actitud más sumisa.

—Vienen por lo de Manu, ¿no?

Lara Samper carraspeó, poco dispuesta a soportar más introducciones. Tampoco fueron necesarias: las condujo, a través de la misma puerta por la que había aparecido, a un cubil acristalado que hacía las veces de despacho. Lo presidía una mesa vieja de fórmica, desordenada, con material de oficina y bandejas de plástico llenas de papeles, recibos y facturas, un teléfono y tres sillas.

Berta todavía recordaba su caótica contabilidad: cajas de cartón rotuladas en el frontal con el mes y el año donde se amontonaban comprobantes amarillos. Recordaba las horas que invirtió (muchas en casa con los niños sentados frente al televisor para que no le molestaran) en revisarlas antes del juicio para buscar algún posible contacto previo entre Manuel Velasco y Noelia.

—Era trabajador como el que más. —Hizo una pausa para coger aliento—. Y *espabilao*, muy *espabilao*, no hacía falta repetirle las cosas dos veces, ¡el jodido las cazaba al vuelo!

—¿Comenzó a trabajar con usted por mediación del padre Miguel?

—Sí, hará tres o cuatro años. Cuando nos contrataron los de los seguros necesitamos más gente para atender las averías y él nos mandó a tres chicos. Los otros dos no acabaron de cuajar aquí, pero Manu, Manu... ¡Qué jodido, ni siquiera tenía el título porque decía que lo de estudiar no iba con él, pero era *espabilao*...!

—¿Velasco tenía algún problema con sus compañeros?

—¿Problemas? ¡Qué iba a tener problemas! A Manu aquí lo queríamos todos.

—¿Había alguien con quien tuviera una relación más estrecha?

—A lo mejor conmigo. —Agachó un poco la cabeza—. Solía llevármelo todas las mañanas cuando salíamos a los avisos de las averías. Era un buen chico.

Berta miró cómo se restregaba las manos sucias y negras con fuerza contra la pernera del pantalón, sobre otras manchas similares y quiso decirle que a los buenos chicos no los asesinan y después les pegan fuego hasta dejarlos irreconocibles. Los buenos chicos ni siquiera conocen al tipo de personas capaces de realizar una acción de ese calibre.

—¿Ha visto alguna vez a este hombre? —Le mostró la fotografía del arquero—. ¿Le suena el nombre de Carlos Peiro?

El hombre negó con la cabeza.

—¿Sabe si Velasco tenía relación con Alfajarín? ¿Fue alguna vez con usted?

—¿A Alfajarín? —Se sorprendió—. No, nosotros no trabajamos la provincia.

—¿Había algo que le preocupara últimamente? ¿Tenía algún enemigo, se sentía amenazado?

Lara Samper repetía las mismas preguntas a cada uno de los testigos. El suyo, a menudo, era un trabajo muy monótono.

—Él solo hablaba del peque. Todo lo que ganaba lo invertía en el coche. El año pasado se le metió en la cabeza que quería ponerle unas bisagras LSD, para abrir las puertas como los Lamborghini, hacia arriba. Son alas, repetía, y movía los brazos arriba y abajo. —El hombre sonreía con ternura al recordarlo—. Intenté convencerlo de que ahorrara para dar la entrada de un piso con la novia, pero no hubo manera.

—¿Le habló alguna vez de Dr. Rai?

Por fin Lara había formulado la pregunta. Desde que el hombre había comenzado a hablar de coches, Berta había advertido la forma en que se curvaban sus labios. Sonreía de lado del mismo modo que un gato contempla un plato de leche.

—¿Creen que ha sido él? —Las manos le temblaron—. ¿Él, él lo ha…?

—¿Lo conoce?

—¿Yo…? No, no lo he visto nunca, pero he oído hablar tanto de él… Hay mucho tiempo para charrar en los avisos.

—¿Qué sabe acerca de Rai?

—Él fue quien lo metió en eso de los coches. Hasta entonces a Manu le gustaba fijarse cuando veíamos alguno; conocía nombres, marcas, accesorios… pero poco más. Sin embargo, en cuanto empezó a ir con el Rai… —Movió la cabeza para censurarlo.

—¿Cómo se conocieron?

—Cuando Manu se compró el Mégane, el Coupé Cabriolet. Le gustaban los coches un poco especiales, no quería conducir lo mismo que cualquier pringado.

El hombre carraspeó y Berta tuvo la certeza de que Velasco lo incluía en la categoría de pringados a quienes evitaba parecerse o así se lo hacía sentir. Después se quedó en silencio y esbozó una mueca de desaliento. Berta la había contemplado con anterioridad en los rostros de los que han perdido a un ser querido y sienten perplejidad ante la certeza de que nunca dejarán de recordar los errores que cometieron con el difunto.

Siempre es demasiado tarde para comprender que es imposible no cometerlos, no decepcionar alguna vez a quienes más amamos; algunos acaban por asumirlo y se perdonan, otros ni en una vida entera lo consiguen.

—¿Rai le vendió el Mégane? —insistió la inspectora.

No le concedería una tregua aunque ella también había advertido esa peculiar mueca. «La sonrisa de la culpabilidad inevitable», la llamaba con ironía. A veces, observándola cuando no se daba cuenta, Berta se preguntaba si Lara sería capaz de sentirla por alguien. Maldita jirafa, pensó con rabia al recordar su desplante.

—No, no. Rai trabajaba en el taller al que lo llevó antes de comprarlo para que le hicieran una revisión. En eso al menos me hizo caso.

—¿Recuerda cómo se llamaba el taller? ¿Su ubicación?

Lara se había calzado las zapatillas de correr y solo aguardaba a que alguien diera el pistoletazo de salida. El hombre negó y a ella los hombros se le hundieron un poco.

—El Rai ese le llenó la cabeza de coches tuneados, de premios, de concentraciones, y el Manu estaba feliz, decía que por fin había encontrado su sitio. A mí me parecía que lo enredaba para sacarle las perras. Su madre, la María Jesús, me pedía que hablara con él, que a mí me escucharía, que yo era el padre que Manu nunca tuvo, pero desde que apareció ese maldito Rai...

A Berta le resultaba doloroso escucharlo, ver su abatimiento, el amor que creía haber malgastado, como si eso fuera posible, como si la otra persona pudiese tirarlo a la basura. No comprendía que el amor no era un fardo que llevar a la espalda, sino más bien un manto que protegía y consolaba cuando era necesario.

—El día que le dije que solo querían sacarle las perras, se enfadó, anduvo de morros una temporada pero, poco a poco, se le pasó. Estaba demasiado entusiasmado con un paragolpes delantero. Y yo fingí ilusionarme también.

De repente enmudeció, igual que si despertara de un sueño y comprendiera que había hablado de más, que había dicho aquello que tanto necesitaba sacarse del pecho, aunque quizá hubiese preferido que se le pudriera dentro, a mostrar su vulnerabilidad.

—¿Qué ocurrió después? —Lara no respetó el doloroso silencio del hombre, el momento que necesitaba para serenarse.

—Me equivoqué, ¿saben?, me equivoqué... El Rai ese no quería engañarle, lo que pasaba es que también estaba enfermo, enganchado, eran, eran... drogadictos.

Por la forma en que pronunció la palabra «drogadictos» a Berta le resultó evidente que el hombre consideraba que era lo peor que podía ocurrirle a una persona. Sonrió ante su ignorancia.

—Empezaron los celos, a competir entre ellos. El Rai trabajaba en un taller y sacaba las piezas más baratas y, además, tenía experiencia; pero Manu era muy *espabilao*, de la piel del diablo, y se las ingeniaba para trapichear en internet.

Imaginó a dos chicos atolondrados y orgullosos, muy orgullosos, con ideas a lo grande, con planes a lo grande, y se preguntó si era esa vanidad el error que Velasco cometió.

—¿Creen que él lo ha matado, que lo ha matado por una mierda de luces de neón?

—¿Usted qué cree que ha ocurrido?

—No sé. La verdad es que no lo sé. Le he dado mil vueltas, no puedo pensar en otra cosa… —Compuso una imagen turbadora con aquella sonrisa de dolor en los labios finos y de un color terroso—. Les juro por Dios que no lo sé.

Hubo un momento de silencio. Ambas comprendieron que era preferible no interrumpirlo.

—Hice todo lo que pude —miró a Lara de repente, desafiándola a contradecirle—. Nadie hubiera podido desvivirse más. Fui, fui el padre que nunca tuvo… lo apoyé, siempre estuve a su lado, incluso cuando lo de la acusación esa, que fui el primero en defenderlo. Siempre a su lado.

Berta se sintió incómoda y cambió de postura. Aquel hombre era de los que no se perdonarían haberle fallado a su muerto en muchos años, y menos si Rai resultaba ser el asesino. Debió ser más obstinado con el chico, aun a riesgo de perderlo, pensó; un padre no se hubiera conformado con el chantaje de una amistad exenta de reproches.

A menudo, para retener a alguien, primero hay que saber dejarlo libre.

Lara

Lunes, 20 de junio

Por la tarde, Millán las requirió de nuevo a su despacho. Lara tuvo una intensa sensación de inminencia, como en uno de esos sueños en que intentaba correr, movía los brazos, levantaba las piernas, se esforzaba, pero no conseguía moverse. Uno de esos sueños que la acorralaban. En los que siempre aparecía Use.

Al entrar le pareció que su despacho olía más poderosamente a Luis que nunca. Después de tantos años, continuaba usando Loewe. Nerviosa, pestañeó varias veces seguidas. Sin permitirse ningún otro signo exterior de zozobra.

El aroma la retrotraía de forma inevitable a aquella tarde. Desde entonces, desde que se liberó de su abrazo, Luis se convirtió para ella en Millán. Luis, como casi todo lo que le importaba, se quedó en Barcelona. También entonces vestía camisas blancas. Recordaba que al soltarse de sus brazos dejó dos manchas negras de rímel en la tela, a la altura del hombro derecho, allí donde había apoyado la cabeza. Después echó a correr mientras él gritaba su nombre.

—Ha llegado una comunicación oficial del juzgado a Jefatura —les explicó Millán—, y desde allí la han remitido a la secretaría de la comisaría.

Hizo una pausa. Al tiempo que Lara se obligaba a regresar al presente, Guallar rellenó el silencio.

—¿Quizá para testificar en algún juicio?

Resultaba lo más evidente porque ese era el procedimiento para notificárselo, sin embargo, a Lara le pareció apreciar un tono socarrón en su pregunta. ¿Qué ocurre?, pensó, ¿qué me estoy perdiendo?

—Me temo que no. —Luis Millán había hecho dos juegos de copias y les tendió uno a cada una—. El sábado Santos Robles presentó una querella en el Juzgado de Instrucción.

¿La querella? ¿Tan pronto? Lara se sintió enojada y decepcionada consigo misma por no haberlo previsto. Miró a la subinspectora, el sonrojo le subía por el cuello hasta el rostro. Pensó que era el acaloro del despecho y se sorprendió porque lo que esperaba era dolor, desaliento, quizá perplejidad.

—El sello electrónico de entrada marca las once y cinco de la mañana. —Les señaló Millán—. Es un cabrón muy listo.

Lara comprendió a lo que se refería: los viernes a partir de las tres de la tarde en la administración solo funcionaban los servicios de guardia, entre los que se encontraba el registro, abierto los sábados por la mañana de nueve a dos. Esa horquilla de horas era la más indicada para sellar la entrada de un documento si se deseaba que pasara desapercibido o que comenzasen a discurrir los plazos.

—Leedla despacio.

Unos minutos más tarde abandonaron el despacho de Millán.

Lara observó a Berta. El labio inferior le temblaba y se lo mordió para sujetarlo. Contempló su terrible desamparo. Pensó que podía desarmarse en cualquier momento como una estructura metálica sobre una pelota.

Durante un instante dudó en apoyar una mano en su hombro. No lo hizo. Madurar es aprender de los errores. Seis años atrás prometió no implicarse emocionalmente con otra persona.

—Vete a casa. Es suficiente por hoy —le ordenó.

Su voz sonó más airada de lo que pretendía, pero ya no tenía remedio.

Cerró la puerta del despacho y permaneció debatiéndose un buen rato. Se fumó dos cigarrillos seguidos en la ventana. Apoyó la frente en la mesa unos minutos. Finalmente, y aunque se había prometido no hacerlo, marcó el número.

—No es tan sencillo —le respondió Ana Castelar con voz hastiada.

Lara inspiró. Le resultaba evidente que se divertía a su costa. Aguantó el impulso de colgar. Volvió a inspirar.

—¿No puedes adelantarme nada?

—El que borró el disco duro no se limitó a un simple formateo. Usó Eraser, una herramienta bastante popular que, además de eliminar archivos o carpetas, se encarga de sobrescribir los sectores del disco duro donde se almacenaban. Por suerte no dispuso del tiempo suficiente y han quedado algunos sin sobrescribir.

—¿A qué te refieres con que no dispuso del tiempo suficiente?

—Es un proceso que tarda horas. Supongo que por algún motivo tuvo que interrumpirlo.

—¿Vais a poder recuperarlos?

—Aún no lo sé.

—De acuerdo, infórmame en cuanto sepas algo.

—A tus órdenes, princesa.

Lara estaba demasiado preocupada por la querella y no le concedió importancia a lo que acababa de escuchar.

Por ese motivo no le formuló una pregunta crucial: la fecha y la hora en que se produjo el formateo.

Berta

Lunes, 20 de junio

Cenaban en la cocina con el televisor encendido. Berta no podía tragar nada sólido. Aun así, se obligó a masticar un poco de tortilla.

La impasibilidad de la voz de Luis Millán, que contrastaba con la gravedad de sus palabras, ni siquiera la había sorprendido. Ella se mantuvo firme en su posición de guardar silencio, aunque estuvo perversamente tentada de confesar que lo sabía desde el sábado. Le hubiera gustado ver sus caras al espetarles que lo había leído en el blog de Santos Robles. Que sus secretos y maquinaciones estaban al alcance de cualquiera con conexión a internet. Que los tontos eran ellos.

Loren dejó de mirar la pantalla durante los anuncios y reparó en Berta, visiblemente pálida, que movía el tenedor por el plato.

—¿Qué te pasa?

Berta se concentraba en hacer memoria. ¿Solo hay dos compañeros a los que les han puesto una querella? Ortega y aquel otro de homicidios, ¿cómo se llamaba? Da igual. Dos, pensó. Y en ambas ocasiones, ella, en su fuero interno, había creído que lo merecían. ¿También pensarán eso de mí ahora?, se preguntó.

—¿Me escuchas?

—¿Eh?

—Que qué te pasa. —Loren se impacientó.

Ella se encogió de hombros.

—Venga. Suéltalo.

—Cosas del trabajo... —Se le quebró un poco la voz y acabó la frase en un murmullo apenas audible. Detestaba que la voz le fallara.

—No te das cuenta, pero llevas unos días muy alterada, chillas por todo... Dilo de una vez —exigió con brusquedad.

Berta apretó los puños por debajo de la mesa. De pronto el esfuerzo que desde la reunión con Millán hacía para aguantar las lágrimas fue demasiado y se rindió.

—¿Estás llorando? —Loren se alarmó porque Berta detestaba llorar.

—No —contestó entre hipidos.

Su marido se acercó y le acarició la cabeza con ternura. Ese gesto fue suficiente. Berta se cobijó entre sus brazos como tantas veces en el pasado.

—Venga, tranquila —le dijo mientras la mecía y le daba besos.

Paulatinamente sus músculos perdieron la tensión, su garganta dejó de ser un conducto bloqueado, el nudo que constreñía su estómago se aflojó.

—¿Qué ocurre? —le preguntó muy preocupado.

Berta comenzó a hablar, sin saber cómo hacérselo entender.

—Un tío, un cabrón pederasta me ha puesto una querella.

—¿Una querella?

Berta arrancó un trozo del rollo de papel de cocina y se secó las lágrimas.

—Cualquiera puede interponer una querella en un juzgado... Se solicitan diligencias, puede haber careos, interrogatorios, revisión de expedientes o grabaciones...

—¿Alguien cree que tú —recalcó la palabra— has cometido un delito? ¿Qué delito?

Las lágrimas y la ansiedad hacían que la cefalea la cercara. Sentía el fluir atropellado de la sangre en el cerebro. Para no alarmarlo más, trató de sonreír.

Durante la siguiente media hora le explicó lo que se le pudría dentro. El estrés al que estaba sometida. Santos Robles. Su obsesión con el blog. El injusto sobreseimiento. Los correos que enviaba a Informática Forense. La grabación. Dani.

—Tiene doce años. ¡Doce! Como Martín... Podría haber sido Martín.

Loren había permanecido en silencio.

—¿Y qué va a pasar ahora? —le preguntó.

—Depende del juez de instrucción. Primero tiene que admitirla a trámite, lo que supone reconocer los hechos en que se funda: que la detención no cumplió la legalidad, que vulneré sus derechos, que existió maltrato físico... Y que todo ello constituye delito.

Loren asintió.

—Si lo hace, ordenará las diligencias oportunas y, si se comprueba que es cierto, entonces... —Berta recordó las palabras de Lara—, encontremos lo que encontremos en el móvil o en el ordenador, las pruebas carecerían de validez, por lo que...

—Me refería a qué puede pasar contigo, con nosotros —la interrumpió Loren—, no con tu caso.

De pronto su marido le pareció malhumorado. Se fijó en el ceño fruncido, en la forma en que se daba pequeños tironcitos del lóbulo de la oreja. ¿Malhumorado? ¿Por qué? ¿Va a empezar otra vez con que me complico la vida? ¿Con la maldita conciliación?

A Berta la corona de dolor se le ceñía con más fuerza a la cabeza y se masajeó la frente. Hasta ese momento había preferido no enfrentarse a cómo le afectaría la querella si Santos Robles ganaba.

—¿Una multa? —preguntó él al ver que no contestaba.

¿El dinero? ¿Eso es lo que más le importa?, pensó. No eran las palabras que esperaba escuchar, el apoyo incondicional que necesitaba.

—Si me condenan, podría terminar en la cárcel o ser expulsada de la Policía.

Le pareció que Loren la miraba con un relumbre especulativo en los ojos.

—Enséñame el blog —le pidió.

A ella le sonó a exigencia. Aun así, como no deseaba que se desencadenara una discusión —otra más—, fue a buscar el portátil.

—¿Este es el pederasta? —preguntó, incrédulo, al ver el rostro de Robles.

De pronto a Berta todo le pareció tan previsible, tan tópico que se arrepintió de habérselo contando. ¿Qué esperabas?, se riñó. ¿Qué esperabas?

Loren empezó a consultar las distintas entradas, los comentarios. Ella se sentía como un reo que aguarda la sentencia. Se levantó para recoger la mesa. Su marido se había detenido en la querella. Berta se sonrojó mientras él recorría con el cursor aquellas acusaciones que tanto la avergonzaban.

—Voy a ver a los niños —dijo buscando una excusa para huir.

Al regresar, Loren levantó la cabeza. Berta vio la forma en que se tocaba el lóbulo y sintió quebrarse sus más mínimas esperanzas. Que no lo diga, por favor, pensó, que no lo diga.

La cabeza le estallaba, la banda de dolor apretaba y apretaba mientras escuchaba:

—¿Es cierto, Berta? ¿Le hiciste esto? ¿Tuvieron que sacarlo en ambulancia y llevarlo a urgencias?

Eme

Jueves, 19 de enero de 2013

El chico cargaba con la pesada bolsa de herramientas de la que sobresalía una llave inglesa y un par de tubos de cobre y de PVC. Lo imprescindible.

Hemos aparcado en el culo, pensó. Si no deja bien la furgoneta, se caga vivo. Pensó en la sonrisa torcida, casi avergonzada, de su jefe. Yo no seré así. No soy ni como él ni como Sapo, que se morirá al volante del jodido camión. Yo tengo planes.

Su jefe, con los ojos achinados por el sol, le explicaba algo que al chico no le importaba en absoluto.

El chico pensó en la Yoli, que la noche anterior se rayó un montón con lo de la Vane. Lo que faltaba, hacer yo lo que le salga a ella del coño, pensó.

—¿Qué mierda es esa de la Vane?

—He visto cómo la mirabas.

—¿Pero eres tonta o qué?

—Que te he visto.

—Sí, que se me olvida que eres tonta.

Que sí, que claro que la miré. Cómo no voy a mirarla con ese pedazo de tetas. Que la Yoli es un pibonazo, pero de tetas...

La Yoli siguió quejándose y él la agarró fuerte del brazo, tan inesperadamente que la pilló por sorpresa.

—¡Calla ya! Y mírame cuando te hablo.

Ella obedeció porque ya había aprendido a evitar esas situaciones que lo alteraban. A no provocarlo. Porque es un buen tío, y me quiere, pensó la chica, y eso es lo importante. Tampoco es para tanto si alguna vez se le va un poco la olla. Total, enseguida se le pasa y se arrepiente mazo.

—A la mínima gilipollez te jodo la vida. Es que eres idiota.

Cada vez que la llamaba idiota, subnormal o gilipollas, ella pensaba que él lo era más. Si él supiera lo que hace esta idiota...

Y no, no la tienes ni más grande, ni más gorda que el Rai, ni follas mejor, pensó.

Pasa de él, le dice a menudo su hermana. Pero no puede. Jo, es que estoy superpillada, le responde.

Acababan de entrar en el portal cuando se abrió la puerta del ascensor. Salió una mujer acompañada de una chica.

—Vamos, Noe, cariño —dijo la mujer dándole la mano.

Al verlos los saludó de forma mecánica.

—Buenos días.

—Buenos días —respondió su jefe.

Él cató con la vista a la chica. El pelo sucio recogido en una coleta tirante, las gafas de sol cubriéndole parte del rostro, la barbilla y las mejillas con acné, flacucha y vestida con un chándal sin forma... Le puso un dos. Puá, pensó, por mucho que el Isra se flipe y diga que las feas son mejores para follar, yo a esta no la tocaba ni con un palo.

Pero, como estaba de buen humor, decidió alegrarle el día a la fea. Le sujetó la puerta para que pasara.

—Las damas primero...

Le guiñó un ojo, pícaro. Pero ella no se percató. La chica miraba su oreja. No, no su oreja. Me está mirando el tatu, pensó el chico. Mola. Mola mucho. Se volvió un poco para que

*pudiera contemplarlo mejor. Fue un diseño de la Yoli, un boce-
to que le pidieron en una clase de maquillaje de la academia.
Algo único creado para él. Su letra, la eme, en mayúscula y un
trazo en forma de semicírculo uniendo el asta vertical derecha
con la izquierda; el semicírculo sombreado en negro y cinco
líneas rectas paralelas de distintas longitudes atravesándolo
por delante y por detrás.*

*La chica no podía apartar los ojos del tatuaje mientras la
aprensión y el miedo ascendían por su cuerpo en oleadas.*

Berta

Martes, 21 de junio

Aquella mañana se despertó pronto pero no pudo reunir fuerzas para salir a correr.

Su cansancio, más que a la actividad física, se debía a la frustración y a la ira. ¿Cómo puede pensar Loren que yo maltrataría a alguien, que torturaría a un ser humano? ¿Tan poco me conoce mi propio marido?

En cambio, Loren mantenía imperturbable su ronquido. Similar al de la noche anterior y al de la noche que vendría. Se fijó en sus rodillas nudosas y rosadas, en los pelos rubios y rizados que se enroscaban como colas de cerdos. Pensó en el chico del que se enamoró. Pensó de cuántas formas diferentes la había decepcionado a lo largo del tiempo; de cuántas lo habría decepcionado ella.

Berta estaba dispuesta a demostrar a su marido y al mundo entero que Santos Robles era un maldito farsante, pero sentía que algo se le escapaba, que no daba lo mejor de sí misma. Los correos no disminuían su impotencia ni resultaban efectivos. ¿Qué más puedo hacer?

El ronquido la irritaba más y más. Las ganas de propinarle una patada aumentaban. Prefirió levantarse.

Se tomó un Diazepam con el café y se sentó a la mesa naranja de la cocina, al lado de la ventana abierta de par en par, a repasar por enésima vez la declaración de Dani. ¿Qué se me escapa? ¿Qué?

Intentó aliviar el dolor de cabeza con un masaje. Había prescindido de la árnica porque era un engorro y había regresado a los ejercicios que aprendió de su fisioterapeuta. Esto se ha convertido en una costumbre, pensó abatida.

Costumbre. Entonces lo supo. Costumbre.

¿Cómo no me he dado cuenta antes? El escenario preparado. El soporte para el móvil. Sin emplear la fuerza física. El engaño, las amenazas, la grabación para coaccionar al niño y mantener su silencio. Las instrucciones precisas. Las palabras justas. Elegir al niño correcto. Todo entrañaba premeditación. Un plan así no salía bien en el primer intento, se elaboraba con otras víctimas previas con las que se pulían los fallos: niños que se escapan, que echan a correr, que se defienden, que se niegan, a los que no se intimida lo suficiente o a los que se intimida demasiado… ¿Era la primera vez que lo hacía? ¿Dani era su primera víctima? ¡Pues claro que no!

Joder, ¡voy a pillarlo! ¡Voy a pillar a este malnacido!

Hacía mucho tiempo que no se sentía tan exultante.

Soy la puta ama.

Lara

Martes, 21 de junio

La propia Lara sabía que trabajar con ella no era ningún regalo. Resultaba evidente que entre sus virtudes no estaba la paciencia, especialmente cuando en una investigación olisqueaba el rastro de la sangre. No esperaría a obtener la totalidad de los correos para interrogar a Vendetta. No podía permanecer quieta, estancada.

Sin embargo, decidida a ser prudente, informó a Millán. Era su superior y estaba en lo cierto al advertirles de la sensibilidad social que podía suscitar el tema en los medios de comunicación.

Decidió intimidar a Jorge Abad para romper de forma consciente el «efecto espejo». Así comprendería que la relación entre ambos no era de iguales. Envió a dos agentes uniformados a buscarlo a su casa.

Ser arrestado en público y llevado a comisaría causaba altos niveles de ansiedad, fuera uno culpable o inocente. La incertidumbre, el miedo a lo que pudiera ocurrir, a las consecuencias del delito, a los errores de la justicia. Lara conocía bien las falacias lógicas para inducir conclusiones. Las había provocado muchas veces en los interrogados.

Al entrar en la sala, Lara compuso una mueca de infinita contrariedad que hizo replegar a Jorge aún más en su silla. Ella permanecía de pie, alta, soberana.

—¿Sabes por qué te encuentras aquí? —Tamborileó con los dedos en la mesa para demostrar su impaciencia.

El chico encogió sus hombros huesudos.

—¿No lo sabes?

Hizo un gesto a Berta para que le tendiera los folios y leyó con voz firme: «Cabrón, vas a pagar caro lo que le has hecho a esa chica». «Te voy a matar si no te declaras culpable en el juicio.» «Voy a hacerle lo mismo a tu novia.»

A Jorge el gesto se le crispó al escuchar los correos que él mismo había escrito. Leídos en voz alta cobraban un nuevo matiz más amenazador. Lara observó consternación y vergüenza en su rostro. Seguramente, pensó, acaba de comprender que todos lo sabrían y no querría darle otro disgusto más a su madre.

—¿Te suenan de algo?

Volvió a encogerse de hombros, sin atreverse a levantar la cabeza.

—Hay cámaras en la biblioteca María Moliner.

Jorge Abad mantenía las manos unidas y escondidas entre las piernas, pero Lara advirtió satisfecha que le temblaban. Sin darle tiempo a reflexionar, abrió el portátil, presionó el ENTER y desplegó un archivo ante sus ojos. Allí estaba él. Cruzaba la puerta, se sentaba ante el ordenador y tecleaba.

—La grabación corresponde al 9 de febrero, a las trece y dieciocho horas. Ese mismo día, a las trece y veinte, una persona abrió una cuenta nueva en Gmail y la inauguró con un email a Manuel Velasco: «Sé quién eres, cabrón. Sé lo que le hiciste a esa chica y vas a pagar por ello. Te lo juro. Seré tu sombra. Te vigilo. No estarás a salvo en ninguna parte».

Jorge Abad tenía la boca reseca y la frente brillante de sudor. Lara continuó implacable:

—El 9 de febrero fue solo una semana después de que informaran a tu familia del nombre del supuesto agresor: Manuel Velasco. Una semana. ¿Tanto te costó localizarlo o fue el tiempo que tardaste en decidirte a amenazarlo de una forma tan cobarde? ¿Qué ocurrió? ¿Te faltó valor para enfrentarse a él directamente?

El chico tembló. Vio el miedo en sus ojos. El mismo que había observado en las pupilas de decenas de acusados, sobre todo en Barcelona, donde esa era la consigna.

Jorge separó las manos y se pasó los dedos por el pelo.

—¿Fue eso? ¿Cobardía?

Insistir era la única forma de que reaccionara. Su actitud era la de una persona que sabía que había sido descubierta.

Jorge dijo algo en un murmullo indescifrable.

Lara rio. Le tenía a su completa merced.

—¿Ni ahora tienes el valor de reconocerlo? Las evidencias contra ti son sólidas.

—Yo...

—Yo, ¿qué?

Queda poco, pensó Lara al ver cómo agachaba la cabeza y se mordía el labio. Los tipos así no suelen resistirse.

—Ni entonces tuviste los huevos de ir de frente con Velasco ni ahora de reconocerlo. Yo, yo, yo, ¡crece de una vez!

—Sí, sí. ¡Se los mandé! —dijo por fin de un tirón y la miró por primera vez a los ojos—. Y no me arrepiento.

Lara se fijó en sus corvas, tensadas como las de un joven gallo.

—¿Por qué lo hiciste?

Se sentó en la silla. Ahora estaban frente a frente. Deseaba que creyera que era posible establecer un mínimo de empatía.

—¿Por qué? No sé...

Les lanzó una mirada de reproche y desprecio. Como si fueran ellas las que debieran avergonzarse de su comportamiento.

Lara comprendió que había confesado porque no tenía conciencia de haber actuado indebidamente. Al contrario, él, al igual que Berta y muchos otros, consideraba que Velasco estaba mejor muerto.

—Quizá porque ese cabrón violó a mi hermana y nos destrozó la vida —dijo elevando el tono de voz para subrayar su indignación. Pero sonó malhumorado—. A lo mejor fue por esa tontería.

—¿Qué esperabas conseguir con esos mensajes? —preguntó Lara con amabilidad.

Jorge agachó la cabeza y se encogió de hombros.

Lara intuyó que Jorge no había querido asustar a Velasco, algo que resultaba tan absurdo como espantar a un león hambriento lanzándole margaritas. Los había escrito para sí mismo, como válvula de escape. Esos mensajes eran gritos de impotencia, una debilidad que no se permitía mostrar en su casa.

Durante un instante sintió lástima por él. Se esforzó en contrarrestar ese sentimiento, debía evitar la transferencia; era habitual que se reactivaran en el interrogador antiguos afectos, expectativas o deseos.

El móvil de la subinspectora Guallar vibró y la distrajo. La miró enojada, era la tercera vez en pocos minutos.

—¿Qué sucedió cuando comprobaste que los correos eran inútiles, que Velasco no se asustaba? ¿Fue entonces cuando lo asesinaste?

—¿Asesinarlo? —dijo Jorge. La sorpresa le hizo incorporarse—. ¿Creen que yo lo maté?

—Has reconocido que le mandaste los emails.

—Eso es distinto. Lo hice, pero...

Intentó encontrar en su angustiado cerebro alguna respuesta que disociara ambas acciones. No encontró ninguna y optó por el ataque. El ataque es una buena defensa para los idiotas, pensó Lara.

—Y aunque se los mandara, ¿qué pasa? ¿Acaso es delito?

Los hombros de la inspectora se tensaron. El interrogatorio retrocedía. Había fracasado al inculcarle el sentimiento de culpa. La culpa era la causa fundamental de las confesiones aunque, también, de las falsas confesiones.

—Sé que no pueden trincarme por eso. Lo busqué en internet.

Lara contuvo un suspiro de contrariedad.

—No te detendremos por enviar unos correos, aunque…

La frase quedó en suspenso mientras abría las carpetas apiladas sobre la mesa. En todas figuraba escrito con grandes letras negras Jorge Abad Sánchez. El chico se echó hacia atrás en la silla angustiado por la cantidad de papeleo que existía sobre él.

—Aquí está.

Dejó transcurrir unos minutos mientras leía.

—Según tu declaración, la noche del jueves 9 de junio entraste a trabajar a las veintidós horas…

—Sí…

—… y no saliste hasta las ocho del viernes 10.

—Sí, sí…

Lara no permitiría que Jorge utilizara de nuevo la proyección para atribuir la culpa del delito a la víctima.

—Aquí está el problema.

Jorge reaccionó como ella esperaba: se tensó al escuchar la palabra «problema».

—¿Qué problema?

—Quiero terminar con esto de una vez. —Cerró la carpeta y colocó las manos con las palmas extendidas encima—. Quiero ayudarte. Cualquiera comprende los motivos por los que redactaste esos emails. El problema es que careces de coartada para la noche del crimen.

—¡Estaba trabajando!

—Ya. Pero no hay nadie que atestigüe que permaneciste en el recinto de la obra todo el tiempo.

Al oír la acusación el rostro de Jorge se enturbió todavía más. Y, de repente, comenzó a llorar ruidosamente, como un niño que se cae de una bicicleta. Agachó la cabeza y la apoyó entre los brazos.

Lara lo miró triunfante. Era evidente que el interrogatorio había concluido.

—Puedes irte —le dijo.

El miedo le ha impedido percatarse de que tampoco existe nadie que atestigüe haberlo visto fuera, pensó Lara. Lo que no sabía era que el jueves Jorge sí salió. Como casi todas las noches una hora después de fichar, cogió la moto y se dirigió al bar de Matías.

Berta

Martes, 21 de junio

A Berta el interrogatorio le había parecido eterno. Alterada por las llamadas de Patricia, soportando las miradas recriminatorias de Lara, temiendo la culpabilidad del chico y ansiosa por comenzar a repasar antiguas denuncias para rastrear a Santos Robles, no había podido concentrarse lo suficiente.

Aquella mañana, al llegar a la comisaría, se había dirigido al Grupo de Menores. Ahí había entendido la magnitud de su propósito: solo escuchar las grabaciones le llevaría cientos de horas. Por férrea que fuera su determinación, no sería suficiente. O tenía un gran golpe de suerte o sin ayuda no lo lograría.

—Oculta algo —afirmó Lara tajante cuando Jorge Abad salió de la sala.

Observó su aspecto sinuoso aunque ascético. Vestía con una camiseta un poco ceñida —bajo la que se advertían unos hombros quizá demasiado anchos— y un pantalón negro vaporoso. Lucía la abundante melena rubia lisa y brillante y los labios mullidos con un toque burdeos. Se reafirmó en el convencimiento de que ese orden exterior respondía a un deseo de ocultar un desorden interior. Berta estaba resentida con ella por su condescendencia, por la forma de colocarse al margen de la querella de Santos Robles. Lara solo aludía a él para inquirir una y otra vez si le habían contestado desde Madrid los de Informática Forense y sermonearla con que insistiera.

No confía en mí, pensó Berta, soy una niña que tiene que llevar de la mano. Si me tratara con respeto, le pediría ayuda con las denuncias. Sus conocimientos de psicología, su perspicacia, seguro que me serían útiles.

Sin embargo, debía ocultárselo. No soportaría más desplantes ni sermones.

—Sencillamente ha cometido un error —dijo defendiendo a Jorge.

Lara Samper la miró con desapego, solía advertirle de que se despojara de esa visión idealista, aunque Berta lo hacía solo por llevarle la contraria. ¿O también porque creía haber visto cierto remordimiento en el chico?

Cada uno recurre a lo que puede para afrontar los reveses de la vida. Recordó los musicales del padre de Lara. No eran ni mejores ni peores que esos correos electrónicos.

El móvil vibró de nuevo. Samper la interrogó con el rostro y ella le mostró la pantalla. Imaginó la perplejidad de Patricia ante la detención de su hijo, que seguramente habría dado paso al nerviosismo y la angustia.

Descolgó y se apartó de su jefa.

Solo quería tranquilizar a Patricia. Le informó de que su hijo no estaba detenido y de que ya había salido de comisaría. Le explicó que no debía llamarla porque ella no le proporcionaría ningún dato de la investigación, le aconsejó que hablara con Jorge sobre el interrogatorio.

La vulnerabilidad de Patricia le recordó la suya propia y colgó apresuradamente. Deseaba leer las denuncias del Grupo de Menores. Al pasar por delante de la mesa del subinspector Enrique Medrano lo vio enfrascado estudiando los correos. Recordó la sincera preocupación que había demostrado por ella. ¿Y si?

—¿Te apetece un café? —le preguntó a bocajarro.

Una vez acomodados en un bar cercano, Enrique dijo:

—Nunca creí que Papá Noel tuviera el valor de constituirse en parte acusadora en un proceso penal...

Berta movió la cabeza de izquierda a derecha para dar a entender que eso carecía de importancia en ese momento. Sentía una fuerza imparable y un claro objetivo sobre el que dirigirla. Yo no soy Patricia, pensó. No me quedaré en un rincón a esperar a ver cómo se desarrollan los acontecimientos. Soy una policía experimentada, competente y tenaz. La puta ama.

Interrumpió a Medrano y le expuso su teoría de que Santos Robles debía haber ensayado su método con otros niños para pulir errores.

—¿Estoy loca o tú también lo ves? —le preguntó, preocupada—. ¿No crees que existirán denuncias previas que sigan ese patrón?

—Es una posibilidad...

—Empezaré por las de los últimos seis meses y de ahí retrocederé en el tiempo.

Por primera vez en varias semanas, Enrique Medrano advirtió en ella algo que no era tristeza e impotencia. La posibilidad era remota y Berta necesitaba su apoyo.

—¿Puedo echarte una mano con algo? —se ofreció.

Ella sonrió. Por fin un poco de ayuda desinteresada; por fin alguien que no la veía como un problema. El ofrecimiento de Enrique le hizo ganar fuerza y determinación en su objetivo.

El subinspector apuntó la posibilidad de que encontrar algo sería difícil. Los niños que se escapan, que solo se llevan un susto, los que tropiezan con un exhibicionista sin mayores problemas, no ponen denuncias. Muy angustiados tienen que estar, muy grave ha tenido que ser el acoso, para que se lo cuenten a un adulto. Y a veces ni con esas.

Por otra parte, era evidente dónde podía haber estudiado Santos Robles un método de coacción y abuso con todo lujo de detalles sin necesidad de ensayos previos: internet. La gran maquinaria de información, el enorme monstruo que había ayudado a la expansión de la pornografía infantil extendiendo imparable sus tentáculos sin importar las fronteras. Las páginas de pederastia y pornografía contaminaban la red como un veneno sin antídoto.

Ella misma se hubiera percatado de ello si no estuviera tan obsesionada. Si la angustia y el miedo le permitieran tomar distancia.

Lara

Martes, 21 de junio

Lara marcó el número de Héctor Chueca.

—¿Ya tienes los resultados?

Escuchó la respuesta en silencio durante unos minutos.

—Yo había llegado a la misma conclusión, era la única forma... ¿Es posible averiguar qué procedimiento utilizaron para administrárselas?... Evidentemente...

Colgó y frunció los labios en un gesto de fastidio.

Su mesa estaba llena de papeles, tantos que casi no quedaba ni un resquicio de la madera pulida. Cogió el listado de llamadas del móvil de Velasco y se lo tendió a Berta.

La notaba distraída desde que había vuelto de tomarse el café con Enrique Medrano. Aunque confiaba en su profesionalidad, prefería obviar el hecho de que había respondido a la llamada de la madre de un sospechoso. ¿Qué le pasaba? El asunto del blog y la querella estaban trastornándola demasiado. Aunque comprendía su actitud. Después de todo, también ella estaba demasiado sensibilizada y se tensaba cada vez que sonaba el teléfono por si era Ana Castelar quien llamaba.

La subinspectora fue directa al final del listado. La última llamada que hizo fue a Kike ese jueves a las once de la noche; el último whatsapp, ese mismo día a las once y dieciocho a Yolanda. No servía. Empezó por el principio de la lista. Lara había utilizado diferentes colores para subrayar los números de los interlocutores más comunes: el rotulador amarillo correspondía a Yolanda; el verde, a Kike; el azul, a otro amigo llamado Isra. Esos tres colores abarcaban el noventa por ciento de las anotaciones. Se centró en las llamadas de la última semana. El miércoles y el jueves habló en repetidas ocasiones con Kike e Isra. Había cuatro llamadas a un mismo número no subrayado.

—Es del taller al que llevó el coche —le aclaró Lara. Las últimas llamadas no recibieron respuesta, ya que se quedó sin batería en el bar, alrededor de las doce.

Berta asintió.

—Más cosas. Chueca ha remitido el informe final de la autopsia. En los análisis toxicológicos se han encontrado restos de Orfidal y Clonazepam en altas cantidades. Son benzodiacepinas, drogas depresoras del sistema nervioso central. Se recetan para calmar la ansiedad o inducir el sueño.

Lara cogió un folio en blanco y escribió con mayúsculas: «Causas por las que le administraron fármacos». Lo subrayó con un rotulador verde.

—Chueca ha sido tajante al indicar que no podremos saber cómo se las administraron o si las tomó él mismo debido a las malas condiciones del cadáver.

Se quedaron en silencio.

—¿Crees que se las administraron en contra de su voluntad, que lo drogaron para montarlo en el coche sin ofrecer resistencia? —aventuró Guallar.

—Es una posibilidad, aunque resulta menos engorroso un golpe con cualquier objeto contundente o amenazarlo con un arma. Además, el efecto de las benzo no es inmediato, hasta el cloroformo hubiera sido mejor opción.

Resopló decepcionada. De repente, se le ocurrió otro uso:

—¿Y si lo narcotizaron para torturarlo? Cualquier corte o

magulladura desaparecería en el fuego. De hecho ese es un excelente motivo para quemar el cadáver.

Esa posibilidad aumentaba el dolo, la intencionalidad de dañar.

—Hay otra posibilidad —dijo la subinspectora—. Una que descartamos, pero que ahora, ante la reacción de Carlos Peiro al ver la fotografía de Velasco… Puede que lo narcotizaran para que permaneciera inconsciente y Peiro lo matara con las flechas, sin que cayera la sospecha sobre él.

Lara chasqueó los dedos.

—Un momento.

Buscó en el ordenador el informe de la autopsia. Se habían encontrado varios objetos fundidos con los restos del cuerpo: una hebilla de cinturón, los pasadores de los cordones de las botas… y, ahí estaba, un trozo de aluminio pegado a la clavícula izquierda.

—¿Puede ser relevante?

—¿Aluminio? ¿De qué material son las puntas de las agujas hipodérmicas?

Lara tecleó en el ordenador.

—De aluminio —le confirmó—, sin embargo, el aluminio tiene un montón de usos.

—También podía ser consumidor habitual de esos fármacos.

—Hay mil cosas mejor para colocarse: cocaína, drogas sintéticas, éxtasis, ketamina, GHB.

—Yo soy más de Toseína, Apiretal, Dalsy, los que me receta la pediatra —bromeó Berta—. A veces, cuando nos quedamos sin ibuprofenos, Loren y yo nos metemos un par de chutes del botiquín de los niños.

A Lara se le ensombreció el rostro.

—¿He dicho algo malo? —preguntó Berta.

—Al contrario. Si tomaba benzo en vez de drogas sintéticas para colocarse sería porque las tenía más a mano, como hacéis tu marido y tú. A muchas personas les recetan benzo para dormir, pudo robárselas a su madre. Eso explicaría las altas dosis encontradas en el cadáver: el organismo desarrolla tolerancia a las benzo y una alta dependencia física y psicológica. No recuerdo con exactitud...

Volvió sobre el teclado.

—Sí. Los efectos del consumo prolongado son somnolencia, falta de motivación, pérdida de memoria, ansiedad, irritabilidad, distorsión del sueño y problemas sexuales, entre otros. Lo que nos describió el fontanero encaja con la ansiedad e irritabilidad. Por otra parte no dormiría mucho si, al llegar a casa, se encerraba con el ordenador hasta la madrugada.

—Recapitulemos. Hay dos posibilidades: o las tomó él por propia voluntad o fue drogado mediante un procedimiento que ignoramos. Si las tomaba él, estamos en un punto muerto —reconoció.

Lo apuntó en su esquema.

—Si fue drogado, los que lo hicieron, tuvieron que actuar después de que su víctima abandonara el bar. ¿Puede ser que alguien se le acercara por la espalda con una jeringuilla?

Lara observó que Berta fruncía un poco el ceño.

—Tal vez si era alguien conocido y Velasco se confió el tiempo suficiente... Hizo el gesto de clavarse una uña en el brazo y bajar rápidamente un émbolo imaginario—. No se tardaría más de cuatro o cinco segundos.

—¿Alguien conocido como Rai? —aventuró Berta, escéptica.

—Ya, no termina de ser convincente. Está bien, aparquemos de momento el tema de las benzo, aunque...

Suspiró. Algo no estaba en su sitio.

—¿Qué ocurre? ¿Tu instinto policial te dice que las drogas son relevantes?

—Vamos a ver al peque —decidió Lara.

Algo no terminaba de encajar.

Berta

Martes, 21 de junio

En el coche, Berta ni siquiera prestaba atención a la música, a pesar de que sonaba «Hero», la canción de Family of the Year que tanto le gustaba. Las benzodiacepinas y el instinto policial de su jefa se inmiscuían en sus pensamientos.

La capacidad de los seres humanos, fueran policías o azafatas de congreso, para diferenciar entre verdades y mentiras era como jugar a cara o cruz: cincuenta por ciento. Sin embargo, a algunos de los profesionales al servicio de la ley les gustaba pensar que estaban dotados de un sexto sentido. Una especie de lucecita que se encendía cuando una pieza no encajaba en el puzle de su investigación.

Según su opinión, lo que diferenciaba a su jefa de los demás no era un avezado instinto policial, sino su propensión a desconfiar siempre del género humano: invariablemente, la inspectora Samper advertía mentiras agazapadas en todas partes. Como con Jorge Abad. Como ahora con las benzodiacepinas. Aunque, extrañamente, no con Peiro.

Al entrar en el taller reconocieron enseguida el peque. Un chico se acercó.

—Está muy guapo, ¿eh? —Le pasó la mano por el capó

igual que si fuera un animal vivo—. Menuda pasada. Si tuviera pasta...

El coche era precioso y la pintura naranja resplandecía como si le sacaran brillo con una gamuza cada media hora. A Berta le aturdió la intensa mezcla de olores del taller: neumático, goma, aceite recalentado, pintura. El calor resultaba insoportable.

—¿Eres el encargado? —preguntó Lara Samper.

El chico no respondió, se limitó a señalar a un hombre que venía en su dirección.

—¿Os mola el Mégane? —les preguntó suspicaz.

No debemos de encajar con el tipo de comprador, pensó Berta.

Samper le enseñó la placa, Berta sacó un abanico.

—¿Quién lo ha puesto a la venta?

—Llamó una tía, dijo que era la hermana de su dueño, Eme. —Sobre la peluda piel del torso, húmeda y pegajosa por el sudor, el hombre llevaba un cordón con un símbolo celta.

—¿Cuándo lo trajo Velasco?

—Un jueves. Lo necesitaba cagando hostias para el viernes a última hora y tuve que dejar otros trabajos para tenerlo a punto.

—¿No te extrañó que no viniera a buscarlo?

—Me mosqueé mazo. El viernes estuve esperándolo mogollón y después le pegué un toque al móvil, pero estaba apagado. Supe que algo pasaba. Ya sabes: piensa mal y acertarás.

—¿Desde entonces ha estado aquí el coche?

—No se ha movido desde que Eme lo dejó —dijo retador—. Aquí solo curramos tres personas: Abraham —señaló al chico—, Suárez y yo. Suárez es un friqui informático que se encarga de poner al día mi web y de hacer fotos y vídeos de los encargos.

Aunque prefería continuar abanicándose, Berta apuntó en la libreta los dos nombres.

—¿Conoces a Rai, al Doctor Rai?

—¿Al Doctor Rai?, joder. Sus preparaciones de motor y sus suspensiones neumáticas quitan el hipo, lo suyo es cirugía neumática. Aunque él se dedica al *tuning* muy extremo.

—¿Dónde podemos localizarlo? ¿Dónde está su taller?

Notó el estremecimiento de Lara al preguntar. Su cara larga y pálida estaba seria. Movió las manos para dar más énfasis a las preguntas. Berta bebió un sorbo del botellín que llevaba en la mochila, respiró por la boca para escapar de la peste del taller.

—¡Claro que lo sé! Está en Terrassa, en Barcelona.

—No, no, yo digo el Doctor Rai de aquí, de Zaragoza.

—¿Aquí? ¿Otro Doctor Rai? ¿Hay otro papa de Roma?

—Bueno… —dijo Abraham—, hay un tal Rai, al que sus amigos llaman Doctor Rai por el Doctor Rai.

El chico no es un prodigio del lenguaje, pensó Berta.

—¿Cómo lo localizamos? ¿Tienes algún número de teléfono, su apellido, el taller donde trabaja?

Abraham negó con la cabeza.

—El sábado seguro que va a la *concen* de Bujaraloz…

Lara Samper alzó la frente al cielo, desesperada. Todos los caminos conducen al mismo callejón, pensó Berta.

—De acuerdo. Dadme las llaves del coche para echar un vistazo.

El interior del peque era envolvente y seguía la aerografía del exterior. En el salpicadero había relojes de control, marcadores, altavoces, válvulas… parecía una nave espacial.

—Empieza por la guantera —pidió Lara.

—¿Qué buscamos?

Se encogió de hombros.

—Cualquier cosa. Si era consumidor de benzo, es posible

286

que guardase alguna de «reserva» en el coche. Eso nos serviría para descartarlas.

Tardaron un buen rato antes de darse por vencidas. No encontraron nada.

—¿Lo dejamos? —le preguntó Berta al salir del coche.

No soportaba aquel calor envenenado ni un minuto más. Tragó saliva un par de veces. Aguantó una náusea.

En la calle los árboles se inclinaban más que antes, agotados por el calor del día, pero Berta agradeció el cambio de temperatura. Se bebió el último sorbo de agua, ya caliente. Más recuperada se secó con un pañuelo el sudor de la frente, el cuello y el escote.

—La decapitación. Como ajusticiamiento se ha utilizado desde la antigüedad, pero para reos de clase noble —dijo Lara—. Era el sistema que provocaba un sufrimiento menor al condenado. En Roma se reservaba a personas de la ciudadanía romana. Con la Revolución francesa y su *Liberté, égalité y fraternité*, la guillotina se instituyó como la forma más humanitaria.

—Ventajas de la democracia —ironizó Berta.

A ella no le importaría que le arrancaran la cabeza. En esos momentos, libre de la náusea, sentía su habitual cefalea acrecentándose, como si le insertaran unas finísimas agujas.

El móvil de la inspectora recibió un mensaje.

—Es Medrano —aclaró Lara—, me ha enviado unas imágenes.

Enrique Medrano había regresado aquella mañana a Alfajarín porque en la Agrupación de Tiro con Arco le habían dicho que Carlos Peiro había reservado hora para entrenar.

Lara descargó la primera imagen. No necesitó ver la segunda.

—¡Qué cabrón! —exclamó la inspectora.

Berta comprendió por qué Peiro había mirado con tanto interés el corral la mañana en que lo interrogaron.

Lara

Martes, 21 de junio

La reverberación del sol convertía el asfalto en una sustancia negra y aparentemente dúctil.

Al llegar al Servicio de Atención a la Mujer, Lara, impaciente y malhumorada, fue directa al encuentro de Torres.

—¿Ha conseguido Alloza los correos electrónicos que faltaban?

—Aún no, jefa.

Lara gruñó de enojo. La falta de eficiencia la irritaba sobremanera. Empezando por la suya propia. No había concedido importancia al arquero, a Carlos Peiro, y ahora se veía obligada a replanteárselo todo. Evidentemente, tendrían que volver a interrogarlo, pero no se apresuraría; la próxima vez llevaría pruebas. Pensó lo mismo respecto a Jorge Abad.

—Torres…

—Sí, jefa.

—Eres el único del equipo capaz de obtener lo que necesito.

El otro la miró, expectante.

—Ve a Jefatura. Quiero que te pegues al culo de Alloza como te has pegado al mío. No lo sueltes hasta que consigas esos mensajes. ¿Entendido?

—Sí, jefa.

—Pues ya tardas.

Salió corriendo. Ella se encaminó a su despacho.

El cuerpo tiene una conciencia que le es propia, pensó Lara con tristeza. Suspiró. Vio la hora en el reloj de la pared. Eran las seis. Aún faltaba más de una hora para ir a interrogar a Yolanda acerca de las benzodiacepinas y de Carlos Peiro. La esperaría a la salida de la academia de peluquería. Prefería sorprenderla.

Berta se había marchado a las tres.

—Si no te importa, buscaré información de Peiro en el ordenador de casa —le había dicho—. Total, son vídeos de YouTube…

—Claro, vete.

Ambas sabían que el verdadero motivo de ir a casa eran sus hijos. En esta ocasión a Lara no le importó, de hecho prefirió que se marchase. Su presencia le recordaba que Berta había tenido razón en considerar al arquero como sospechoso y, sobre todo, que ella se había equivocado.

Amontonó los papeles de su escritorio para dejar espacio y apoyó la frente. Intentó ordenar sus pensamientos sobre el crimen. Había escuchado perorar millones de veces a muchos compañeros sobre que la labor de un policía es mirar siempre hacia delante, pero se equivocaban: es necesario volver la cabeza hacia atrás, hacia la persona que fue el cadáver.

Decidió recorrer de nuevo las dos calles que separaban el bar de Matías de la casa de Velasco; imaginó la hoguera, los hombres disfrazados de templarios, a Carlos Peiro tensando el arco. ¿Sabía que en la leña estaba Velasco? Si era así, ¿ignoraba que estaba muerto? ¿Lo había escondido él? ¿Y Jorge Abad? ¿Era culpable únicamente de mandar correos acusadores? ¿Y qué pintaba el misterioso Rai en todo esto?

Mandó un mensaje a la subinspectora Guallar.

Concéntrate, se dijo.

Imaginó una jeringuilla llena de benzodiacepinas. ¿Se la había inyectado el propio Eme? ¿Podría haber muerto por una sobredosis de benzo? Y si lo hubieran atacado con una jeringuilla… ¿Dónde lo habrían hecho? ¿En una esquina de la calle del bar? ¿En un coche? ¿En su portal?

Unas preguntas conducían a otras de forma desordenada. Cogió un folio en blanco y las apuntó para no dispersarse. En verde escribió y subrayó la palabra «sobredosis». Con bolígrafo rojo escribió en mayúsculas MODO y MOTIVO.

Pestañeó rápido. Le costaba pensar…

¿Para qué drogarle? ¿Para torturarlo? ¿Para abusar de él? ¿Violarlo? Levantó la cabeza. Un momento. En su cerebro se había producido una conexión inesperada. Burundanga. Ketamina. La droga de la violación. Siguió aquel hilo de pensamiento. Esas drogas se disolvían en bebidas.

¿Y si era así como le habían administrado las benzo? Desechó la inyección, el trozo de aluminio podía provenir de algo que no fuera una aguja hipodérmica. Sopesó esa nueva posibilidad. ¿Dónde estuvo Velasco aquella noche? ¿Dónde comió y bebió?

En ese momento sonó su teléfono. Antes de contestar anotó rápidamente «bar de Matías» y lo subrayó.

—Samper.

—Soy Castelar.

Su cuerpo se tensó al escuchar la voz.

—Han empezado a recuperar archivos y carpetas. Si te interesa en concreto el caso del Procedimiento Penal Abreviado que sobreseyeron, ayudaría bastante que me enviases una foto del chaval…

—Daniel Álamo.

—Como se llame. Así desde Pornografía Infantil realizaremos un reconocimiento tanto en el disco duro, cuando lo recuperen desde Informática, como en la muestra de datos. Puede que Santos Robles sea uno de los que venden las imágenes…

—Te la envío ahora mismo.

—Intentaré que recibas algo a lo largo de la semana, pero la pericial puede tardar.

Ella dudó un momento. Finalmente se decidió:

—Castelar, necesito un favor.

—¿Otro, princesa?

Lara aguantó el envite.

—Cuando tengas la pericial, quiero que se la mandes a otra persona. En el asunto escribe «Respuesta a solicitud de pericial». La dirección a la que tienes que enviarla es b de Barcelona, e de España, r de Roma, t de Toledo…

Mientras dictaba, Lara estaba convencida de que era ella la que manejaba la situación, de que continuaba siendo la más astuta. Se negaba a reconocer que Millán estaba en lo cierto: su mente era un fantástico instrumento de precisión, pero el recuerdo de Use y las noches sin dormir actuaban como arenilla en sus engranajes.

—¿Se te antoja algo más? —preguntó falsamente servicial Castelar antes de despedirse.

Ana Castelar supo que el email pertenecía a una subinspectora del equipo de Samper. Lo anotó en el folio debajo del otro, aquel al que acababa de remitir el informe pericial, el de la persona que le había sugerido que retrasara su envío a Samper hasta ver cómo se resolvía la querella.

Berta

Martes, 21 de junio

Las fotos que les había enviado Enrique Medrano al móvil le habían sentado de maravilla. Anticiparse a la inspectora Samper no era algo que ocurriera a menudo. Ese sentimiento era ridículo e incluso infantil, pero de alguna forma la resarcía de los desplantes y la soberbia con que la había tratado últimamente.

Se sentía tan satisfecha que incluso había colocado en un segundo plano sus preocupaciones por Santos Robles.

Las fotos mostraban el aparcamiento de la Agrupación de Tiro con Arco donde podía verse el coche de Carlos Peiro. En otras circunstancias ni siquiera les hubiera llamado la atención, pero dado que buscaban una conexión con Manuel Velasco, el hecho de que el coche fuera un C4 coupé tuneado resultaba bastante esclarecedor.

Miró la foto en la pantalla del portátil. Era muy bonito. Tenía los laterales y el capó pintados en blanco cristal. El resto del coche —las puertas, la parte trasera, el techo, los retrovisores, el alerón, el chasis, hasta los cristales tintados— era negro brillante. Las ruedas combinaban ambos colores.

En ese momento recibió un mensaje de Lara: «Busca también posible conexión de Peiro con Rai». Asintió al leerlo. El arquero podía ser amigo de Rai, en vez de Eme. Recordó que su jefa les había explicado que habían sido necesarias dos personas para levantar el cadáver e introducirlo en la leña. ¿Rai y el arquero? También pensó que la inspectora Samper siempre conseguía salirse con la suya, llevar las cosas a su terreno. Había encontrado la forma de centrar la atención en Rai.

Rastreó a Carlos Peiro y su coche en internet. Buscó en YouTube vídeos similares al que había encontrado Lara.

Izarbe entró en la habitación.

—Mami...

—¿Qué pasa, cariño? —Le acarició la cabeza, distraída.

—Jo, has dicho que nos llevarías a la pisci... —protestó su hija.

Berta miró el reloj. Eran las seis y media. La niña tenía razón, no podía dejarlos toda la tarde frente al televisor. Ya seguiría por la noche...

Se puso de pie de un salto.

—¡Vamos!

Tras quince minutos de chillar órdenes, consiguió salir por la puerta con los niños y una pesada bolsa.

Estaba animada y les gastó bromas en el ascensor. Sin embargo, su entusiasmo se enfrió cuando al montar en el coche sonó el móvil. El número privado del trabajo. No, no, por favor, pensó con congoja. Descolgó. Aguantó la respiración mientras esperaba escuchar un «no te asustes, no es un cadáver», pero esta vez no hubo suerte.

—Es Manuela Carrillo.

—¿Manuela? —se extrañó.

Visualizó a la mujer que, después de treinta años soportando el maltrato físico y psicológico de su marido, se había atrevido a denunciarlo tres meses atrás, el día de su sesenta cumpleaños. Denunciar era difícil. Y después la situación no siempre mejoraba, muchas se planteaban si había merecido la pena, si había servido para algo o si en vez de hacer justicia no habían tropezado contra un muro. Denunciar era doloroso. Revictimizante. Desgastaba.

Sin embargo, la opción de no hacerlo, de callar, era mucho peor.

—¿Manuela? No es posible. Tiene activadas las medidas de protección, lleva el geolocalizador…

—No hubo tiempo para nada. Mientras Manuela apretaba el botón del geolocalizador, el marido se plantó delante de ella y le descerrajó un tiro. Después se voló la cabeza. Cuando Soriano, el funcionario de Asistencia y Protección, llegó, solo pudo llamar a una ambulancia.

Bienvenida al maldito estado de Bienestar Social, pensó con furia Berta.

Vendetta

Jueves, 9 de junio de 2013

El corazón a punto de explotar dentro del pecho. Eso era lo que sentía Jorge. ¿Dónde estaba el coche? Uno. Dos. Tres. Golpeándole el pecho. ¿Se le había escapado?

Era la primera vez desde que lo vigilaba que no veía el Mégane cerca del bar. Miró el cartel blanco, gastado y sucio: Bar Matías.

Entre semana, a esas horas, siempre estaba dentro y el coche aparcado cerca y, si no había sitio, en doble fila.

El Mégane resultaba fácilmente reconocible por el color naranja, los faros, las puertas y, sobre todo, por las aerografías en blanco y negro. Jorge había hecho varias fotos con el móvil, utilizando el zoom porque no se atrevía a acercarse más y que lo descubrieran.

¡Joder! ¿Dónde está?

Desde que se acabó el curso lo seguía cada tarde. Luego fichaba la entrada, tomaba el relevo del compañero, se ponía el uniforme y, desde la puerta de la garita, veía salir a los últimos peones, sucios, con la ropa y las uñas manchadas de cemento. Había tanto polvo y tanta basura en la obra que algunos utilizaban mascarillas, y la piel cubierta parecía luego extrañamente clara, como la marca de las gafas de sol de un esquiador.

Desde hacía cuatro o cinco semanas el chico ya no se obsesionaba con contratar a uno de ellos. No obstante, cuando su hermana se encontró al cabrón de Eme en el portal y, sobre todo, después de que la sacaran de la bañera, no podía pensar en otra cosa: Seguro que alguno de estos lo haría o conocería a alguien dispuesto a hacerlo... Pero ¿y la pasta? ¿De dónde iba a sacar la pasta? Al final le pudo el miedo a que lo engañaran o a un chantaje posterior.

Hay cosas que o las hace uno mismo o no se hacen, reflexionaba.

Cuando se quedaba solo, se comía el bocadillo, se cambiaba el uniforme por la camiseta y el vaquero, dejaba las luces de la garita encendida e iba a su encuentro. Hacía fotos con el móvil, decenas de fotos y se las mandaba. Para acojonarlo, pensaba, para que supiera que era su sombra.

Sin embargo, esa tarde se quedó en casa.

—Tu hermana tiene un mal día —le dijo su madre.

Un mal día. Así es como lo llama. Prefieren no hablar de las dos visitas semanales a la psiquiatra. Ni de las pastillas que le receta para que supere la depresión, la ansiedad, el insomnio, aunque no acierta con el tratamiento y las cajas de Valium, Tranxilium, Orfidal... se amontonan en el cuarto de baño de su madre, en un lugar seguro. Por si acaso. Aunque ni todas las pastillas del mundo juntas harían desaparecer la inseguridad que Velasco había inoculado en Noelia, el miedo a que algo así volviera a ocurrirle.

Tampoco hablan, por supuesto, de los cortes en las muñecas. De los seis o siete cortes finos en la izquierda, poco profundos, tentativos, asustados. Ni de los otros dos. Los de verdad. Hondos y certeros. Ni de su cuerpo desnudo flotando en el líquido rosado.

Al principio, después de lo que ocurrió, su madre estaba muy preocupada porque su hermana perdiera el curso. Segundo de bachillerato. Un curso tan importante. Fue al instituto. Se reunió con la jefa de estudios. No necesitó insistir. Lo que le había pasado a Noe lo sabía todo el instituto, desde el director hasta el que servía los bocatas en la cafetería. Al principio. Ahora, que perdiera el curso, a su madre le parecía lo de menos. Una tontería.

Jorge Abad estaba rabioso. Las horas con su hermana lo habían dejado exhausto. Los latidos le golpearon más fuerte el pecho cuando se acercó para observar mejor el interior del bar. ¡Menos mal!, pensó al distinguir su cabeza.

Aquella tarde había entrado en la habitación de Noelia y en la penumbra había vislumbrado un cuerpo sentado en la cama. Era Marta. Su amiga. Marta, que había hecho la selectividad la semana anterior y no estaba segura de «si no la he cagado en las mates». Marta, que cada vez que veía, siempre de refilón, los cortes en las muñecas de Noe se acordaba de cuando Sergio, el profe de filosofía, les explicó que Séneca, al saber que Nerón lo había condenado a muerte, se suicidó abriéndose las venas. Gran parte de la clase, pensaba Marta, mucha peña, dijo que era el mejor modo de suicidarse.

Marta se marchaba porque había quedado.

Jorge se tumbó en la cama, al lado de su hermana. Noe dio un respingo. Él cogió su mano fría y permaneció en silencio. La presencia de Marta lo acongojaba. Señalaba de una forma palpable cómo hubiera sido la vida de su hermana si no se hubiera encontrado nunca con Velasco.

Same Old Shit, SAMO, pensó, la misma mierda de siempre. Y pensó en Jean-Michel Basquiat, SAMO, el artista más exitoso de la historia del arte afroamericano, que murió por sobredosis de heroína a los veintisiete años.

Dentro del bar, Velasco miraba un partido con sus amigos, bebía jarras de cerveza helada y gastaba bromas. Same Old Shit, pensó con rabia. ¡De algún modo debe pagar este cabrón!

¿Y si entraba en el bar, se ponía a su lado en la barra y se pedía una caña?

Se humedeció los labios. Apretó fuerte los puños, se clavó las uñas. La muerte no le parecía suficiente escarmiento.

Berta

Miércoles, 22 de junio

Hace demasiado calor. Solo deberíamos movernos de un aire acondicionado a otro, pensó.

No había pasado buena noche. El Diazepam la hundía en un sueño denso del que despertaba aturdida al amanecer. Permaneció quieta en la cama. Con la conocida certeza de que la casa la observaba. De que a pesar de haber acuchillado el suelo, alisado y pintado las paredes, cambiado puertas y ventanas, arreglado los baños y la cocina, debajo palpitaba algo decrépito, maligno y viscoso que intentaba colarse por cada grieta de la madera, por cada fisura del techo. Nunca descansaba.

Se le había desinflado la euforia inicial que sintió al ver la fotografía del coche de Carlos Peiro. Dos horas rastreándolo en internet y casi cuatro en YouTube (visualizando vídeos grabados en concentraciones en un perímetro cercano a Alfajarín y en la última edición de la Baja Montes Blancos) habían bastado para que comprendiera que iba a resultar muy difícil establecer una conexión entre Carlos Peiro y Velasco o Rai.

Encontrar las grabaciones de los abusos sexuales a Dani volvía al puesto número uno de sus obsesiones. Pensó en que necesitaba una respuesta de Informática Forense. En Santos Robles. En el blog. En la querella. En las denuncias antiguas que rastreaba sin ningún resultado. En Loren y en el Plan

Concilia. Suspiró. Se concentró en Velasco, en que era un violador que había muerto como merecía. Convertido en una costilla de cerdo a la barbacoa. En toda la ropa que se le acumulaba por planchar. En que si por culpa de la querella la expulsaban de la Policía tendría mucho tiempo para planchar. Pensó en Manuela llena de tubos en la UCI.

Aquella mañana, en vez de salir a correr, prefirió repasar denuncias.

Sentada a su mesa del SAM, redactaba el primero de los tres correos diarios que enviaba a Informática Forense. No había recibido ninguna respuesta. Ni siquiera una descortés para que interrumpiera los envíos, aunque eso tampoco la hubiera hecho desistir. ¿Los abrirán o los arrastrarán directamente a la papelera?

—Hola —la saludó Enrique Medrano sacándola de sus reflexiones.

Dejó sobre su mesa las dos denuncias que Berta le había entregado.

—He visto enteros los vídeos de las declaraciones, pero ni rastro de Robles. —La miró con lástima—. ¿Y tú? ¿Has tenido más suerte?

Se encogió de hombros.

—En alguna parte lo encontraré. Estoy segura.

—Prepárame otra tanda. El viernes vuelvo a Barcelona, así que tendré tiempo de leer en el AVE y en el hotel.

—¿Otra vez?

—Mi amigo me ha llamado. Ha localizado a uno de los integrantes del grupo de Beltrán, un tal Javier Márquez, que está dispuesto a hablar conmigo. Necesito averiguar qué ocurrió, por qué desmantelaron la unidad. La investigación se gestionó desde asuntos internos…

Se pasó la mano por el flequillo para apartarse el mechón rebelde de la frente y arqueó las cejas.

—En fin, me piro, que tengo mucho curro.

Berta lo vio alejarse y pensó en Lara y en Millán.

El día anterior Millán había empleado la misma imagen que ella usaba de las emociones y la arenilla. Berta se fijó en que, mientras lo escuchaba, Lara se frotaba las manos, el gesto que utilizaba para calmar su cólera. Por un instante Samper y Millán se quedaron en silencio, frente a frente. En la mirada que se cruzaron, advirtió un rastro de intimidad y de ira contenida. Berta también estaba furiosa con Millán porque no les comunicaba que Santos Robles había interpuesto una querella. Aun así permaneció unos segundos hipnotizada hasta que se movieron. Había algo excitantemente embarazoso, como verlos desnudos.

Terminó de redactar el email, lo envió y tecleó en la intranet «Larissa Samper Ibramova». Escribió «Luis Millán Silva». Por turnos, desde la pantalla, ambos la miraron con sus jóvenes rostros debajo de la gorra del uniforme, la antigua, la azul oscura de plato con el emblema en el centro. En el rostro de Lara creyó percibir alegría e ilusión, algo muy raro en su jefa. ¿Qué les había ocurrido? Los imaginó felices. En Barcelona. Lejos de sus familias y sus amigos. Tan solos. Tan guapos. Tan jóvenes.

Mandó un mensaje a Medrano: «¿Cómo se llamaba el jefe del grupo de Barcelona?».

«Eusebio Beltrán Cajal», le contestó.

Tecleó el nombre en el buscador. Apareció un rostro que miraba incómodo a la cámara como si el cuello de la camisa le picara. Anguloso, atractivo, destacaban unos ojos vivaces de mirada poderosa. En las pupilas, en la forma de curvarse el labio superior, esa especie de reto sardónico que suele asomar en los soberbios. O en los que ya han emprendido el largo camino de vuelta.

Sonó su móvil. Ana Lucía Jaramillo. ¿Ana Lucía?

—Hola, Ana Lucía, ¿ocurre algo?

Sí. Claro que ocurría. El viernes Berta había conseguido que interpusiera una demanda por maltrato contra su marido y ahora la retiraba. Porque él sí que la quería. «Me ha jurado por la virgencita que ya no va a tomar más. Me ha jurado que ya no va a gastarse la plata en tomar.»

Y tú, idiota, te lo has creído, pensó Berta, y en su boca se formó una mueca tierna e indignada. Había escuchado demasiadas veces esas mismas palabras, la tendencia a normalizar comportamientos que no lo eran, a confundir los celos obsesivos, el control y la posesión con amor. Trató de convencerla con el recuerdo del miedo, de Gabrielita y Carlos, sus hijos.

Ana Lucía murmuró en voz baja algo nuevo: «Mire lo que le pasó ayer a esa mujer», refiriéndose a Manuela, «es mejor dejarlo estar, no enojarlo más», «tampoco es tan grave».

Berta comprendió que las únicas palabras que deseaba escuchar eran las que no podía pronunciar: prometerle que no le ocurriría lo mismo. Podía repetirle que a ella y a sus hijos los llevarían a un centro de emergencia y después a un piso de acogida. Que era una oportunidad de comenzar una nueva vida. Explicarle otra vez que con el parte de lesiones del forense, a su pareja lo condenarían a una pena de prisión de entre nueve meses y un año. Sin embargo, no podía prometerle lo que deseaba.

En lugar de contestar, le propinó una patada a la silla.

Después, mientras se frotaba el dedo gordo —con la misma impotencia que antes del arrebato de ira— le explicó que para retirar la denuncia no bastaba con llamar por teléfono, debía personarse en el Servicio de Atención a la Mujer y firmarla.

Se sintió abatida, como si de una forma que no comprendía hubiera defraudado a alguien una vez más. Muchos casos y poco tiempo que dedicarles. Era una acróbata que mantenía en el aire demasiadas pelotas.

Pensó en Noelia. En Patricia y sus llamadas.

Nuestra única responsabilidad es con Velasco, le había dicho Lara. Tengo que centrarme en la investigación, pensó.

Y estaba en lo cierto porque los engranajes de la maldad estaban en marcha de nuevo, pero no de forma irremediable. Era miércoles y todavía podían detenerlos si se formulaban las preguntas correctas. Si iluminaban las zonas en penumbra.

Lara

Miércoles, 22 de junio

En la comisaría la plantilla vestía de verano. Solo los que estaban obligados a llevar uniforme parecían policías auténticos.

Lara los miró con desagrado. Ella nunca perdía la compostura. Muchos confundían con altanería su observancia estricta de la etiqueta. La acusaban de exhibir una cierta superioridad moral; lo cual resultaba ridículo, pensaba; era como si a alguien lo juzgaran por tener los pies demasiado grandes.

A Lara le costaba relacionarse. No eligió estudiar Psicología para entenderse a sí misma, como hacía la mayoría, sino que se matriculó para entender a los demás, para intentar averiguar qué pensaban, qué esperaban de ella.

Ya no necesitaba meterse en las mentes de las personas para descubrir el desprecio que provoca la envidia. Anya se lo había advertido: «Temen lo que es diferente, y nosotras lo somos. Nunca pasarás desapercibida, así que no lo intentes, asúmelo».

Hacía tiempo que había aprendido a no fiarse de los demás. *L'enfer c'est les autres*, el infierno son los otros.

Dejó el periódico sobre la mesa. Todos hablaban del caso de Manuela. Bufó de disgusto. Políticos ineptos. Recortes en política social. Anuncios en la televisión para ponerse medallas y poco gasto en recursos y medidas efectivas de protección.

Si Manuela fallecía, sería la víctima número treinta y dos por violencia machista en lo que iba de año. Se superarían las cincuenta y cuatro víctimas del anterior.

Se había convocado una manifestación a las ocho de la tarde frente a la Delegación del Gobierno promovida por la coordinadora de asociaciones feministas y contra la violencia de género.

El problema, pensó, es que vivimos en un mundo donde solo existe lo que se puede cuantificar. ¿Cuántas mujeres son víctimas de malos tratos si las que denuncian son solo la punta del iceberg? Incuantificable. ¿Cuántas muertes se habrían evitado con un presupuesto mayor? Imponderable. Aunque, de cualquier modo, si en la última década habían fallecido más de setecientas mujeres por ese motivo, con que se lograra impedir tan solo un diez por ciento de esos asesinatos machistas, se salvaría la vida a setenta mujeres. ¡Setenta!

Tras colgar la americana, se levantó la camiseta para soltar la faja elástica de nailon en la que llevaba la pistola y guardó ambas en el primer cajón bajo llave. Se pasó el dorso de la mano por la zona en que la faja había estado en contacto con la piel. Después se sentó.

Aunque sabía por experiencia que la sensación de agotamiento en una persona con insomnio crónico no guardaba relación con las cuatro o cinco horas que conseguía dormir; que el cansancio era un síntoma demasiado inespecífico, le costaba concentrarse y tenía fallos de memoria.

Abrió el blog de Santos Robles.

El lunes por la noche, ante la extraña actitud de la subinspectora Guallar en la reunión con Millán, había entrado a fisgar un poco. Con un gesto de escepticismo, torciendo la nariz de aletas estrechas, leyó el eslogan que lo presidía «Hoy soy yo, mañana puedes ser tú». Se estremeció al descubrir que el sábado Robles había escaneado y colgado uno a uno todos los folios de la querella. ¿Berta sabía lo de la querella desde el sábado? ¡Por supuesto que sí!

Como no estaba dispuesta a llevarse más sorpresas, decidió visitar el blog un par de veces al día. Robles era muy activo. Desde el sábado narraba las diligencias que había solicitado a la jueza para esclarecer si su detención era constitutiva de delito. El odio que latía en cada línea la hizo sentirse vulnerable. Pensó en cómo afectaría a Berta. Tragó saliva.

Santos Robles convertía la querella en un linchamiento público. En una cruzada. Un nosotros contra la injusticia. Contra esos policías que vulneran los derechos constitucionales, torturan al ciudadano y salen impunes porque sus superiores y los propios tribunales de justicia los protegen. Con gran pericia había convertido a la subinspectora con número de carnet profesional 73465 en un símbolo de los abusos policiales.

Sus seguidores aumentaban de forma inquietante. Se enervaban con cada una de sus entradas. Leer los comentarios que dejaban era desolador. Pavoroso. Todos ansiaban la oportunidad de lanzar su piedra contra esa subinspectora.

Vio que había una nueva entrada. Santos Robles había comenzado a subir las pruebas que argüía contra Guallar. Leyó con estupor e incredulidad. Inspiró profundamente. Aquello era demasiado.

En su cerebro la aprensión dio paso a la alarma. ¿Cómo se atrevía a ir tan lejos? De hecho, ¿era legal? ¿Podía hacerlo?

Para calmarse apoyó la frente en el escritorio.

En ese momento Berta entró en su despacho, acalorada. Lara se sentó con la espalda firme contra el respaldo, supuso que ella también acababa de leer el blog. Pero se equivocaba.

—Ana Lucía Jamarillo ha retirado la denuncia contra su

marido —le dijo—. Supongo que antes de que termine la semana vendrá a firmarla.

Lara no hizo ningún comentario. Trataba de asimilar sus palabras, de distanciarse del documento que acababa de leer en el blog.

—Ha sido por lo de Manuela...

—Lo siento, Berta.

Guallar la miró sorprendida.

Berta

Miércoles, 22 de junio

Solo eran las diez y el termómetro marcaba veintinueve grados en unas calles extenuadas. Olía al humo de los tubos de escape, a alquitrán y basura.

A Berta todavía seguía extrañándole la pesadumbre de Lara Samper ante la noticia de Ana Lucía, por inhabitual y porque era ella quien había llevado el caso.

Se dirigían las dos al bar de Matías. La inspectora se había informado exhaustivamente sobre las benzodiacepinas. Bienvenida a la nueva «obsesión Samper» de la semana, pensó Berta. Casi prefería la de Rai.

—Crean tolerancia, dependencia y adicción física y psicológica rápidamente, en apenas unas semanas. Se pueden administrar por vía oral e intravenosa. Pudieron inyectársela, pero he pensado otra alternativa: disolución en una bebida, como ocurre con la ketamina o la burundanga.

Berta frunció el ceño, hastiada del adoctrinamiento.

—U otra sorprendentemente más normal, la opción preferida por nueve de cada diez consumidores: pastillas. Pero en ese caso se las hubiera tomado él mismo —añadió con sorna.

—De cualquier forma, hay que ir cerrando puertas.

Berta había escuchado hasta la saciedad que una investigación consistía en cerrar puertas para abrir otras. En el punto en que se hallaban ellas, salvo localizar a Rai o establecer una relación entre el arquero y Eme o Rai, poco era lo que podían hacer.

Recordó que había olvidado preguntarle por su encuentro la tarde anterior con Yolanda. Lo hizo entonces.

—Fue una pérdida de tiempo —resumió Lara—. Le enseñé las dos fotos: la de Carlos Peiro y la de su coche, pero no reconoció ninguna. Por lo visto, ella no se fija demasiado en esas cosas… También llamé a Kike.

Qué raro que no fueras hasta Lérida esta vez, pensó Berta con rencor, aunque tuvo la prudencia de no verbalizarlo.

—No regresa hasta el viernes, pero me dio el teléfono de Isra, el otro amigo de Velasco. Le he pedido que venga a las seis y media a la comisaría. Es cuando sale de trabajar.

El rostro de Matías se ensombreció al reconocerlas. El bar estaba casi vacío. Un hombre leía un periódico deportivo ante un café en una mesa. Dos más se acodaban en la barra y le daban conversación. Protegidos por una pantalla de cristal, había unos cuantos bocadillos, platos con olivas y encurtidos relucientes, croquetas y un par de tortillas gordas y jugosas. A una le faltaba un triángulo. Se escuchaban ruidos de platos y cubiertos en la habitación detrás de la cortina.

—¿Ya saben…? —les preguntó Matías.

La inspectora Samper negó.

—Intente reconstruir aquella última noche de Manuel Velasco —le pidió.

Matías bufó y se encogió de hombros.

—Cualquier detalle puede ser importante. Piense si ocurrió algo fuera de lo normal.

—Si es que fue una noche como otra cualquiera…

—¿Qué acostumbraba a beber Velasco?

—Cerveza.

—¿En qué? ¿En botellín, caña, tubo, jarra…?

Pensó un poco antes de contestar.

—En jarra. En verano las meto en el congelador, y como están heladas gustan más.

—¿Las sirvió usted aquella noche?

El hombre entrecerró los ojos, suspicaz, recelando algún truco.

—Pues claro. ¿Quién iba a hacerlo?

Lara dirige las preguntas y eso siempre es un error, pensó Berta. Se acaba obteniendo lo que se busca.

—¿Velasco estaba sentado en alguna mesa o de pie en la barra?

—En la barra. Todos veíamos el partido. —Señaló el televisor que colgaba de la pared, al lado de la puerta que conducía a los servicios—. Estuvo muy reñido hasta el final.

Berta imaginó la euforia, los gritos, los abucheos, la adrenalina disparada. Nadie se habría fijado si alguien hubiera vertido las benzo líquidas en la cerveza.

—¿Recuerda si aquella noche había algún desconocido en el bar?

—No sé. Había mucha gente…

—Le voy a mostrar unas fotografías. Es importante que las mire con calma y me diga si ha visto con anterioridad a alguna de estas personas.

Berta las sacó de la libreta, donde las había guardado para que no se doblaran, y se las tendió. Contuvo la respiración mientras Lara le mostraba la del padre de Noelia. La de su hermano mayor. La del menor. Incluso la de Patricia. Matías negó ante cada una. La inspectora dejó para el final las de Rai y Carlos Peiro. El hombre volvió a negar.

—¿Está seguro? —preguntó Lara con un punto de impaciencia.

Permanecieron sobre la barra un poco más antes de retirarlas.

—¿Recuerda si Velasco le dijo si había quedado con alguien o si se marchaba directamente a su casa?

—Se fue a casa —dijo rotundo. Al ver la incomprensión en el rostro de Lara, añadió—: Me acuerdo porque siempre dejaba el coche aparcado en la puerta, para vigilarlo, y aquel día no lo había traído, así que se marchó andando.

Al salir del bar, la inspectora encendió un cigarrillo. Se mantenía muy erguida, con un gesto de crispación en el rostro.

—Vamos a recorrer las calles desde aquí hasta su casa y las adyacentes. Entraremos en los bares con la fotografía de Velasco.

—¿Para? —se sorprendió Berta.

—Hay otra posibilidad —le explicó con hastío—, pudo encontrarse con un conocido, tal vez con alguien en quien confiaba, que lo invitara a echar la última...

Berta comprendió que se agarraba a la antinavaja de Leibniz y su «Todo lo que sea posible que ocurra, ocurrirá».

—Bueno, siguiendo ese mismo razonamiento, pudo encontrarse con alguien que tuviera un coche. Montarse en él e ir a cualquier parte a echar la última... —replicó Berta—, un colega como Carlos Peiro.

La hipótesis de alguien que había diluido las drogas en la bebida de Velasco le parecía rebuscada. Aunque aún era más ridícula la de alguien que lo asaltaba por la espalda y le inyectaba las benzo a traición.

Todo el tema de las drogas le parecía absurdo. ¿Averiguar si se las inyectaron o si se las echaron en una bebida nos va a ayudar a resolver el asesinato?

Lara Samper podía ser todo lo sensible que quisiera, tumbarse sobre veinticinco colchones y notar el guisante. Y llamar a eso instinto policial si le daba la gana. Pero no dejaba de ser una pérdida de tiempo. Visualizó su mesa atestada de papeles, de trabajo atrasado, y chasqueó la lengua.

Y, sin embargo, de alguna forma habían terminado las drogas en su organismo.

Lara

Miércoles, 22 de junio

Ante el portal de Velasco apretó el botón del tercero centro con insistencia. Nadie contestó, seguramente María Jesús había salido a hacer recados. Se abrió la puerta del portal. Una mujer las miró recelosa.

—¿Son las policías?

El marido le propinó un codazo; ella le lanzó una mirada de advertencia.

—Si buscan a la Chusa, esta semana va de mañana, así que no saldrá de la residencia hasta las tres.

—¿Sabe la dirección de la residencia? —le pidió Lara.

—Pues claro.

La residencia Pequeño Milagro era un antiguo hospital en las afueras de la ciudad. Conducía la subinspectora. Envarada. Con los hombros tensos. Al detenerse en un semáforo, Lara observó que rotaba ligeramente la cabeza de lado a lado. Recordó el blog. Sintió la lástima como una ola que ascendía hasta su garganta. ¿Qué pensará cuando lea la última entrada?

La detallada descripción de aquello que ni siquiera había querido imaginar, la había impresionado. Por supuesto conocía la existencia de ese documento; incluso, si hubiera tenido interés, podría haber solicitado una copia, ya que el original obraba en poder de Santos Robles.

Durante un momento, apenas unos segundos, miró de reojo a Berta, juzgándola. Pensó en el viejo debate que ponían de actualidad las noticias periódicamente, en aquel ¿qué estarías dispuesto a hacer si supieras que el detenido conoce el lugar y la hora exacta en que va a tener lugar una masacre? ¿Este es el motivo por el que no le permitiste acogerse al habeas corpus?, pensó. Lo desechó enseguida.

Ella conocía a la subinspectora Berta Guallar. Sabía de lo que era capaz. Aunque… ¿no creías conocer a Use mejor que a nadie en el mundo?, se planteó. Deseó un cigarrillo con toda su alma, pero acataba escrupulosamente la norma autoimpuesta de no fumar dentro del coche.

Imaginó a Santos Robles. Imaginó a Berta. Los imaginó en aquella fábrica abandonada. Berta. Santos Robles.

En ese momento el coche se detuvo con brusquedad. El cuerpo se le fue hacia delante, el cinturón se ciñó a su cuerpo y detuvo el golpe. Miró a Guallar enfadada, pero ella parecía muy tranquila mientras quitaba la llave del contacto. ¿Se ha detenido repentinamente o ha sido culpa mía por abstraerme?, pensó.

Mientras se soltaba del cinturón comprendió que existía otra posibilidad respecto a Santos Robles y lo que ocurrió en la fábrica. Una en la que nadie había reparado. Ni siquiera ella misma hasta entonces.

Al reclamo de la portera, acudió la directora. Una monja de más de sesenta años, resuelta, autoritaria, casi tan alta como Lara, ancha de hombros y de caderas.

—¿Preguntan por María Jesús Ciprián? —inquirió mientras las observaba.

Comprobó la hora en el reloj que llevaba en la muñeca izquierda.

—Estará en la segunda planta, en la estancia, con los no válidos.

Subieron unas escaleras anchas con balaustrada de mármol y se internaron en uno de los largos pasillos de baldosas que componían dameros.

—Le dijimos que se tomara unos días, que no se reincorporara tan pronto, pero ella insistió.

Se detuvo.

—La muerte de Manu ha sido un golpe muy duro para todas. Lo conocíamos desde que era un niño. —Suspiró hondo para retener las lágrimas—. La de veces que lo he castigado por correr por este mismo pasillo o que se ha sentado en mi despacho a hacer los deberes…

Llegaron hasta una sala amplia, de grandes ventanales con camas a derecha e izquierda, cuyo único adorno eran unos crucifijos y el olor dulzón del sueño pesado y de la orina que no consigue retenerse.

Era la hora del aseo diario. Dos mujeres vestidas con pijamas sanitarios blancos levantaban en volandas a un anciano rechoncho y fofo para trasladarlo a una silla de ruedas. A los pies de la cama había una palangana de plástico llena de agua con jabón en la que flotaba una esponja rosa, de niña pequeña, y encima del piecero unas toallas.

Una de las mujeres era una sudamericana joven, con el pelo recogido en una coleta prieta que le tensaba las facciones indias; la otra, María Jesús.

Las miró con los ojos un tanto desorbitados, pálida. Estaba muy desmejorada. La carne colgaba de sus huesos, apenas unos pingajos aquí y allá. Sujetaba al anciano con una mano por debajo del muslo y con la otra de la axila. Las dos ejecutaban los movimientos al compás, como en un ballet ensayado hasta la saciedad. Diez, quince segundos y el hombre pasó de la cama a la silla. María Jesús apoyó la cabeza del anciano en el borde del respaldo para que no se le venciera a los lados.

Hasta ese momento no se atrevió a hablar.

—¿Ya han descubierto…? ¿Ya saben…?

Su voz era débil. Lo único que permanecía inmutable era el cabello rubio, cortado en media melena, con el flequillo liso. Ahora, ante el deterioro del resto del cuerpo, parecía una peluca.

La directora le puso una mano en el hombro.

—María Jesús, ve con ellas a la sala de visitas.

—Pero…

Señaló con un gesto vago los ancianos que aún aguardaban su turno.

—No te preocupes, mandaré a César para que termine.

—Pero él no sabe poner las inyecciones —se quejó. Señaló una cajita con jeringuillas, agujas precintadas y ampollas de cristal.

—He dicho que mandaré a César para que termine.

La sala de visitas estaba presidida por un crucifijo. El mobiliario era funcional, pero mantenía el inconfundible aire de la limpieza diaria. Se sentaron a una de las mesas redondas de madera, desecharon los sofás próximos a las ventanas. A través de los visillos se distinguía una porción del jardín que habían cruzado para llegar a la entrada.

Lara distinguió parterres separados entre sí por setos bajos de aligustre con esas flores blancas olorosas que tanto le desagradaban. Los cuatro jardincitos eran redondos con unos cuantos rosales viejos en su interior. Rosales bien podados.

Lara Samper no acostumbraba a someterse a formalismos que juzgaba innecesarios. En esta profesión, se decía, solo conocemos gente que muere sin desearlo. Aprendes que la muerte es tan natural como la vida, aunque mucho más inoportuna. El modo en que se sentía la madre de Velasco no aportaba nada a la investigación.

—Desde que a su hijo se le acusó de la violación de Noelia Abad recibía correos amenazadores. ¿Conocía usted su existencia?

Advirtió el gesto recriminatorio de Guallar por no usar una fórmula de cortesía.

—No sé... —Las miraba por turnos para que le aclararan algo que no era capaz de concretar. Estaba muy nerviosa—. Manu no me dijo nada. Él, él no era muy hablador. O por lo menos no lo era conmigo, tal vez la Yoli... Puedo preguntarle...

—Nosotras nos encargaremos de interrogar a Yolanda.

—A lo mejor... a lo mejor si hubiera estado más pendiente de él, si...

El sol entraba por las ventanas situadas a la espalda de Lara. Su sombra se proyectaba sobre la mesa y caía sobre María Jesús, una sombra alargada que la atravesaba igual que un cuchillo que pretendiera diseccionarla. Ya había empezado a transitar la difícil senda de la culpa y los reproches: si hubiera sido más cariñosa, si hubiera tenido más paciencia, si le hubiera dicho más a menudo que le quería..., la lista podía ser interminable.

Por desgracia el pasado no puede cambiarse, pensó Lara con un estremecimiento.

—¿Recuerda si en algún momento le pareció asustado?

—¿Asustado?

Ahora sí que levantó la mirada hacia Lara, desafiante.

—Se nota que no lo conocieron. Manu no se asustaba de nada, era muy valiente, incluso de niño cuando... —Se interrumpió en mitad de la frase, se mordió los labios.

—¿Qué quería decir, María Jesús? —preguntó Lara, poco

dispuesta a concederle ventaja—. ¿Incluso cuando su marido la maltrataba?

La mujer se sonrojó y se removió en el asiento. Lara utilizaba la verdad donde más daño causaba. La subinspectora hizo un breve gesto de contrariedad.

—¿Cómo, cómo saben eso? —Levantó el mentón.

—Somos policías, investigamos y sacamos conclusiones —le dijo Lara sin mencionar al padre Miguel.

—Claro… —La expresión de su rostro era difícil de interpretar, había reconocimiento, pero también algo más, aunque muy difuso—. Cuando murió Manuel, mi marido, Manu era muy pequeño, no tenía más que cuatro años, pero era ya muy listo y más guapo… ¡daba gloria verlo!

El rostro se le iluminó con el recuerdo de ese otro tiempo.

—¿De qué murió su marido, María Jesús?

A Lara no le importaba lo guapo que fue su niño, le importaba quién había segado su vida.

—Los médicos dijeron que de un enfisema —contestó con una voz que apenas era un susurro—, me lo encontré muerto en la cama cuando me desperté.

Se quedó callada y por alguna asociación de ideas volvió a su hijo:

—¿Cuándo podré enterrarlo? El padre Miguel me ha dicho que oficiará la ceremonia, como con su padre… El otro día, me pareció ver a Manu por la calle… de pronto me saltó algo aquí dentro. —Se señaló el pecho—. Una alegría. ¡Se han equivocado, se han equivocado…! Pero…

Las reacciones de los familiares de víctimas de asesinato eran muy diversas, desde la indignación y la rabia hasta el abatimiento más profundo. Lara sabía gestionar mejor los airados reproches que la aflicción.

—¿Le habló alguna vez de otro chico llamado Rai o Doctor Rai? —la atajó.

La pregunta logró que la mujer se olvidara un momento de su desgracia.

—¿Rai?

—Un amigo de su hijo también muy aficionado a tunear coches.

—No sé…

—¿Y de Carlos Peiro?

Negó con la cabeza. Era el momento de formular la pregunta que las había llevado hasta allí. Lara utilizó su tono más dulce.

—Muchas personas, cuando envejecen, necesitan una ayuda para dormir, ¿usted toma algo, María Jesús?

Asintió avergonzada.

—No se preocupe, es algo muy frecuente. ¿Qué toma: Valium, Orfidal…?

—Esas y, a veces, si no me hacen nada, me tomo media de Xanax.

—¿Se las recetan?

—Sí, el doctor Elorriaga, aquí en la residencia. No hago nada malo…

Lara valoró que una residencia de la tercera edad era una barra libre de pastillas. Pensó en los ancianos que había visto en la sala, personas que lanzaban suaves ayes como única forma de confirmar que continuaban vivos. Pastillas. Inyecciones. ¿Quién podía asegurar que recibían los medicamentos pautados?

Decidió dejarse de rodeos.

—¿Desde cuándo su hijo le robaba las pastillas?

—¿Manu? —preguntó asombrada.

—Es inútil que nos mienta. Ya no importa lo que hiciera Manuel, lo único importante es averiguar quién lo asesinó.

María Jesús parecía confusa. Lara se equivocaba de estrategia. No comprendía que para los familiares el recuerdo de esa vida que deja el cadáver, mantener la dignidad, ocultar las indiscreciones que cometieron y que a ellos no les dio tiempo de cubrir, es primordial porque de su muerto ya solo quedará el recuerdo. Ese recuerdo.

—Él nunca me quitó pastillas.

—¿Llevaba usted un recuento exhaustivo, era cuidadosa?

—Sí, sí.

En ese momento, un presentimiento la sobrecogió. Recordó las palabras que había pronunciado la monja mientras las conducía al encuentro con María Jesús.

—Su hijo venía a verla a menudo al trabajo, ¿verdad?

—No sé… a veces…

—¿A veces? ¿No es cierto que desde niño estaba acostumbrado a entrar y salir de la residencia como de su casa, que conocía todos sus rincones?

María Jesús se quedó callada, como irritada.

—Es inútil que lo niegue. En la autopsia han encontrado altas dosis de benzodiacepinas.

A María Jesús el rostro se le desencajó igual que si hubiera recibido una patada fuerte en el estómago.

—Todo ha sido culpa mía —murmuró. Se estrujó las manos huesudas.

—¿Manuel robaba medicamentos?

—Todo ha sido culpa mía…

—¿Robaba?

—¿No lo entienden?, les digo que yo tengo la culpa.

—¿Robaba? —repitió Lara Samper.

La mujer agachó la cabeza y permaneció en silencio. Se escuchó pasar una silla de ruedas y la voz de una mujer. Lara supuso que era la primera vez en su vida que reconocía que su hijo había actuado con maldad y premeditación.

—¿Manuel robaba medicamentos y usted lo encubría? —repitió en un tono más comprensivo.

—Sí —claudicó en un susurro.

—¿Cuántas?

La mujer se encogió de hombros. Tenía los ojos veteados de líneas rojas, pero siguió sin llorar.

—¿Hay alguna forma de averiguarlo?

Negó con la cabeza. Lara pensó que aquello era un callejón sin salida. ¿Las robaba para colocarse? ¿Trapicheaba con ellas? En varios foros de internet había descubierto que eran bastante populares por su seguridad, no como los barbitúricos. Para que se produjera asfixia o depresión respiratoria era necesario consumir grandes cantidades o mezclarlas con alcohol, opiáceos o GHB. Si no, provocaban sueño y confusión, pero poco más.

Aquello fue suficiente para Lara. Saber que Velasco las consumía no suponía ningún avance en la investigación. María Jesús permaneció sentada, ausente.

—¿Cuándo podré enterrarlo?

No respondieron, ni siquiera estaban seguras de que se lo preguntara a ellas.

Lara recorrió el jardín que tanto le desagradaba a grandes zancadas, de mal humor e impaciente. Se pasó la mano huesuda por la frente ancha y despejada.

Tenía la poderosa sensación de que orientaba mal la investigación. Como si hubiera colocado un foco que iluminaba donde no debía, que la deslumbraba de tal modo que le impedía vislumbrar otras zonas. Aquellas en que se encontraban las respuestas.

Berta

Miércoles, 22 de junio

Eran las siete menos cuarto. Isra no había aparecido. Berta quería demostrarle a Lara su implicación. Sobre todo, pensó, después de cómo me enfadé por la entrevista con Kike. Era miércoles, Loren tenía libre la tarde y se encargaba de los niños.

—¿Crees que va a venir? —se impacientó Berta.

Samper no le contestó porque le distrajo su móvil. Le había entrado un email.

—¿Es algo importante?

Lara echó un rápido vistazo.

—No, no. Nada.

—¿No vas a abrirlo?

La inspectora bloqueó rápidamente la pantalla, pero a Berta le dio tiempo de leer el asunto: «Vídeo», y una dirección de correo de la Policía. ¿Quién será «a.castelar»? ¿Alguien de su pasado? ¿De Barcelona?, reflexionó. Le preguntaré a Enrique.

Diez minutos más tarde apareció Isra. Vestía camiseta negra de algodón con motivos rojos y una cadena de plata en el cuello similar a la de Kike. Era flacucho y bajito, tenía el pelo rapado casi al cero, quizá para disimular unas entradas más que incipientes. Sus ojos le parecieron a Berta dos cagarrutas de conejo, pequeños y marrones, cubiertos casi totalmente por los párpados.

—Isra —se presentó.

La inspectora Samper quiso interrogarlo en comisaría para que el chico tomara conciencia de la gravedad de sus respuestas, ya que serían recogidas por escrito y tendría que firmar lo que hubiera declarado.

Parecía amedrentado e inseguro. Estaba muy pálido. Se sentó con las manos entre las piernas torcidas, con las puntas de los pies juntas y los talones separados. Se rascó un par de veces la nariz.

A Berta le sorprendió que, ante el nerviosismo del chico, Lara no empezara con una pregunta abierta, pero ella también parecía crispada desde que había recibido ese email.

—¿Conocía bien a Manuel Velasco?

El chico no dio muestras de entender la pregunta. Se movía continuamente en el asiento, expectante, como un animal acorralado.

—A Eme —aclaró Lara.

Isra tocó el aro grueso de su oreja derecha.

—¿A Eme? Buah, ya te digo, Eme era mi colega, mi *brother*. Cuando pille al hijo de puta ese… —dijo de repente exaltado.

Se interrumpió en mitad de la frase. Se sonrojó hasta la raíz del pelo.

—¿Qué cree que ha ocurrido? ¿Quién lo ha asesinado?

Bajó la vista a sus zapatillas. Se retorció las manos.

—¿Ni siquiera ha pensado en ello? ¿Le da igual?

Ante el desafío, el chico se envalentonó.

—¡Hostia puta! ¿No está claro? Ha sido la familia de la cerda esa que lo denunció.

Berta y Samper se irguieron en la silla al unísono.

—¿Por qué cree eso? —preguntó Berta con una entonación neutra.

—Al resto de la peña le molaba Eme. Eme era un tío legal. Pero esos zumbados…

Inclinó el cuerpo hacia delante acercándose a ellas. Tenía las pupilas contraídas.

—Eme estaba muy rayado, decía que ya que había ganado, ahora tendría que pedir él justicia y llevarlos a juicio y sacarles daños y perjuicios por toda la mierda que le habían echado encima. Pillar unos talegos. Pero, claro, era un lío de abogados...

Berta se echó hacia atrás, asqueada. Hasta el momento nunca se había planteado cómo se había sentido Velasco. Suponía que aliviado por haberse librado de la condena, pero ¿encima exigía justicia? Era demasiado. Se alegró de que estuviera muerto. No solo muerto, le habían borrado la sonrisita soez de los labios. Inmediatamente se sintió culpable.

Samper prefirió ignorar la última respuesta.

—¿Le molaba a todo el mundo? —preguntó—. ¿También a Rai?

—¿Rai? ¿El Dr. Rai? Ese es un crac.

—¿No discutía a menudo con Velasco?

—Buah, alguna vez se hostiaban, ¿y qué? En el *tuning* nos conocemos todos, somos colegas, gente legal. Aquí no hay movidas raras.

Berta se fijó en la forma en que relucían de impaciencia los ojos de la inspectora. Se había olvidado del email del tal Castelar.

—Si se conocen todos, seguro que conoce a este chico.

Le mostró la foto de Carlos Peiro. Isra se frotó la oreja como si necesitara concentrarse y negó con la cabeza.

—¿Seguro que le pega al *tuning*? —se extrañó.

—Yo diría que sí —resopló la inspectora.

Se esforzaba en mostrarse paciente. Le enseñó la fotografía del C4.

—Este es su coche.

El chico rio con la boca abierta, enseñando unos dientes grandes más propios de una mula.

—¿Esta mierda? —se mofó.

—¿Por qué es una mierda?

—Hostia, tía, no te flipes, ¿no ves que es el coche de un *pringao*?

—Si tiene la bondad de aclararme por qué… —le pidió con burla.

—Esto es de fábrica.

—¿De fábrica? ¿Puede ser un poquito más explícito, por favor?

Isra resopló antes de seguir.

—Hay soplapollas a los que les mola el *tuning*, pero como son subnormales se compran el coche ya tuneado. —Movió la cabeza de un lado a otro—. Que no entienden que lo que mola es el diseño porque el buga es parte de ti, tu coche eres tú, ¿lo captas?

La miró jactancioso antes de continuar.

—Pillas piezas, haces modificaciones. El de Eme es una virguería, por eso se llevaba los premios de largo. Tiene paragolpe delantero Vampire, faros Angel Eyes, llantas 20" Lord Kositty, taloneras y añadido trasero Loenigseder, alerón Reichhard, luz de freno blanca, arcos antivuelco cromados, pantalla Clarion con tele, TDT, navegador y Playstation 4, equipo alta calidad focal Y Kicker, visagras LSD, volante y pomo de palanca Isotta, línea de escape Duramas doble salida, reprogramado a 143 cv. Y todo homologado, ¿eh? Esta mierda…

Dio golpecitos despectivos con la uña en la fotografía.

—… es de fábrica. Hay páginas de internet que tienen hasta catálogos, tú entras, miras cuál te mola, apalancas los talegos y ya te crees que sabes de *tuning* y vas por ahí con el mismo buga que cien soplapollas más. ¿Ahora has pillado el concepto?

Para estos chicos el *tuning* es una religión, una especie de hermandad sagrada, pensó Berta.

—¿Y Rai? ¿Rai se relacionaría con alguien que tuviera este coche?

—¿Estás de coña? —Hizo un aparatoso gesto de asombro—. Antes se corta los huevos y se los mete en la boca.

—¿Sabe dónde podríamos localizar a Rai?

Pensó unos instantes.

—Fijo que va a la *concen* del sábado en Bujaraloz.

Otra vez la maldita concentración del sábado. Solo le faltaba una cosa por preguntar:

—¿Velasco tomaba drogas?

—¿Eme? No te flipes.

—Es inútil que trate de encubrirlo, el Laboratorio Forense ha confirmado altas dosis de benzodiacepinas en su organismo.

Isra la miró perplejo.

—Bueno, unas pirulas o un poco de farlopa alguna vez… lo hace toda la peña. ¡No jodas, eso no es drogarse!

—¿Estás seguro? ¿No tomaba pastillas a diario? ¿Para dormir? ¿Para la ansiedad?

—¿Me estás vacilando? Te digo que no.

El interrogatorio había concluido. Isra se despidió con una especie de cabezada. A Berta le pareció más alto que cuando lo había visto entrar. Le sorprendió el cambio de actitud de Isra, del temor y la inseguridad inicial a la chulería. ¿Por qué creía que lo habíamos citado en comisaría? ¿De qué tenía miedo?

Llegó a casa agotada, al menos Loren ya había acostado a los niños. Desde su despacho, donde corregía ejercicios con las ventanas abiertas, su marido contestó con un bufido a su saludo. Estaba enfadado. Mejor, pensó Berta. A ella tampoco le apetecía hablar con él. Además, tenía demasiadas tareas pendientes.

A la inspectora Samper tampoco le había pasado desapercibido el cambio de actitud de Isra, y había querido comentar, pormenorizadamente, el interrogatorio. Cómo se nota que a ella no la espera nadie, se había dicho Berta con una chispa de rencor. Sin embargo, por muchos diagramas de árbol que dibujaron no llegaron a ninguna conclusión, solo a un montón de interrogantes más. ¿Velasco no era consumidor de benzo? ¿Robabas pastillas en la residencia? ¿Trapicheaba? ¿Carlos Peiro no tenía relación con Velasco ni con Rai?

—¿Interrogamos a Peiro? —le había preguntado a Samper.

—¿Sobre qué? ¿Sobre si es o no un pringado con un coche de fábrica? Prefiero esperar.

Berta llevó a la mesa del salón el portátil, un vaso de zumo de naranja y un plato con dos pechugas de pollo embadurnadas de kétchup que encontró en la cocina. No habían tenido mucho éxito.

Miró en derredor. El salón era un puro desorden. Entró en su correo. No había ninguna respuesta de Informática Forense. Lo suponía porque ni el móvil ni la pulsera la habían avisado, pero prefirió comprobarlo. Bufó. Redactó otro email mientras masticaba la pechuga correosa. Quedó bastante satisfecha con el resultado.

Echó la cabeza hacia atrás tensando al máximo el cuello. Dudó si entrar en el blog. Si lo hago es porque es más peligroso ignorar lo que cuelga Santos Robles, se dijo mintiéndose a sí misma.

«Hoy soy yo, mañana puedes ser tú», leyó. Había tres nuevas entradas. Empezó por la más antigua. Explicaba que había solicitado una diligencia consistente en el careo entre la subinspectora con número de carnet profesional 73465 y el oficial con número de carnet profesional 84566 que la asistió en la detención. El idiota que no para de cuestionarme, pensó.

Le dolía mucho la cabeza. Era como si tuviera una cinta de

deporte para el sudor alrededor del cráneo, pero tres tallas más pequeña. El cabrón de Robles, pensó, al final de cada entrada escribe su nombre completo y su DNI para dar mayor credibilidad. Bajó el cursor hasta la siguiente entrada. La había subido aquella mañana.

Con la boca abierta leyó el documento que Santos Robles había escaneado y colgado íntegramente en el blog. Tuvo que releer varias veces cada línea porque el pánico le impedía concentrarse, las palabras saltaban ante sus ojos. Al llegar al largo párrafo en que se detallaba la evaluación clínica de Robles y los daños físicos que presentaba cuando ingresó, tuvo que detenerse. Se puso de pie. Apartó la silla. Fue hasta la ventana y miró hacia el Ebro. Estaba enfadada. Y desolada. Y confusa. Aterrorizada.

Necesitaba desahogarse y valoró en ir a contárselo a Loren, pero no era buena idea. ¿Qué le dirás?, se dijo. ¿O no te acuerdas de que te preguntó si le habías hecho daño a ese anciano, si tuvieron que sacarlo en una ambulancia por tu culpa? ¿Te acuerdas? Pues ahora, Loren, puedes leer con todo lujo de detalles el parte que le dieron en las urgencias del hospital Miguel Servet.

Imaginó la expresión de Loren. El espanto que sentiría cualquier persona con un mínimo de sensibilidad ante aquella pormenorizada descripción del lamentable estado físico en que se encontraba, de cada una de las lesiones que presentaba. El mismo que sentiría ella si no supiera la falsedad de esos hechos. Aunque, ¿acaso no lo bajaron en una camilla y se lo llevaron en ambulancia? ¿Acaso mentía el médico que lo examinó? Por primera vez se cuestionó a sí misma. Recordó lo enfadada que se sentía aquella tarde. Lo impotente. ¿Puedes afirmar que es mentira?, se planteó. Tuvo que reconocer que no.

Se sintió terriblemente asustada y sola.

Lara

Miércoles, 22 de junio

Protegida por la torre de la Magdalena, abrió el correo de Castelar. Contenía un archivo. En el asunto ponía: «Vídeo».

Estaba impaciente por verlo, sobre todo después de leer el parte de lesiones de Santos Robles del servicio de urgencias del hospital. Sin embargo, de niña aprendió el perverso placer de posponer la recompensa y prefirió esperar a encontrarse en la tranquilidad de su hogar.

Se acercó la delicada copa y apuró el último sorbo de vino blanco. El texto del email era conciso; Ana Castelar le informaba de que habían empezado a recuperar los datos y le adjuntaba uno de los vídeos que Santos Robles había tratado de hacer desaparecer formateando el disco duro.

Descargó el archivo. Inspiró fuerte como si de ese modo pudiera desplegar una barrera y evitar la sordidez de lo que estaba por venir.

La grabación era un ángulo cenital en plano fijo, amplio, en el que aparecía un niño moreno de aproximadamente trece años con vaqueros, camiseta y deportivas. Abría y cerraba unos puños temblorosos. Tenía los ojos arrasados de lágrimas. No era Daniel Álamo.

La cámara debía de estar anclada a una pared a una buena altura, o sujeta por un soporte para GPS. ¡Ya te tengo!, pensó con una sonrisa triunfal mientras esperaba la aparición de Santos Robles.

Entonces se oyó la voz de un hombre joven dictando perversas instrucciones que el niño ejecutaba con mansedumbre. Lara estuvo a punto de apagar el vídeo, jamás se acostumbraría a esto, pero volvió a concentrarse en las imágenes, tratando de analizarlo con objetividad. Esa voz parecía la de un veinteañero. No era Robles. El patrón del segundo encuentro que había descrito Dani se reproducía tan fielmente como en un ritual, pero aquel no era Robles.

¿De aquí sacó la idea? Lara se estremeció. Dio un puñetazo sobre la mesa y la copa de cristal cayó al suelo donde se rompió en tres pedazos. Como Berta, ella también había considerado la posibilidad de que existieran víctimas anteriores con las que hubiera ensayado.

¿Habían existido alguna vez las grabaciones de Dani?, se preguntó con tristeza, ¿hemos perseguido una quimera?

El vídeo solo demostraba que Santos Robles era un consumidor de pornografía infantil. Un único archivo de contenido pedófilo no se consideraba ilegal en previsión de que se hubiera descargado accidentalmente.

Para acusar a Santos Robles de un delito de posesión necesitaban encontrar más vídeos y demostrar que esa posesión no había sido azarosa. Y aunque lo pudieran demostrar, la pena sería de tres meses a un año, con lo que ni siquiera entraría en prisión.

El efecto que le producía la obscenidad atontó a Lara. Las acciones se ralentizaban y cualquier movimiento le suponía un gran esfuerzo.

Amaba su trabajo, estaba enganchada a su profesión, le parecía valiosa; proporcionaba un servicio importante a la sociedad. Sin embargo, en momentos como ese, nada parecía compensarlo. Se sentía asqueada y afligida.

Entornó los ojos y miró al cielo. Eterno e imperturbable. Se acordó de aquella canción de Talking Heads: «El cielo... el cielo es un lugar donde nunca sucede nada».

Nada. Nada. Era desesperanzador que en el único vídeo recuperado no sucediera nada que incriminara a Santos Robles. Y extraño.

Recordó la conversación con Castelar. Ana le había explicado que el disco duro de Santos Robles se formateó para borrar los archivos que contenía y que, para imposibilitar su recuperación, se sobrescribió. Pero que este último proceso no se había completado presumiblemente por falta de tiempo, y esos archivos eran los únicos a los que podrían acceder desde la Unidad de Informática Forense.

Después de ver el vídeo, a Lara se le ocurrió otro motivo por el que pudo no sobrescribirse todo el disco duro. ¿Y si era una artimaña de Santos Robles para que de esa forma solo recuperaran archivos que no lo incriminaran? ¿Una forma de burlarse de ellos? ¿Había trozos del disco duro en los que no había sobrescrito por falta de tiempo o porque eran los que deseaba que recuperaran, los que demostraban su inocencia?

Es más, pensó, ¿por qué motivo decide alguien formatear su ordenador y destruir su contenido? ¿Acaso porque sabe que lo van a detener y que pueden conseguir una orden judicial para investigarlo?

Se incorporó. Contestó al correo de Castelar. Le dio efusivamente las gracias por el envío y le solicitó la fecha en que se produjo el formateo y la sobrescritura. De pronto le parecía esencial conocer el día en que se realizó por si de ese modo descubría si había sido intencionado.

Después se levantó a recoger los trozos de la copa para tirarlos a la basura.

Berta

Jueves, 23 de junio

Despertó a Loren para que tuviera tiempo de ducharse.

—Acabo de planchar la ropa de los niños y la he dejado en las sillas del salón —le explicó.

Fue a la cocina. Tras beber otro sorbo de café, preparó la mesa con los desayunos y regresó apresurada al dormitorio.

—Acuérdate del Dalsy de la niña. ¡Levántate, que me voy! —gritó desde la puerta al verlo darse media vuelta.

En la calle el cielo se había aclarado y el sol quemaba, blanquecino de tan caliente, como algo sólido que se derretía en haces de luz oblicua.

Al llegar a comisaría le sorprendió encontrar un periódico abierto encima de su mesa. Estaba a punto de preguntar quién lo había dejado ahí cuando se fijó en una foto de la página par. La pregunta se le heló en los labios. Constató que ese anciano gordinflón de aspecto benévolo sentado en una silla de ruedas, con el cabello y la barba blanca, era Santos Robles.

Los sonidos rutinarios de la comisaría, el habitual barullo de voces, de pasos, de sillas que se arrastran por el suelo, se aquietaron de repente.

El titular era «Hoy soy yo, mañana puedes ser tú». En la entrevista Santos Robles denunciaba, resignado y triste, cómo las tácticas policiales del tardofranquismo continuaban ejerciéndose con total impunidad por la Policía.

Narraba su propia experiencia. El maltrato y la extenuación física a la que se le había sometido tras una detención arbitraria, y cómo a consecuencia de esas vejaciones había quedado postrado en una silla de ruedas y necesitado de un cuidador que le auxiliara en las tareas más básicas. Conminaba a todos los lectores a entrar en su blog y verificar esas afirmaciones, ya que ahí se recogían documentos oficiales que ratificaban su testimonio.

Exponía que, dado que los fiscales y los jueces encubrían esas prácticas policiales, había interpuesto una querella para obligarles a investigar los hechos. «Para que ninguna otra persona tenga que padecer mi calvario.»

Finalizaba mostrándose satisfecho de que la sociedad estuviera evolucionando, «al contrario que nuestras instituciones», y agradecía las muestras de apoyo que recibía a través de su blog.

Berta trató de dominar la rabia que la invadió de golpe, la indignación porque la prensa fomentara de ese modo las especulaciones de un pederasta.

No necesitaba ser un genio para saber lo que ocurriría a continuación. Se multiplicarían exponencialmente las visitas al blog. Y esa mayor visibilidad convertiría a Santos Robles en un asunto político.

Berta se estremeció. Ese era su mayor temor: Gómez Also, Luis Millán y las altas esferas tendrían que dar una respuesta enérgica y entregar una cabeza de turco a la voraz opinión pública. Recurrirían al consabido lugar común de la manzana podrida que se extirpa a tiempo, antes de que pudra al resto.

Ella sería la manzana podrida.

Con la vista fija en la fotografía pensó que su primera pregunta continuaba sin responder. ¿Quién ha dejado el periódico aquí?

Trató de ordenar sus pensamientos, pero estaba demasiado

confusa para razonar. Imaginaba que la gente a su alrededor la escrutaba con ojos acusadores, atentos a su reacción.

Cogió el móvil y envió un whatsapp a Enrique Medrano.

Ya en la cafetería la congoja le secaba la boca y le quitaba las ganas de hablar.

Enrique había leído detenidamente la entrevista, que ocupaba la mitad superior de la página del periódico.

—No me voy a andar con paños calientes —le advirtió—. Esto es serio. El uso público de la querella y exponer tu imagen en los medios de comunicación es muy peligroso.

La impotencia se extendía en círculos cada vez más amplios dentro de Berta.

—Funciona igual desde los romanos. Fíjate en la Revolución francesa. La multitud, siempre ávida de sangre, pedía la cabeza del reyezuelo, y el tribunal del pueblo inclinaba su pulgar hacia abajo. Ahora sustituye al rey por ti y al tribunal por las cámaras de televisión y los periódicos. El gentío disfruta de estos pequeños derrocamientos que le hacen sentir cada vez más democrático y legitimado.

Berta pestañeó fuerte un par de veces, se masajeó las sienes. No permitiría que las emociones volvieran a dominarla. No lloraría, ni de rabia, ni de desamparo.

—No me estás escuchando, necesitas un abogado. —La miró con franqueza.

¿Un abogado? El miedo le aumentó las pulsaciones.

—Ya te tengo a ti —replicó.

—Uno de verdad. —Sonrió—. No alguien que estudió Derecho hace casi veinte años. Debes detener tu exposición en la prensa. La Constitución establece los límites de la libertad de información si no respeta los derechos al honor, a la intimidad y a la propia imagen.

Sabía que el subinspector Medrano tenía razón, pero buscar un abogado era una opción sin retorno, conceder un peso y una realidad a algo que era falso y que todavía podía esfumarse.

—He repasado la Ley de enjuiciamiento criminal. Si Robles quiere atacarte, puede usar el juzgado como medio coercitivo, según el párrafo sexto del artículo 277, y solicitar el embargo de tus bienes en la cantidad necesaria para satisfacer su demanda.

Berta palideció.

—¿Bienes? ¿Qué bienes? ¿Me embargarán la hipoteca? —Su broma sonó más ridícula que tranquilizadora.

Enrique Medrano le tendió una hoja.

—Te he apuntado los números del departamento legal del Sindicato, el de aquí y el de Madrid. También el de la Abogacía del Estado.

Tras negar con la cabeza, Berta cruzó los brazos.

—Cógelos —insistió Enrique con voz amable.

—Déjame esperar hasta el lunes —suplicó Berta—. Hablaré este finde con Loren.

Imaginar su expresión cuando le dijera que podrían embargarlos, aunque fuera de forma preventiva, la deprimió sobremanera. No le había perdonado todavía sus palabras: «¿Es cierto, Berta? ¿Le hiciste esto? ¿Tuvieron que sacarlo en ambulancia?». ¿Podría hacerlo alguna vez?

—Debes hablar hoy mismo con tu marido. —Enrique extendió los brazos en señal de disculpa—. Si se entera por el periódico o si algún otro medio se hace eco, será peor.

Aunque, a disgusto, Berta reconoció que era cierto. Continuaba sintiendo una mezcla de miedo y ansiedad, pero la charla la había reconfortado. Se comprometió consigo misma a contárselo a Loren esa noche. Ignoraba que, para cuando regresara a su casa, ya no le quedarían fuerzas.

Lara

Jueves, 23 de junio

Horas de investigación rutinaria. Horas de desbrozar montañas de papeles, repasar declaraciones, comprobar coartadas, revisar cada dato; de un montón de tareas burocráticas y monótonas.

Ese trabajo la volvía impotente, desesperanzada. En la vida real, al contrario que en las novelas, una no sabe con certeza que encontrará al culpable del crimen. En la vida real el homicidio era un asunto complejo que carecía de una respuesta simple y que requería horas de tedio e inactividad.

A más florituras, pensó, mayores complicaciones.

Por si fuera poco, Millán entonaba para ellas su cantinela preferida: «No podéis quedaros a vivir en el caso, no podéis quedaros a vivir en el caso».

Lara cogió los folios. Analizó los diagramas de árbol con las distintas hipótesis para escribir su historia. Debía formularse las preguntas correctas. ¿Carlos Peiro? ¿Las benzo? ¿El trozo de aluminio hallado en la autopsia? ¿Jorge y sus mensajes? ¿Rai? La única puerta que le quedaba era Rai.

Pensó con desaliento en qué ocurriría cuando lo encontraran. ¿Caería a sus pies, presa de un arrebato de contrición, confesando el homicidio? ¿Y si tenían que descartarlo? ¿Por dónde seguirían? ¿Qué más les quedaba? ¿Dónde se equivocaban? Habían hecho un recorrido alrededor de Eme, por sus amigos, su trabajo, su novia, su familia, sus aficiones… ¿Cuánto más habría que ampliar el círculo que habían trazado? ¿Hasta los padres del equipo de fútbol que entrenaba? ¿Los clientes de la fontanería?

De cualquier forma, su objetivo ahora era encontrar a Rai. ¿Cómo? Apoyó la frente en la mesa. ¿Qué sé de él?, se preguntó.

Cogió un grueso listado que acababa de imprimir, fue hasta la mesa de Guallar y lo enarboló.

—Son los talleres mecánicos de Zaragoza. Trescientos cuarenta y tres resultados, sin contar los de la provincia. Nuestra prioridad es localizar a Rai.

—Pero el sábado acudirá al Desert Tuning Show.

—No podemos arriesgarnos a que no se presente. ¿Crees que lo hará si sabe que lo buscamos como sospechoso de un asesinato? ¿Si es el asesino?

La expresión de la subinspectora cambió al comprender que era cierto.

—¿Pretendes llamar uno a uno a los talleres? Es una labor de chinos.

—No vamos a llamar.

Le mostró dos fotografías que había impreso del vídeo de YouTube: la cara de lagarto de Rai y su 206.

Lara nunca se daba por vencida. Era concienzuda y eficaz. También la subinspectora Guallar lo era, por eso formaban tan buen equipo.

En ese momento Lara recibió un nuevo email. Desbloqueó el móvil. Era de Ana Castelar. ¿Tan pronto?, se sorprendió. Se apartó de la subinspectora y lo abrió. Era breve. Apenas un par de líneas, la fecha en que se había formateado el disco duro de Santos Robles. El 7 de octubre. Pensó que a su regreso revisaría el blog y el expediente de Robles para buscar esa fecha, para investigar si era significativa, si podía indicarle el motivo por el que no se completó el formateo.

Si le hubiera preguntado a la subinspectora Guallar, ella le habría dicho lo que ocurrió ese día sin dudar.

Berta

Jueves, 23 de junio

La inspectora Samper no le había mencionado el artículo sobre Santos Robles. ¿Lo ignoraba? ¿Había sido ella quien había dejado el periódico en su mesa?

Al mirarla intuía que su jefa se sentía embargada por una febril anticipación y, en esas condiciones, era capaz de desplegar una gran energía.

Taller a taller, en esos espacios cerrados en que se hundía en el puro calor, envenenado por el tufo a neumáticos y a aceite sucio, se sacudió el caos y el desconcierto mientras el mundo recuperaba su peso habitual y la anclaba de nuevo.

Sentía una furia ciega hacia Santos Robles, pero también hacia los periodistas que ni siquiera habían contactado con ella para contrastar la información antes de publicarla. ¿O sí que lo han hecho a través de mi superior, pero Millán...?

Basta, se ordenó.

Berta se había marcado un objetivo: continuaría con las denuncias antiguas y enviando correos a Informática Forense. Santos Robles jugaba sus cartas; y ella, las suyas.

A las dos, sudorosa, frustrada y con dieciocho talleres tachados del listado, Lara la había enviado de vuelta a la comisaría.

—Completa con el resto del equipo el libro de relevos para el turno de la tarde y vete a casa —le dijo—. No es necesario que continuemos las dos.

—¿Seguro? ¿Y si encuentras a Rai?

—Bueno, ojalá ocurra para no tener que seguir mañana...

Mientras aparcaba, Berta vio a Ana Lucía de la mano de un hombre doblar la esquina opuesta. Fue un instante, pero se fijó con desaliento en que Ana Lucía sonreía; el hombre le decía algo y ella sonreía feliz. Había decidido continuar con él. Con su maltratador.

Entró en la comisaría hecha una furia.

—¿Quién ha recibido a Ana Lucía Jaramillo? —bramó.

Torres admitió, con pesar, que había sido él.

—¿Por qué no me has esperado? ¿Por qué le has dejado hacerlo? Era mi caso, ¡mi caso! ¿Tienes idea de las horas que le he metido para convencerla?

Piquer, que ya se marchaba, porque cumplir el horario establecido no iba con él, intervino:

—¿Y qué querías que hiciera el chico? ¿Que la atara a la pata de la mesa con las esposas hasta que aparecieras?

Piquer estaba en lo cierto, pero la verdad no le servía para tranquilizarse.

—¿Aún no te has acostumbrado o qué? —preguntó Piquer—. Las sudacas no aprenden nunca. Es perder el tiempo...

Berta lo miró incrédula. ¿De verdad este tío había aprobado el curso de capacitación o se lo habían convalidado por la antigüedad?

—¿Sabes qué te pasa, Guallar? Que las mujeres que tenéis hijos y no salís de casa veis demasiado la tele, todos esos romances y venganzas que escriben los guionistas, y luego os creéis cualquier cosa, como que los buenos ganan la partida.

Berta apretó los dientes. La cara le ardía. Bajó la cabeza para contenerse. Enrique Medrano, que había acudido al oír el jaleo, la agarró del brazo.

—No me pegue, señora subinspectora. No me deje en una silla de ruedas —se rio Piquer. Cruzó los brazos sobre la cabeza para fingir protegerse—, por favor, por favor.

La vileza de sus palabras la sobrecogió.

Hasta ese momento nunca había sido consciente de que Piquer la odiara, siempre había achacado su comportamiento a la estupidez, no a la maldad. ¿Es el que me ha dejado el periódico sobre la mesa?, pensó de pronto.

—Pasa —le dijo Enrique Medrano—. No se lo pongas fácil. Berta, no se lo pongas fácil.

—¡Joder!

Mientras se alejaba con Enrique, dejó escapar un gemido de aflicción. Por Piquer. Por Santos Robles. Porque en el mundo hubiera personas como ellos. Y por Ana Lucía. Por la injusticia que suponía que retirara la denuncia. Saber que no sería la última que lo haría.

Aunque ya no hubiera ninguna medida judicial que la protegiera, Ana Lucía sería otra de las mujeres a las que realizaría un seguimiento: la llamaría de vez en cuando, vigilaría con frecuencia su domicilio y el bar donde cocinaba y fregaba catorce horas diarias. Con toda la frecuencia que pudiera. La apuntaría en su libreta, aunque eran demasiados los nombres de esa lista.

Y lo haría por el mismo motivo por el que a algunas de las víctimas les daba su número personal. Por lo que recaía una y otra vez en ello a pesar del escepticismo de Lara Samper. Y el motivo era simple: la estúpida creencia de que podía ayudar, de que era capaz de hacer más, de marcar la diferencia.

—¿Estás bien? —le preguntó Medrano.

Tardó casi un minuto en responder, pero lo hizo con una

mirada dura y tranquila a la vez, con determinación, tan resuelta que el subinspector añadió:

—Esto es lo que más me gusta de ti. Siempre te levantas.

Se forzó a sonreír. Sus dientes desiguales le daban un aire
desvalido, infantil. Claro que sí. La puta ama, pensó. No permitiré que Piquer y unos cuantos gilipollas como él me hun-
dan. Eres la puta ama, Berta.

Lara

Viernes, 24 de junio

Aquella tarde, al entrar en el despacho de Millán, Lara agradeció el aire acondicionado. Sin embargo, frente a la impoluta camisa blanca del inspector jefe, se sentía sucia y pegajosa. Por la mañana después de nadar, se había permitido unos minutos debajo de la ducha, pero ahora le parecía que hacía siglos. Tras pasar el día entero en decenas de talleres, tenía el cabello apelmazado recogido en una coleta, y estaba segura de que del maquillaje apenas quedarían unos pegotes. Sentía que el tufo a goma, a tubo de escape y a grasa se le había adherido como una capa pringosa a la piel.

Le hubiera gustado disponer de unos minutos a solas en el baño para adecentarse y recuperar la seguridad en sí misma, pero el propio Luis Millán se había presentado ante ellas al regresar de su baldía expedición.

A Lara le irritaba su forma de tratarla. Ahora, sentado a su mesa, le clavaba esos ojos azules que tan bien conocía, esos que se parapetaban tras una montura de gafas negra, mientras ella trataba de adivinar si la provocaba o si se burlaba.

¿De qué quiere hablarnos?, pensó. ¿Es por Guallar? ¿Por lo que ocurrió ayer con Piquer?

Creía que los acontecimientos sobrepasaban a la subinspectora. El evidente enojo que le mostraba en cada uno de sus movimientos, en la forma desabrida de golpear impaciente el ratón, de tirar bolígrafos o papeles encima de la mesa, incluso de echar hacia atrás con agresividad la silla. Su secretismo, que no le hubiera comentado nada de la querella o de la entrevista en la prensa a Santos Robles. ¿Por qué se mostraba tan reservada con ella?

Sin embargo, lo que más le preocupaba era la forma en que se había inflamado su susceptibilidad. Su torpeza el día anterior al dejarse provocar de aquel modo por Piquer resultaba inaceptable.

Había preferido no contarle lo que había descubierto la noche anterior al revisar el expediente de Santos Robles. El 7 de octubre, el día en que se formateó y se sobrescribió parte de su disco duro, fue el día en el que Berta lo detuvo. No quería lanzarse a hacer conjeturas hasta saber la hora exacta, aunque sentía que su hipótesis era correcta. Había escrito a Ana Castelar pidiéndole la hora.

Todavía no había respondido.

Millán se decidió a hablar.

—Guallar, comprendo que estás sometida a mucha presión por la querella, agravada por la desafortunada publicación de ayer en los medios de comunicación. —Hizo un gesto vago con las manos.

La subinspectora se removió inquieta. Lara pensó con desprecio que Millán cada vez se parecía más a un político; sus palabras, su actitud, siempre consciente de que al comunicarse no solo transmitía información, sino que además ponía en su lugar a cada persona que le escuchaba.

—Cualquier exposición de ese tipo adelanta el escarnio del imputado. Se produce un menoscabo público de su imagen en un momento anterior, incluso, al de que se admita la propia querella. Un abuso de facto. De forma coloquial podríamos decir aquello de difama que algo queda.

Lara ya no tenía dudas de que el motivo por el que las había requerido era el incidente con Piquer, y le molestaban los rodeos y la condescendencia que mostraba Millán. La subinspectora en ese momento se pasaba la mano por la nuca. Tenía el rostro ruborizado.

—Por otra parte —continuó el inspector jefe—, también sitúa a la fase de instrucción en la picota de lo indeseable. Precisamente esa fase en la que el juez necesita de una notable y profunda reflexión para valorar si es admitida a trámite.

Les dirigió una sonrisa fija que parecía pegada con cola a su rostro. Lara adelantó el cuerpo en el asiento. Temía lo peor, incluso que retiraran a Guallar del servicio hasta que se resolviera la querella, por eso le sorprendieron aún más las siguientes palabras de Millán:

—En fin, tengo que comunicaros una novedad. —Abrió las manos como si se las ofreciera—. Me he saltado el procedimiento para que disfrutéis del fin de semana. Sobre todo tú, Guallar, para que aproveches para relajarte.

Era su forma de reconvenirla.

—El juez se ha acogido al artículo 313 de la Ley de enjuiciamiento criminal. Ha desestimado la querella porque ha considerado que los hechos en los que se funda no son constitutivos de delito.

La subinspectora permaneció un momento inmóvil. Demasiado asombrada.

—¿No la han admitido a trámite? —repitió para asimilar lo que eso significaba.

—Es lo que he dicho.

Berta aguantó la respiración sin creer del todo lo que estaba escuchando. Incluso a Lara le costó refrenar el alivio y la dicha.

—Robles puede recurrir —les advirtió Millán—. La inadmisión de la querella permite formular recurso de apelación ante la Audiencia, y supongo que se acogerá a él.

El rostro de Berta se distendió en una sonrisa. Por supuesto que Santos Robles podía recurrir, pero haber ganado aquella batalla suponía un avance innegable.

—¿Te han contestado de Madrid? —la interrogó Lara en cuanto se quedaron solas.

—No.

—Insiste con lo de la pericial —le espetó.

Vio como Berta guardaba silencio, pero apretaba de un modo ostensible los dientes. No le importó, hacía lo correcto. Ahora más que nunca necesitaba creer en la existencia de las grabaciones de Daniel Álamo y en que conseguirían recuperar alguna porque si la detención era legal, las pruebas que hallaran en su ordenador y en su móvil lo serían y podrían acusarlo con nuevos cargos.

—Pasaré a recogerte mañana a las once. En punto.

Al llegar a casa, Lara continuaba sin recibir respuesta de Ana Castelar.

Lara había verificado en el expediente la hora en que se produjo la detención de Santos Robles. Las 14.40 del día 7 de octubre. Si la hora del formateo era previa, podía tratarse de dos hechos aislados a los que la proximidad en el tiempo forzaba a relacionar causalmente.

También verificó a qué hora la instructora, la subinspectora Guallar, y el técnico informático Sergio Alloza llegaron al domicilio de Santos Robles con la orden judicial para incautar el ordenador: las 20.55. Si se produjo entre el momento de la detención y ese otro…

Tras abrir una botella de uva gewürztraminer de Somontano y servirse una copa, encendió un cigarrillo.

Suspiró. Millán. Castelar. Use. Siempre Use. Recordó que hubo un tiempo en que recibía amor a diario, en que la alegría era algo natural en su vida, en que olvidó lo que era sentirse sola y vulnerable. Diferente.

Era 24 de junio otra vez. Esa mañana hacía seis años que los labios de Use secaron las gotitas de sudor que se habían formado en su cuello, en que su mano recorrió, morosa, la depresión que se formaba en el centro de su espalda desnuda, en que su lengua lamió uno a uno los dedos de sus pies. Unos pies ridículamente pequeños, casi infantiles, para una mujer de su estatura.

—No me mientas —le tomó el pelo Use—, confiesa que de pequeña te los vendaron como a las geishas.

Larissa sonrió con deleite, desnuda en aquella cama de sábanas blancas, como las velas de un barco en medio del océano, a merced de la luz que entraba a raudales por los cuarterones de las puertas de madera del balcón.

—Seguro que fue idea de la malvada rusa para aumentar tu cotización en el mercado matrimonial —dijo mientras su boca se movía de un dedo a otro.

Un gozoso escalofrío subió por la espalda de Larissa cuando le mordió suavemente.

—Hum, le daré lo que me pida a la malvada rusa —continuó Use—. Yo ya no puedo vivir sin mi «lirio vendado».

Lara abrió los ojos. Como siempre, recordar dolía. Rememorar esas perezosas mañanas, esa felicidad tan sencilla e intensa, en el erial en que se había convertido su vida era una tortura.

Buscó «Falling Slowly» y dejó que sonara en bucle. La banda sonora de mis últimos años, pensó abatida. Convaleciente del día y mareada por el bochorno y el alcohol se adormiló. Despertó un par de horas más tarde. Trató de respirar una brisa inexistente, de llevar aire a sus pulmones. De llenar el vacío tan profundo y doloroso que había en su interior.

La música continuaba como un murmullo. «Temperamentos que me poseen. Que me borran y me dejan deprimido.»

Pensó que nadie se sentía peor que ella. Y se equivocaba. En otra parte de la ciudad, en ese momento, aquello que no era irremediable porque hubiese podido evitarse, ocurría.

El juicio

Martes, 7 de abril de 2013

El juez presidía la mesa en la sala de vistas número 20. A su lado, frente a un ordenador, se encontraba el secretario.

El fiscal interrogaba al último de sus testigos. No estaba demasiado satisfecho porque todas las pruebas aportadas eran de fuente personal. La ausencia de testigos y de cualquier otra prueba física o médica —raramente contaban con muestras biológicas o ADN— dificultaba la instrucción y el juicio del caso, ya que la declaración de la víctima se oponía a la del imputado.

Además, le molestaba la rodilla, sentía los pinchazos incluso sentado. Creía que era por forzarla en la bicicleta el domingo con los amigos. En cuanto termine aquí, pensó, me tomo otro ibuprofeno.

El tatuador, de pie ante el micro, respondió a la pregunta del fiscal.

—No, no se parece a ningún diseño del muestrario que damos a los clientes para que elijan. Me lo trajo dibujado en un folio.

—¿Se encuentra en la sala esa persona?

El testigo señaló a Manuel Velasco. Eme sonrió con suficiencia, aunque estaba intranquilo. Su abogado le había dicho que a no ser que alguien cambiara su declaración, el juez ten-

dría que aplicar el principio in dubio pro reo por el que, en caso de duda por insuficiencia probatoria, se favorecería al imputado; eran el fiscal o la acusación particular los que debían probar la culpabilidad, y no el acusado su inocencia. Ante la duda, había que juzgar a favor del reo.

Encima mi vieja, pensó el chico, que no sé por qué cojones se ha empeñado en venir, no me quita el ojo de encima, como si fuera un perro. Y la Sonia con su sonrisita. Hostias, que sí, que eres más lista que nadie, un puto genio, no te jode.

Un rato antes se había divertido. Cuando declararon las dos policías. Las que lo detuvieron. «Cómeme la polla», les dijo al esposarlo. La policía alta era de hielo. La otra respondió: «No creas que vas a impresionarnos; tratamos con mierdas como tú todos los días», y le apretó más las esposas.

Mientras esperaba su turno para declarar, Eme se fijó en ella con insistencia, tratando de provocarla, ajeno a todo lo demás, con una sonrisa ladina, divertido con sus esfuerzos por fingir que no se daba cuenta, hasta que levantó los ojos y lo encaró. Era lo que aguardaba. Eme le guiñó el ojo izquierdo. Movió, obsceno, arriba y abajo, la punta de la lengua dentro de la mejilla. Luego le sonrió. La policía desvió con rapidez la mirada, aunque al chico le dio tiempo a advertir la forma en que ascendía su pecho al intentar dominarse. Fijo que se muere por partirme la jeta, pensó. ¡Pues te jodes!

—¿Alguna vez había realizado ese tatuaje? —continuó el fiscal.

—No —respondió el tatuador.

—¿Volvió a hacerlo después?

—No.

—¿Y alguno similar?

—No.

El fiscal se aferraba a que la identificación del tatuaje que realizó la víctima resultara probatoria. El abogado defensor había tratado de rebatirlo aduciendo el estado de shock de la víctima en el momento de la agresión, la oscuridad del lugar... ¿Un rayo de luna? ¿No sería un reflejo equívoco? ¿Se dejó llevar por las emociones? El fiscal había mostrado el dibujo que realizó Noelia Abad en su declaración, unos trazos nerviosos que concordaban con el tatuaje del acusado.

—Si usted es el único que vio el diseño y no se lo tatuó a nadie más, ¿qué probabilidad existe de que haya más personas con este mismo tatuaje, idéntico?

—¿Ninguna? —Se encogió de hombros.

El fiscal quedó bastante satisfecho. Pretendía que se considerase el tatuaje algo distintivo y único, casi una marca de nacimiento. Sin embargo, el abogado defensor preguntó:

—¿Puede afirmar que ninguna otra persona se ha tatuado ese mismo diseño? ¿Que ningún otro tatuador lo ha realizado?

—Y yo qué sé lo que hace la peña. —Soltó una risa ahogada.

—¿Eso es un no?

—No, no puedo afirmarlo —negó más serio.

El fiscal resopló, había perdido esa mínima oportunidad. Probó a estirar la rodilla y luego a encogerla. A ver qué le decía esta tarde el traumatólogo.

Berta

Sábado, 25 de junio

Aquella mañana Berta salió a correr para luchar contra la impotencia.

La tarde anterior, cuando Millán les comunicó que la querella no había sido admitida a trámite, el alivio fue inmediato. Sintió la adrenalina recorrer su cuerpo como un disparo. Aunque, unos minutos más tarde, se vació poco a poco de aquella euforia.

Sentía un suelo firme bajo sus pies, pero la carga de responsabilidad había aumentado. Ahora todo dependía de ella. De que encontrara su rastro en alguna denuncia previa. De las grabaciones. De su existencia. Debía atrapar a Santos Robles.

Aguantaba la tentación de visitar el blog y ver la nueva entrada que habría colgado. Explicará que el hecho de que la querella no haya sido admitida a trámite confirma la connivencia del poder judicial con la Policía, pensó. No quería verlo. Ni leer los comentarios que habría generado, los insultos que habrían escrito sobre ella.

Alcanzó el Pabellón Puente que la arquitecta Zaha Hadid construyó sobre el Ebro, dos plantas en forma de gladiolo. Se tumbó en la ladera de césped a recuperar el aliento. Se limitó a inspirar y expirar para vaciar su mente.

Una notificación en su reloj la hizo volver a la realidad. El email diario con el parte de novedades. Ya lo miraría en casa. Se puso de pie de un salto, tiró con ambas manos de la camiseta hacia abajo y rehízo la coleta. La carrera le había sentado bien, se sentía más ligera, como si hubiera arrancado algunas malas hierbas de sus pensamientos.

Emprendía el regreso cuando, al mirar en lontananza, la sobrecogió un magnífico espectáculo. La esfera solar ascendía por detrás de las once cúpulas de tejas vidriadas de la basílica del Pilar, se clavaba en los pináculos de sus altas torres con un despliegue de furiosos amarillos, ocres y naranjas que se duplicaban en la superficie remansada del río.

Apagó el MP3 y contempló la inesperada belleza de ese instante. Lo consideró un privilegio, una suerte de recompensa a su propio esfuerzo. Una palabra acudió a su mente: albada. Recordó la letra de la «Albada del viento», la canción de Labordeta: «Las albadas de mi tierra / se entonan por la mañana / para animar a las gentes / a comenzar la jornada».

Y sin otro motivo, se sintió más dichosa. Empoderada. Lo lograría, reuniría las fuerzas para enfrentarse a todo.

Merezco ser feliz, pensó.

Lara

Sábado, 25 de junio

Colocó el portátil en la encimera que conectaba el salón con la cocina. Esta era minimalista, sin armarios en la pared de pizarra, que presidía una campana curva de cristal. Impoluta. En la nevera aguardaban dos de los táperes que había dejado Azucena el miércoles. Debía acordarse de vaciarlos en la basura y meterlos en el lavavajillas. No quería que se los encontrara intactos el lunes.

Hasta allí llegaba el ruido de los primeros coches.

Mientras tomaba despacio el café, miró los correos para confirmar que Ana Castelar seguía sin indicarle la hora en que se había formateado el disco duro de Santos Robles. ¿Por qué tarda tanto?, pensó. Después puso de nuevo el vídeo de Rai. Excitada ante la inminencia del acontecimiento. ¿Encontrarían por fin a Rai en el Desert Tuning Show? Tal vez esta misma tarde se solucione el caso, pensó.

Ocupaba sus pensamientos en Rai, para intentar que no se le colaran los otros. Los que dolían. Porque era 25 de junio. Otra maldita vez.

Avanzó el trozo en el que aparecían los distintos maleteros para detenerse en Rai. «Quiero más a mi coche que a mí mismo», repetía y guiñaba uno de esos ojos demasiado juntos. Esta vez reconoció a Kike. También identificó a Isra en el grupo que bebía de la botella de dos litros de Coca-Cola.

Miró la hora en el móvil. Era pronto. Tenía tiempo. Vio el vídeo desde el principio, deteniendo la imagen de vez en cuando, prestando atención a los secundarios de aquel show, a los coches, a los grupos.

Distinguió una vez a Velasco y a Rai al fondo, entre varios chicos que se arremolinaban en la parte trasera de un coche gris con una pegatina de Tuning Club en la luna trasera. Del tubo de escape salían unas bocanadas espesas de humo negro mientras se oían con claridad los acelerones.

—¡Co, co, co, dale, dale! —bramaban.

Velasco y Rai dispersaban el humo con la mano. Movían las cabezas adelante y atrás, entusiasmados, lo jaleaban como si coronara un ocho mil.

Le había pasado desapercibido hasta entonces y prestó más atención a todos los detalles, a los rostros… Llegó al momento en que Kike y Velasco golpeaban con un mazo el coche rojo. Velasco propinaba un mazazo y el tubo de escape salía volando.

—Un máquina, tío, eres un máquina —le decía Rai y lo agarraba de la pierna.

En ese momento a Lara se le aceleró el corazón. Congeló la imagen y aproximó la cabeza a la pantalla. Entre el montón de chicos que se habían congregado alrededor de Velasco, detrás de Isra, un poco más apartado, lo vio a él.

Agarraba por la cintura a una chica rubia con una camiseta anudada por encima de la cintura y miraba embelesado a Velasco.

Aparcó en la puerta a las once en punto y encendió un cigarrillo. Guallar se retrasaba.

Le aliviaba tener una obligación, algo que la distrajera. Prefería olvidar su comportamiento la noche del 25 de junio del año pasado. No recordar la boca pastosa, seca, las uñas llenas de tierra, el cabello enmarañado y sucio, la cabeza que palpitaba de dolor. Sin atreverse a abrir los ojos porque sentía que toda aquella luz aguardaba para herirla. Las macetas reventadas, los terrones de tierra como coágulos oscuros, las botellas vacías, la lluvia de pétalos blancos, marchitos y pisoteados como después de una boda.

En ocasiones, cuando estaba especialmente lúcida, un pensamiento como un chispazo que iluminara las zonas más oscuras le hacía plantearse por qué, después de seis años, continuaba afectándola de aquel modo tan destructivo, por qué esa aniquilación. Sin embargo, solo era el chispazo de una epifanía. Antes de que tuviera tiempo de aprehenderlo desaparecía dejando en su estela algo similar a la inquietud, y ella regresaba al fango con encono.

Llamó dos veces al móvil a la subinspectora Guallar. Le preocupaba su tardanza porque acostumbraba a ser muy puntual.

Por fin apareció. Atribulada. Pidió perdón por el retraso y, sin dar ninguna explicación, insertó su MP3 en el puerto USB del coche. Sonaba la letárgica banda sonora de *Flores rotas*.

Lara nunca se lo revelaría, sin embargo, un día en que la vida le pesaba un poco menos, dejándose llevar por un impulso, la compró por internet. Al aparecer en la pantalla el cupón, fue consciente de que hacía casi cuatro años que no compraba una película. Desde que adquirió el DVD de *Once* a modo de reto o sacrificio.

Creyó que estaba preparada, que ver la película completa supondría alguna diferencia, se convertiría en el detonante que la haría tocar fondo. Pero en cuanto terminó «Falling Slowly»:

«Pudiste elegir. Y ya tomaste tu decisión», y se acercó el momento en que esa tarde (una tarde como otra cualquiera, de una cotidianidad espantosa) Luis Millán entró en el cine y la película y su vida se interrumpieron, comenzó a sentir los latidos de su corazón. Latía con tanta fuerza que lo oía retumbar dentro de su cabeza. Aceleradísimo. La visión se le volvió borrosa, llena de puntos destellantes de distintos tamaños y pestañeó varias veces seguidas para aclararla. El aire que la rodeaba era insuficiente y sintió que se ahogaba como si le hubieran colocado una almohada en la cara. Aterrada comenzó a boquear cuando sintió un dolor muy intenso en el pecho. ¿Es un infarto?, ¿voy a morir ahora?, se angustió. Los jadeos aumentaron.

Sin embargo, en vez de morir, poco a poco los síntomas fueron remitiendo, el corazón se serenó. Fatigada, se tumbó en el sofá procurando inhalar lento y profundo mientras contaba del 1 al 10 y exhalar muy despacio. Temblorosa y entumecida comprendió que había sufrido un ataque de ansiedad asociado a la experiencia traumática que vivió aquella tarde. Se sintió avergonzadísima.

Unas horas más tarde, ya recuperada, valoró que quizá se había debido a que continuar con la película (la evidente metáfora de tocar fondo, comenzar a ponerse de pie y seguir viviendo) era una traición imperdonable. Ella no podía permitirse el olvido.

Hacía demasiado tiempo que había atravesado ese momento crítico en el que se elige entre luchar por algo o dejar que el desinterés se infiltre en cada rincón. Y Lara había optado por abandonarse a esa molicie.

Observó de reojo a Guallar, absorta en sus propios pensamientos.

Mientras dejaban atrás Zaragoza dudó si contarle lo que había descubierto en el vídeo.

Berta

Sábado, 25 de junio

Se desprendió a tirones de la ropa sudada y, por primera vez en toda la semana, se duchó sin prisas, todavía bajo los efectos de la Albada, embadurnada de optimismo. Reguló el chorro del agua para dirigir toda su fuerza a los hombros, a la nuca.

Al salir, se preparó otro café y se tomó un Diazepam.

Finalmente Loren y los niños se marcharon dejando un rastro de ropa sucia, juguetes y restos de desayuno tras ellos. Loren continuaba molesto porque Berta no advertía que la querella había sido una señal para acogerse a la conciliación familiar.

—Dadle un beso a mamá —ordenó a los niños, aunque él se olvidó de hacerlo.

Se marchaban con sus suegros a pasar el fin de semana al pueblo. Ella tenía que trabajar. Otra vez tenía que trabajar.

—Pasadlo bien y llamadme cuando lleguéis —les dijo ya en el ascensor—. Acuérdate de ponerles crema. Los bañadores están en el fondo de la bolsa. A Izarbe le toca el jarabe a las cuatro…

Así eran las cosas ahora entre Loren y ella, un velo de silencio rencoroso que lo cubría todo. Desaliento. La boca bien cerrada a algo que no fueran tontas banalidades. Le hubiese gustado hacer las paces, pero… ¿había algo en concreto sobre lo que hacer las paces? ¿Un motivo por el que estuvieran enfadados o era puro cansancio de una vida en común?

Se quedó de pie viéndolos entrar en el ascensor. Sonó su móvil. Faltaban diez minutos para las once. Le extrañó, Lara Samper era maniáticamente puntual.

En la pantalla el número que aparecía era el de Medrano. ¿Medrano? Recordó que se encontraba en Barcelona.

Enrique estaba eufórico, acababa de tomar un café con Márquez.

—Un tío muy, muy peculiar. Se acordaba de Samper y de Millán. Me ha contado un montón de anécdotas. Te vas a morir de risa, un día...

Berta consultó nerviosa el reloj. Disponía de seis minutos. Cuando consiguió que le prestara atención, solo cuatro.

—Medrano, tengo que estar en el portal a las once en punto —le advirtió.

—A Eusebio Beltrán, al inspector jefe a cargo de la unidad de cerebritos, le metieron un tiro el 25 de junio de 2007 —soltó—. ¿Le parece a la señora que eso es ir bastante al grano?

Recordó la fotografía. Su gesto, sus ojos tan sugestivos.

—... era bueno, aunque no demasiado escrupuloso con las normas, contaba con varios apercibimientos por desobediencia. Ya me entiendes.

En ese momento el móvil le avisó de otra llamada. Miró el reloj. Las once y un minuto.

—Tengo que colgar. La jefa...

—¡No! Espera, esto es importante: se le fue la mano. Investigaban a un grupo...

—Te llamo en cuanto me quede sola.

Cuando llegó al coche, encontró a Lara Samper alta y erguida tras el volante, con las mejillas tersas y encendidas, de adolescente, que distraían la atención de las ojeras. Durante el viaje le pareció incluso más distante que de costumbre, más alejada a cuanto la rodeaba.

Se arrepintió de no haberse tomado una aspirina para reforzar el Diazepam.

Apenas faltaban quince kilómetros cuando Lara le contó su descubrimiento. El arrobo con el que Carlos Peiro miraba a Velasco en el vídeo.

—¡Se conocían! —exclamó Berta—. La expresión de su rostro cuando le enseñamos la foto... Se asustó. Creyó que habíamos encontrado la conexión entre ellos.

—He pensado en otra posibilidad. Una que concuerda con que Isra y Kike, que no se separaban de Velasco, no hubieran visto nunca a Peiro.

—Te escucho —dijo un poco susceptible.

—Velasco ganaba numerosos trofeos en las concentraciones, lo que lo convertía en una especie de celebridad en el mundo del *tuning* de Zaragoza. Evidentemente, aunque fuera un aficionado, si Carlos Peiro frecuentaba esos encuentros, tuvo que coincidir con él.

Hizo una pausa.

—Peiro lo conocía porque lo admiraba. Pero Velasco nunca reparó en él, como no reparó en los montones de admiradores que le aplaudían.

Berta pensó con fastidio que tenía sentido. Para Manu, Rai, Kike o Isra, Carlos Peiro solo era un pringado que llevaba un coche de fábrica, pertenecía a una casta inferior y nunca se dignarían a hablar con él.

—Creo que Peiro se asustó —continuó Lara—, o más bien se sobresaltó, cuando le enseñamos la fotografía de Velasco porque pensó que podríamos achacarle un móvil. El mismo motivo por el que temió que descubriéramos su coche tuneado.

Permanecieron unos minutos en silencio. Lo rompió Berta.

—¿Vamos a interrogarlo?

—Es posible que acuda al Desert Tuning Show. Si coincidimos con él, le haremos unas cuantas preguntas.

—Y aún es más posible —la contraatacó—, que prefiera seguir escondido para que no lo relacionemos con el mundo del *tuning* y con Velasco. ¿Qué haremos entonces?

La inspectora Samper dudó un momento.

—Veamos cómo se desarrollan los acontecimientos.

La tierra ardía, el aire abrasaba al respirar. A lo lejos los campos, centelleantes de calor, parecían el mar, un mar de fuego anaranjado, estático e inabarcable como el vestido de *Flaming June* de Leighton. «Junio ardiente», no podía ser más adecuado, pensó.

Bujaraloz era la capital de los Monegros zaragozanos, una cuadrícula de casas chatas en una llanura perfecta. Allí se celebraba el Desert Tuning Show. Asistía bastante público: gente del pueblo que se acercaba a curiosear, padres que paseaban con sus hijos de la mano, matrimonios… aunque en su mayoría eran jóvenes: chicas vestidas con top o camisetas de tirantes que dejaban al descubierto el vientre plano con un piercing en el ombligo y chicos que lucían sus coches.

Berta ignoraba que igual que los perros y los amos acaban pareciéndose, también los coches y sus dueños adquieren una peculiar simbiosis o, quizá, pensó, tenía razón Isra y son el reflejo uno del otro.

Lara Samper enseguida distinguió a Kike y a Isra, ambos con similares camisetas y cadenas de plata.

—Ya veréis, con el *tuning* se conoce mogollón de peña —las saludó Kike, eufórico.

Berta se fijó en que sus ojos eran agujeros negros con el iris apenas visible.

—¿Habéis visto a Rai? —preguntó la inspectora. La inquietud no le dejaba espacio para los preámbulos.

—Lo mejor será dar un voltio, aquí hay mucha peña —aconsejó Isra.

Deambularon entre los coches. Llegaron a una plaza central donde se apiñaba la gente alrededor de un espectáculo. Dos chicas semidesnudas provistas de unas esponjas extendían espuma, con movimientos obscenos, por un coche mientras otra les lanzaba agua con una manguera entre vítores y exclamaciones. A continuación se embadurnaron la una a la otra con gestos lascivos. Samper pestañeó dos veces tras sus gafas de sol. A Isra y a Kike les relucían los ojos.

Donde terminaba la exposición, en un descampado, diez o doce chavales volcaban un Astra rojo, al que faltaba el motor, dándole sucesivas vueltas de campana, una, dos, tres y después se turnaban para golpearlo con un mazo, tal y como Lara había visto hacer a Velasco y a sus amigos en el vídeo de YouTube.

Diversión de calidad, se dijo Berta con profundo desprecio. Desprecio y hastío. Pensó que, gracias a los asientos de primera fila de los que disfrutaba por ser policía, era consciente de la cantidad de tarados que existían y de que cada año crecían de forma exponencial. ¿Qué tienen en la cabeza para estos refinamientos? ¿Física cuántica? ¿Poesía del Siglo de Oro? Seguro que no saben ni lo que es una fracción ni que el verbo haber se escribe con hache. Ni falta que les hace. ¿Para qué? ¿Para conseguir una plaza en un programa de la tele y ser famosos durante una semana?

Pensó que en ese contexto era donde Eme y Yoli encontraban su propia esencia. Se perpetúan y llenan la ciudad de descerebrados a los que yo terminaré por detener.

Isra reclamó su atención. Señaló a un chico que presidía un grupo detrás de los coches. Allí, a su alcance, se encontraba Rai.

Lara

Sábado, 25 de junio

Lara se tensó, su sonrisa se había acerado al distinguir a Rai.

Se acercaron hasta él.

Contra una pared, para protegerse del sol que reverberaba con violencia, había cinco chicos, con camisetas negras y un vaso de cerveza en la mano. Solo se diferenciaba el de la camiseta blanca y pantalones piratas bicolor con una pernera blanca y la otra gris, un piercing en la ceja y un par en el labio, simétricos, ostentosos sellos de oro en los dedos y ojos de lagarto demasiado juntos. Rai.

Llegaron hasta él a la vez que los de la organización, que para distinguirse vestían polos azules con la leyenda «Desert Tuning Show, organización».

—Empieza el movimiento —dijo Rai.

Antes de que les diera tiempo de alcanzarlo, se montó en el coche blanco que Lara había visto en el vídeo y lo puso en marcha. Se detuvo en la posición asignada, marcada con una raya, y la carrocería bajó hasta el suelo. Rai repitió la operación varias veces. Parecía una parte independiente del chasis, que subía y bajaba simulando la respiración de un ser vivo.

Le asignaron el número 235, le tendieron un papel y continuaron hacia un coche amarillo. Una chica con camiseta roja y dientes de rata iba de copiloto, y saludó con la mano efusivamente a Rai mientras el conductor se distraía recogiendo su acreditación.

—¿Es usted Rai? —le preguntó Lara.

El chico entornó los ojos de lagarto. Pasó la vista por Kike e Isra sin interés.

—¿Quién eres tú? —Abrió su sonrisa de dientes perfectos, la miró de hito en hito en una muda promesa de diversión.

—Son... —se precipitó Sapo. Una mirada feroz de la inspectora lo detuvo.

—Inspectora de policía Lara Samper y subinspectora Berta Guallar, ¿podemos hablar un momento? —Le señaló un enorme chopo algo apartado del jaleo.

—¿Qué pasa? ¿Tengo alguna multa sin pagar y habéis venido a cobrárosla? —Movió la pelvis hacia delante y hacia atrás.

Sus amigos carcajearon la broma y al terminar se quedaron muy sonrientes. Aguardaban lo que pudiera ocurrir.

—¿Nos acompaña? —preguntó Lara, tras dejar pasar un instante.

Había encendido un cigarrillo y los observaba lanzando el humo hacia arriba. Tranquila.

—¿Para qué, preciosa?

Una oleada de risas reprimidas recorrió a los chicos. Lara también sonrió.

—Bueno, ya está, ya han visto que es el más macho. Ahora, acompáñenos.

Una tensa quietud se extendió tras sus palabras, Rai buscaba algo para atacarla, pero se detuvo. Quizá fue el brillo de alegría en los ojos de la inspectora el que le advirtió. No era el más listo de la clase, pero tampoco el más bobo.

—Lo que tú digas, preciosa. —Pretendió ser ocurrente y retador, pero sonó hueco.

Sapo e Isra hicieron ademán de seguirlas.

—Esperen aquí —les ordenó. Obedecieron como un par de perros bien amaestrados a la voz de su dueño.

Se colocaron a la sombra del chopo, un oasis en medio de la luz. Después de tantos días rastreando su pista, Lara no pensaba andarse con rodeos. Le pidió sus datos personales: nombre, dirección, número de teléfono. Reprimió las ganas de añadir el nombre del taller.

—¿Conoce a Manuel Velasco? —La expresión de Rai fue de desconcierto—. Eme.

—¿A Eme? —Enseñó un poco los dientes de cocodrilo al acecho—. ¿Qué tripa se le ha roto?

—¿No lo sabe? —Sonrió.

Se encogió de hombros.

—¿Debería de importarme?

Lara era bastante más alta que Rai, pero él era mucho más ancho y fuerte, más sólido. Sus piernas se anclaban al suelo como un tocón. Decidió dejarse de rodeos. Aquel chico era su principal sospechoso, ¡por supuesto que sabía lo que le había ocurrido a Velasco!

—Lo asesinaron el viernes 10, hace quince días.

Los ojos de Rai restallaron de alegría, curvó los labios en una magnífica sonrisa. Alzó las cejas y el piercing tintineó.

—¿Ha palmado? ¡Puta madre! —Hizo una pausa—. ¡Se lo merecía!

En ese momento tuvo la seguridad de que era estúpido. Una sombra cubrió el lado derecho del rostro de Rai y Lara sintió un escalofrío: los idiotas eran los más peligrosos. Resultaba complicado e imprevisible penetrar en la tranquila conciencia del cretino arrullado por su imbecilidad.

—¿Quién se lo ha cargado? —Adelantó un poco el cuerpo en el gesto espontáneo de quien espera con ansiedad una buena noticia.

—Es lo que investigamos. —Lara Samper sonrió—. Y esperamos que usted pueda ayudarnos.

Doctor Rai era más sagaz de lo que había demostrado hasta entonces y captó las implicaciones enseguida.

—¿Yo? ¿Piensan que he sido yo? —Rio con ganas—. ¿Por qué iba a cargármelo?

La sonrisa de Lara se desinfló un poco, le fallaba el andamiaje. No resultaba como había imaginado. Era muy difícil prever tanta alegría y satisfacción por un asesinato. Acarició la pulsera.

—¿Por los coches? ¿Por Yolanda…? —dijo con un áspero sarcasmo.

—Oki, lo de los coches durante un tiempo me tuvo comida la olla. —Se puso serio—. Yo lo metí en este mundillo, le enseñé mogollón y luego él quiso joderme. Ahí se pasó, la peña lo sabe y muchos se mosquearon. Se sacaba algún premio, sí, pero los aplausos eran para mí, y aquí importa más el respeto y la admiración de los colegas. ¿Sabes por qué la peña me llama Doctor Rai? Porque me respetan.

Por lo visto existía un código de honor que Velasco había quebrantado. Imaginó un grupo de chicos como Rai, un montón de Rais y Emes explayándose a sus anchas, inoculándose el peligroso virus de la necedad y la autocomplacencia.

—¿Y Yolanda? —Su sonrisa había decaído un poco más, aunque continuaba sin amilanarse.

—¿La Yoli? ¿Qué pasa con esa?

Lara se limitó a torcer la cabeza y componer un gesto de escepticismo.

—A la Yoli me la zumbaba siempre que quería. Eme, mucha fachada, pero luego no le daba a la chica lo que necesitaba. —Sus labios formaron una sonrisa sibilina, amarga. Volvió a recordarle a un lagarto, a un reptil de tacto viscoso—. El cabrón follaba como un conejo.

Meneó la pelvis con brío, con movimientos rápidos y cortos, mientras emitía unos ruiditos entre jadeos y bufidos.

—Y la Yoli tenía que buscar en otro sitio sus vitaminas. ¡Menuda es cuando se pone cerda! —La sonrisa sibilina se ensanchó, la sombra del árbol le cubría el rostro—. ¿Sabes que conmigo fue la Chica Tuning de mayo en Maxi Tuning? ¡Mucha tela! Pero luego se encaprichó de Eme... así es ella. Aunque me hizo un favor: me la zumbaba cuando me daba la gana, sin aguantarle las movidas.

Lara comprendió que solo faltaba descubrir si disponía de coartada.

—¿La noche del día 9? Y yo qué sé, tía...

—Trate de recordar. —Su tono era amenazador—. Fue jueves, el jueves de hace quince días.

—¿El jueves? ¡Ya está! —Se dio una palmada en la frente—. Me llamó la Yoli porque estaba de morros con Eme y quería una buena ración de lo suyo. —Soltó un par de risitas obscenas, cerró el puño, se lo acercó a la boca y lo movió adelante y atrás—. Pero no podía.

—¿Por algún motivo? —Lara se impacientaba.

—Fui con el jefe a hacer una entrega a Barbastro. Era de un buen cliente y lo necesitaba para el día siguiente. La Yoli se puso como una tigresa cuando vio que le daba plantón, a mí me encanta cuando saca las uñas, así que pensé que si volvíamos pronto le daría un toque, pero entre unas cosas y otras se nos hicieron las dos de la mañana. Hasta me había gastado tres talegos en un peluche... —Alzó las cejas.

—Supongo que no tendrá ningún inconveniente en proporcionarme el teléfono de su jefe para que podamos verificar su coartada.

Rai se lo dijo de memoria. Guallar lo apuntó en la libreta.

—¿Queréis algo más? —preguntó otra vez. Afinó su cara de lagarto.

Lara pensó si su pregunta encerraba una doble intención. Si creía que andaban cortas de vitaminas.

Permanecieron quietas mientras él se alejaba con un ligero bamboleo. Tenía los hombros anchos y las caderas estrechas. En menos de diez minutos su principal sospechoso había dejado de serlo. Lara sintió calambrazos de cansancio, de desánimo. ¿Y ahora qué?

—Yolanda tenía el teléfono desde el principio —dijo con rabia—. En cualquier caso, la conducta sexual de Velasco puede ser otro de los síntomas del consumo excesivo de benzo.

—¿Qué vamos a hacer?

Sonó el móvil de Guallar. Dejó que sonara sin rechazar la llamada.

—Es Patricia, la madre de Jorge Abad. Es la segunda vez que me llama hoy. No sé qué querrá.

—Ahora tenemos trabajo.

—Lo sé. La llamaré a la vuelta desde el coche —le explicó.

Lara la miró con algo parecido a la resignación.

—Aprovechemos que están aquí sus mejores amigos para interrogarlos, a ver si nos dicen algo nuevo. Después localizaremos a Carlos Peiro.

Pensó, abatida, que después de tantas horas invertidas, de tanto esfuerzo, hasta ese punto se habían reducido sus alternativas. Ignoraba que Yolanda no era a la única que había subestimado. Lo iba a descubrir enseguida.

Berta

Sábado, 25 de junio

Suspiró con desagrado. Cualquier cosa era preferible a ver sudar a Sapo.

Pensó que debería haber traído ejemplares de *Pillada por ti*, el cómic de coeducación que repartían en las charlas que daban en los institutos. Chicos que se correspondían con el patrón del que controla a su pareja como parte de su relación para no quedar en mal lugar con sus colegas, para demostrar que no eran unos calzonazos. Chicas que juzgaban normal que su pareja alguna vez le hubiera hecho sentir miedo, le hubiera controlado el móvil, la ropa, la gente con la que quedaban e incluso que, al romper, difundiera imágenes suyas para humillarla.

Se sentaron bajo el tenue respiro que proporcionaba una sombrilla blanca y roja de cerveza Ámbar del improvisado bar. Isra no paraba de moverse. Berta pensó que los eslabones de la cadena del cuello, con semejante grosor, servirían para inmovilizarlo contra el respaldo.

Las mesas y las sillas eran de plástico duro, capaces de aguantar las altas temperaturas y los cientos de vasos. Tenían rayas, quemazos amarillentos de cigarrillo y cortes profundos. Aquel no era su primer verano. Los cuatro pidieron cerveza. Se la sirvieron con demasiada espuma y tibia pero, aun así, bebió un par de sorbos ávidos.

Cerca del bar un chico se montó en un biplaza gris con techo negro, faros de ojos de tiburón y un llamativo guardabarros. Lo puso en marcha y dio acelerones mientras otros lo sujetaban como a un toro encabritado que tratara de embestir. El conductor seguía acelerando. Las ruedas soltaron un humo espeso y negro que apestaba a plástico quemado. Las quemaban a propósito.

—¡Rai se zumbaba a la Yoli! —corearon Kike e Isra con la boca y los ojos muy abiertos, igual que un par de payasos que exageraran el gesto de sorpresa.

Berta sabía que su jefa estaba inquieta porque sus esperanzas se habían evaporado igual que lo haría un cubito en aquella mesa, dejando tras de sí un reguero pardo y sucio. En ese momento Samper suspiró de fastidio y buscó un frente por el que atacar.

—Velasco recibía correos amenazadores...

—¿Los que le mandaba el imbécil ese? —interrumpió Sapo.

Los ojos se le achinaban constreñidos en tan poco espacio. Cada uno de los brazos que asomaban por la camiseta tenía el grosor del muslo de Lara. Era muy lampiño, quizá la grasa ha invadido los folículos pilosos impidiendo que se desarrolle el vello, pensó Berta.

—¿Lo sabías? —preguntó incrédula.

—Ya te digo. Era mi *brother*.

Miró a Isra y los dos asintieron orgullosos. Se carcajeaban. Por lo visto habían dicho algo muy divertido que ellas no comprendían. Berta pensó que resultaba increíble la cantidad de gente con la que trataba últimamente a la que les habían sustituido el cerebro por gelatina de fresa.

—Decía que se lo iba a cargar, que sabía dónde vivía —continuó Kike y mientras hablaba su risa aumentaba. Una risa ladina, esquinada—. Vendetta, firmaba como Vendetta, el muy cabrón.

—¿Tenía miedo Velasco? ¿Os dijo si pensaba presentar alguna denuncia?

Era complicado adivinar qué producía tanto regodeo en aquellos dos. ¿Fagocitan su propia estupidez mutuamente? ¿Están colocados?, pensó. Volvieron a mirarse y a reír como el que conoce un secreto, un secreto fantástico.

—¿Eme acojonado? —Isra le dio un golpe con la mano a Kike en la pierna. Mostraba la misma prepotencia que el miércoles en el interrogatorio—. No flipes, tía.

—¡Basta ya! —gritó Samper. Descargó un puñetazo en la mesa—. No estamos en una reunión de coleguitas. Investigamos un asesinato. Tal vez si os detuviera, y pasarais la noche en el calabozo, os centraríais.

Miró a Isra muy seria.

—¿Lo captas? —dijo repitiendo su muletilla.

Por fin Isra comenzó a hablar. La sonrisa se había borrado de su rostro, ahora había resentimiento.

—Los mensajes al principio eran lo típico: vas a morir, sé lo que has hecho, pagarás por ello…, paridas así, pero después, cuando se acabó el juicio cambiaron… —Parecía muy concentrado en una de las rajas de la mesa. Metía la uña del índice por ella con cuidado—. Empezó con que sabía dónde vivía, le mandaba fotos del peque, de la Yoli, de los dos juntos, de la furgo del curro. Eme estaba hasta la mismísima polla. Y tuvo una idea cojonuda y nos la contó para que le ayudásemos.

—¿Qué idea? —Las palabras de Samper temblaban al salir de sus labios.

En ese momento, bajo la sombrilla de propaganda, inútil para protegerlas del calor, en medio de los Monegros, con toda aquella luz que inundaba los campos como debiera hacerlo el agua, Berta intuyó que el secreto que guardaban aquel par de majaderos era gravísimo.

371

—¿Qué idea? —insistió Lara.

El móvil de Berta sonó. ¡Qué inoportuno!, pensó. Con sorpresa y fastidio comprobó que era Patricia. ¿Otra vez? ¿Qué ocurre? ¿Por qué tantas llamadas? Sintió la aprensión como un latigazo. ¿Le ha ocurrido algo a Noelia?, pensó. Prefirió utilizar un eufemismo, aunque resultaba evidente lo único que podría haberle ocurrido a Noe para que su madre insistiese tanto.

Se pasó las manos por los ojos, agobiada. La llamaré en cuanto terminemos con estos dos, pensó.

—Nos pidió que yo… —contestó Isra finalmente.

—Nos lo pidió a los dos, pero yo estoy en Lérida toda la semana —intervino Sapo, para no perder su parcelita de protagonismo.

—Dijo que lo siguiésemos para descubrir quién era el Vendetta ese. Y la segunda tarde vi a un tío muy alto, flacucho, con la jeta llena de granos haciendo cosas raras, medio escondido detrás de un buga en lo de la Yoli, pero era tan mierdas que no hice caso. A la tercera noche lo vi de nuevo espiando a Eme en el bar del Matías. Supe que era él.

Los ojos de Berta se abrieron mucho: ¡Jorge! Jorge no se había limitado a enviar emails.

—Se lo dijimos a Eme, y él pensó en hacerlo al revés. ¡Mucha tela! —Isra movía la cabeza con sincera admiración—. Una noche, cuando Eme se metió en casa, seguí al pavo hasta una obra de la plaza Utrillas, ¡el muy pringado era el segurata!

Los dos amigos sonreían rememorando lo inteligentes que habían sido.

—A la noche siguiente fuimos a la obra con Eme —continuó Isra, cada vez más entusiasmado—, y ¡zas!, lo reconoció del juicio: el pavo era el hermano de la cerda que lo denunció.

Berta estaba inmóvil. ¿Por qué Isra no les había contado nada de esto el miércoles? Porque no supimos interrogarlo, pensó, hicimos mal nuestro trabajo. ¿Este era el motivo por el que parecía tan atemorizado al principio?

—Estaba muy cabreado, ¿verdad, tú?

—Mogollón —asintió sin poder detenerse—. Lo rayaban mazo, por eso pensó...

Isra le propinó un golpe en la pierna. Un golpe nada discreto, aunque a él debió de parecérselo. El rostro de Kike se transformó.

A la agitación de las palabras siguió un instante de total silencio, de expectante quietud. Igual que si hubieran estado inmersas en una enorme burbuja que acabara de reventar, Berta fue consciente de lo alta que retumbaba la música por los altavoces, unida al ruido de los motores. Había comenzado la prueba de los diésel y se esforzaban en ser los más potentes.

El mes de junio pesaba sobre los Monegros con la seguridad de un señor. La calima era una piscina en la que se habían zambullido y ahora no podían sacar ni la cabeza. Berta se sentía sofocada, pegajosa. Se pasó la mano por la frente, por la nuca. Lara mantenía la dignidad, a pesar de la americana.

—Voy a por otra ronda —dijo Isra. En los vasos de plástico transparente los restos de espuma de la cerveza, ya resecos, formaban el dibujo de una telaraña.

—¡Ni se te ocurra moverte! —El tono de Lara era apremiante, descortés—. ¿Qué se le ocurrió?

Los dos chicos permanecieron mudos, con la mirada fija, el ceño fruncido.

—¿Qué se le ocurrió? —Alzó, en contra de su costumbre, la voz.

—A lo mejor necesitamos un abogado —dudó Sapo—. ¿Nos aseguráis inmunidad o algo?

—¿Inmunidad? ¿Crees que estamos en una maldita película? —La inspectora adelantó el cuerpo hasta casi rozarlos.

Se miraron entre sí. Isra negó con la cabeza, abrió la boca para hablar, la cerró, sonrió con un breve resoplido. Le recordó al Isra tembloroso en la silla de comisaría.

—Pero es que… —empezó Isra.

—Sin inmunidad no hablamos, que paso de comerme un marrón —terminó Kike.

Lo que callaban debía de ser temible si preferían arriesgarse a la ira de Lara, que los miró muy seria durante unos segundos. Después, sin mediar palabra, se puso bruscamente de pie, sacó las esposas del bolso y tumbó a Isra contra la mesa derribando los vasos. Aplastó fuerte su cara contra el plástico sin miramientos mientras le colocaba los brazos a la espalda.

—¡Guallar, detén al otro!

Berta se quedó inmóvil, sin poder reaccionar. Recordó la detención de Santos Robles. A Robles con el móvil en la mano para atemorizar a Dani. «Es un error. Es un error, yo no he hecho nada.» Recordó su blog, aquella fuerza invasora que colonizaba sus pensamientos: «Humillación y coacción radical de la instructora».

—Pero ¿qué cojones haces, tía? —Se revolvió Isra cuando recuperó el habla.

—Este es un delito de resistencia a la autoridad regido por el artículo 556 del Código Penal —le dijo Samper con voz tranquila aunque con la respiración agitada por el esfuerzo—, y si continúas rebelándote, te imputaré el de atentado o falta de desobediencia además del de obstrucción a la justicia.

Al levantar la cabeza, Lara reparó en la inmovilidad de la subinspectora.

—¡Berta! —le exigió para sacarla del ensimismamiento.

Por fin tanteó en la mochila buscando las esposas, sin apartar la vista de su jefa. Nunca había actuado así de forma tan desmedida. ¿Delito de resistencia? Pero ¡si Samper es muy escrupulosa con las normas!, pensó, ¿qué le ocurre? Comenzó a esposar a Kike. Sus muñecas eran enormes. Los dedos le resbalaban en la grasa húmeda de los brazos.

Berta sentía gotas de sudor correrle por la espalda. Aterrada por las repercusiones que pudiera acarrearle. Intentó concentrarse y apartar esos pensamientos. Rogó que a nadie se le ocurriera hacer una foto o grabar un vídeo con el móvil y colgarlo en YouTube. Por fortuna, con el jaleo del recinto apenas un par de personas les prestaban atención. No parecían preocupados, más bien mostraban una leve curiosidad por si formaban parte de algún espectáculo.

—¡Me rindo, me rindo! —gritó Kike levantando el brazo que casi le había esposado Berta. Se liberó de un fuerte tirón, se puso de rodillas y con las manos en la nuca.

Lara, con el rostro tenso y contraído, les ordenó que se sentasen. Kike se había olvidado del abogado y de la inmunidad. Temblaba y lloriqueaba. Creía que aquella chiflada con un arma era capaz de cualquier cosa. Berta intentaba tranquilizarse, controlar la respiración. En esos momentos, ella también lo creía.

—Os diré lo que queráis.

Ambas comprendían que una confesión obtenida bajo coacción o amenaza no tendría validez en un juicio, cualquier abogado la invalidaría. Sin embargo a Samper no le importaba. Solo quería saber. Y saber ya.

—Empezad —les ordenó clavándoles los ojos mientras se metía la blusa, que se le había salido con el forcejeo, por dentro del pantalón.

Isra continuaba con las esposas, sin quejarse. Cabizbajo y muy asustado.

—Era…, era una especie de homenaje. Lo hicimos por él, porque era lo que él quería.

Kike había cesado en su llanto, aunque aún hipaba un poco. Se secó el sudor con su manita rechoncha. Miró a Isra antes de continuar en un gesto ambiguo reclamando su perdón o su permiso.

—Eme estaba rayado con ese tío y pensó que lo mejor era darle un escarmiento entre los tres. Los imbéciles como él solo entienden a las malas, dijo. Y quedamos el viernes porque yo estoy fuera toda la semana.

—Pero el viernes él no acudió —les ayudó Lara. A menudo había que dar unos tironcitos del hilo—. No acudió porque ya estaba muerto.

—No sabíamos qué hacer. —La cara de Kike reflejaba impotencia—. Y entonces usted vino a casa, me dijo que lo habían matado y nos decidimos.

Berta sintió un escalofrío de anticipación. Todo había resultado tan repentino, inesperado, y hacía tantísimo calor que se sentía confusa. La cinta de dolor alrededor de su cabeza parecía de fuego.

El rostro de Lara Samper se crispó. Los movimientos se hicieron más lentos.

—Fuimos ayer. También era viernes —se justificó—. Eme tenía razón en que no tenía dos hostias.

—Eme dijo que no pasaría nada, que nunca sospecharían de nosotros, que creerían que había sido algún sudaca o algún rumano que había entrado a robar.

Costaba creerlo, sin embargo, Isra se quejaba. Berta apretó la boca en un gesto de dolor. Aunque esperaba oírselo decir fue como recibir el golpe fuerte e inesperado de una ola fría y gigantesca en la playa.

Ahora ya conocía el motivo de las llamadas angustiadas de Patricia.

Lara

Sábado, 25 de junio

Mientras Guallar daba desganados mordiscos a un bocadillo y se tomaba dos Excedrin con una Coca-Cola ahogada en una montaña de cubitos; ella llamó para dejar bajo custodia a Sapo e Isra y averiguar cuál era el estado de Jorge Abad. Se fumó cuatro cigarrillos, uno detrás de otro.

—¿Está muerto? —preguntó, con temor, Berta.

Lara negó con la cabeza.

—Muy grave.

La boca de la subinspectora emitió un sonido no articulado, gutural. Lara supuso que pensaba en Patricia, en su madre.

Todavía no disponían de pruebas que relacionaran a Jorge Abad o Vendetta con el asesinato de Velasco. ¿Esto es lo que intuí que nos ocultaba?, pensó. Montó en el coche sin esperar unos minutos a que descendiera la temperatura en el interior.

En ese momento sonó el móvil de Berta. Lara advirtió cómo se sobresaltaba, incluso le pareció que dudaba. Finalmente cogió la llamada. ¿Es Patricia otra vez?, pensó.

—Me pillas fatal, Loren —contestó, en cambio, la subinspectora.

Después permaneció en silencio, escuchando a su interlocutor. A Lara le pareció alterada, aunque supuso que se debía a cómo se habían desarrollado los acontecimientos.

—Que sí, que estoy segura de que las gafas de bucear están debajo de las toallas. Luego te llamo. Un beso —se despidió.

Lara conducía nerviosa. Apretaba la espalda contra el asiento y sujetaba el volante con furia, con los brazos extendidos, las manos muy juntas.

Procuraba no pensar en que Jorge podía ser la respuesta al gran interrogante de la muerte de Velasco. Recordó a Bertolt Brecht y sus «hay muchas maneras de matar» y a Kike e Isra que no habían comprendido que en el mundo actual dos más dos a veces son cuatro y otras son cinco. Incluso justificaban su agresión alegando que «tenía todas las papelas para ser el que se ha cargado a Eme».

—¿Qué vamos a hacer ahora? —le preguntó Guallar.

—Dependerá de lo que nos diga Jorge.

Lara continuaba furiosa consigo misma. Se había soltado la coleta, y la melena rubia y lisa, con una onda marcada en el lugar en que había hecho presión el coletero, le caía hacia delante hasta el pecho. Era una cortina que impedía ver su rostro, que acariciaba sus mejillas moviéndose por la intensidad con la que salía el aire acondicionado.

—¡Sabía que Jorge nos ocultaba algo! —Golpeó el volante con ambas manos—. ¡Lo sabía!

—No tienes que sentirte culpable.

—¿Culpable? Lo que me siento es torpe.

Había faltado a su máxima de que es un error capital precipitarse a construir teorías cuando no se han reunido todas las pruebas. Su juicio se había combado hacia Rai, incluso cuando su instinto le advirtió de que Jorge ocultaba información.

También guardaba una buena ración de la tarta de su cabreo para Torres y los del departamento de Informática. ¿Dónde están esos correos?, pensó. Se refería a aquellos en los que acechaba a Velasco, en los que le proporcionaba datos concretos de su vida, los que contenían las fotografías de la vigilancia, del acoso.

A pesar de que Kike le había dicho que Velasco los había borrado.

—Por si volvíais a por su ordenador después de hostiar al segurata.

Le enfurecía que por no cumplir los demás con sus tareas, ella no pudiera realizar las suyas. Cuando apenas faltaban diez minutos para llegar a Zaragoza, encendió un cigarrillo.

—Interrogamos a Isra el miércoles, ¡el miércoles! Y no nos dimos cuenta. —Expulsó el humo con rabia.

Mientras entraban en la ciudad pensó en que nada es lo que parece, en que los latidos del monstruo que palpita dentro de nosotros nos obligan a hacer cosas extrañas para acallarlo. Pensó en Use, en sus ojos.

Lara ya conocía aquello que hubiera podido evitar, lo que no era irremediable. Los engranajes en marcha que terminaron con Jorge Abad inconsciente, sucio de barro, cosido a patadas y apaleado en el suelo. El compañero del turno del fin de semana que fue a hacerle el relevo llamó a una ambulancia.

La inspectora no quería coincidir con la familia Abad. Los imaginó con el sonsonete de aquel tremendo «¿por qué nos ha pasado esto a nosotros?», para el que esta vez sí que existía una respuesta. Y no era el azar. Lara no soportaría sus quejas y lamentos. Pensó que ese complemento no se lo pagaban en el sueldo. Insistió en hablar con el personal que lo había atendido en urgencias.

El médico era joven, con la espalda demasiado erguida, rígida, la cabeza estrecha y el mentón bien alto. Parecía cansado.

—Lo dejaron inconsciente golpeándolo por detrás con una botella de cristal. La botella se rompió y eso le ha producido un traumatismo craneoencefálico. Una vez en el suelo se ensañaron a puñetazos y patadas. Sufre fracturas de cúbito, radio y numerosas contusiones.

Lara asintió para que continuara.

—Le rompieron tres costillas que presionaron hacia dentro, y una se hundió parcialmente en el pulmón como consecuencia del golpe. En urgencias le realizamos diversas pruebas, ha perdido el ochenta por ciento de la visión del ojo derecho y tiene entre un treinta y un cuarenta por ciento del pulmón izquierdo hundido, así como una fractura sin desplazamiento en la quinta costilla. Drenamos la cavidad torácica, pero no fue suficiente, por lo que optamos por la cirugía. —Miró el reloj—. A estas horas estará en el quirófano, no creo que haya concluido la intervención.

—¿Cuándo podremos hablar con él?

—Tal vez mañana… —No se atrevió a ser más explícito.

—¿Hoy es imposible? —preguntó Lara.

—¿Hoy? De ninguna manera, del quirófano pasará a la Unidad de Cuidados Intensivos y tendrá que recuperarse de la anestesia.

Las enormes puertas correderas de cristal las vomitaron otra vez a la calle, al ahogo del calor.

—Tendría que haber insistido. Era evidente que mentía —se lamentó Lara.

—¿Volvemos a interrogar a Yolanda?

Lo meditó un instante.

—No, no es necesario. Ella no va a estar mejor informada que sus amigos, además, he cubierto el cupo de estupidez que puedo soportar en un día.

Miró alrededor con una sonrisa inane. Sabía cuál era su obligación. Se le formó un bolo pegajoso y negro en la boca del estómago. Precisamente hoy, pensó. Hoy que se cumplen seis años.

—Hay que informar a Millán. —Hizo una pausa—. Aunque prefiero hacerlo desde casa.

Esta vez condujo Guallar. Al llegar a su portal, Lara despertó.

—¿Qué vas a hacer tú?

Se encogió de hombros.

—Loren y los niños están en el pueblo. Es agradable que nadie dependa de mí aunque sea durante unas horas.

—¿Quieres subir?

La pregunta, que nunca antes había formulado, surgió de sus labios por un impulso. La sorprendió a ella misma.

Berta

Sábado, 25 de junio

—¿Quieres subir? —le preguntó Lara.

La invitación de su jefa resultaba tan inusual que respondió con un largo silencio. ¿Es una forma de tenderme la mano, de pedirme perdón?, pensó.

Enrique Medrano la había telefoneado cuando regresaban en el coche del Desert Tuning Show. Ella, asustada porque Lara sospechara que hurgaba en su pasado, en su relación con Millán, fingió que era Loren. Sin embargo, antes de colgar escuchó a Enrique decir que a Beltrán, al jefe de los cerebritos, lo mataron el 25 de junio de 2007.

Era 25 de junio. ¿Cómo no establecer una conexión entre el comportamiento de Samper y la fecha?, pensó.

—¿Subes? —le repitió.

Berta pensó en Jorge. En Patricia. En sus llamadas desesperadas. En las denuncias que debía revisar para rastrear a Santos Robles, en los abusos a esos niños repitiéndose una y otra vez, y sintió un desánimo enorme. Encerrarse en el horno que sería su piso. Sola. Un sábado por la tarde.

De pronto ya nada le parecía tan inminente.

Lo que más sorprendió a Berta del piso de Samper fue su minimalismo extremo. Comparó aquel entorno blanco y ordenado con la selva de su salón. Aquí hace mucho que no entra un niño, pensó con desdén. Apartó las cortinas y descubrió el vergel abrumador, el verde lustroso y las cientos de flores blancas. Era como un invernadero abandonado en el punto más fecundo del planeta o el único sueño jocoso de Tim Burton.

Samper entró con pasos precipitados.

—¿Tienes hambre? Coge lo que quieras de la nevera.

Y salió en dirección al dormitorio. Cerró la puerta.

A Berta no le importó, prefería no escuchar su conversación con Millán.

Abrió la nevera: botellas de vino blanco, diez o doce tipos diferentes de queso y tres táperes. Vertió vino en una copa. Lo probó mientras calentaba las croquetas en el micro. Estaba deliciosamente frío. Al rellenar la copa pensó que mezclar alcohol y relajantes musculares no era una buena combinación. Dio otro sorbo y lo mantuvo unos segundos en el paladar antes de tragarlo.

Se vio reflejada en el gran espejo que colgaba encima del sofá. La cara redonda, los ojos brillantes, los bordes de las orejas enrojecidos, los abundantes rizos chafados. Depositó su carga sobre la mesa. Agachó la cabeza. Hundió los dedos para despegar el cabello de la cara y que recobraran su aspecto mullido. Después se masajeó la nuca y los trapecios para relajarlos. Los sentía rígidos, inflamados, de piedra.

Al terminar se recostó en el suave sofá, mecida con el aire acondicionado, y recuperó la confianza en que la vida casi merecía la pena. El Desert Tuning Show, el calor en el que las palabras temían evaporarse y donde la tierra se escucharía crepitar si se apagaban los motores, era un lejano, lejanísimo espejismo. Incluso Jorge Abad había mutado en algo ajeno.

Una agradable modorra vagamente etílica la reclamaba. Cerró un momento los párpados. No. Mejor enciendo la tele, pensó. Se fijó en la carátula vacía de DVD encima de la mesa. Cogió los dos mandos a distancia.

Lara

Sábado, 25 de junio

¿Y si le pido a Berta que llame a Millán?, pensó. Quizá ese es el motivo inconsciente por el que la he invitado a subir. Sonrió con amargura. Ese o no permanecer sola. Supo que no se lo pediría, que no la dominarían sus sentimientos.

Dejó a la subinspectora en el salón con el aire acondicionado. Aún era demasiado pronto para salir a la terraza.

—En la nevera hay vino blanco —le indicó.

Súbitamente recordó los táperes. Igual, después de todo, no tengo que tirarlos.

—Y coge algo de comer. Hay croquetas de las que te gustan.

Una vez en la soledad de su dormitorio marcó el número de Millán y encendió un cigarrillo. Antes de que le diera tiempo de hablar, escuchó una palabra:

—Larissa.

Su nombre. Aquel por el que ya nadie la llamaba. Su nombre como un golpe. Su nombre pronunciado por Luis. No por Millán, sino por Luis. Con candor. Con sorpresa. Con un atisbo de esperanza. Hoy hace seis años que lo dejó en una acera con la camisa manchada de rímel gritando ese mismo nombre inútilmente. Que descubrió quién era el verdadero Luis.

—Larissa —repitió al confundir el motivo de la llamada.

Y el jadeo de expectación de su voz la retrotrajo con la fuerza de un disparo en el centro de la memoria a esa otra noche, la que durante tanto tiempo quiso creer que nunca existió, que enterró muy hondo. Millán, esto nunca ha ocurrido, le avisó y cerró la puerta tras de sí.

—Millán, al habla la inspectora Samper —lo atajó, seca.

Tras colgar permaneció unos minutos sentada en la cama, aturdida. Después regresó al salón, se detuvo frente a Guallar y de espaldas a la pantalla del televisor. Entonces sonó un pitido en su móvil. ¡Un email de Ana Castelar!

Pestañeó excitada por la descarga de adrenalina. Demasiado inquieta para posponerlo. ¿Será, por fin, la hora en que formatearon el disco duro de Santos Robles?, pensó. ¿Tendré razón? ¿Será cierto por rebuscado que parezca? Lo abrió inmediatamente sin importarle la presencia de Berta. Leyó la hora que le indicaba Castelar en el cuerpo del correo. Volvió a leerla para asegurarse. Las 16.30.

Sonrió satisfecha por primera vez en todo el día. Aquella victoria la desagraviaba de los últimos sinsabores. Intentó serenarse. Aún le faltaba verificar un último detalle. Saber si existió la posibilidad.

—¿Dejaste a Santos Robles solo en algún momento? —se apresuró a preguntarle a Berta.

—¿Solo? ¿Cuándo? —La subinspectora respondió sin prestarle demasiada atención, mientras miraba el DVD.

—El día de la detención. ¿Lo dejaste solo? ¿Sin supervisión? ¿Con el móvil? —la apremió.

En ese momento Lara fue consciente del televisor encendido. Y creyó saber. Y Santos Robles dejó de importar. El mundo entero desapareció mientras lentamente se volvía.

—¿Qué ves?

—La película que tenías puesta —respondió Guallar—. *Once*. No la había visto nunca, pero acabo de escuchar una canción acojonante.

Lara podía indicarle el tiempo transcurrido desde su estreno: seis años. Sin embargo, las palabras que pronunció, con exigencia, con un matiz turbio, fueron:

—Apágala ahora mismo.

Berta

Sábado, 25 de junio

Samper le había gritado destemplada que apagara el televisor y había salido enfurecida del cuarto. Berta continuaba impresionada por ese repentino arranque de ira, por el miedo inexplicable que había percibido en ella.

En su cabeza se sucedían mil pensamientos a la vez, como fogonazos. Necesitaba saber. Llamó a Enrique Medrano para que continuara con el relato que ella había interrumpido al colgarle el teléfono un par de horas antes.

—¿Qué ocurrió en Barcelona? —le preguntó Berta.

Él comenzó.

—Investigaban a una nueva organización terrorista de extrema izquierda, un grupúsculo que pretendía revivir a aquella marxista-leninista que se fundó en el sesenta y ocho en París. La Organización Marxista Leninista de España se disolvió en su I Congreso en el setenta y cinco y de ahí surgió el Partido Comunista y su brazo armado, los GRAPO. ¿Sigues ahí?

Berta permanecía en silencio y temió que se hubiera cortado la comunicación.

—Sí, sí —susurró.

Le explicó que estaba en el salón de Lara y que era preferible que solo hablara él para no delatarse.

—Si te cuelgo, es que ha vuelto —le advirtió.

—Ok. Continúo. La nueva OMLE planeaba un atentado para el 2 de agosto, una especie de macabro homenaje a la primera acción armada que todos los medios atribuyeron a los GRAPO, ya sabes, el del canódromo de Madrid. Beltrán había infiltrado a alguien, estaban al tanto de toda la operación e iban a desarticularla, pero...

Y entonces le habló de guerra sucia policial, de Interior, de los márgenes de la legalidad, de un grupo secreto creado en la Policía, de maquinaria extrajudicial.

—¿Te acuerdas de cómo era entonces?

Suspiró sonoramente. Claro que se acordaba de los años de plomo, de cuando en los bares los parroquianos aseguraban pegando un enfático puñetazo en la barra que si Miguel Ángel Blanco hubiera sido su hermano o su hijo, se conseguían una pistola y ellos mismos..., pero después volvían a hablar de la Liga, se iban a sus casas y se olvidaban.

Ella no lo olvidaba nunca, ni siquiera necesitaba esforzarse demasiado para recordar esa normalidad que incluía el miedo constante, el corazón deteniéndose decenas, cientos de veces al confundir un brillo extraño e inesperado con una pistola a punto de encañonarla. O las vecinas, esas buenas mujeres que la evitaban como a una apestada, que jamás subían con ella en el ascensor. O sentir el corazón y el cuerpo entero en la nuca, en esa parte que podía estar mirando el terrorista, el miedo tomando las decisiones por ella. Cada calle, cada rincón, cada portal, cada vez que elegía una mesa en un bar, todo evaluado en busca de posibles peligros. Vivir en una alerta constante. Incluso ahora, las discusiones con Loren para que aparcara el coche en cuesta, revisar los bajos antes de que se montaran los niños, las medidas básicas de seguridad que aún cumplía. Los compañeros muertos.

Esa época en la que vivir o morir era una ruleta rusa.

—Beltrán y tres más, incluido Millán, se pusieron en plan

Harry el sucio. Ya sabes, el mejor terrorista es un terrorista muerto.

Berta sonrió con sarcasmo al escuchar la famosa frase que Fraga pronunció en 1995. La presión de la democracia lo obligó a modificarla: «El mejor terrorista es el terrorista muerto o fuera de combate o en prisión».

—Sin embargo, algo falló en su plan, hubo una escaramuza y fallecieron dos de la OMLE y Beltrán.

Al oírlo la imagen que ocupó su mente fue Lara Samper, tan escrupulosa con los procedimientos. Samper, que se regía por un deber moral que la asfixiaba, el bozal para relacionarse con el mundo.

Aunque, ¿había sido siempre así o más bien el patrón moral actual era el resultado de los errores del pasado?

—¿Y los demás…? ¿El resto del grupo estaba al tanto?

—Algunos. Todos idolatraban a Beltrán. Encima, los de arriba no consiguieron taparlo, salió en los medios. Fotos de la cabeza de uno de los de la OMLE reventada sobre la acera. Hubo investigación de asuntos internos, depuración de responsabilidades, durante semanas los acribillaron a interrogatorios, registros… al terminar no incriminaron a nadie, sin embargo, deshicieron el grupo, los diseminaron por toda España y quedó como una mancha en su expediente. Por eso Samper continúa de inspectora, evidentemente fue la más afectada…

—¿Evidentemente? ¿Por qué la más afectada?

—¿No te lo he dicho?

—¿Qué no me has dicho? —preguntó nerviosa. Intentaba concentrarse, aunque le suponía un gran esfuerzo.

—Eusebio Beltrán, Use que era como lo llamaban, tenía un lío con Samper.

—¿Qué?

—Según Márquez lo llevaban más o menos de tapadillo porque no hubiera sido correcto que el inspector jefe y una mujer a su mando... pero todos los cerebritos sabían que, aunque mantenían sus dos casas por guardar las apariencias, vivían juntos.

Enrique Medrano continuó hablando, pero Berta ya no escuchaba y, en cuanto le fue posible, colgó. Paseó la mirada como si buscara algo que desconocía. Demasiado consternada. La corona de dolor volvía a ceñirse fuerte a su cabeza después de la dulce modorra.

Eusebio Beltrán. Use. ¿Este es el muerto que sajó la vida de Samper? ¿La judía cuyas raíces parasitan sus pensamientos? Trató de imaginar cómo debió de sentirse. El hombre al que amas, al que admiras y respetas te ha engañado, mentido, quién sabe si utilizado, durante meses sin que tú te percates de ello. ¿En qué posición deja eso tus dotes como investigadora? ¿Tu credibilidad no solo ante los demás, sino, lo más grave, ante ti misma?

Alcanzó la copa y terminó de un sorbo su contenido.

Lara

Sábado, 25 de junio

Lara tardó un buen rato en regresar.

Lo primero que hizo fue entrar en la cocina, coger una botella de vino helado de la nevera y una copa limpia. Berta la miró con aquellos ojos tan expresivos, y ella no disimuló el desapego que sentía. Las ganas de quedarse sola.

—Siempre que nos encontramos frente a un cadáver... —comenzó Guallar.

Lara la miró con ironía. Ignorante de la llamada a Enrique Medrano, pensó que la buena de Berta había buscado una forma de apaciguarla. La imaginó en el colegio aplicándose con ahínco, sacando un poco la punta de la lengua con el lapicero del número 2 en la mano.

—Creo que es una lástima —prosiguió— porque a esa persona le quedaban tantos días, tantos planes... Pero hay veces en que, si ahondas un poco, llegas a la conclusión de que tampoco se ha perdido gran cosa. Como con Velasco. Está mejor muerto. Mejor para los demás. Tarde o temprano habría vuelto a entrarle la comezón, habría tenido que rascarse y habría destrozado la vida de otra chica y otra familia.

—¿Crees que quien lo ha matado le ha hecho un favor a la humanidad? ¿Tendríamos que agradecérselo?

Se burlaba de ella. Su boca formaba una mueca tierna e indignada, la boca de una fiera.

—¿Una especie de vengador justiciero? ¿De Vendetta?

La subinspectora agachó la cabeza. Varios rizos le cayeron a la cara. Los apartó con dedos trémulos para engancharlos otra vez en las horquillas.

Lara escudriñó su rostro con gravedad. Satisfecha porque ya había desaparecido de Guallar cualquier atisbo de piedad, que era lo que creía haber visto al regresar: lástima.

Se terminó la copa de un sorbo. La rellenó y encendió un cigarrillo. Y, quizá, por ser 25 de junio o por culpa del insomnio, permitió que alguien viera el interior de la jaula en la que entretenía su espera infinita.

—Duermo mal, paso las noches en vela, aquí, tendida. Miro el cielo en la oscuridad, procurando no pensar —le confesó Lara.

—No pensar ¿en qué?

El rictus de su boca se hizo más severo.

—¿En qué? No sé… en que la vida consiste en una larga serie de errores de juicio, en que cuando te muestran la distancia que separa aquello que tú crees que eres de aquello que realmente eres, ya solo queda caer, caer tan hondo que nunca alcanzas el suelo. Y en el dolor, por supuesto.

—¿En el dolor?

Tuvo la sensación de que Berta la miraba con rabia, como si ella dispusiera de la patente del sufrimiento. Hizo una pausa, bebió un par de sorbos con avidez y apagó el cigarrillo. Su voz era lo más parecido al ruido de un vaso de cristal al estrellarse.

—¿Crees que yo no sé lo que es el dolor? —preguntó Lara—. La que lo ignora eres tú. Siempre quejándote de tus pequeñas miserias, tan rutinarias y mezquinas.

Las palabras quedaron en el aire multiplicándose en el silencio, para que se clavasen a gusto en su carne. Un intenso rubor subió al rostro de Berta.

—El dolor nos vuelve hacia nosotros mismos —continuó—, y es lo único que te persuade de que la vida no es un juego, sino un deber.

El brillo de la furia de sus pupilas lanzaba destellos, o tal vez fuera el sol atravesando la cuña que separaba la tela de los dos paños de cortinas y alcanzaba el espejo desde la esquina derecha.

—¿Imaginas lo que es enfrentarte a los ojos del monstruo, saber que nunca lo dejarás atrás, que viaja dentro de ti? ¿Conoces el gusto que deja el cañón de la pistola cuando lo sacas de la boca porque no has tenido el valor de apretarlo? ¿Cuando lo has agarrado con las dos manos porque te tiemblan demasiado para hacerlo con una sola? ¿Cuando lo has hundido tan profundo en tu garganta que terminas vomitando una bilis amarillenta entre toses y lágrimas?

Permanecían una al lado de la otra sin rozarse siquiera.

—Estás demasiado sola —fue lo único que acertó a decir Berta.

—Todos estamos solos. —Sus ojos eran penetrantes, alegremente malignos.

—Yo no. —Levantó un poco la cabeza, retadora.

—Todos. Nacemos y morimos solos, pero nadie habla de lo que ocurre en medio. Durante ese tiempo también estamos solos, aunque preferimos engañarnos.

—Tú tampoco estás sola, por mucho que quieras hacerte la víctima.

—No me has entendido. No hablo de que existan personas que te quieran. Por supuesto que a lo largo de la vida hay personas que te quieren y a las que quieres, pero llega un momento en que comprendes que lo tuyo, a la única persona que le interesa, es a ti. Todos, tu marido, tus hijos, tus padres, tienen sus prioridades y esas prioridades son ellos mismos. Tú eres la persona más importante para ti.

—¿Qué dices? —preguntó Berta, ofendida y confusa.

—Es inútil intentar explicártelo —replicó Lara con indolencia—. Nadas encerrada en una pecera y crees que estás en el mar. Tan anestesiada que hasta has olvidado tus sueños o quizá has tenido siempre tanto miedo que ni siquiera has soñado. Te limitaste a pasar de las manos de tus padres a las de Loren, y después a atiborrarte de niños que te permitieran continuar anestesiada.

La cara de Berta se volvió púrpura de vergüenza y cólera.

—¿Nunca te han dicho que eres una miserable? —le espetó con rabia.

—Nunca me han dicho que no tenga razón —respondió Lara. Una amplia sonrisa fulguraba en su rostro, parecía divertida.

Berta recogió la mochila y se puso las sandalias con movimientos bruscos y desabridos. Una de las tiras del pie derecho estaba mal colocada y se le clavaba en la carne. Ya alcanzaba la puerta del salón cuando Lara, sin dejar de mirarla, dijo:

—Mañana a las nueve te esperaré en la puerta de la MAZ.

Tras el portazo se dirigió a la cocina. Su cabeza quedó a la altura del enorme espejo. Sus ojos eran dos lagunas negras y muy profundas, abisales. Tuvo la certeza de que esa misma expresión era la que mostraba el año anterior después de destrozar cuanto le importaba, al despertar con las uñas llenas de tierra y una lluvia de decenas, cientos de pétalos blancos ya marchitos cubriéndolo todo.

Berta

Sábado, 25 de junio

Recibió una nueva llamada de Patricia, que ignoró. Llegó a casa trastabillando de ira, y con una de las tiras de la sandalia clavada con saña en el empeine. Cargada de razones. Sin querer reflexionar sobre las palabras de Lara, temiendo la parte de verdad que encierran hasta las mentiras más profundas.

Echó de menos a Loren y a los niños. Su escudo contra el mundo. Cerró los ojos. Se masajeó la frente.

Se desnudó por el pasillo. La ropa era una carga añadida que la asqueaba. Tras coger una botella de champán en la cocina, meterla en la olla exprés y vaciar dentro tres cubiteras del congelador, fue al baño. Llenó la bañera y sumergió su cuerpo en el espejo del agua con la seriedad de la Ofelia de Millais. De niña jugaba con su hermana a ver quién aguantaba más tiempo. El pelo flotando como algas sucias.

Sentía sobre sí la desdicha de Lara Samper al recibir la noticia de que el hombre que amaba había muerto traicionándola. ¿Cómo se enteraría? ¿Quién se lo dijo? Incapaz de imaginar el dolor, la furia.

Parte del peso que soportaba sobre sus hombros era la tragedia de Jorge, de Noelia, de Patricia. Esas llamadas que no podía contestar. El dolor punzante porque Jorge fuera el asesino de Velasco. Porque todos los caminos conducían a él. Sin escapatoria.

Lara. Jorge.

Cuando ya no pudo contener más la respiración sacó la cabeza, alargó el brazo hasta la botella de la cubitera, la abrió con estruendo, como en una celebración, y bebió a morro. Era la de Moët & Chandon que le regalaron sus compañeros por su último cumpleaños, en el congelador se enfriaba la del año anterior. Parezco Paul Giamatti en *Entre copas*, pensó compadeciéndose de sí misma. Ella también atesoraba sus dos botellas porque nunca era la ocasión apropiada para abrirlas. Dio otro trago. Estaba caliente, pero no le importó.

Lloró con lagrimones que bajaban por su cara y se lanzaban en picado. Sus pechos grandes y lechosos temblaban, desparramados en la superficie del agua, y formaban ondas que chocaban contra las islas de las rodillas.

Bebió de nuevo. Samper tenía razón en algo: durante los últimos días había ido comprendiendo que ella era la única persona a la que le interesaban sus problemas. Pensó en Loren, en cuánto la decepcionaron sus dudas: «¿Le hiciste esto? ¿Tuvieron que sacarlo en ambulancia y llevarlo a urgencias?». En la propia Samper y su falta de apoyo y comprensión.

De pronto, como un dardo clavándose en la diana de sus pensamientos, recordó la pregunta de la inspectora; aquella a la que con la película no prestó atención: ¿Dejaste a Santos Robles solo? ¿Con el móvil?

Dio otro sorbo. Un poco de champán se le escurrió por la barbilla y cayó en el agua.

Pensó que ya no podía seguir escondiéndose. Estaba atrapada no solo por su historia, también por la de aquellos a quien había elegido para que compartieran su vida. Y de los que no eligió pero, de todas formas, la compartían.

¿Por qué no permitiste que Robles se acogiera al habeas

corpus? ¿Por qué no lo llevaste directamente ante el Juzgado de Instrucción de Guardia tal y como solicitó?, le había preguntado Gómez Also. Y Samper. Y Millán.

Dejó que sus recuerdos la golpearan.

Otra vez era jueves, 7 de octubre. Berta, como instructora del caso y auxiliada por un oficial, se dirigió al lugar que les había indicado Dani en su declaración. Y ahí, aguardando al niño, estaba Santos Robles Gil.

Pestañeó para disimular su sorpresa al ver al hombre, ¿es este? El oficial la interrogó con la mirada. El cabello y la barba blanca de Robles no eran ningún disfraz como en un principio había supuesto al escuchar a Dani. El hombre era un anciano, un anciano obeso.

Tras mostrarle la placa emblema y el carnet profesional, el oficial le indicó el motivo: un delito de agresión sexual.

—Es un error —dijo Robles, consternado—. Yo no estoy haciendo nada malo, no pueden detenerme, ¿es delito pasear por la calle?

—¿Por qué tiene el móvil en la mano? ¿Hay algo que quiera enseñarme? —le preguntó Berta con sorna. Con furia.

El oficial le leía los derechos que le asistían y a la subinspectora se le impuso la visión de Dani. Dani, que si no hubiera reunido el valor para confesárselo a sus padres, estaría en esos mismos momentos con Robles. Tan pequeño, temblando de pánico, con la camiseta agitándose al ritmo de sus contracciones. ¿Y a Dani? ¿Qué derechos asisten al niño?, pensó.

Se dirigieron a la fábrica abandonada. Ocupaba una manzana entera. Tenía las ventanas de los cuatro pisos de altura tapiadas y enormes carteles con la promoción de las viviendas que construirían en el solar. El oficial no aguantó más tiempo callado y le susurró a Berta, levantando elocuentemente las cejas: «Parece que hemos detenido a Papá Noel, ¿eh, jefa?».

Santos Robles, durante el camino, no dejó de repetir que cometían un error y en reiterar su inocencia.

—Exijo acogerme al habeas corpus.

Berta encontró la puerta de entrada. Tal y como le había indicado Dani, era necesario agacharse para cruzarla porque un par de tablones limitaban el acceso. Sintió de forma desasosegante el mordisco del miedo que aturdiría el niño en esos momentos sabiendo que era la puerta al infierno.

Santos Robles se negó a entrar. Alegó que padecía una cardiopatía isquémica, además de obesidad mórbida y asma, por lo que cualquier movimiento brusco le producía dolores intensísimos.

—Llévenme ante el juez.

Su aliento apestaba a manzanas podridas. Recordó que el niño se lo había dicho. Con su obesidad era probable que padeciera algún tipo de diabetes.

La subinspectora apoyó la palma de su mano extendida sobre la nuca de Robles sin miramientos y empujó la cabeza del detenido hacia abajo, como imaginó que él haría con Dani. Ya lo creo que puedes, pensó, ya lo creo.

Al entrar distinguió ante sí una escalera que supuso que conduciría al primer piso.

—Vamos.

Recorrió con ágiles zancadas los quince metros que la separaban de la escalera. Robles, todavía al lado de la puerta, arrastraba los pies como si el suelo fuera una peligrosa pista de patinaje. Se oía su respiración sibilante.

Berta suspiró para mostrar su hartazgo. Cada minuto se alargaba más que el anterior. En el SAM le esperaban un montón de tareas pendientes. Consultó el reloj. Hoy tampoco estaría en casa cuando regresara Martín del instituto. Por la noche Loren le mostraría su decepción en decenas de pequeños y molestos detalles.

Volvió a donde se encontraba el detenido y apartó de su camino, con el pie, fragmentos de cristal y un par de cascotes de ladrillo. Refrenó las ganas de colocar las manos en la espalda de Santos Robles y arrastrarlo hasta las escaleras. En vez de eso, propinó una patada furiosa a una lata de refresco vacía. Salió disparada y chocó con estruendo contra la pared.

—¡Venga!

—¿Por qué me tortura de esta forma? ¿No ve que no puedo andar?

Berta apretó los puños. Hablar había sido un error. Proporcionaba opciones al detenido. Por eso resistía las ganas de preguntar, de gritarle con toda el alma que qué hacía entonces tan lejos de su casa, cómo diablos había llegado hasta allí si no podía andar.

Finalmente Robles alcanzó las escaleras. Parecía exhausto, transpiraba abundantemente. Y despedía un olor intenso y agrio.

—En mi estado de salud es imposible —insistió él, quejumbroso.

—¡Arriba! —chilló Berta.

Se aferró al pasamanos y subió con gran esfuerzo el primer escalón. Cuando apoyaba el pie derecho en el segundo, resbaló. Trastabilló y cayó al suelo aparatosamente. Berta y el oficial se precipitaron escaleras abajo a auxiliarle.

—¿Está bien? —preguntó, muy preocupado, el oficial.

—Claro que está bien. Ayúdame a levantarlo.

—No, no, no me muevan, por favor, no me muevan —sollozaba Robles. La doble papada temblaba.

Berta lo ignoró. Seguro que el niño también lloraba y suplicaba mientras subía esas mismas escaleras.

—Voy a quitarle la bandolera —le explicó a Robles. La correa que le cruzaba el pecho le impedía respirar con normalidad.

—No, no —hipaba—. Son mis cosas, no me la quite.

Berta le levantó el brazo y se la sacó por la cabeza. La dejó en una esquina para que no estorbara. Aguardó unos larguísimos minutos a que recobrara la calma. Lo contempló inquisitiva con los puños apretados y los ojos brillantes de rabia. Maldijo entre dientes.

Ni por un momento dudó de que contemplaba el espectáculo de un consumado actor. En sus años de policía había presenciado todo tipo de tretas en los detenidos. La piedad de la subinspectora se concentraba en un niño de doce años.

Cuando colmó su paciencia, se acercó hasta él.

—Levantémoslo —pidió Berta al oficial.

Le pasó el brazo por debajo de la axila derecha para que tuviera un punto de apoyo. Sintió la carne abundante y fofa y el fuerte olor a sudor agrio. El oficial, reticente, hizo lo mismo por el izquierdo. Pesaba mucho, pero consiguieron levantarlo. Santos Robles empezó a emitir agudos quejidos de dolor al tocar el suelo con el pie derecho.

—No puedo, no puedo.

—Continuemos.

—Me lo he roto. ¡Me lo he roto!

El hombre se aferró de nuevo al pasamanos. El ascenso se había dificultado porque se negaba a apoyar el pie. Berta se colocó detrás de él para impedir otra caída.

—Necesito… necesito sentarme —suplicaba—. Déjenme aquí.

Sudaba tan copiosamente y jadeaba de tal forma que el oficial se acercó a Berta para susurrarle si estaba segura de querer continuar.

—No es la primera vez que sube estas escaleras —dijo la subinspectora en voz alta para que Santos Robles la oyera—. El jueves pasado y el anterior y vete a saber cuántas veces más las ha subido sin ningún tipo de ayuda.

—Por favor. Por favor. Me duele muchísimo —imploró Robles con su respiración asmática—. ¿No ve que arriesgo mi vida, que voy a sufrir un infarto?

El oficial volvió a pasar el brazo de Robles por encima de su hombro y con la mano libre lo agarró por la carnosa cintura. Dirigía miradas recriminatorias a la subinspectora. Miradas que, pensó Berta con irritación, es imposible que pasen desapercibidas al detenido. Imbécil. Estaba muy harta de los dos.

—Llame… llame a, ag, ag, a una… ambulancia. Me duele… ag, me duele muchísimo… —decía Robles ahogándose al hablar.

Tras subir el último peldaño, Robles se soltó del oficial y se derrumbó en el suelo, incapaz de continuar. Se acercó una mano al pecho y otra a la boca para controlar las aparatosas arcadas.

—Mi… ag, mi bolso… —suplicó.

—Baja a buscarlo —pidió Berta al oficial.

Mientras Santos Robles daba pequeños sorbos a un botellín de agua entre grandes aspavientos y se ponía bajo la lengua la pastilla que le habían sacado del blíster, Berta decidió terminar con aquella pantomima cuanto antes.

Los dejó y recorrió aquel piso buscando el escenario que Dani le había descrito: el rincón que Robles había preparado para grabar sus encuentros. Exploró concienzudamente cada habitación sin hallarlo. Con un atisbo de inquietud por primera vez. Hasta ella llegaban las voces de los dos hombres. Los aparatosos jadeos del detenido y la preocupación del oficial.

Más por alejarse que por convicción, subió hasta al segundo piso.

Y ahí sí que encontró la gran habitación que debió de utilizarse como oficina porque había mesas de madera, archivadores volcados con los cajones abiertos y el suelo alfombrado de papeles. Al lado de la ventana tapiada con tablones, para conseguir mejor iluminación, descubrió atornillado en uno de los pilares el soporte negro con montura que Dani había descrito. El soporte en el que colocar el móvil para grabar la escena y tener las manos libres.

¿Se equivocó Dani de piso por el shock? ¿Se le olvidó un tramo de escaleras? ¿Hay otras inexactitudes?, pensó. La vaga inquietud anterior se convirtió en malestar y le tensó los hombros. No le dio tiempo a plantearse más interrogantes porque en ese momento irrumpió el oficial, sofocado y con un gesto de horror.

—Jefa, no la encontraba por ninguna parte —jadeaba—. Ese hombre necesita una ambulancia.

—¿Lo has dejado solo? —le preguntó incrédula—. ¿Has dejado solo al detenido?

—Jefa, está muy mal.

Reparó en que desde el piso inferior no le llegaba ningún sonido.

Eran las cuatro y trece minutos cuando llamó a una ambulancia. Mientras la esperaban observó con frialdad a Santos Robles apoyado contra la pared como un fardo. Lívido, con las enormes bolsas bajo los ojos aún más marcadas, el cabello humedecido dejando al descubierto el cráneo rosáceo, gotas de sudor cayendo desde la frente, la barba blanca con pegotes de vómito. La camisa azul sucia de salpicaduras, muy arrugada y por fuera del pantalón, se tensaba contra su enorme barriga y mostraba grandes cercos de sudor en las axilas y bajo los pliegues de grasa que formaban sus senos. El pecho ascendía trabajosamente entre estertores y silbidos. La abundante grasa abdominal se meneaba al compás. Le habían quitado el zapato y el calcetín derechos y subido la pernera del pantalón. El tobillo estaba visiblemente hinchado. Apestaba a sudor intenso y agrio, a vómito y a algo acre.

¿Qué he hecho?, se asustó.

Se fijó en la mano con la que Robles sujetaba el pañuelo de tela, que el oficial le había sacado del bolsillo del pantalón ante su incapacidad, para que pudiera limpiarse las lágrimas y sonarse. En el dedo índice rechoncho y ligeramente retorcido por la artrosis. Recordó con nitidez las imágenes grabadas en comisaría: Dani representando con el muñeco anatómico los movimientos de ese dedo.

Cerró los ojos para alejar la imagen. Apostó por Dani. Por la víctima. Siempre por la víctima.

Sacó la cabeza del agua. Inspiró profundamente llenando de aire sus pulmones.

—¿Por qué no le permitiste acogerse al habeas corpus y que fuera el juez quien decidiera si se ajustaba a derecho, como era tu obligación? —le había preguntado Gómez Also.

—No se trataba de una detención ilegal ni arbitraria. Concurrían los supuestos legales y cumplí los requisitos —les respondió airada por necesitar justificarse.

¿Por qué?, pensó ahora, ¿por qué me arriesgué a que me exigieran una responsabilidad penal o disciplinaria? Tras revivir aquel doloroso recuerdo, reconoció que la respuesta era muy sencilla: quiso intimidar a Santos Robles.

Aquella tarde en la puerta de la fábrica abandonada, con la sangre martilleándole las sienes, imaginó a aquel tipejo guardándose tranquilamente el móvil en el bolsillo mientras el oficial lo ayudaba a montar en la parte trasera del coche para llevarlo al juzgado. Al malnacido declarando con mucha dignidad ante el juez de guardia que, probablemente, debido a su edad y condición física, le concedería declarar sentado, negando las acusaciones con una sonrisa bonachona… Y no pudo hacerlo.

Su intención sí que era incoar el habeas corpus, solo quería posponerlo un poco. El tiempo suficiente para que Santos Robles se manchara las manos con su propia mierda. Para ver en su mirada el miedo al saberse descubierto.

Terminó la botella en dos sorbos, sin separársela de los labios, atragantándose un poco. Pensó en Noelia. En Dani. Apenas notaba las lágrimas. La puta ama.

Lara

Domingo, 26 de junio

Al salir de la piscina, con la cabeza todavía aturdida y el cuerpo dolorido, realizó estiramientos contra la pared. Una serie con cada pie, apoyando con fuerza todo su peso sobre los dedos para estirar los gemelos y otra serie con cada hombro, sujetando el brazo con la mano contraria a la altura del bíceps. Al concluir se le quedó marcada en la espalda la cuadrícula de las baldosas.

Mientras nadaba pensó en Berta, en si supondría para ella algún alivio recibir la pericial forense si a Santos Robles solo podían acusarlo de un delito de posesión, si Ana Castelar y su equipo no recuperaban más vídeos. También pensó en que, aunque no existieran las grabaciones de Dani o no las recuperaran, ella no se rendiría.

El hecho de que el formateo se produjera dos horas más tarde de su detención apoyaba su hipótesis. Aún necesitaba pruebas que la respaldaran, pero ya no era descabellado suponer que el propio Robles telefoneó o envió un mensaje a otra persona para que fuera a su domicilio y se encargara del disco duro. ¿Se quedó solo en algún momento? ¿Cuándo? Recordó que Berta no le había contestado el día anterior.

Y sospechaba que no era lo único que había hecho Robles. También se había encargado de proporcionarle tiempo a esa persona. De ahí la ambulancia y el hospital. Si Santos Robles había sufrido alguna lesión, era él mismo quien se la había provocado resbalándose a propósito en el escalón.

Empezó a extender la crema hidratante de mandarina por el brazo derecho. ¿Conseguiré que algún juez me dé una orden para solicitar el listado de llamadas y mensajes de su móvil?

Al abandonar el gimnasio, se puso las gafas de sol. Las noches sin dormir le pesaban. Cerró los ojos, en la semioscuridad aparecieron imágenes de Use. Recordó una de las miles de teorías a propósito de la película *El club de la lucha*, que sostenía que al igual que Tyler intercalaba fotogramas porno en las películas de dibujos animados que proyectaba, el director había intercalado pequeños fotogramas del propio Tyler que pasaban desapercibidos al espectador, pero que el cerebro captaba. Eso es Use para mí, pensó. Pequeños fotogramas bombardeando intermitentes mis pensamientos sin que yo lo advierta. Calándome como una llovizna pertinaz.

Recordó una frase de la película: «Solo cuando hemos perdido todo somos libres para actuar», y la desolación en el rostro de Guallar la noche anterior.

«Enhorabuena, estás a un paso de tocar fondo.» Pensó en el alivio que supondría para ella alcanzar el final de aquel insondable y profundo agujero por el que llevaba cayendo seis años. Siempre a un paso de tocar fondo. Cayendo lentamente. *Falling Slowly*.

Berta

Domingo, 26 de junio

Despertó desnuda, tumbada en diagonal en la cama, con la sábana tirada de cualquier manera en el suelo. No recordaba a qué hora se había acostado, ni siquiera cómo había llegado hasta allí. Tampoco importaba.

Cuando abrió los ojos para apagar el móvil —en algún momento de lucidez había conectado el despertador—, ya era domingo y la cama olía a ropa sudada, a carne húmeda y a desesperación. Miró la pantalla. Tenía una llamada perdida de Patricia. Estiró el brazo y dejó el móvil en la mesilla de noche.

Lo primordial era hacer desaparecer cualquier rastro de su solitaria juerga para cuando regresaran Loren y los niños. Sacudió la cabeza para despejarse. Fue un error: estaba llena de relucientes esquirlas de cristal. Se puso de pie despacio, inestable. En el baño descubrió que tenía los ojos inyectados en sangre, un sarpullido rojo a lo largo del cuello y el cabello convertido en una maraña sucia y crispada.

Con pasos tambaleantes, tropezando con los muebles llegó a la cocina. Vació en el fregadero el contenido de la segunda botella de Moët, sin respirar un olor que le producía arcadas, y las escondió en la despensa, detrás de las bolsas de las patatas y las cebollas. Le pareció más prudente que tirarlas a la basura. Lo que no supo fue dónde guardar las oleadas de culpa que la sacudían por dentro.

El aspecto de Jorge Abad era tan lamentable que consiguió apaciguar la rabia que sentía contra él, contra el mundo en general, pero que, en esos momentos, se concentraba en Lara y en Jorge. En Jorge, tan estúpido como para haber asesinado a Velasco.

La cabeza le estallaba, no se había atrevido a tomar un Diazepam porque suponía que la tremenda resaca se debía al cóctel que se había producido en sus venas con el alcohol. Masticó despacio, para que el movimiento solo afectara a la mandíbula, un par de aspirinas.

Lara Samper mostraba su aspecto habitual y el mismo agradable olor a mandarinas. No hizo ninguna referencia a su discusión. Berta la miró forzando una mueca.

—Nos mentiste —le dijo a Jorge Abad.

Jorge estaba recostado en una de las camas de la UCI, con el respaldo ligeramente elevado, vestido solo con un pantalón de pijama. El brazo derecho, escayolado, reposaba sobre la sábana. Se apreciaban abundantes contusiones, cardenales y cortes. Le habían vendado el torso, la cabeza y un ojo. El otro se había convertido en una masa violácea de carne hinchada con apenas una ranura para la pupila. En la ceja le habían dado tres puntos. La nariz parecía un tubérculo, el labio superior estaba partido y le faltaban dos dientes, dos de los incisivos superiores que un botellazo de Sapo le había arrancado de cuajo.

¿Este es el asesino de Velasco? ¿Aquí termina el camino?, pensó Berta con una mezcla de rabia y lástima.

El box era estrecho y acristalado. La cama ocupaba casi todo el espacio que dejaban libres los diferentes sistemas de monitorización y control, los goteros, las conexiones eléctricas, las salidas de gases, las bombonas, las barras con cableado y bandejas. Entrecerraron un poco la puerta para no molestar a los demás pacientes. «Le acabamos de inyectar los calmantes así que estará menos dolorido y más locuaz, pero disponen como máximo de quince minutos», les había advertido el doctor Martínez, el jefe de la UCI, sin apartar la vista del hermoso rostro de la inspectora Samper y de su seductora sonrisa. Era una de las condiciones para acceder a un espacio tan restringido, aunque Jorge lo ignoraba.

Quince minutos para conseguir la confesión de un asesinato en el que llevamos trabajando casi quince días, pensó Berta. Se pasó la mano por la frente.

—Nos mentiste —repitió Lara Samper, tranquila—. Esto se podría haber evitado.

—¿Evitado?

—¿No sabes quién te propinó la paliza? —Fingió incredulidad.

—Alguien que entró a robar... —No terminó la frase. Lo detuvieron las dos cejas de Lara alzándose escépticas.

—¿A robar? No. Más bien fueron dos amigos de Manuel Velasco.

Observó la impresión que le causaba. Poco dispuesta a las concesiones. El chico dio un respingo al escuchar el nombre, enmudeció.

—¿Sabes por qué lo hicieron, Vendetta? ¿A lo mejor porque lo espiabas, acosabas y amenazabas?

Le hablaba igual que al niño que niega haber roto un jarrón cuando todavía está la pelota junto a los trozos.

—¿Pudo ser el motivo, Ven-de-tta? —silabeó.

Pareció que Jorge iba a replicar, pero continuó mudo, mientras un tinte rojizo peleaba por aflorar entre las espinillas y las contusiones. Un nervio de la mejilla pulsaba de manera visible, dándole un aire de amargura.

—¿Qué ocurrió ese jueves? ¿Te descubrió Velasco al salir del bar y tuvisteis una pelea? ¿Le golpeaste demasiado fuerte sin querer? —Fingía comprensión y calma, pero Berta observó que acariciaba su pulsera.

—No, no —contestó precipitadamente, separando un poco la cabeza de la almohada. Un gesto de dolor le crispó el rostro y volvió a apoyarla—, yo no lo maté.

—Entonces, ¿qué ocurrió?

Jorge le pareció un tanto descolocado. Sabía lo que significaba esa expresión, la había visto repetidas veces en el rostro de los acusados: había llegado la hora de pagar por lo que uno ha hecho, la hora de la verdad. Berta se metió un caramelo de menta en la boca. Un sabor acre le inundaba el paladar convirtiéndolo en una superficie tan árida como si hubieran tirado dentro un camión de grava.

—Al principio creí que se haría justicia, que iría a la cárcel; pero él quedó libre y nosotros tuvimos que regresar a casa a seguir con nuestras vidas… ¿nuestras vidas?, ¿qué vidas? —preguntó burlón—. La de ese cabrón no podía continuar como si nada. ¡De algún modo debía pagar! Pensé que yo me encargaría.

Hizo una pausa, la ira lo fatigaba demasiado, así que rebajó el tono.

—Lo justo era que él también supiera lo que es el miedo, el mismo miedo cerval que siente mi hermana. ¿Saben de dónde proviene el adjetivo cerval? De ciervo. De su actitud asustadiza en cuanto presiente la más mínima amenaza. Así quería que viviera él: acojonado en todo momento, alerta y sin saber por dónde le iban a venir.

Un par de enfermeras vestidas con pijamas verdes abandonaron el puesto de control del centro de la UCI y pasaron por delante de la puerta acristalada del box. Berta fue consciente de que los quince minutos transcurrían muy rápidos y Jorge los estaba malgastando. ¿Qué demonios me importan los ciervos? Miró a Lara, pero ella escuchaba con el semblante relajado.

—Le envié emails, pero no resultó muy efectivo. Así que cambié de táctica y empecé a seguirlo un rato, lo suficiente para hacerle un par de fotos a bastante distancia y mandárselas tres veces a la semana: los lunes, los jueves y los sábados, porque el domingo no abre la biblioteca —les explicó.

Sus palabras iban acompañadas de un ligero silbido: el aire que salía por el hueco de los incisivos.

—Quería que viera que era sistemático, organizado. Y funcionó. A la tercera semana me contestó insultándome y amenazándome si no lo dejaba en paz. Fue un gran logro porque hasta entonces ni siquiera estaba seguro de si recibía los mensajes, de si la dirección que había conseguido en un foro de coches era correcta... Hasta estaba a punto de abandonar.

Movió la cabeza para observar la expresión de la inspectora Samper con la limitada visión de su ojo derecho.

—Aquello significaba que los leía y que influían en su estado de ánimo. Me sentí genial. Decidí invertir más tiempo en seguirlo, en fotografiar cada vez más cerca a su novia, su coche, sus amigos, el bar, la fontanería... Todo. Su vida entera. Para que supiera que no había ni un resquicio que escapara a mi control. —Hizo una pausa para coger aliento—. Además, pensé que mientras yo fuera su sombra no se atrevería a hacerle a otra chica lo que le hizo a Noe. —Se encogió de hombros, en un gesto que debía de ser habitual en él, y un calambrazo de dolor cruzó su rostro.

Berta sintió compasión por él: solo era un crío. Un chaval que se había adjudicado el papel del personaje que él mismo había creado, el del héroe justiciero, el de Vendetta. Imaginó al alfeñique de Jorge tratando de derribar a Velasco. Reparó por primera vez en que ambos tenían casi la misma edad, pero ¡eran tan diferentes!

Tan diferentes… una cosa vaga y triste le hizo saber que había un error. El motivo por el que Jorge continuaba espiándolo cada minuto era el odio, ese era el monstruo cuyo aliento lo nublaba y no la venganza o una ridícula idea de la justicia basada en la ley del talión. Un odio tenaz y obsesivo cuya causa no era solo Noe, sino la posibilidad de contemplar en directo la vida a la que él nunca podría aspirar: la del guapo al que las chicas adoran, con una novia cañón, alegre, sin preocupaciones y con un montón de amigos; un chico a cuyo alrededor los demás hacían corro para escuchar sus bromas. El chico que él deseaba ser.

La injusticia de que al violador de su hermana le fueran concedidos los dones que a él se le negaban. Jorge sentía envidia de Velasco. Berta pensó que no era capaz de imaginar lo mezquino que eso le haría sentir.

—No se lo he dicho antes porque eso me incriminaba y creerían que yo lo maté —dijo despacio. Parecía cansado.

—¿Lo seguiste ese jueves, el día 9? —la inspectora imprimió a la pregunta un tono trivial.

Berta observó el rubor de sus mejillas, los hombros y el cuello muy tensos y supo que su cerebro estaba enervado por el olor de la sangre, de la victoria, ahí, a su alcance, solo tenía que alargar un poco los dedos… Ella misma, a pesar de la tremenda resaca, se sentía ansiosa.

En ese momento un enfermero entró en el box.

—Están alterando excesivamente al paciente. —Señaló el monitor de la frecuencia cardiaca que mostraba ondas azules cada vez más elevadas. Ajustó una de las bombas y reguló el gotero—. Además, ya han transcurrido los quince minutos.

—¡Estamos terminando! —le dijo Lara molesta por la inoportuna interrupción.

—Deben marcharse ahora mismo.

—Por favor, solo serán un par de preguntas —pidió Berta con amabilidad.

—¿Seguiste el jueves a Velasco? —indagó Lara de nuevo. Se acercó a Jorge, para que su cuerpo ocupara todo su campo de visión y no se distrajera.

—Están haciendo que se le dispare la tensión arterial —las acusó el enfermero.

—Jorge, ¿seguiste el jueves a Velasco? —repitió más fuerte para imponerse.

El chico contestó con un sí resignado. ¿Qué importaba ya?

—Estuvo en el bar con sus amigos..., bebiendo y gastándoles bromas... —Hablar le suponía un esfuerzo, como si le faltara el aire—. Salió sobre las doce... no... no llevaba el coche... fue... fue andando... a su casa.

—¿Lo seguiste?

—Sí.

—¿Qué ocurrió entonces? —se impacientó Lara—. ¿Te acercaste a hablarle?, ¿te descubrió y fue a por ti?

Berta pensó que eso encajaba perfectamente: Velasco se había enfurecido, lo había atacado y... Berta se sobresaltó. El monitor más próximo a ella había comenzado a emitir un agudo pitido, mientras los puntos verdes de la pantalla saltaban alborotados.

—Voy a buscar al doctor Martínez —dijo el enfermero y salió apresurado.

—Continúa —le exigió Lara.

—Nada... No pasó... nada. —Hizo una pausa para coger fuerzas—. Sacó... la llave... y entró.

El doctor Martínez cruzó la puerta del box. Su expresión había perdido todo rastro de admiración y cordialidad.

—Inspectora, habíamos acordado...

Lara hizo caso omiso del doctor. Estaba demasiado desconcertada. Pocas veces algo la sorprendía de ese modo sin que descubriera previamente algún indicio que la alertara.

—¿Nada? —le preguntó a Jorge—. ¿No te descubrió?, ¿no se enfrentó a ti?, ¿no se encontró con alguien?

—Inspectora… —El médico estaba a su lado y la cogía del codo.

—Na-da… Se lo… juro —dijo el chico. Agotado cerró el ojo.

La inspectora Samper tardó unos segundos en asimilarlo. Después se volvió hacia el médico.

—Gracias por su colaboración, doctor Martínez.

Salieron de la UCI escoltadas por el enfermero. Berta estaba muy decepcionada: esperaba escuchar una confesión y, en cambio, volvían a encontrarse en el punto cero de la investigación. A su pesar, reconoció que Jorge parecía sincero. Aunque también me engañó cuando creí que era un buen chico, pensó.

Luis Millán

Domingo, 26 de junio

El teléfono sonó. Levantó las manos de las teclas de su piano Bösendorfer donde practicaba su particular condena: las *Variaciones Goldberg*. Había colocado el piano bajo la enorme ventana del salón. Era un doceavo piso y a sus pies se apiñaban decenas de edificios, cientos de vidas anónimas. Insistió a la inmobiliaria en que necesitaba un piso alto, en esa zona y con orientación norte.

—Millán —respondió.

—Le he enviado el vídeo por email a Samper.

—Es lo que acordamos.

Pasaron unos segundos de silencio hasta que Ana Castelar preguntó:

—¿Lo sabe él? ¿Le has dicho que yo…?

Ni siquiera necesitaban pronunciar su nombre. Su mentor era el que guardaba las llaves de las cloacas del Estado, el que conocía a hombres a los que no les temblaba la mano al aplicar unas pinzas de coche en el escroto de otro hombre, o al ordenar a alguien que lo hiciera.

Su mentor contactó con él al desintegrarse el grupo de Barcelona. Lo miró buscando lo que Use Beltrán le aseguró que encontraría debajo de aquellas camisas impolutas y su fragancia de lujo: ese pulso, el anhelo que latía en los que, al menos durante un tiempo, habían transitado por el territorio de perversidades, deseos ocultos, feroz crueldad y venganzas mudas, que discurría subterráneo e inasible para casi todos. Solo los predispuestos al peligro escuchaban su pálpito.

—¿Hay algo que él ignore? —preguntó Millán.

Deseaba terminar cuanto antes la conversación. Ana Castelar le desagradaba, tal vez por la forma en que le recordaba su propia debilidad. Ana y su odio lacerante por Larissa, al que se entregaba con saña. Larissa nunca fue consciente de hasta qué punto su resplandeciente llegada al grupo había condenado a la otra.

Ana le recordaba a Luis el triste despecho que los llevaba a follar ocasionalmente, con fiereza e ira, contra cualquier pared o escritorio, sin intercambiar ni una palabra, ni una mirada, para resarcirse de la felicidad de Use y Larissa. Aunque después, mientras él se subía los pantalones y ella recogía las bragas, más hambrientos que al empezar, recordaban que era inútil. No insistían en ese castigo hasta que, tarde o temprano, uno de los dos lo olvidaba.

—Pero ¿se lo has dicho? —quiso cerciorarse Castelar.

—Sí, se lo he dicho.

¿De quién crees que provienen las órdenes?, pensó. ¿Quién acecha la opinión pública y la encauza? ¿Quién se ocupa del problema que supone la popularidad del blog y la reciente querella de Santos Robles? ¿Quién decide cuándo es necesario sacrificar a un buen peón, como en el caso de Guallar? Luis recordó las palabras de su mentor: «Somos las raíces feas, ocultas, sólidas. Gracias a nosotros el árbol se sostiene en pie. Y así debe seguir. A costa de quien sea. Incluso de ti y de mí».

Regresó al piano. Comenzó de nuevo desde la primera Variación. Tocaba la tercera cuando volvió a sonar el teléfono.

¿Lara? Inspiró un par de veces antes de responder. Luis no entendía qué le había ocurrido el día anterior. No era propio de él. Ni siquiera que fuera otra vez 25 de junio justificaba que se le escaparan esos tres suspiros anhelantes: La-ri-ssa.

¡Ay, Larissa! Cuando ocurrió lo de Use algo se le rompió por dentro, como si le tronzaran un hueso. ¿Fue por su muerte?, se ha preguntado Luis mil veces. Y sabe que no. Aquella muerte les dolió a todos, también él perdió al único hombre al que consideraba un amigo. Pero en Larissa, al terrible dolor que devastó su vida, se unió el engaño. La traición.

La flamante experta en Programación Neurolingüística, la mujer que interpretaba los pensamientos de un sospechoso por el movimiento inconsciente de los ojos, que definía sus redes neuronales para establecer su mapa de la realidad, no se percató de cómo era el hombre con el que compartía la vida. La competente psicóloga a la que ese hombre engañó cada minuto de cada hora de todos esos días y todas esas noches. ¿Cómo asumir esa evidencia e integrarla en la concepción de la valía profesional de uno mismo?

Luis se concentraba en esos pensamientos para no recordar sus labios, sus dientes hincándose con fuerza, con rabia en su hombro. Sin embargo, había ocasiones en que de pronto esos labios lo alcanzaban a traición y las imágenes se hilvanaban unas a otras.

El día anterior se había permitido recordar de forma consciente, bucear en el más bello de los desequilibrios. En la noche de hacía casi seis años. Un timbrazo y de forma inesperada Larissa en la puerta. ¡Larissa! Ella, que desde que Luis le contó que habían matado a Use, desde que se liberó de sus brazos y huyó, lo evitaba. Larissa, que ya había elegido el negro para recordarse su error. Que ya había elegido ser Lara, aunque Luis lo ignoraba.

Larissa Samper, tan pálida, con los cercos morados debajo de esos ojos tan fríos como las piedras de la pulsera que le regaló Use. Luis conducía el día que fueron a recogerla. La muñeca de Larissa era estrecha y le habían quitado un eslabón. Es una antigüedad china del siglo XIX, le explicó Use Beltrán, entusiasmado. Una pieza única, como ella.

Larissa frente a él. Tan cerca que percibió su aliento dulzón de vino blanco. Creyó que estaba ahí para exigirle explicaciones porque desde que salieron del cine no había vuelto a hablarle. Tragó saliva, no resultaría fácil, no existía justificación para el engaño; pero lo que ocurrió fue que sus labios perfectos, mullidos, se aplastaron violentamente contra los suyos. Él, feliz y sorprendido, estuvo a punto de caer por la acometida. Los dientes de Larissa se clavaron en su labio. El sabor un tanto acre de la sangre mezclado con su saliva. Sin pronunciar ni una palabra. Las manos de Luis intentaron recorrer los caminos que tantas veces había anhelado. La ternura de sus dedos en la nuca, bajando por las vértebras de su espalda, en sus piernas larguísimas. Soltó los botones de la blusa, el sujetador, sintió la dureza de sus pechos. En cambio, Larissa se mostró brusca, imperativa, profanadora. Luis, desolado, le concedió lo que ella le reclamaba. Aunque no tenía que ser así. No con Larissa. Sin dejar de mirarla a los ojos, le subió la estrecha falda hasta la cintura, desgarró sus braguitas de un tirón al tiempo que ella le desabrochaba los vaqueros. Larissa, a horcajadas, lo enterró en ella, descendió rápida con un gemido de alivio. La manaza de él se hundió en la mata espesa de su cabello, estiró con fuerza, obligándola a echar hacia atrás la cabeza, a arquear su cuello infinito, mientras ella lo cabalgaba. Los ojos cerrados de Larissa, las lágrimas, la respiración entrecortada. Luis observaba su rostro de rasgos perfectos, la expresión que desconocía. Tan bella. Más bella que nunca. Y las embestidas de Larissa cada vez más profundas, sus pechos libres, con la marca blanca del biquini, la espalda cuajada de gotas de sudor. Entonces sí, entonces un grito surgió de su boca en el momento del orgasmo, mientras él, por fin, se dejaba ir en una explosión incontrolada. Durante un instante, Larissa permaneció derrumbada sobre Luis, su aliento a ráfagas, aún sofocada.

Después Lara abrió despacio los ojos, se puso el sujetador, la blusa, se alejó con sus piernas tan largas y sus pasos tan elásticos hacia el baño. Y él, temeroso, sin saber cómo comportarse. Vio cómo recuperaba los zapatos, recogía la braga rota, la guardaba en el bolso y pasaba por delante. Lara, con la mano en el picaporte y la voz calmada que tan bien conocía Luis, habló por primera vez para decirle que eso, lo que acababa de ocurrir, lo que a él continuaba latiéndole en el pulso tanto tiempo después, no había sucedido nunca, Millán. Y lo llamó Millán. Y él, que se había abrochado los pantalones, pero continuaba hundido en el sofá, tal y como ella lo había dejado, pensó que no importaba, que les quedaban muchos días para que se serenara, para hablar tranquilamente.

Al preguntar a la mañana siguiente por su mesa vacía, Ana Castelar le contestó con un deje burlón que a la princesa le habían concedido el traslado. Le costó mantener la entereza. Ya tarde, comprendió que desde que permitió que Larissa saliera por su puerta, para él todos los días eran tarde. Igual que lo había sido desde que Use la miró por primera vez.

Lo intentó durante años, esos en que permaneció en el punto cero del mundo, de puntillas en el borde de un precipicio. Y se enfureció, y alguna madrugada especialmente amarga gritó para liberar la rabia que le causaba no comprender qué le impedía olvidarla y largarse, tal y como se había largado de tantas mujeres, incluso de Elvira, que nunca supo qué hacer para rescatarlo de la indolencia.

—Larissa —se le había escapado el día anterior al identificar su número de teléfono.

Y en esas sílabas creyó encontrar la redención.

—Millán, al habla la inspectora Samper —le respondió ella

con voz firme—. Te llamo para informarte de que Jorge Abad se encuentra en estado grave. Dos amigos de Velasco le han propinado una paliza.

Inspiró profundo un par de veces antes de responder. No cometería otra torpeza.

—Dime, Samper.

Lara

Domingo, 26 de junio

Lara barajó rápidamente las posibilidades que la revelación de Jorge le dejaba. Se alegró de no haberse precipitado en solicitar una orden de detención al juez Ferrando.

—¿Crees que ha sido sincero? —le preguntó Berta.

—No lo sé —respondió encogiéndose de hombros—. La posibilidad de que Velasco lo descubriese siguiéndolo y lo atacara parece bastante plausible, pero... entonces el cadáver mostraría algún signo de la pelea y no es así.

—¿Y las benzodiacepinas? Tampoco encajan a no ser que fuera consumidor.

Lara resopló de fastidio. Las dichosas benzodiacepinas continuaban siendo el guisante que la incomodaba, que le indicaba que se equivocaba con el planteamiento. ¿Cómo llegaron a su cuerpo?

—Tenemos dos opciones: la primera es considerar que Jorge Abad nos ha mentido, con lo cual nos enfrentamos a un muro porque, a no ser que encontremos pruebas sólidas en su contra y regresemos con una orden judicial, no creo que el buen doctor nos permita volver a interrogarlo mientras permanezca en la UCI —sonrió—. Y la segunda es considerar que ha sido sincero e investigar desde ahí.

—¿Qué quieres hacer?

—Regresemos a casa de Velasco.

Recorría los pasillos del hospital con pasos ágiles y largos, mientras llamaba a Millán. Marcó con dedos un tanto temblorosos después de aquel anhelante «Larissa» de la tarde anterior, que hizo aflorar a borbotones lo que negaba que hubiera sucedido. Su nombre, ese Larissa pronunciado por Luis, le pesaba como un cuerpo extraño que alguien hubiera colocado en su interior.

—Dime, Samper —contestó Millán con su habitual entereza.

Creyó alegrarse de que hubiera recuperado la cordura. Quién sabe, pensó, quizá solo fuera una impresión mía. Demasiadas noches sin dormir.

Esta vez no tuvieron ningún problema para aparcar en la puerta del bar de Matías. El calor ahuyentaba a los vecinos, que se apresuraban a escapar de la ciudad los viernes por la tarde en filas compactas de vehículos, antes de que el asfalto reventara en burbujas negras que los engullera.

Al bajar del coche, Lara advirtió en el rostro de la subinspectora el cansancio, los ojos enrojecidos. En el hospital también había notado un ligero temblor en su mano mientras anotaba las palabras de Jorge en la libreta.

—¿Te encuentras bien?

—Es este maldito calor. Casi no se puede respirar —se excusó.

Guallar se metió en la boca un caramelo de menta.

Detrás de las cristaleras del bar, Matías servía quintos de cerveza. Olía a gambas a la plancha y a fritura. A vermut de domingo.

Lara imaginó a Jorge Abad escondido ahí mismo, entre los coches, espiando a Velasco.

—Vamos —dijo.

Se detuvieron de espaldas al portal de Manuel Velasco.

—Si aceptamos la declaración de Jorge, y damos por válido que Manuel llegó a entrar, ¿qué pudo incitarlo a salir de nuevo? —dijo en voz alta, más por concentrarse que por conocer la opinión de Berta.

—Alguien tuvo que llamarlo por teléfono.

—¿El teléfono?, ya hemos visto el listado de llamadas… aunque… hay otra posibilidad: el teléfono fijo.

—¿El fijo? Ya nadie llama al fijo.

A Lara la comisura de los labios se le elevó en una sonrisa.

—Sí, si la persona a la que llamas tiene el móvil apagado porque no tiene batería. Eso alteraría el margen que establecimos a las doce de la noche. —Sentía multiplicarse las opciones. Relajó su expresión—. Tal vez Rai lo llamó y se citaron en algún lugar para cuando hubiera regresado de Barbastro.

Era la hipótesis que le permitía involucrar de nuevo a Rai.

—Pero eso contradice la declaración de María Jesús de que Velasco no entró en casa esa noche —se quejó Berta.

—Vamos a la comisaría a consultar ese listado de llamadas.

—No podemos.

Samper la miró interrogante.

—No lo solicité porque el juez nos lo hubiera denegado —se excusó Berta—. ¿Basándonos en qué pruebas? ¿Contra la declaración de la madre? Con el juez Ferrando ya sabes que es preferible atenerse a lo estrictamente necesario y no ponerlo en contra.

Lara se impacientó.

—Subamos.

María Jesús Ciprián mostraba su pena de una forma descarnada.

Antes de ser policía, Lara consideraba la muerte como algo misterioso, místico. Ahora, después de mancharse con tanto sufrimiento ajeno, la veía como algo banal y repetitivo, muy repetitivo, por mucho que nos empeñemos, pensó, en creer que nuestro desconsuelo es único y superior.

—¿Qué acostumbraba a hacer su hijo cuando regresaba a casa por la noche?

La mujer la miró sin entender. Las manos le temblaban y las escondió en el regazo por debajo de la mesa.

—No sé. A veces se iba derecho a su habitación y se escuchaba el pitido del ordenador al ponerlo en marcha. O hablaba por teléfono con otros chicos de las cosas esas de los coches. O lo oía trastear por la cocina cogiendo algo de la nevera si no había cenado. Alguna vez venía a donde yo estaba si quería darme algún recado para el día siguiente, que le preparara algo caliente… no sé.

Parecía asustada por las preguntas. Tan pequeña y tan frágil.

—¿Alguna noche él volvió sin que usted se diera cuenta?

Ya conocía la respuesta, sin embargo, necesitaba que la mujer pronunciara las palabras. Era fundamental determinar la hora.

—No sé, quizá…

—¿Pudo ocurrir eso la noche de su desaparición? Usted declaró que se metió en la cama a las once a ver la televisión, a esperar que regresara Manuel —dijo Lara—, y que él no volvió. Pero ¿puede que con el ruido del televisor no lo escuchara o que, a lo mejor, estuviera usted ya dormida?

María Jesús bajó la cabeza y se encogió de hombros.

—La razón es que usted tiene el sueño muy profundo por las pastillas que toma para dormir, ¿no es cierto?

Asintió. Avergonzada.

—¿A qué hora se las tomó aquella noche?

—Antes de meterme en la cama.

—¿Se quedó dormida, María Jesús?

—No sé… tal vez, pero cuando me levanté, él no estaba.

425

Lara la miró con desprecio: había entorpecido la investigación. Ahora debían comenzar de nuevo a plantear hipótesis partiendo de este nuevo dato.

—¿Se da cuenta de que esto invalida su testimonio anterior? —le preguntó con expresión grave.

La mujer asintió. Lloraba.

—¿Se ratifica en que se quedó dormida?¿En que su hijo pudo regresar y usted no percatarse?

Se encogió de hombros dando a entender que esos matices carecían de importancia para ella.

—¿Cuándo me darán su cuerpo para hacerle un entierro decente?

Lara le respondió con evasivas.

—¿Se les ha muerto alguna vez alguien cercano? —les dijo de pronto—. A mí dos, ya ven… Es muy duro cuando alguien se te muere… y después…, la forma en que te mira la gente, cómo te hablan o, mejor dicho, cómo no te hablan. Tienes que ser amable, escuchar lo que te quieran decir… —Su voz era baja, ronca, jadeante—. Vuelvo arrastrando los pies a mi casa, y esta… —Levantó la cabeza y miró en torno a ella—. Esta ya no es mi casa porque me falta Manu. Son solo paredes, pero aquí me tengo que quedar sin ni siquiera una tumba a la que poder ir a llorarlo… Nada.

Al hablar le temblaban los labios y la voz.

—La gente te dice que el tiempo lo cura todo, pero solo lo acaba confundiendo. Poco a poco dolerá menos, pero a cambio perderé detalles y recuerdos de Manu, y no puedo consentirlo porque soy la única persona que guardará lo que él ha sido. Mientras yo viva, él también vivirá. Después ya solo quedará su hermana, pero ella…

Había resentimiento en sus palabras. No confiaba demasiado en su hija. Estuvo unos minutos en silencio. Forzó una sonrisa agriada.

—Si solo dependiera de mí…

Negó con la cabeza como si no pudiera continuar, abrió la boca, la cerró, de nuevo intentó hablar. Finalmente Lara le dijo que debían marcharse. La mujer continuaba en el sofá murmurando, mientras ellas se levantaban y salían.

—Velasco podría haber entrado en casa, salido y no se habría enterado —dijo Lara con desprecio.

—¿Cómo puedes tratarla así? —protestó Guallar—. Ha perdido a su hijo, está sufriendo mucho.

—¿Sufriendo? Puede, pero una parte de ese sufrimiento es por ella misma. Los familiares lloran por el muerto, por la vida que le quedaba, pero también por ellos mismos. Por la forma en que les va a afectar la ausencia, por lo que supone de pérdida, por lo que sienten que les han robado con sus muertes.

—Nunca has querido a nadie, por eso eres incapaz de entenderla —le recriminó Berta.

Lara le dirigió una mirada más larga e insistente. Suponía que su comportamiento se debía a la discusión de la tarde anterior. Sin embargo, estaba demasiado dolida para apiadarse. Ella sí que sabía lo que era sentir la ausencia de otra persona como un bloque de granito ocupando el centro del cuerpo, enfrentarse de pronto a la certeza de que la vida se había convertido en un vacío de años por recorrer.

Regresaron a comisaría.

Guallar apoyaba la cabeza contra el respaldo, los ojos cerrados, los labios apretados y las manos sujetando fuerte el asiento. Tenía la frente brillante por el sudor.

Lara colocó encima de la mesa el cronograma con la línea verde que unía el jueves 9 y el viernes 10, borró con furia la raya que indicaba las 00.00.

—¿Qué ocurrió? ¿Entró en casa? ¿Qué le hizo salir? Pudieron ser mil cosas: una llamada al fijo, un mensaje al correo electrónico que después borró y por eso no hemos recuperado todavía…

Se pasó la mano por la frente.

—Empecemos por conseguir el listado de llamadas de teléfono fijo. Con este nuevo testimonio, sí que nos lo autorizarán.

Encendió el ordenador para redactar el oficio.

Berta

Domingo, 26 de junio

En cuanto rellenó los datos que le solicitaba la aplicación y la envió, se refugió rápidamente en el baño. Tuvo el tiempo justo para vomitar agarrada a la taza un líquido parduzco con sabor a menta en dolorosas arcadas que le endurecieron el cuello. Las lágrimas le caían por el rostro. Sintió nuevas náuseas y vomitó los restos que le quedaban.

El estómago le dolía en calambres por el esfuerzo; sin embargo, se sintió mejor. Tras enjuagarse la boca, se lavó la cara y se sonó la nariz. Prefirió eludir el espejo. Se peinó con los dedos a ciegas.

Al regresar a su mesa, sacó las aspirinas de uno de los cajones y dejó que dos comprimidos se disolvieran en la lengua. Después dio un sorbo a la botella de litro y medio de agua que siempre tenía encima del escritorio. Cerró los ojos. El dolor que sentía era diferente al habitual. Ahora era una punzada sorda en el centro de la cabeza.

A lo largo del día no se había acordado ni una sola vez de Santos Robles. ¿Será la resaca?, pensó, ¿o el etílico examen de conciencia en la bañera?

Las grabaciones de Daniel la habían obsesionado hasta entonces. En los mejores momentos había sido una sensación de incomodidad y desazón permanente, como el leve zumbido de un electrodoméstico; en los peores, un pellizco que atenazaba su vida e incluso sus sueños.

Se sintió más ligera.

Propuso a Lara aprovechar el tiempo de espera para comer algo. La inspectora estaba ansiosa, como si en ese listado fueran a encontrar la respuesta. Como si hubiera una forma correcta de resolver un asesinato y descubrir dónde se escondía la verdad. Como si la verdad existiera.

Una vez en el bar quiso pedir un bocadillo, sin embargo, su estómago le advirtió con una bocanada agria de bilis que era preferible optar por un refresco bien frío.

Lara Samper desmenuzó a pellizcos el suyo de jamón sobre el plato hasta reducirlo a un cuarto. La piel del interior de sus muñecas era delicada y pálida, en contraste con el tono tostado del brazo.

A Berta el refresco y las aspirinas le habían despejado ligeramente la cabeza.

—Voy a por un bocadillo, ¿quieres algo? —preguntó a su jefa.

Se había comido un poco más de la mitad cuando un pitido del móvil las avisó de la entrada de un email.

—Vamos.

Apenas le dio tiempo de envolverlo en unas servilletas.

La inspectora Samper siguió el listado con un dedo firme hasta llegar a la noche del jueves 9. No había ninguna llamada recibida esa noche, la primera era a las siete y media del viernes 10 a un número con prefijo de la ciudad.

—Será la de la fontanería para averiguar por qué Velasco se retrasaba —supuso Lara.

Cogió el listado de las llamadas realizadas.

—A las siete y cuarenta hay una llamada que corresponderá

a la que efectuó María Jesús a Yoli. Sin embargo, declaró que a las seis y media llamó a su hija y aquí no aparece.

Encontraron una llamada a un móvil a la una y veinte de la madrugada. Con un escalofrío Berta supo que la habían encontrado.

—¿A la una y veinte? ¿A quién llamó Velasco a esas horas?

Lara marcó el número. Solo dejó que la interlocutora preguntara quién era. Sonrió con suficiencia ante la certeza de que la voz pertenecía a Sonia Velasco.

—¿Para qué llamó a su hermana? —inquirió Berta, desconcertada.

Lara Samper la miró con cierto desprecio, como un científico observando la reacción de una rata en un laberinto, una rata que con frecuencia elige el camino equivocado y termina recibiendo una descarga eléctrica.

—¿Sabes qué decía Sherlock Holmes? —preguntó—. Cuando hayas descartado lo imposible, lo que quede, aunque sea improbable, debe ser la verdad.

Berta recordó la antinavaja de Leibniz.

Eran las cinco cuando llamaron de nuevo al portero automático de María Jesús. En ese momento, salió un vecino y aprovecharon para entrar.

—No está en casa —se quejó Berta.

Pensó con desdén que su jefa sufría una revelación de instinto policial.

—Claro que sí —contestó indignada mientras llamaba al timbre—. ¡Sé que está dentro!

El cansancio no hacía mella en ella. Actuaba como si se hubiese activado algún tipo de contador en marcha atrás desde que había visto la llamada a Sonia Velasco en el listado telefónico.

Berta deseaba regresar a casa. Darse una ducha larga, tumbarse en la cama con la persiana entornada y un paño frío sobre la frente.

La puerta del tercero derecha se abrió. Asomó al rellano la vecina que les proporcionó la dirección de la residencia unos días antes.

—¿Qué pasa aquí?

—¿Sabe si María Jesús está en casa?

Dudó antes de responder. Al fin, resopló fuerte por la nariz.

—Mi marido dice que no me meta, que no es asunto mío, pero… conozco a la Chusa de toda la vida, solo trato de ayudarla.

—¿Está dentro?

—La he visto cuando hemos llegado hace un rato. Que no es que a mí me guste espiar a los demás, ni nada de eso, pero…

—¿Tiene las llaves? —la interrumpió Samper.

—No sé si…

—¡Tráigalas, rápido!

Una vez dentro, la inspectora corrió por el pasillo hasta la habitación de Manuel. Sobre la colcha, estaba tumbada María Jesús. Boca arriba, con los cabellos impecables, los brazos pegados al cuerpo, la falda tapándole las rodillas y los zapatos simétricos a la alfombra, uno al lado del otro. Sobre la mesilla había un vaso con dos dedos de agua y tres blísteres de pastillas, vacíos.

Berta se estremeció, ¿había elegido la ropa con la que deseaba ser enterrada?

—¡Llama a una ambulancia! —le gritó Lara mientras le tomaba el pulso a la mujer

La madre

Viernes, 10 de junio de 2013

María Jesús estaba en la cama con el televisor y la lamparita de la mesilla encendidos, esperando a que él regresara; pero se había quedado dormida y no lo había oído llegar. Manu entró como una tromba, como cuando era pequeño y volvía del colegio con una buena nota corriendo a enseñársela, a hundirse en el halda de su bata. «Mami, mami.»

Pero esta vez era distinto.

—Hostia puta, ¡has vuelto a tocar mis cosas!

Ella parpadeó desconcertada por el brusco despertar, sin comprender qué ocurría.

—¿Cuántas veces te lo he dicho? ¿Eh? ¿Cuántas?

Asustada por la estridencia de sus palabras, trató de enfocar la vista. El corazón le latía con violencia y le faltaba el aire. Se aferró a la frazada de la sábana para detener el temblor de las manos. Apretó los dientes para contener el de la mandíbula. Se sentía muy confusa. Sabía —o creía saber— que el hombre que la increpaba era su hijo, sin embargo, su rostro se solapaba con el de su padre. Abrumada, pestañeó rápido un par de veces para intentar aislar los rasgos de Manu, distinguir sus facciones. Imposible. La mirada de odio. La manera de levantar la ceja izquierda. El desprecio en la voz. El súbito estallido de violencia.

—¡Mírame cuando te hablo!

Sentía que se asfixiaba, como cuando le llevaba la contraria por cualquier nimiedad y él la estampaba con todas sus fuerzas contra la pared. Después la prensa de su mano se ceñía a su frágil y delgado cuello y, aplastándola contra el estucado, la arrastraba hacia arriba hasta que quedaba a la altura de sus ojos; entonces sus fuertes dedos apretaban y apretaban como si quisiesen exprimirla. «Repítelo ahora», le decía calmado, sin elevar la voz. María Jesús se debatía y trataba de liberarse. Debido a la falta de oxígeno en el cerebro, la vista se le nublaba al tiempo que, a su alrededor, el mundo comenzaba a girar a un ritmo vertiginoso. Respiraba a bocanadas para llevar, de forma desesperada, aire a unos pulmones que sentía arder, tratando de sobreponerse a la espantosa sensación de ahogo. La garra se abría de pronto y su pequeño cuerpo caía desmadejado al suelo. Si continuaba consciente, le propinaba unas patadas para que lo entendiera mejor.

—¡Para! Me cago en mis muertos —estalló su hijo al verla en ese estado. Apretó y aflojó los puños—. ¡Estás loca!

Dio una patada con todas sus fuerzas a una silla que salió disparada hasta chocar estrepitosamente contra la pared. Se marchó dando un portazo.

La mujer tenía el borde de los labios blancos de mordérselos. Continuaba aturdida. ¿Qué acababa de ocurrir? Quizá era cierto que se estaba volviendo loca. Cerró los ojos con fuerza. Tragó saliva y procuró respirar acompasadamente. Al abrirlos el mundo había recuperado su peso habitual: la lamparita continuaba encendida, en la televisión los tertulianos se insultaban. Sin embargo, ya nada era igual. La opresión que había sentido, la angustia, habían sido muy reales. Era la señal que necesitaba. No podía posponerlo más. Su marido había vuelto. Esta vez no era una pesadilla como cuando se despertaba empapada en sudor, temblando, sintiendo la tenaza de su mano alrededor del cuello y el ahogo en el pecho. Manu se había convertido en su padre, definitivamente.

Debía darse prisa. De espaldas a la puerta y encogida sobre sí misma, los dedos le temblaban mientras presionaba uno a uno los caparazones de la lámina de plástico. Había colocado el blíster encima de la taza de café y las pastillas rompían el soporte de aluminio y caían dentro. Blancas, diminutas. Una dio contra el borde, rebotó en la encimera y cayó al suelo. Daba igual. Ni siquiera las contaba. Lo único que importaba era que no la descubriera.

Le pareció oír un ruido y la recorrió un escalofrío de pavor. Se quedó muy quieta. Expectante. Con el corazón acelerado. Se relajó al darse cuenta de que había sido la puerta de entrada del piso de abajo. Guardó en el bolsillo de la bata el blíster vacío y sacó el otro, el de Clonazepam. No sabía las que necesitaría. Cuando lo planeó supuso que a Manu le practicarían la autopsia y no deberían encontrar el rastro, pero ahora eso ya no le importaba. Tenía tanto miedo…

Había cogido las benzodiacepinas en la residencia. Fue difícil porque la hermana Margarita llevaba un control muy estricto. Incluso las que ella tomaba para dormir, unas muy suaves, se las recetaba el doctor Elorriaga.

Cuando consideró que ya eran suficientes, añadió una cucharada de azúcar y removió con fuerza rogando para que se deshicieran pronto y no dejaran rastro. Se fijó en el agujero de la puerta.

Esto no pasaría si no hubiera ocurrido aquello, pensó.

Aquella noche no era la primera vez que sentía que su marido había revivido, o que alguno de sus rasgos se revelaba en el rostro de su hijo, aunque nunca de una forma tan poderosa y completa. La primera vez fue en el juicio. Mientras escuchaba hablar a aquella chica, sintió vívidamente la presión de la garra, el ahogo, el vértigo, el intenso dolor en la parte posterior de la cabeza que a veces sangraba por la fuerza del golpe contra la pared. Un intenso zumbido en los oídos. Era una sensación tan real que tuvo que salir apresuradamente afuera para no gritar. «Voy, voy al baño», le dijo a su hija cuando la miró extrañada al apartarse para cederle el paso. Se puso de puntillas y al mirarse en el espejo le extrañó no encontrar la marca de sus dedos en el cuello como tantas veces en el pasado. Se masajeó la cabeza. Todavía le quedaban pequeñas protuberancias de los chichones en el cráneo y, en aquel momento, sentía que le palpitaban.

«¿Has sido tú?, ¿has sido tú? Mírame y júrame que no has sido tú.», le preguntó al hijo al regresar del juicio, creyendo que todavía era su niño, su Manu. Entonces comenzaron los gritos, los insultos y el puñetazo estallando en la puerta. Aunque nada de eso importaba, solo era ruido. Lo que importaba eran sus ojos. ¡Esos ojos! Esos no eran los de mi niño, habían cambiado. De alguna forma habían cambiado y eran esos otros que tan bien conocía, los de su padre, ese malnacido, otra vez ese malnacido. ¿Qué?, ¿cómo?, ¿era una alucinación?, ¿como unas horas antes en el juzgado? Entonces su hija la abrazó. Se sobresaltó. Se ahogaba y se soltó enseguida.

Ahora ya sabía que todo lo que había dicho aquella chica era cierto, conocía las barbaridades de las que era capaz su hijo, ese niño por el que se había desvivido. Sabía que podía volver a hacer todo eso. Hacerlo siempre que quisiera. Como su padre.

Si al menos hubiera ido a la cárcel, suspiró, ahí habría aprendido. Lo habrían obligado a cambiar. Recuerda el gemido que le subió desde el estómago cuando supo que lo dejaban libre, como el de los animales en el pueblo el día de la matacía.

Aquello la condenada: ella era la única que podía detenerlo. Como entonces. Era la responsable. Era su deber. Como entonces. Las lágrimas caían por su rostro ante la inmensidad de lo que le aguardaba. Ni siquiera se daba cuenta.

Le llevó el café en el que había disuelto las pastillas, lo dejó encima del escritorio, esforzándose en no derramarlo a pesar de lo alterada que estaba. Él chateaba y se reía. Ya había olvidado lo ocurrido.

—Que no se te enfríe —le dijo para llamar su atención.

—Ahora.

Se encerró rápidamente en el baño. Dejó el móvil en la repisa del lavabo, al alcance, por si acaso, para llamar a la Sonia o a la Policía si algo salía mal. Sentada en el borde de la bañera permaneció más de media hora rezando, atenta al menor ruido, angustiada.

Cuando regresó a su dormitorio, la cabeza de Manu estaba sobre el teclado y en la pantalla había líneas y líneas de la letra te. Gracias, Dios mío, pensó.

—¿Manu? —Le tocó el hombro con precaución.

Le pasó las manos por debajo de las axilas y lo depositó en el suelo. Estaba acostumbrada a mover cuerpos de ancianos y no le supuso demasiado esfuerzo. Colocó la cabeza de su hijo sobre su regazo y sacó la jeringuilla del bolsillo de la bata. Sabía lo que tenía que hacer. Ya lo había hecho antes.

Con dedos torpes por la angustia buscó una vena buena en el cuello e inyectó rápido el aire.

La hermana Asunción la animó a sacarse el título de auxiliar de enfermería a distancia. Necesitaban titulados en la residencia. Estudió todas las noches mientras la Sonia cuidaba al Manu. Sabía que esos diez centímetros cúbicos o bien alcanzarían la arteria provocando una embolia pulmonar o bien las paredes del ventrículo derecho producirían una parada cardiaca. No sentiría nada, ni siquiera se despertaría.

Retiró la aguja; ya solo le quedaba esperar. Una vez hecho y liberada de la presión y los nervios, sintió en un golpe toda la angustia, la fatiga. Un ligero vahído propagándose por las extremidades. Esperar. Se quedó contemplándolo con todo el dolor del mundo. Aguardar a que su propio hijo muriera. Asumiendo por primera vez, libres sus ojos del miedo, la inmensidad que supondría su pérdida. Su vida sin él. Vacía. Hueca. Y en un súbito relámpago de claridad, comprendió que no, que no podía permitirlo, que Manu aún era joven, aún podía cambiar, aún...

¿Qué hago? Estaba demasiado alterada para pensar con claridad. Debía impedir que el coágulo llegase a los pulmones. Impedirlo. Trató de ordenar sus pensamientos, de encontrar el que buscaba. Desesperada. El corazón le palpitaba en las sienes. A golpes. Aceleradísimo. De pronto recordó: una cánula. Una cánula en el cuello para que respire. Eso es. Una cánula.

Se levantó con brusquedad y tuvo que apoyarse un momento en la esquina del escritorio, mareada. Inspiró un par de veces. Lo primero en lo que reparó fue en el cúter que su hijo tenía en el escritorio, el de abrir los paquetes que compraba por internet. Se le cayó al suelo entre los dedos temblorosos y torpes. Lo recuperó. Tras tres intentos sacó la tinta de un boli y cogió la carcasa transparente. Serviría. Se secó las lágrimas con la manga del camisón. Se quitó una horquilla y la abrió en toda su longitud para ayudarse.

Se sentía apremiada. Las manos le temblaban de ansiedad cuando acercó la hoja del cúter a la garganta. Algo salió mal. Se equivocó. El corte era demasiado ancho y profundo. La sangre empezó a manar a borbotones. No distinguía nada. Clavó la horquilla para hacer sitio a la cánula. Imposible. La sangre continuaba brotando. Colocó las manos encima para taponarlo. Haciendo presión. No. No. Por favor, Dios mío. No. Desesperada. La vida escapándosele entre esos dedos que tantas veces lo habían acariciado, consolado, comprobado la fiebre en su frente. No. Por favor, Dios mío. No. La intensa sensación de apremio, de ahogo. No. Por favor, Dios mío. No.

La mujer ya con el cuerpo del hijo entre los brazos, como una piedad.

Lara

Domingo, 26 de junio

—¿Por qué lo hizo? —le preguntó Lara.

María Jesús continuaba vuelta hacia la pared, acostada en la cama del hospital. También habían empezado la jornada en un hospital interrogando a Jorge. El día no acababa jamás. La mujer lloraba en silencio lagrimones que manaban de los párpados cerrados. Hablar había perdido cualquier sentido para ella.

—¿Fue un accidente?

Transcurrió mucho tiempo hasta que María Jesús asumió que no desaparecerían.

—¿Por qué no me han dejado? Todo habría acabado —habló con un hilo de voz.

—Necesitamos saber qué ocurrió.

No supo si la había escuchado porque no hizo ningún movimiento. A menudo nuestro trabajo se limita a esperar, pensó Lara. Permanecieron en un incómodo silencio. Guallar, apoyada contra la pared, cansada, con la libreta baldía en las manos. Ella con la mirada vuelta hacia dentro, absorta en sus propias conjeturas.

Vio cómo se pasaba la lengua blanquecina por los labios resecos y pensó que el remordimiento acompañaba la mayoría de las confesiones. La culpa, la desesperación que destilaba

María Jesús eran tan enormes que comprendió que hubiera intentado terminar con ellas.

Se oyeron unos pasos apresurados. Se detuvieron unos segundos en el quicio de la puerta para observar el interior de la habitación y cerciorarse. Era Sonia. Lara había llamado a Torres para que fuera buscarla.

Llevaba un vestido blanco de tirantes con florecitas y un cinturón verde que le marcaba la cintura, un vestido perfecto para una tarde veraniega de domingo. ¿Dónde la había encontrado? ¿En una terraza con unos amigos?, pensó. Sus ojos revelaban que no era de las que acostumbraba a divertirse con facilidad, que le suponía un esfuerzo. Aquel vestido tan blanco era un disfraz: disfrazada para ser feliz.

Dio un respingo al ver el estado en que se encontraba su madre. Se acercó a ella y le acarició con ternura el cabello que, por primera vez, estaba enmarañado.

—Calla, mamá, calla. No digas nada. Estás muy débil —le dijo apretándole la mano.

—¿Por qué has venido? —le preguntó a su hija con compungida reprobación.

—Calla, calla. —Esta vez le puso los dedos sobre los labios—. Tendrías que haberme llamado.

A Berta la compasión se le escapaba por los ojos.

—Es inútil, Sonia. Su madre ha confesado —la interrumpió Lara.

Un equipo de la científica estaba en esos momentos en la habitación de Velasco procesando la escena del crimen. Habían rociado de forma uniforme el luminol, que había reaccionado emitiendo una luz azul al mezclarse con el agente oxidante adecuado: sangre. Enviaron un avance con varias fotografías al móvil de Samper.

Sonia palideció. Toda su confianza y aplomo se vinieron abajo, como si le arrancaran a la fuerza una máscara para descubrir su verdadera expresión. Apartó poco a poco los dedos de la boca de su madre.

Tal y como Lara había razonado en la primera reunión: el asesino necesitó ayuda para trasladar el cadáver e introducirlo en la pira.

—Lo siento —lloraba la madre—, ya no podía seguir así...

Sonia hizo un evidente esfuerzo por dominarse. Inhaló aire entre los dientes apretados y la acarició unos minutos. Lara esperaba con los brazos cruzados tras informarle de que era necesario que hablase con ellas.

—Vuelvo enseguida, ¿de acuerdo? —le dijo a su madre.

María Jesús mostró una mansa resistencia, después se volvió otra vez hacia la pared.

—¿Les importa si salimos a la calle? —les pidió Sonia.

Al cruzar la puerta del hospital, sacó del bolso el paquete de tabaco y el mechero. Era bajita, con la cuña de esparto de las sandalias alcanzaba el hombro de Lara.

—¿Van a detenerme ahora mismo? ¿Me conceden un par de horas para acompañar a mi madre? Les aseguro que no iré a ninguna parte.

—Antes debe realizar una declaración.

—Que sea lo más breve posible, por favor. Imagino que tendré que repetirla después.

Lara cabeceó. Las dos encendieron a un tiempo sus cigarrillos. Berta buscó con la espalda el apoyo de la pared y se dispuso a anotar en la libreta.

—Me llamó sobre las dos de la mañana. —Dio una calada profunda y exhaló el humo—. Ni siquiera entendía lo que me decía. En veinte minutos llegué a su casa y me la encontré en la habitación de Manu, en el suelo, abrazada al cuerpo de mi hermano muerto.

Al pronunciar la palabra muerto su boca emitió un sonido

no articulado, gutural, tal vez de reconocimiento. Arrugó el entrecejo.

—Había sangre por todas partes: su cara, su camiseta, las manos de mi madre, el pecho en el que lo mecía, el suelo… Olía raro, metálico e intenso. Estaba aturdida, las piernas me temblaban y me senté en la cama.

Dio otro par de caladas nerviosas y tiró la colilla aplastándola con la sandalia.

—No sé cuánto tiempo transcurrió. Es curioso, pero sí que recuerdo que tenía frío, mucho frío a pesar del calor.

Encendió otro cigarrillo, había olvidado el que acababa de apagar.

—Mi madre balbucía incoherencias, puede que en estado de shock, repetía que esta vez no había podido hacerlo, que no había podido. Yo hasta entonces creía que Manu había muerto de un ridículo accidente, de forma natural, con aquel montón de sangre…

Los rayos de sol se balanceaban en su brillante melena. Hacía un calor opresivo, espeso, implacable. Lara se fijó en que el veneno de la luz fulgurante había marchitado las petunias de los dos parterres de la entrada. Deseaba dejar de escuchar, darse una ducha muy fría que le barriera el sudor y las palabras.

—Yo no entendía nada y le pregunté: «¿Qué es lo que no has podido hacer, mamá?». Unas cuantas palabras y tu vida está destrozada para siempre.

Las miró directamente, como si de esa forma fueran a comprender mejor lo que trataba de explicarles. Lara quiso decirle que su vida ya estaba destrozada antes, el único cambio era que hasta ese momento había preferido no levantar la alfombra para mirar debajo.

—«Cuando lo de tu padre», me respondió como si fuera la cosa más evidente del mundo. Y me contó lo que llevaba veinte años pudriéndose dentro de ella.

Los ojos de Sonia se humedecieron. Intentó hablar y su boca tembló. Dio una calada honda al cigarrillo que había olvidado entre los dedos. Tiró la colilla al suelo y ahí se quedó, cerca de sus pies, humeando.

Lara la miraba con las mejillas encendidas y una sonrisa rígida en los labios.

—En casa no había fotos de mi padre y yo solo recordaba cosas sueltas: el cabello espeso, caracoleado y muy negro, los brazos velludos, una bicicleta roja en la que me enseñó a montar, una tarde bañándonos en un río de agua muy fría, una camisa de cuadros azules… Sin embargo, escuchándola recordé otras: el aliento apestando a alcohol y eucalipto llamándome «mi princesita», mi madre llorando, los golpes, los moretones…

Sonia consiguió controlar el llanto. Sus movimientos eran más lentos y su mirada se había extraviado en algún punto en su interior al que ellas no accederían.

—Estaba conmocionada, no comprendía cómo había olvidado todo aquello. Mi madre decía que entonces hizo lo necesario, pero que esta vez no había podido, y lo decía con el cadáver de Manu entre los brazos. Fue cuando, de pronto, entendí lo que resultaba evidente, pero que mi mente era incapaz de procesar por monstruoso, por inverosímil: mi madre había matado a mi hermano.

Lara mantenía los labios fruncidos y acariciaba la pulsera. Se había apoderado de ella una incómoda sensación de irrealidad. Se sentía aletargada e insensible. Se fijó en el bolígrafo de Guallar. En su cara tan pálida.

—La súbita comprensión y aquel olor tan intenso invadiéndolo todo, entrando por mis fosas nasales, por mi garganta. Me levanté rápidamente, pero no me dio tiempo de llegar al baño. Después lo limpié lo mejor que pude y me sentí mejor, como si todos estos años hubiera tenido algo viscoso viviendo dentro de mí, creciendo sin que yo lo advirtiera y ahora, por fin, lo hubiera expulsado.

—¿Qué ocurrió después? —preguntó Lara Samper cuando Sonia se quedó en silencio.

—¿Después? —Frunció el ceño como si le supusiera un gran esfuerzo regresar de aquel tiempo tenebroso y oscuro de la niñez. Recordar.

El cuerpo le temblaba de dolor y tal vez de humillación por verse forzada a desnudar algo tan privado ante dos desconocidas. Se pasó una mano por la frente.

—¿Qué podía hacer? ¿Entregarla a la policía? Viendo aquel montón de sangre... la detendrían, quizá saliera a la luz lo de mi padre...

Conservaba los brazos pegados al cuerpo y los puños cerrados, tan apretados que tomaban el color del vestido.

—¿Puedo entrar ya? —preguntó—. No querría dejarla sola más tiempo.

La vieron cruzar las puertas del hospital cabizbaja, como si aguantara todo el peso del mundo sobre sus hombros. Lara pensó que ella también llevaba seis años soportando el mismo peso. Use. Su traición.

Sin embargo, la tarde anterior al llamar a Millán... Ese Larissa anhelante golpeándola, removiendo el pasado.

«Esto no ha ocurrido nunca», le dijo a Luis entonces, porque nunca tendría que haber sucedido. Fue a su casa porque sentía que los pulmones se le habían cerrado y ni todo el aire del mundo era suficiente para respirar. Necesitaba sentir algo, lo que fuera, para convencerse de que un par de semanas antes ella no había muerto también con Use. Lo que fuera. «Esto no ha ocurrido nunca», le dijo y cerró la puerta.

Suspiró. Recordó con tristeza los álbumes de papel verjurado que guardaba en casa. La colección de muertes anecdóticas o ridículas. Use le contó, con esa sonrisa que la subyugaba, con esa seguridad que lo enmarcaba como un aura, que había sacado la idea de una novela de Sherlock Holmes, del *Noticiario policíaco de tiempos pasados*.

—¿Sabes cómo murió Alan Pinkerton? —le preguntó aquella primera vez.

—¿Alan Pinkerton? —respondió. Y compuso ese gesto de desconcierto que luego vería repetido cientos de veces en los rostros de las personas a las que ella inquiría lo mismo.

—Fue el detective y espía que fundó la famosa agencia de detectives norteamericana Pinkerton. Su primera investigación en 1850 la encargó un joven abogado llamado Abraham Lincoln. —La miró burlón—. Fue el jefe del Servicio de Inteligencia de la Unión y creó una base de datos para centralizar la identificación de criminales que es con la que aún trabaja el FBI. ¿Sabes de qué forma murió un tipo tan listo?

Se encogió de hombros, intrigada.

—Murió de gangrena por morderse la lengua al resbalar y caer en una acera.

Ahí, de pie, mientras la espalda de Sonia cruzaba las puertas de cristal, pensó: ¿Sabes de qué murió un tipo tan listo como Use Beltrán? ¿Lo sabes?

Berta

Domingo, 26 de junio

La voz de Lou Reed, su «Perfect Day», sonó al ponerse en marcha el motor. Berta no la escuchaba, sentía un tremendo malestar de forma física. Algo completamente diferente del dolor al que estaba más o menos habituada. Era incapaz de hablar. Manuel. María Jesús. Sonia. Tres vidas destrozadas. Digerir sus palabras sería un proceso lento. Se masajeó la nuca con insistencia. No dejaba de plantearse si, en esos últimos quince o veinte segundos de conciencia, Manuel Velasco comprendió lo que hacía su madre o si estaba ya demasiado drogado. Resultaba inquietante.

Lo primero que hizo al llegar a su mesa fue telefonear a Loren para que supiera que regresaría tarde. Contestó malhumorado, al fondo se oían los gritos de los niños y el batir de huevos. Adivinaba el reproche en su voz «si te conviene a ti, tiene que convenirnos al resto de la familia». No se molestó en explicarle que habían terminado la investigación. Tampoco que el juez no había admitido a trámite la querella de Santos Robles.

Al colgar reparó en un envoltorio de servilletas al lado del teléfono: el bocadillo. Lo tiró a la papelera. Se le había quitado el apetito. Entró en el despacho de Samper. Leía algo en el ordenador con atención, y al verla le pareció que se sobresaltaba. Los ojos le centelleaban duros y negros.

—Voy a informar a Millán —le dijo. Cerró apresuradamente el pdf que estaba consultando.

Berta había visto pasar su camisa blanca un rato antes. Alguien tiene que dar de comer a los periodistas, pensó con desdén. Se sentía tan débil y resignada que ni siquiera se percató de que no le había pedido que la acompañara al despacho de Millán.

A mitad de camino, su jefa se detuvo, como si acabara de recordar algo, regresó y le dijo:

—Revisa los partes de sala para adelantar trabajo.

Encendió el ordenador.

El pulso se le aceleró al percatarse de que, entre los doce mensajes de la bandeja de entrada —los partes de sala y las Novedades— había uno de la Unidad de Informática Forense. En el asunto figuraba «Respuesta a solicitud pericial». El constante nudo que sentía en el estómago se convirtió en espasmo.

Permaneció un largo minuto observándolo, todavía incrédula, sin atreverse a abrirlo, pensando que el día ya había resultado lo suficientemente difícil, sin saber si soportaría más decepciones. ¿Y si lo dejo para mañana? Se engañaba a sí misma. Hasta que no conociera su contenido ni descansaría ni cedería la presión en el diafragma.

Después de más de dos meses cargando con el constante zumbido de la rabia y la impotencia, era el punto final. Y no solo eso. Velasco había muerto. Noelia y su familia estaban a salvo. Yo no habría más llamadas de Patricia, más congoja que compartir.

Mañana comenzaré de nuevo, pensó. Limpia. Sin cabos sueltos. Recordó el maravilloso amanecer que había contemplado el día anterior. La Albada. Abrió el correo.

Contenía un pdf con el informe y tres archivos con vídeos. Uno de los archivos se llamaba Daniel Álamo. Lo descargó. Se deshizo la coleta y la rehízo más ceñida. Se pasó la mano por el estómago un par de veces. Le dio al PLAY. Aparecía la cara pecosa y aterrorizada de Dani en un primer plano tomado desde lo alto. Después se abría a un plano general para mostrarlo de cuerpo entero. El escenario parecía un lugar abandonado; las ventanas estaban tapiadas con tablones y el suelo sucio de cristales rotos y cascotes. Un lugar que ella conocía.

Lo que mostraba la grabación era atroz. Durante los tres primeros minutos de visionado el niño obedecía —con movimientos torpes, asustados, pálido, y los labios bien apretados— las órdenes que escuchaba, que le dictaba la inconfundible voz jadeante de Santos Robles, sin dejar de temblar. En ese momento el propio Robles aparecía en el vídeo.

Mientras veía al enorme y grotesco Robles, al lado del pequeño e indefenso Dani, de su cuerpo tan lechoso que casi resplandecía, se sorprendió a sí misma con una leve sonrisa. Al contemplar los dedos gordos y artríticos de nudillos peludos, el súbito espanto en el rostro del niño; la manaza sujetándolo por la nuca, hincándose; la misma conducta que Dani representó con el muñeco ante ella en la comisaría, una inconfundible sensación de triunfo se apoderó de Berta.

¡A ver si esto también lo cuelgas en tu puto blog!, pensó. No habría un solo juez en el mundo que no condenara a Santos Robles con esas pruebas.

De repente, al percatarse de su satisfacción, la sobrecogió el más terrible de los escalofríos. Detuvo el vídeo. Cerró apresuradamente el archivo. Ese pensamiento era mezquino, nauseabundo. Pero el pensamiento seguía allí, el destello de alegría había surgido de forma tan natural como la chispa al frotar dos piedras de sílex, por muy condenable que fuera.

Horrorizada tuvo que reconocer que no era la primera vez. Recordó que ante la visión de Santos Robles herido en la fábrica, incluso antes de asustarse por las consecuencias disciplinarias o legales que pudiera acarrearle su lamentable estado físico, su primer pensamiento no había sido la compasión, ni siquiera el remordimiento, había sido idéntico destello de feroz alegría, de victoria.

Recordó aquella frase de Nietzsche que les escribió en la pizarra el profesor de psicología en la academia de Ávila: «Quien con monstruos lucha, cuide de convertirse a su vez en monstruo. Cuando miras largo tiempo a un abismo, el abismo también mira dentro de ti».

En aquel momento el latido de Berta era el latido del monstruo.

Lara

Domingo, 26 de junio

Le sorprendió que Berta no la llamara para compartir su entusiasmo. ¿No habrá abierto el correo? Quizá está demasiado afectada por la detención de la madre de Velasco. Respetó su decisión. Al día siguiente empezaba una nueva semana.

En cualquier caso, prefirió concentrarse en el trabajo que tenía por delante. En su responsabilidad.

El momento de la confesión es una de las partes más delicadas de este oficio, pensó, y más en un caso como este. Sonia se sentaba a uno de los lados de la mesa; ellas, en el opuesto. La escoltaba uno de los abogados del bufete para el que trabajaba.

Lara había pasado a limpio las preguntas agrupándolas en bloques. Disponían de pocas pruebas irrefutables delante de un juez que implicaran a las dos mujeres, aunque resultaba difícil que María Jesús continuara negando el delito. En los ojos de Sonia brillaba la inteligencia, también el ingenio y la vivacidad. Si su madre no hubiera desfallecido, jamás la habríamos atrapado. Por fortuna en toda cadena hay un eslabón débil, pensó.

Sonia Velasco insistió en que el abogado solo la acompañaba en calidad de amigo y en que respondería con sinceridad. Expiación. De eso se trataba. Lara Samper respiró profundamente.

—A ojos de mi madre, siempre he hecho todo mal. —Su rostro era el de quien se enfrenta a una ardua y desagradable tarea—. Siempre he sido arisca o desafiante o demasiado independiente. Nunca toleraba el más mínimo error. No me lo toleraba a mí.

Sonia encorvó los hombros un poco. Quizá la confesión le serviría de alivio.

—«Cuando lo de tu padre», me había dicho mi madre. Mecía el cuerpo ensangrentado de mi hermano, no paraba de hablar y yo sentía que me ahogaba escuchándola. Fue muy extraño. Escuchándola sentí… regresaron todos los recuerdos, y noté en el paladar el sabor a eucalipto, ¡los caramelos que siempre llevaba mi padre en el bolsillo porque le molestaba la garganta!

Su mirada se tornó más vaga, vidriosa. Continuó hablando. El pasado era un tiempo que había permanecido sellado en un cofre y del que, de repente, alguien había roto el precinto. Se había escapado igual que un gas tóxico envenenando el presente y el futuro.

—Durante todos estos años ella conocía algo de mi propia vida que yo ignoraba: a sus ojos había una mancha en mí imposible de eliminar. «Creí que el que no recordaras nada era una bendición», me respondió, «la forma que había encontrado Dios de decirme que había obrado bien al no permitir que tu padre continuara haciendo aquello».

El abogado que la acompañaba colocó una mano sobre las suyas en un gesto de consuelo. Una mano de dedos largos. Ella ni se percató.

—En ese momento supe con certeza que nunca la había conocido. Nadie la había conocido. Ni esas vecinas que saben lo que comes cada día, hasta las veces que tiras de la cadena del váter. —Suspiró—. Supongo que en ella el amor no consistía en acercarse, sino en mantenerse alejada.

Lara la escuchaba con aire indulgente. La Programación Neurolingüística propugnaba que la realidad era una entelequia, ni existía ni se percibía. Cada persona la construía después de filtrar los datos sensoriales a través de su propio mapa mental. Así la realidad estaba condicionada, o programada, por los recuerdos y experiencias, que eran el tejido con el que se configuraba el mapa mental.

María Jesús está enferma, pensó Lara, seguramente por el maltrato al que estuvo sometida, y el mapa que ha creado de la realidad no resulta funcional.

Sencillamente somos lo que hemos vivido, pensó con tristeza.

—Por una vez estuve segura de lo que esperaba de mí. Fue una sensación gratificante, increíble, de una gran claridad. Haría desaparecer el cuerpo de mi hermano.

Estas últimas palabras las dijo de manera precipitada y con voz temblorosa.

—Le dije que lo enterraríamos en el pueblo, en el corral, así tendría un lugar donde visitarlo y llevarle flores. La convencí. Me hizo prometer que cuando ella falleciera lo arreglaría para que descansaran juntos. Le habría prometido cualquier cosa.

Movió la cabeza con gesto abatido.

—Era tarde, casi las tres. Se levantó y escuché correr el agua del grifo mientras se lavaba, después regresó con un paquete envuelto en papel de seda entre los brazos. Eran las sábanas bordadas de hilo de Holanda, blanquísimas, que heredó de su madre, lo único de valor que poseía y que guardaba para mi ajuar. Deseaba envolver el cuerpo de mi hermano con ellas. Para protegerlo de la tierra, dijo.

Sonrió con tristeza. Ya no era el momento de razonar.

—Metí el coche en el garaje, en la plaza de Manu. Hasta fue una suerte que lo tuviera en el taller. Una vez en la autovía, sentí un tremendo cansancio. Las manos me temblaban al volante y apenas distinguía los carriles. Estaba mareada y confusa.

Hizo una pausa.

—De pronto, al tomar la curva para salir a la carretera vi que abajo, en Rausan, en la gasolinera donde solíamos repostar, ocurría algo. Había coches de la guardia civil, ambulancias, autobuses, ¡hasta una unidad de la televisión! No sabía qué pasaba. Durante un instante larguísimo, ya les digo que me encontraba muy confusa, pensé que estaban allí por mí, esperándome, que de alguna forma lo habían averiguado.

Al oírla, Berta se crispó. Miró a su jefa buscando su connivencia. Lara también asoció rápidamente las palabras de Sonia y el cadáver del que les había hablado Héctor Chueca. Si un chalado no hubiera matado al empleado de la gasolinera, Sonia habría continuado su camino, varias veces al año María Jesús habría llevado un ramo de flores a una tumba anónima y Manuel Velasco sería una más de las treinta y ocho personas que desaparecen al día en España, unas catorce mil al año, pensó. Se planteó con tristeza si la vida podía ser tan sencilla y ridícula al mismo tiempo.

—Superado el pánico inicial comprendí que era descabellado, pero que, de cualquier forma, no podía arriesgarme a pasar por allí. Giré a la derecha y me encontré circulando por las calles de Alfajarín. ¿Qué hacía? ¿Regresar a casa? ¿Enterrarlo en el campo? Pero enterrarlo... ¿con qué? ¿Con las manos? Estaba tan asustada...

Tenía un aire lastimoso, de desesperado sufrimiento.

—¿Alfajarín? Y de pronto me acordé de Lucía, una compañera que llevaba toda la semana contándonos que eran las fiestas de su pueblo; unas fiestas medievales a los pies de un auténtico castillo y que el viernes se encendía una hoguera enorme. Tecleé en el GPS «Alfajarín», y cuando apareció la opción «Castillo», pensé que era la primera cosa que salía bien esa noche. No sé, creí que era una señal. ¿De qué otra forma podía interpretarlo?

Lara la miró detenidamente. Pensó que Sonia Velasco no parecía de las personas dispuestas a que su destino lo decidieran presentimientos, aunque en situaciones excepcionales todos buscamos algo a lo que aferrarnos, mensajes ocultos en los objetos más cotidianos que nos indiquen qué camino seguir.

—Al terminar estaba tan cansada… tenía tantas ganas de regresar a mi casa, a mi vida. No comprendí que ya nunca sería posible, que la muerte de Manu la había dinamitado. Aún estábamos limpiando la sangre de la habitación cuando sonó por primera vez el teléfono. Era de la fontanería preguntando por qué no se había presentado a trabajar. Fue un día larguísimo. Creí que nos volveríamos locas. Pero tenía que proteger a mi madre.

Entre la confusión y el miedo de Sonia, Lara pensó que había sido sincera. Permanecieron en silencio, hasta que Sonia lo rompió.

—¿Qué otra cosa podía hacer? ¿Qué hubieran hecho ustedes? ¿Dejar que su madre fuera a la cárcel? A mi hermano ya nada podía resucitarlo.

Su mirada era franca cuando se lo preguntó y eso aún le dio más lástima.

Berta

Domingo, 26 de junio

—¿Te das cuenta de que María Jesús nos mintió todo el tiempo? ¿Cómo fue capaz? —le preguntó a Lara al quedarse solas—. Su dolor al enterarse de la muerte de Manuel parecía tan sincero, se la veía tan abatida y vulnerable…

—No creo que nos engañara.

—¿No crees que nos engañara? —preguntó incrédula. Imitó la voz de María Jesús—: «¿Lo han encontrado? ¿Lo han encontrado?» ¡Y era ella la que lo había metido ahí!

—¿Conoces el cuento *Emma Zunz*, de Borges?

Berta negó con la cabeza.

—En las últimas líneas Borges escribió algo así como que la historia resultaba increíble, pero todos la creyeron porque sustancialmente era cierta. Verdadero era el tono, el odio, el ultraje. Solo eran falsas las circunstancias, la hora y uno o dos nombres propios. —Samper hacía un esfuerzo para explicarse—. Lo mismo ocurrió con María Jesús: ella mató a su hijo y falseó las circunstancias, la hora…, pero la creímos porque su dolor era verdadero. El sufrimiento que sentía no necesitaba fingirlo. Estaba ahí.

Consideró durante un momento su respuesta. Reconoció que la intuitiva inspectora Samper estaba en lo cierto.

—¿Qué crees que sucederá ahora? —le preguntó.

Se sentía confusa. Siempre había creído que el consuelo que ofrecía su profesión era que se hiciera justicia, que la vida continuara con un pequeño grado de certeza. Pero ¿cómo conseguirlo si la línea que separaba a las víctimas de los culpables se volatilizaba?

Técnicamente, con las confesiones de María Jesús y Sonia el caso se cerraba porque cerrar una investigación consistía en detener al culpable para que fuese juzgado y se le impusiera un castigo.

No obstante, no sentía la habitual punzada de placer, de victoria y alivio de saber que no sacaría de nuevo el expediente para recordar aquel sufrimiento, aquella muerte y su incapacidad.

Lara se encogió de hombros.

—¿Qué nos importa lo que suceda? Nuestra responsabilidad era con Manuel Velasco.

Lo dijo con convencimiento, como siempre que concluía una investigación. Berta no la creyó. Un poco más tarde añadió:

—Sonia Velasco y María Jesús Ciprián tienen el premio gordo de la lotería de la lástima: malos tratos y abusos infantiles. Si contratan a un buen abogado que juegue la baza de la piedad es posible que salgan bien paradas.

Berta pensó que era cierto: aunque detuvieran al tipo más execrable, si su abogado encontraba un resquicio para presentarlo ante la prensa y el público como una víctima, no había nada que hacer. Era imposible unir en el cerebro de la gente las palabras víctima y castigo.

—Supongo que se convertirán en personajes mediáticos. Hablarán de ellas en todas las tertulias y sacarán a relucir los grandes temas: la inseguridad ciudadana, los malos tratos, las penas en los casos de violación y homicidio, la cobardía del sistema jurídico.

Al escucharla, le pareció que había algo diferente en ella, no sabía si mejor o peor, pero diferente. ¿Sistema jurídico?, pensó con mofa. ¿En qué consiste la justicia? ¿Acaso la detención de estas dos mujeres ha logrado el restablecimiento del orden? Existe un orden en una sociedad en la que una madre mata a su propio hijo para proteger a los demás?

Pensó en Dani. En el niño de doce años. Podemos castigar a Santos Robles, pero ¿de qué modo el hecho de que sea juzgado y condenado va a resarcirlo, a devolverlo al instante anterior a que ocurriera aquel primer encuentro, a la inocencia, a la vida que tendría que haber tenido?

Se acordó de otro sufrimiento, de otra vida destrozada. De Noelia y de la familia Abad.

—¿Me prestas tu despacho? —le pidió a Lara—. Necesito un poco de intimidad.

Tras cerrar la puerta, buscó el número de teléfono. Carraspeó mientras esperaba que descolgaran. No resultaría sencillo.

—Sí, dígame —le contestaron.

—Patricia, soy Berta, la subinspectora Berta Guallar.

—Excelente trabajo —las felicitó Millán.

A Berta, sin saber por qué, le pareció intranquilo. Samper levantó la cabeza y, durante un instante, sus facciones se distendieron como si se hubieran soltado los hilos que las sujetaban, después recuperó su impasibilidad.

—Gracias, jefe.

Luis Millán se marchó dejando en el aire la estela de su aroma.

Rellenaron los informes y formularios imprescindibles, solo los más urgentes. Durante ese tiempo Berta tuvo la incómoda sensación de que Lara la miraba como si esperara algo de ella. Al terminar, permaneció todavía unos segundos de pie antes de irse. Acarició las piedras de jade de su pulsera.

Berta, cargada de remordimientos y aprensiones, estuvo a punto de contarle que había recibido la pericial. Pero eso suponía admitir la tristeza espesa, oscura y agria que la errónea sensación de triunfo le había asentado en el estómago.

Se sentía demasiado cansada, exhausta emocionalmente, con una pregunta martilleándole: ¿es María Jesús la que ha devuelto la vida a su orden natural matando a su hijo o nosotras deteniéndola?

—Hasta mañana —dijo, por fin, Lara.

Berta se retrasó un poco más, deseaba ver el vídeo de Dani de nuevo, verlo doliéndose con él. Mañana se lo enseñaré a Lara, pensó.

También se retrasó porque esperaba llegar a casa cuando Loren ya estuviera dormido.

Larissa y Luis

Domingo, 26 de junio

Abrió el DVD. *Once*. Conocía el año de su estreno: 2007. Use posponía ir a verla. Ella había cumplido el trato, lo había acompañado a la reposición de la película de Charlie Kaufman, aunque su mente, demasiado analítica y cartesiana, no apreciaba ese humor absurdo.

Había elegido la última sesión porque prefería escucharla en versión original. Ya se había cambiado de ropa y salía hacia el cine cuando Use la llamó. Miró el reloj. Habían quedado en encontrarse en la puerta al cabo de cuarenta minutos.

—Lari, lo siento, ha surgido algo y voy a retrasarme —le dijo.

—Algo… ¿inaplazable? —preguntó con ironía.

Era una excusa, no podía existir ningún «inaplazable» que ella no conociera.

—Sí, sí, urgentísimo.

Hizo una mueca. Imaginó su rostro. La forma en que se mordería el extremo derecho del labio inferior con el colmillo, el gesto inconsciente que se le escapaba al mentir.

—No estarás haciendo trampas, ¿verdad?

—¿Trampas? ¿Qué es eso? Deletrea.

¡Payaso! Sabe que siempre me enternece cuando se hace el tonto, pensó. Lo conocía. Nunca había logrado esa sintonía con nadie, exceptuando a su padre. Jamás se había entregado así. Sin reservas. Otras mujeres quizá se lamentarían de que pasar las veinticuatro horas juntos mataba el misterio; ella, no. Larissa Samper prefería los patrones establecidos, las pautas. En eso consistía su profesión, en hallar las singularidades de cada individuo y volcarlas en unos estándares de conducta, asignarlas a un tipo psicológico para saber cómo influir en ellos.

—Sí, trampas —contestó a Use—. Ya sabes, inventarse una excusa cuando no se quiere cumplir un trato, por ejemplo, no sé… ¡cuando no se quiere ver un musical indie en inglés!

—Beltrán.

Oyó una voz que lo reclamaba.

—¿Es Luis? —preguntó ella sorprendida al reconocerla—. ¿Estás de cañas con Luis?

—Lari, tengo que irme —le respondió repentinamente serio.

—Vale —refunfuñó.

—Te prometo que llegaré antes de que termine.

Después supo que mientras ella, juguetona, le hacía repetir la promesa, y creía que sus ojos se moverían a la derecha, se equivocaba. Mientras le contestaba de forma distraída, sus ojos comprobaban el arma con la que iba a atentar contra el comando terrorista que llevaba investigando los últimos meses. Y mientras le decía, de repente, muy serio «nunca olvides que te quiero», y ella bromeaba «¿te pones tierno, bollicao?», se levantaba la camiseta en la espalda, se guardaba la pistola en la cintura del pantalón y se reunía con Luis y los demás en el coche.

Lara ignoraba que para su pareja el mejor terrorista sí que era un terrorista muerto. Aunque… ¿Y él? ¿Qué era él? ¿En qué se había convertido?, pensaría en los meses siguientes. Todos conocemos excusas.

Ignoraba que en el momento en que ella compraba su entrada, el jefe del comando terrorista ordenaba disparar a discreción. «¡Nos llevamos por delante a todos los que podamos!» Ignoraba que en el momento en que se sentó en una butaca cerca del pasillo para que la localizara con facilidad, a Use le alcanzaba una bala en el cuello reventándole la carótida.

Que mientras veía los tráileres de los próximos estrenos, una ambulancia corría inútilmente por las calles de Barcelona. Después comenzó la película. En el minuto quince sonaron los primeros acordes de «Falling Slowly», tan modesta y tan enorme. Sintió que el vello se le erizaba y el corazón le latía poderoso. La música la subyugaba.

Estaba inmersa en el alma de la película. Glen Hansard le decía que el arreglo de la aspiradora era gratis y Markéta Irglová insistía en pagar y respondía que nada era gratis. Nada es gratis, repitió Lara en su cabeza dándole la razón. Y en ese momento su vida cambió para siempre.

Lo primero que percibió fue su aroma. Su inconfundible aroma: Loewe. Ese del que todos se burlaban porque perfumarse les parecía un rasgo burgués. Y se sorprendió. Luis se sentó en la butaca de su derecha. ¿Qué hace aquí? ¿Lo manda Use?, se enfadó. Y su amigo, aquel hombre que ella sabía que la amaba, le agarró la mano. Acercó los labios a su oreja. Su aroma más fuerte, más próximo. Envolviéndola. Su voz le susurró: «Larissa, vamos afuera». Recuerda el desconcierto. Y algo negro en el estómago. Y la oscuridad de la sala. La respiración encogiéndose. La camisa de Luis tan blanca con salpicaduras diminutas de sangre. Y ellos en la calle. La lividez. La inmensidad de un instante que parecía no tener fin. Y un «no» enorme en los labios. Y asomarse de repente a la gran verdad de que la vida iba en serio y el único argumento es morir.

Nunca había visto entera la película. Tantos años después, cuanto terminaban los acordes de «Falling Slowly» con aquel «Llama y cantaré contigo», incluso cuando había aprendido a no agobiarse, a reconocer los síntomas como un ataque de ansiedad y sabía que no iba morir, comenzaba el pálpito desbocado, el ahogo, la transpiración en la frente, en las palmas de las manos, en la espalda, y detenía el DVD. Nada es gratis.

Se atormentaba una y otra vez por la misma razón que vestía de negro, para no olvidar su falibilidad. Los meses para asimilar que lo único inevitable es la muerte, que la muerte no ensaya, se cuela en el escenario entre los demás personajes, representa su papel y se marcha. Y en cuanto termina su mutis, irremediablemente comienza otro acto, con otro decorado, otro texto y un protagonista que es el mismo, pero ya no lo es porque todo lo que creía firme, las convicciones sobre las que se asentaba, eran erróneas; el suelo bajo sus pies ha desaparecido y solo queda caer. «Cayendo lentamente.»

Tardó mucho en perdonar a ese desconocido llamado Eusebio Beltrán que le robó a Use y dejó en su lugar, para rellenar el hueco, una larguísima traición, un hombre que nunca existió. Ella seguía sin perdonarse. Había reconstruido la historia, distinguido las señales, las estructuras, los actos que se repitieron y que ignoró porque los sentimientos entorpecieron su buen juicio profesional. Ese prurito del que se vanagloriaba. El deseo excesivo de hacer cada cosa de forma perfecta que la definía.

Las emociones tienen sobre los datos el mismo efecto que echar arenilla en un instrumento de gran sensibilidad y precisión, les repetía Use una y otra vez. Después de su muerte, leyó todos aquellos libros de Conan Doyle que quedaron en su piso y encontró la frase en *La aventura de un escándalo en Bohemia*. Una mueca de repugnancia atravesó su rostro.

¿Acaso no era ella el instrumento, y su amor la arenilla? ¿Se burlaba o fue una forma sutil de prevenirla?

Nunca lo sabría.

Porque la muerte no ensaya. Después ya no queda tiempo para explicaciones.

El Larissa anhelante que Luis había pronunciado el sábado había acelerado su caída. E, inesperadamente, tuvo una sensación difícil de describir, la intuición de que quizá, por fin, había alcanzado aquel fondo que parecía insondable. Había llegado el momento de tantear a ciegas, de colocar los puntales que le permitieran ponerse de pie para empezar a escalar.

La madera que necesitaba para lograrlo era reprogramar su conducta, el mapa mental por el que se regía. Al igual que el de María Jesús Ciprián, su mapa mental tampoco era funcional, debía desactivar aquello que la limitaba. Perdonar, asumir que todas las personas, incluso ella, tenían derecho a equivocarse.

Somos lo que hemos vivido, recordó que había pensado con tristeza unas horas antes. Buscó «Falling Slowly» y subió el volumen. Cantó al compás esos versos que ahora sentía, más que nunca, que le hablaban directamente a ella. «Ya has sufrido lo suficiente y batallado contra ti misma. Es hora de que ganes.»

Cogió el móvil y contestó el mensaje de Anya. ¿Qué hora sería en Stanford? ¿Cuánto tardaría en leerlo? «Toma ese barco que se hunde. Y ponle rumbo a casa.» ¿Querría Anya perdonarla a ella? Debía asumir que nadie puede arrogarse la potestad de juzgar las decisiones de los demás, ni siquiera las de sus padres. Que lo único a lo que tenía derecho era a hablar con su madre y a escucharla. Escuchar por primera vez a la mujer. A esa extraña, que era cuanto tenía. Que tanto se parecía a sí misma.

«Aún estamos a tiempo. Canta tu melodía. Llama y cantaré contigo. Y cantaré contigo.» Lara Samper, la experta psicóloga, sabía que debía considerar el DVD como una fobia y tratarla como tal: con exposición directa. Ver la película. También que no sería capaz de hacerlo sola. Para rebajar la ansiedad que le provocaba a unos niveles soportables, le ayudaría una mano sujetando firme la suya. «Llama y cantaré contigo.»

Dejó la copa en la mesa, subió el volumen y fue hasta la barandilla. El tañido de la Campana de los Perdidos se mezcló con la melodía.

Con los ojos cerrados, inspiró hondo, soltó el aire con furia y cantó a voz en grito, exaltada, sintiendo una especie de grandeza inefable en el pecho, su lamento. «Puedes elegir. Ya lo has logrado. Alza tu voz esperanzada.»

Lara ignoraba que las campanadas también eran una señal para el hombre que, en ese momento, detuvo sus pasos.

Las primeras semanas en el nuevo piso, con el primer tañido, Luis cogía los prismáticos de encima del piano. Se guardaba las gafas en el bolsillo, enfocaba y al localizarla entre aquellas flores blancas, tan hermosa, sentía una punzada de aflicción. Cada vez que la miraba, era como si recordara algo crucial e inconcreto que había perdido y que solo ella podía devolverle.

Sencillamente, de un modo u otro, a pesar de su mentor, no estaba dispuesto a renunciar a Larissa. Se arriesgaría porque ya había comprobado que sin ella el mundo era un puro aburrimiento. Sin desafíos. Sin luz. Sin dolor. Sin quiebros. Aunque quedara ya tan poco en esta Lara de aquella que era pura luz. Porque también quedaba poco del Luis que fue en la persona en la que se había convertido.

Hasta aquella noche en que una reunión de urgencia le hizo regresar tarde a casa, nervioso e irritable. Descubrió que Larissa estaba en el salón. ¿Qué demonios hace?, pensó. La puerta de la terraza permanecía abierta y en ella se reflejaban las imágenes del televisor porque la cortina blanca funcionaba a modo de pantalla. Los protagonistas, una chica con coleta al piano y un guitarrista con barba, le parecieron familiares. Al terminar la canción, las imágenes se interrumpieron. Al reanudarse, la chica se sentó al piano y miró al chico que comenzó a tocar la guitarra y a mover los labios. Las imágenes volvieron a detenerse en el mismo punto. Una y otra vez.

Luis comprendió a qué se debía: era 17 de octubre, el cumpleaños de Use Beltrán. Cuarenta y tres, pensó. Y supo de qué conocía a la pareja de la película. Recordó haberse sentado en la butaca del cine al lado de Larissa aquel 25 de junio, mirar la pantalla tratando de reunir el coraje para poner en palabras lo que acababa de ocurrir. Él aún se sentía consternado, pero no permitiría que se enterara por ninguna otra persona. Use Beltrán no era el único que la había traicionado. También él, su amigo, la otra persona en la que confiaba, llevaba meses mintiéndole.

Bajó los prismáticos. Carraspeó. Había sentido un nudo en la garganta al comprobar lo vulnerable que aún era Larissa y cuánto esfuerzo debía de suponerle aparentar cada día tanta fuerza y displicencia. Use ya no estaba. Solo quedaban ellos dos. Y él no era como Beltrán, ¿o sí?, ¿acaso el discípulo no había ocupado el hueco que su ausencia había dejado?

Recogió los prismáticos en su funda y los guardó en un cajón. Había algo que el maestro no había comprendido: amarla no era suficiente.

En primavera, en cuanto el cierzo y el frío se lo permitieron, empezó a dar noctámbulos paseos por las calles desiertas. Recuperó esa parte de Zaragoza —antiquísimos palacios, viejas iglesias, plazas recoletas y pasadizos subterráneos en los que perduraba un espíritu oscuro, hermético de siglos de historia y leyenda— que durante unos años fue suya, cuando se acomodó al pulso de la ciudad que nunca dormía.

Algunas noches pasaba cerca de la hermosa torre de la Magdalena. Cerca de Larissa. Esa semana era la tercera vez porque a él la ausencia de Use, la culpa, también le pesaban más desde que ella había vuelto a su vida. El día anterior se habían cumplido seis años desde que Use murió en la ambulancia. Quizá algún día le contaría sus últimas palabras.

Le pareció oír, lejana, la voz de Larissa. ¿Está cantando?, pensó complacido. Nunca dejaba de sorprenderle. Era la única persona capaz de conseguirlo. Sintió algo enorme que palpitaba dentro de él, un tormento dotado de un placer perverso que escapaba a su control.

Berta

Domingo, 26 de junio

En la mesa de la cocina brillaban bajo la luz del fluorescente las botellas vacías de Moët de la noche anterior; encima de la vitrocerámica había una sartén con restos de huevo: Loren había preparado una tortilla de patatas. Del gollete de las botellas asomaban margaritas blancas, amapolas y tallos verdes que los niños debían de haber recogido en el pueblo para ella.

Pensó que era imposible sentirse más miserable. Entonces recordó a María Jesús en el hospital. Se le dibujó una mueca de cansado sarcasmo.

Se dirigió al dormitorio muy despacio. No quedaba otro remedio. Estaba tumbado en la cama, enfurruñado.

—Hola —le dijo sobreponiéndose a la vergüenza y esperando su castigo.

—Hola —contestó sin apartar la vista del libro.

Con el tiempo había aprendido que las medias naranjas no existen. Pero, a veces, sentía tambalear ese conocimiento y pensaba que, a lo mejor, ella estaba defectuosa, que no era capaz de sentir un gran amor, uno de esos que se ensanchan tanto en el alma que después no permiten amar a nadie más. Y le daba rabia y pena al mismo tiempo. Pensó en Lara Samper. Ella sí que era el tipo de persona capaz de experimentarlo, de sentir un amor en el alma como un fuego subterráneo; unas llamas tales que ni el paso farragoso de la vida apagasen. ¿Eso sintió por Beltrán?

—Voy un rato a ver la tele —le dijo.

Cogió su vieja bata de tirantes para ponérsela en el baño y huir lo más rápido posible. Se sintió muy sola y pequeña. Desde la puerta miró el bulto que el cuerpo de Loren dibujaba sobre la cama. Quizá era lo que merecía. Quizá era más de lo que merecía. La puta ama, pensó con compasión.

Se tumbó en el sofá para escuchar con los cascos una canción: «Madres» de Ismael Serrano. «Te busca madre mientras su cuerpo es mecido. En el mar en el que se sumergió dormido. Sueña tu abrazo, busca recuerdos.» Pensó en su propia madre. Necesitaba hablar con alguien y ella estaría despierta. Benidorm era la ciudad que nunca dormía.

—Mamá.

—¿Eva? —contestó animada confundiéndola con su hermana pequeña.

—No, mamá, soy yo, Berta —dijo con cansancio.

—Ah. Hola, cariño. ¿Qué tal? ¿Cómo están los niños? ¿Y Loren?

Se oía jaleo, risas, música pachanguera. Se entretuvieron un par de minutos con vaguedades. Vaguedades y rutinas que la fueron reconfortando. Escuchó la voz potente de su padre reclamándola.

—Ay, hija, tengo que dejarte. Empieza el baile en línea. —Al ver que no contestaba, le preguntó con una leve impaciencia—: ¿Ha pasado algo?

—No, no, nada.

—Tengo que irme, te llamo mañana por la tarde y así hablo con los niños. Dales un beso —dijo tan rápido como si la estuvieran cronometrando.

Berta permaneció con el teléfono en la mano. Sola. Sus problemas y sus preocupaciones no le importaban a nadie más que a ella. A nadie le importaban porque ellos tenían los suyos propios que tampoco le importan a nadie más.

Esta debe de ser la soledad a la que se refería Lara, pensó.

Fue a las habitaciones de los niños. Entró primero en la de Martín. Se sentó en su cama, respiraba acompasadamente, su cuerpecillo encogido. Le pasó la mano por la frente para separarle el pelo sudoroso, se dio media vuelta dormido y pronunció un par de palabras que no entendió. Los quería tanto. Tanto. Intentó apartar de su mente a un Velasco niño en su camita y a su madre sentada en el borde. A la madre de Dani pasándole la mano por la frente para alejar las pesadillas. A los hijos de Ana Lucía que, a lo mejor, en este mismo instante se tapaban las cabezas con las almohadas para no oír los golpes, los insultos y las súplicas. A Patricia velando el sueño intranquilo de Noe y preocupada por Jorge.

Se había engañado a sí misma al pensar que al día siguiente podría comenzar de nuevo. En su libreta había una página entera de nombres, de cabos sueltos que, de alguna forma, dependían de ella. Y otros muchos por anotar que aún no conocía. Sintió un tremendo cansancio, como si cargara con un peso descomunal.

La caja

Domingo, 26 de junio

—Voy a estudiar —les dijo Mateo a sus padres.

No le hicieron caso. Estaban los dos en el sofá. Cada uno sentado en una punta para no darse calor. Empanados con la tele, pensó. Estaban emitiendo un avance especial de las noticias porque acababan de detener a una mujer por el asesinato de su hijo. O eso dedujo Mateo por las exclamaciones horrorizadas de su madre.

—Pero eso no es violencia de género, ¿no? Tanto feminismo y tanta puñeta —replicó, molesto, su padre—. Anda que si llega a ser al revés y la mata él a ella...

A su madre le daba pereza levantarse a por las gafas y entrecerraba los ojos para leer el whatsapp que acababa de mandarle su hermana al grupo Familia.

—¡No te lo vas a creer! —exclamó.

—Si no me lo cuentas...

—Que dice la Olga, que le ha escrito su cuñada, la Pili; que su sobrina hizo las prácticas en la residencia donde trabajaba esa mujer, la asesina. ¡Madre mía! Y que la conoce y todo... Mira, mira —dijo estirando el brazo—, se me ha puesto la piel de gallina.

El chico entró en su cuarto y corrió el pestillo. Aunque no hacía falta porque nunca lo molestaban cuando estudiaba.

Para disimular, sacó los apuntes de derecho constitucional, la asignatura que le había quedado para septiembre, y los esparció por la mesa.

Acercó la silla del escritorio al armario para coger la caja. La guardaba en el altillo, detrás de un montón de libros de cursos pasados. Se quitó las chancletas. Lo que me falta, que mi madre me coma la cabeza por manchar la silla, pensó. Tuvo que ponerse de puntillas para alcanzarla. Estirar mucho los dedos.

Al bajar, se vio reflejado en el espejo de cuerpo entero. Se acercó. Sudaba un poco por el esfuerzo. Se pasó las manos por la nuca y se acordó del tatuaje que se hizo en las fiestas del Pilar, en uno de los puestos ambulantes que montaron alrededor de la plaza de los Sitios. Había estado fumando y pasándose unas litronas con los colegas y les hizo gracia. Menos mal que el pavo ese no nos la metió y se nos fue en tres semanas. ¡Menudo pollo me montó el viejo!, recordó.

Mientras Álex y los otros buscaban un modelo en un bloc de anillas, él se acordó de la eme esa tan chula. Eme de Mateo, pensó. Se la vio a aquel chico, al del Mégane naranja que subió a recoger tres premios en la concentración de *tuning* a la que los llevó el primo de Álex. Molaba mucho ese tatu detrás de la oreja, pensó.

Se la dibujó en un papel al tatuador. Y en el momento en que el otro le dijo que sí, que sin problemas y cogió el aerógrafo, justo en ese momento fue cuando, sin que ni el chico ni el dueño del Mégane naranja lo supieran, sus vidas, dos vidas ajenas se cruzaron de manera inextricable.

Apoyó la caja directamente sobre la sábana —en verano su madre quitaba las colchas de las camas para que no las tiraran al suelo y se mancharan—. Las manos le temblaron un poco de expectación al abrirla. No había demasiada luz porque el flexo estaba dirigido a los apuntes. Al chico no le importó.

Sabía lo que contenía. Apartó la navaja. Sacó la coca. Le quedaba muy poca, pero le llegó para un par de rayas finas. ¡Guay!, pensó.

Después cogió de la caja las braguitas blancas con estrellas negras. Se obligó a tranquilizarse. Se pasó los dedos un par de veces por los orificios nasales para limpiárselos y se acercó las bragas. Cerró los ojos para concentrarse mejor. El olor era muy tenue, casi inexistente. Bastaría. Lo importante eran las sensaciones que le evocaba. Se desanudó el pantalón de deporte.

Le llegaba, amortiguada, la voz de su madre preguntándole a su padre.

—Aunque, vamos, que normales, lo que se dice normales, no debía de ser ninguno en esa familia, ¿no? —El hombre atendía al televisor y no le respondió—. Que él era un violador. Y dice la Olga que ha salido la novia diciendo que le pegaba. ¡Vete tú a saber cuántas cosas más habrá hecho! Y aquí, ¡en Zaragoza! ¡Qué barbaridad! ¿Te lo puedes creer, eh? ¿Te lo puedes creer?

—Sí, sí —dijo para que se callara y le dejara escuchar los deportes.

Agradecimientos

Me resulta particularmente difícil escribir estos agradecimientos porque *Cuídate de mí* es la novela a la que más tiempo he dedicado. Durante los ocho años que he invertido en ella, han sido numerosas las versiones y muchas las personas que me han ayudado, por lo que es imposible citarlas a todas.

En primer lugar quiero dar las gracias a los que forman Penguin Random House, desde la familia de Plaza & Janés, a la red comercial, el equipo de diseño, prensa, marketing, contratos, derechos internacionales..., gracias por hacerme tan grato el trabajo, por seguir confiando en mí y por el sincero entusiasmo que ponéis en cada uno de mis proyectos. Sería imposible sentirme tan cuidada y querida en ninguna otra editorial. Y en especial a Rita López, siempre fantástica; a Laia Zamarrón, por velar por mí; a Natalia Vicioso, por ese email tan providencial, y a Marta Martí, por la celeridad y el entusiasmo.

A Marzal, por el perturbador poema y las risas. A Mario, que me puso en el buen camino. A Antonio López, que me ayuda a rebajar el estrés. A Aramburu, por su bonhomía y por mirarme con tan buenos ojos. A María José, por no ser «tonta» y por su divertida franqueza. A Ángel, MAOA y Sergio, por las conversaciones sobre alta cultura. A Chelo, por la pregunta que me provocó la inquietud necesaria para escribir esta novela.

A cuatro amigos que se han preocupado por mí, han escuchado durante horas mis cuitas y han conseguido que me ría de mí misma: a Montero, el desdramatizador, por las madrugadas y por darme todos los caprichos. A Gemma, la entusiasta, tan generosa que se alegra con mis alegrías incluso cuando le perjudican, por protegerme. A Serrano, el observador reflexivo, por su personalidad Hyde y porque siempre me perdona. A Carcasona, el hombre tranquilo, por tantos años de confianza y largas charlas.

A Alberto Marcos, el editor más *star* y glamuroso, que confió en mi novela desde el principio, supo enseñarme el camino y se ha convertido en su mejor valedor consiguiendo transmitir su entusiasmo a los demás.

A Juan, por la complicidad, la perspicacia y por regalarme lo más valioso que tiene: su tiempo.

A Miryam, por la lectura, las relecturas y porque conoce las palabras para darme fuerzas.

A los imprescindibles, que me apoyan inquebrantablemente, me anteponen y siempre están a mi lado para levantarme cada vez que me caigo. Ana, Mijangos, Luquin, Juana e Irene, gracias a vuestra ciega confianza en mí esta novela es una realidad.

A mis padres y a Hugo, por quererme tanto

Y, por supuesto, a Miguel, que es quien cuida de mí.